古典詩歌研究彙刊

第三四輯

龔鵬程 主編

第5冊

姜夔詞接受史（下）

林淑華 著

國家圖書館出版品預行編目資料

姜夔詞接受史（下）／林淑華 著 -- 初版 -- 新北市：花木蘭文化事業有限公司，2023〔民 112〕

目 6+250 面；17×24 公分

（古典詩歌研究彙刊 第三四輯；第 5 冊）

ISBN 978-626-344-353-2（精裝）

1.CST：（宋）姜夔 2.CST：宋詞 3.CST：詞論

820.91 112010192

古典詩歌研究彙刊

第三四輯 第 五 冊 ISBN：978-626-344-353-2

姜夔詞接受史（下）

作　　者　林淑華
主　　編　龔鵬程
總 編 輯　杜潔祥
副總編輯　楊嘉樂
編輯主任　許郁翎
編　　輯　張雅淋、潘玟靜　美術編輯　陳逸婷
出　　版　花木蘭文化事業有限公司
發 行 人　高小娟
聯絡地址　235 新北市中和區中安街七二號十三樓
　　　　　電話：02-2923-1455／傳真：02-2923-1452
網　　址　http://www.huamulan.tw 信箱 service@huamulans.com
印　　刷　普羅文化出版廣告事業
初　　版　2023 年 9 月
定　　價　第三四輯共 8 冊（精裝）新台幣 16,000 元

姜夔詞接受史（下）

林淑華　著

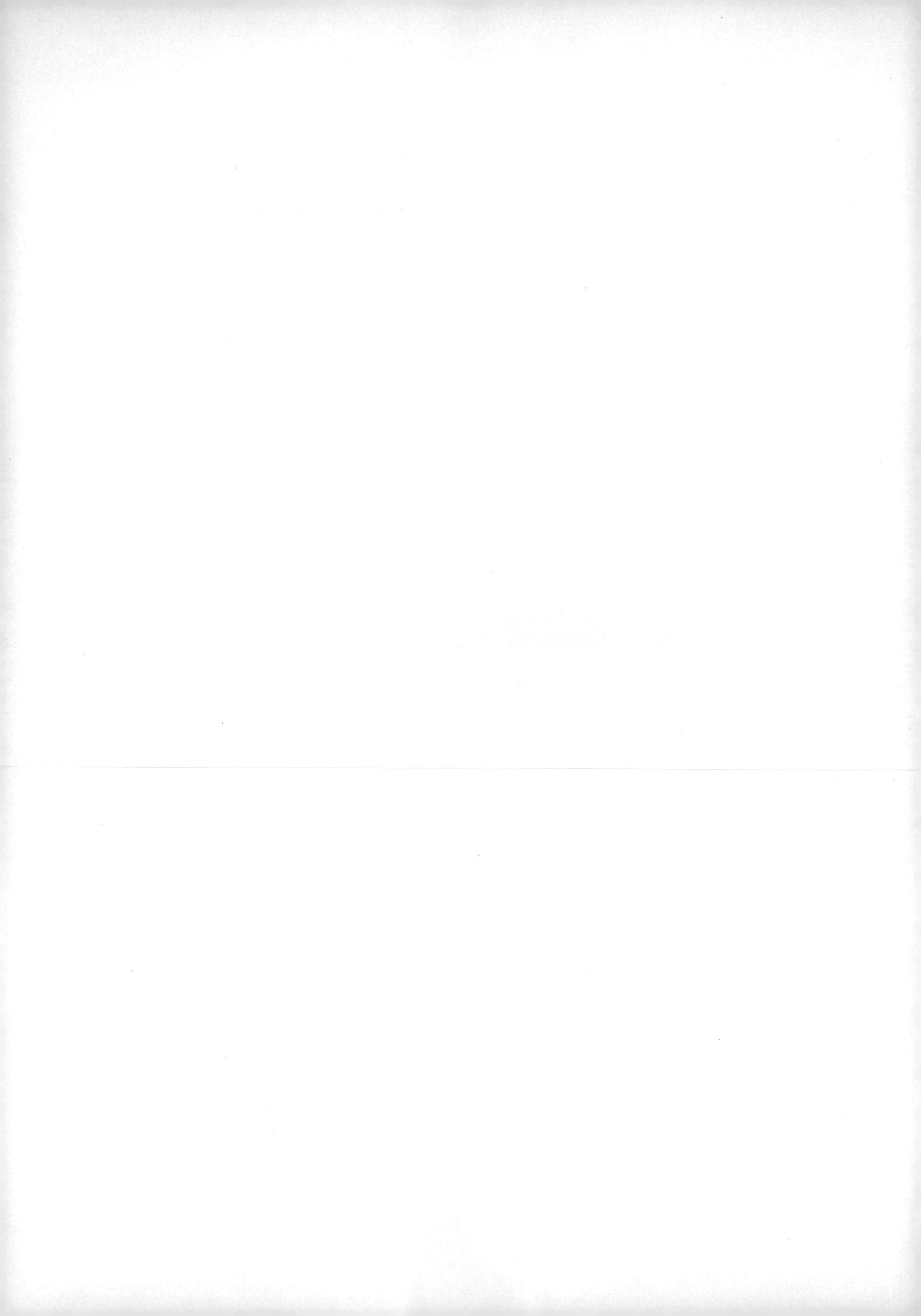

目次

上冊

第一章　緒　論……………………………………1
　第一節　研究動機及目的 ……………………………1
　第二節　文獻回顧與評述 ……………………………4
　第三節　關於姜夔的資料 …………………………22
　第四節　研究方法與進行步驟……………………28
第二章　歷代目錄著錄姜夔詞述略……………37
　第一節　姜夔詞版本整理 …………………………38
　第二節　公私藏書目錄中之姜夔蹤跡 …………48
第三章　建構典範接受之鏈：選本接受（上）… 75
　第一節　宋元詞選中之姜夔詞……………………79
　　一、宋代詞選汰選姜夔詞情形…………………79
　　二、元代詞選汰選姜夔詞情形………………102
　第二節　明代詞選中之姜夔詞…………………104
　　一、明嘉靖時期詞選汰選姜夔詞情形 ………106
　　二、明萬曆時期詞選汰選姜夔詞情形 ………127
　　三、明崇禎時期詞選汰選姜夔詞情形 ………146

中　冊

第四章　建構典範接受之鏈：選本接受（下）‥179
第一節　清代前期（1644～1796年）詞選汰選姜夔詞情形……180
一、《詞綜》：姜詞填詞最雅……182
二、《詞潔》：所錄姜夔詞與《詞綜》相似…189
三、《御選歷代詩餘》：所選姜詞與《宋六十名家詞》相似……194
四、《古今詞選》：選錄姜夔詞四闋……198
五、《清綺軒詞選》：視姜詞為上乘……202
六、《自怡軒詞選》：最推崇姜夔……207
七、小結……212
第二節　清代中期（1797～1839年）詞選汰選姜夔詞情形……214
一、《詞選》：只選姜夔三首騷雅詞……217
二、《詞辨》：視姜夔與辛棄疾所作為「變」·225
三、《宋四家詞選》：糾彈姜、張……229
四、《宋七家詞選》：姜夔為詞中之聖……234
五、《天籟軒詞選》：自《宋六十名家詞》刪取姜夔詞……239
六、《蓼園詞選》：未錄姜夔詞……243
七、小結……246
第三節　清代末期（1840～1911年）詞選汰選姜夔詞情形……249
一、《宋六十一家詞選》：姜詞天籟人力，兩臻絕頂……251
二、《詞則》：姜詞為四詞聖之一……256
三、《湘綺樓詞選》：姜夔「語高品下」……267
四、《藝蘅館詞選》：多轉述常州詞派評姜詞·272
五、《宋詞三百首》：以周、吳為主，輔升姜、蘇地位……276
六、小結……280

第五章　建構格律接受之鏈：詞譜接受 ………285
第一節　明代詞譜汰選姜夔詞情形 ……………286
一、《詞學筌蹄》：未收姜夔詞 ……………288
二、《詩餘圖譜》：未收姜夔詞 ……………289
三、《文體明辨・詩餘》：未收姜詞 …………292
四、《嘯餘譜》：未收姜詞……………………294
五、小結 …………………………………………295
第二節　清代詞譜汰選姜夔詞情形 ……………296
一、清代前期詞譜 ……………………………298
二、清代中期詞譜 ……………………………315
三、清代末期詞譜 ……………………………317
四、小結 …………………………………………323
第三節　選本詞譜汰選姜夔詞之結論 …………328

下　冊

第六章　補作品空白：詞論接受 ………………351
第一節　宋元詞論中的姜夔接受………………353
一、宋元詞學的期待視野……………………353
二、宋元詞論對姜詞的接受…………………355
第二節　明代詞論中的姜夔接受………………372
一、明代詞學的期待視野……………………372
二、明代詞論對姜詞的接受…………………374
第三節　清代詞論中的姜夔接受………………376
一、清代前期（1644～1796 年）對姜夔的接受 ………………………………………377
二、清代中期（1797～1839 年）對姜夔的接受 ………………………………………400
三、清代末期（1840～1911 年）對姜夔的接受 ………………………………………418
第七章　新的反響：創作接受 …………………447
第一節　仿擬詞……………………………………449
一、宋代仿效姜夔詞 …………………………455

二、明代仿效姜夔詞……459
三、清代仿效姜夔詞……465
四、小結……481
第二節　和韻詞……484
一、就和韻之作者而言……501
二、就和韻詞調而言……502
三、歷代和韻詞……503
第三節　集句詞……525
第八章　結　論……533
參考文獻……547
附錄一：姜夔詞見錄歷代選本一覽表……581
附錄二：詞譜收錄姜夔詞概況……591

表目次

表格 1：姜夔詞傳抄（刻）本統計表……44
表格 2：刻抄姜詞者籍貫分類表……46
表格 3：歷代書目記載姜夔詞概況表……50
表格 4：書目收錄姜夔詞及其他作品內容表——南宋至清末……58
表格 5：明清私家藏書藏主籍貫：藏有姜夔詞之統計表格……71
表格 6：宋代詞選收錄姜詞資料表……80
表格 7：明代嘉靖時期詞選收錄姜詞表……106
表格 8：明代《草堂詩餘》收錄姜夔詞一覽表……108
表格 9：明萬曆時期收錄姜夔詞一覽表……127
表格 10：明代詞選入選南宋雅詞派作品表格……130
表格 11：《中興以來絕妙詞選》與《花草粹編》所選姜夔自度曲一覽表……132
表格 12：明崇禎時期詞選收錄姜詞一覽表……147
表格 13：《草堂詩餘正集》、《續集》、《別集》收錄五首以上詞作數量表……150
表格 14：《草堂詩餘四集》與《詞菁》收錄五首以上詞作數量表……163

表格 15：清代前期詞選內容一覽表…………… 181
表格 16：清初詞選收錄姜詞一覽表…………… 212
表格 17：清代中期詞選內容一覽表…………… 216
表格 18：清中期詞選收錄姜詞一覽表………… 247
表格 19：清代末期詞選內容一覽表…………… 250
表格 20：清代末期詞選收錄姜詞一覽表……… 280
表格 21：明詞譜資料表………………………… 286
表格 22：明代詞譜收錄雅詞派作品數量一覽表………………………………… 294
表格 23：清代重要詞譜資料表 ……………… 297
表格 24：清詞譜選錄姜夔詞一覽表………… 324
表格 25：明代清初詞譜關係表 ……………… 325
表格 26：宋元詞選入選姜夔詞作表格……… 328
表格 27：明詞選入選姜夔詞作表格………… 332
表格 28：清詞選入選姜夔詞作表格………… 338
表格 29：各代詞選最喜愛入選姜夔詞比較表格…………………………………… 344
表格 30：詞選、詞譜入選姜夔詞統計表……… 345
表格 31：歷代詞選、詞譜入選 20 次以上之姜夔詞表格 ……………………………… 349
表格 32：歷代詞人仿擬姜詞表 ……………… 451
表格 33：南宋至清朝歷代詞人追和姜夔詞詳表……………………………………… 486
表格 34：南宋至清朝歷代詞人追和姜夔詞統計表…………………………………… 498
表格 35：南宋至清朝歷代詞人追和姜夔詞之篇名數量比較表……………………… 502

第六章　補作品空白：詞論接受

經典作品之獨特處，在於可讓人「一下子就認出他在眾多經典作品的系譜中的位置。」〔註1〕所以獨特，必然引發許多討論。《為什麼讀經典》說：「任何一本討論另一本的書，所說的都永遠比不上被討論的書；……它意味著導言、批評資料和書目像烟幕那樣，被用來遮蔽文本在沒有中間人的情況下必須說和只能說的東西」〔註2〕因此「一部經典作品是這樣一部作品，它不斷在它周圍製造批評話語的塵雲，卻也總是把那些微粒抖掉。」〔註3〕中間人批評話語越多，越能印證經典之所以經典，《接受美學》說：

> 批評作為闡釋，包含著讀者對作品意義的參與和創造。這是因為，一方面，文學作品的召喚性結構，決定著其內含的思想、藝術意義總有某種不確定性和空白，有待於讀者去發現、確定與填補，這就不能不包含讀者對作品意義的介入和建構。〔註4〕

作品本身留有空白和不確定性，等待讀者參與，一方面「讀者又是從

〔註1〕〔義〕卡爾維諾著；黃燦然、李桂蜜譯：《為什麼讀經典》（南京：譯林出版社，2006年8月（2010年1月重印）），頁7。

〔註2〕〔義〕卡爾維諾著；黃燦然、李桂蜜譯：《為什麼讀經典》，頁5。

〔註3〕〔義〕卡爾維諾著；黃燦然、李桂蜜譯：《為什麼讀經典》，頁5。

〔註4〕朱立元：《接受美學》（上海：上海人民出版社，1989年8月），頁296。

自己獨特的審美需求和期待視野出發去閱讀作品的，因此他與作品發生的意義關係總有某種特殊性，就是說，作品對他來說，只是在某些方面、某些點上才特別有意義，這種意義只有他才能體會到和說出來，既不是作品本身固有的，也不是對所有讀者都一樣的。讀者對這種相對於自己而言的作品意義（外射意義）的闡釋，就是對作品意義的一種創造。」〔註5〕讀者也參與了作品意義之創造與填補，在作品內涵意蘊與外射意義兩方面上，依據自己審美需求和期待視野，作出闡釋之基礎與價值判斷。在理解過程中，「視域融合」是詮釋學者加達默爾（Hans-Georg Gadamer，1900～2002）提出之核心概念，他說：「歷史意識本身只是類似於某種對某個持續發生作用的傳統進行疊加的過程，因此它把彼此相區別東西同時又結合起來，以便在它如此取得的歷史視域的統一體中與自已本身再度相統一，所以，歷史視域的籌劃活動只是理解過程中的一個階段，而且不會使自己凝固成為某種過去意識的自我異化，而是被自己現在的理解視域所替代。在理解過程中產生一種真正的視域融合。」〔註6〕以自己本身的理解視域，去闡釋歷史現象，才是真正的理解，「『你的』經典作品是這樣一本書，它使你不能對它保持不聞不問，它幫助你在與他的關係中甚至在反對他的過程中確立你自己。」〔註7〕在批評、闡釋、理解、反對作品等等關係中，經由讀者審美視界獨特意義的發現與建構，體現了讀者獨特視界之解釋，也表現對整個世界、整個社會人生的看法和態度。因此接受美學的批評概念是多元意識和開放意識〔註8〕，以下依各朝代讀者所閱讀之姜夔詞，建構姜夔在眾多經典作品系譜中的位置。

本節以唐圭璋編《詞話叢編》〔註9〕、朱崇才編《詞話叢編續

〔註5〕朱立元：《接受美學》，頁296。
〔註6〕加達默爾（Hans-Georg Gadamer）原著；洪漢鼎譯：《真理與方法：哲學詮釋學的基本特徵》（臺北：時報文化，1993年10月），頁401。
〔註7〕〔義〕卡爾維諾著；黃燦然、李桂蜜譯：《為什麼讀經典》，頁7。
〔註8〕朱立元：《接受美學》，頁303。
〔註9〕唐圭璋：《詞話叢編》（臺北：新文豐出版公司，1988年2月）。

編》〔註10〕、張璋等編《歷代詞話》〔註11〕、鄧子勉輯《宋金元詞話叢編》〔註12〕、吳熊和《唐宋詞彙評・兩宋卷》〔註13〕等詞話彙編為主，輔以金啟華、張惠民等編纂《唐宋詞籍序跋匯編》〔註14〕、張惠民編《宋代詞學資料匯編》〔註15〕、施蟄存主編《詞籍序跋萃編》〔註16〕等相關資料為據，探求姜夔在歷代詞論中接受概況。

第一節　宋元詞論中的姜夔接受

一、宋元詞學的期待視野〔註17〕

南宋後期北方蒙古族群興起，代替金人在北方統治，漢民族在元蒙之統治下，承受民族國家滅亡，被異族壓迫之災難，元蒙統治階級大力提倡其民族之北曲，有意貶抑漢民族的傳統音樂文學。而在蒙

〔註10〕朱崇才：《詞話叢編續編》（北京：人民文學出版社，2010年6月）。

〔註11〕張璋、職承讓、張驊、張博寧：《歷代詞話》（鄭州：大象出版社，2002年3月）。

〔註12〕鄧子勉：《宋金元詞話叢編》（南京：鳳凰出版社，2008年12月）。

〔註13〕吳熊和：《唐宋詞彙評・兩宋卷》（杭州：浙江教育出版社，2004年12月）。

〔註14〕金啟華、張惠民、張宇聲、王增學、王恒展：《唐宋詞籍序跋匯編》（臺北：臺灣商務印書館股份有限公司，1993年2月）。

〔註15〕張惠民：《宋代詞學資料匯編》（汕頭：汕頭大學出版社，1993年11月）。

〔註16〕施蟄存：《詞籍序跋萃編》（北京：中國社會科學出版社，1994年12月）。

〔註17〕「期待視野」為姚斯對海德格「先有」、「先見」、「先識」和伽達默爾「前理解」、「前識」的創造性重構，它是讀者對於一部未曾目睹的新作品進行文學體驗時，必須先行具備的「知識框架」或「理解結構」。一部新作品不可能在信息真空中以絕對的、新的姿態展示自身，它會通過預告、公開（或隱蔽）的信息，暗示（或展示）已有的風格、特徵，喚起讀者的閱讀記憶，它是一種感知定向，使讀者進入一種特定的情感態度中，並產生對作品的期待態度。不過，期待視野不是固定不變的，它在和新本文（作者）的交流中不斷變化、修正、改變乃至再生產，在新的結合點上產生新的期待視野與新的評判準則。見金元浦：《接受反應文論》（濟南：山東教育出版社，1998年10月），頁121、122。

古於滅金之後，南宋小朝廷依舊朝歌暮嬉，酣玩歲月，不知亡國之禍迫在眉睫，詞壇也走向典雅化，遂使詞體沒落，正如《中國詞學史》所說：「南宋瓦市中如講話、說唱、戲曲等伎藝受到了廣大民眾的喜愛，能夠滿足民眾的新的審美趣味，因為它們有較為複雜的故事情節和生動的表演形式。相比之下，小唱伎藝在競爭中失去了自己的優勢，終至於難以在瓦市中生存下去。……造成這種情況的原因是多方面的，其中詞體發展內部原因的詞的典雅化和脫離音樂無疑是較為重要的。南宋詞的發展自始至終都存在典雅化的過程，無論婉約詞或豪放詞都是如此。」〔註18〕詞走向典雅化的原因，除了詞發展到一段時間走向精緻化有關外，與當時的政治環境的苟且偏安有關，「白石主要活動於南宋中葉。這時期，南宋統治者以屈辱求和的可恥國策換得一隅偏安。上層社會文恬舞嬉，歌舞升平，醉生夢死，得過且過。在這種社會風氣影響下，南宋前期以辛棄疾為代表的豪放派所發出的抗金復國的強大呼聲漸趨沉寂，許多文人又走上了逃避現實、講求聲律、雕琢詞藻的形式主義道路。白石著述，就是這樣的歷史背景下的產物。」〔註19〕當時一般詞論的注意力，也集中在創作的藝術技巧方面，「重音律、尚典雅」為此一時代文學理論總結〔註20〕。例如楊纘〔註21〕講論《作詞五要》說：「作詞之要有五：第一要擇腔。……第二要擇律。……第三要填詞按譜。……第四要隨律押韻。……第五要立新意。」〔註22〕特別強調格律之重要。吳文英為沈義父講論作詞之法，曰：「蓋音律欲其協，不協則成長短句之詩，下字欲其雅，不雅則近乎纏令之體，用字不可太露，露則直突無深長之味，發意不可太

〔註18〕謝桃坊：《中國詞學史》（成都：巴蜀書社，1993年6月），頁50。
〔註19〕賈文昭編：《姜夔資料彙編》（北京：中華書局，2011年12月），頁4。
〔註20〕謝桃坊：《中國詞學史》（成都：巴蜀書社，1993年6月），頁55。
〔註21〕楊纘約生於南宋寧宗嘉定三年（1210），約卒於度宗咸淳五年（1269），他論詞、論樂都以周邦彥、姜夔嚴於詞律為宗。
〔註22〕楊纘講論《作詞五要》，存錄於張炎《詞源》卷下，唐圭璋編：《詞話叢編》冊1，頁267～268。

高，高則狂怪而失柔婉之意。」〔註 23〕這論詞四標準，重音律，尚典雅，被沈義父收錄在《樂府指迷》中。沈義父《樂府指迷》以為周邦彥詞重法度，尚典雅，他所論及的柳永、康與之、姜夔、吳文英、施岳、孫惟信等詞人，皆精於音律。張炎〔註 24〕也說：「詞以協音為先，音者何，譜是也。」〔註 25〕「音律所當參究，詞章先宜精思，俟語句妥溜，然後正之音譜，二者得兼，則可造極玄之域。」〔註 26〕以上所舉詞論家皆重視審音協律，力矯詞壇上浮豔、媚俗之風。而然「重音律、尚典雅」之詞壇風氣，卻使得具備音律雅正、又具清空騷雅的姜夔詞，在南宋受到推崇。

二、宋元詞論對姜詞的接受

據前文宋元詞選選錄姜詞的現象，南宋慶元間（1195～1200）《增修箋注妙選群英草堂詩餘》中未選任何一闋姜夔詞，但自目前詞選可知，宋淳祐開始，姜夔詞即見於詞選中。如宋淳祐九年（1249）《花庵詞選》選了姜詞 34 闋，數量之多排名第四；《陽春白雪》選了姜詞 12 闋，也排名第四；編於元代的《絕妙好詞》選了姜詞 13 闋，排名第三。與此同時，張炎在《詞源》中相當推舉姜夔。吳熊和《唐宋詞通論》曾歸納說：金元特重蘇辛詞，因此對於周邦彥、姜夔之詞派，絕少掛齒。而南宋後期暨宋亡後，論詞者大抵不出周邦彥、姜夔之範圍。直至張炎《詞源》，據其習聞，總結了周邦彥、姜夔之詞學特點，同時也反映了宋詞之最終衰落。〔註 27〕張炎《詞源》就是在注重字句酌鍊、講究音律的環境下，所產生最有體系的詞論要籍。

〔註 23〕〔宋〕沈義父：《樂府指迷》，收錄在唐圭璋編：《詞話叢編》冊 1，頁 277。

〔註 24〕張炎，生於南宋理宗淳祐八年（1248），約卒於元至治元年（1321），見謝桃坊：〈張炎詞論略〉，《文學遺產》，1983 年第 4 期，頁 82～92。

〔註 25〕〔宋〕張炎：《詞源》，收錄在唐圭璋編：《詞話叢編》冊 1，頁 255。

〔註 26〕〔宋〕張炎：《詞源》，收錄在唐圭璋編：《詞話叢編》冊 1，頁 265。

〔註 27〕吳熊和：《唐宋詞通論．兩宋卷》，頁 304～308。

（一）張炎對姜夔的評論

張炎（1248～1320？），字叔夏，號玉田，又號樂笑翁，著有《山中白雲詞》和《詞源》〔註 28〕。南宋鄭思肖（1241～1318）〈山中白雲詞序〉稱張炎學詞經歷云：「吾識張循王孫玉田先輩，喜其三十年汗漫南北數千里，一片空狂懷抱，日日化雨為醉。自仰扳姜堯章、史邦卿、盧蒲江、吳夢窗諸名勝，互相鼓吹春聲於繁華世界，飄飄徵情，節節弄拍，嘲明月以謔樂，賣落花而陪笑。」〔註 29〕張炎學姜夔等人之詞情後，得於繁華世界中，超脫家國懷抱，在明月落花裡抒發鬱悶。元·仇遠（1247～1326）〈山中白雲詞序〉說：「《山中白雲詞》，意度超玄，律呂協洽，不特可寫青檀口，亦可披歌管，薦清廟；方之古人，當與白石老仙相鼓吹。」〔註 30〕稱張炎《山中白雲詞》在意度、律呂上造詣與姜夔相當，既意象清空又音律協調。清·杜詔（1666～1736）〈曹刻山中白雲詞序〉說：

> 詞盛於北宋，至南宋乃極其工。姜夔堯章最為傑出，宗之者史達祖、高觀國、盧祖皋、吳文英、蔣捷、周密、陳允平諸名家，皆具夔之一體，而張炎叔夏庶幾全體具矣。〔註 31〕

姜夔以清勁救婉約之軟媚靡麗，以騷雅矯豪放之驃悍粗鄙，格調高亮，瘦硬通神；張炎在藝術上「大段瓣香白石」〔註 32〕，認為張炎最能學得姜夔全體面貌。清乾隆十八（1753）年陳撰〈山中白雲詞疏證

〔註 28〕陶然《金元詞通論》以為：元代是張姜詞派的成熟期和總結期，其中自然以張炎的作用最為重要，把張炎歸為元代作家。見陶然：《金元詞通論》（上海：上海古籍出版社，2010 年 8 月），頁 103。

〔註 29〕〔南宋〕鄭思肖：〈山中白雲詞序〉，收錄在施蟄存主編：《詞籍序跋萃編》，頁 389。

〔註 30〕〔元〕仇遠：〈山中白雲詞序〉，收錄在施蟄存：《詞籍序跋萃編》，頁 390。

〔註 31〕〔清〕杜詔：〈曹刻山中白雲詞序〉，收錄在施蟄存主編：《詞籍序跋萃編》，頁 397。

〔註 32〕〔清〕江順詒：《詞學集成》卷 5《劉熙載論名家詞》：「玉田詞，清遠蘊藉，悽愴纏綿，大段瓣香白石。」〔清〕江順詒：《詞學集成》（上海：上海古籍出版社，2002 年，《續修四庫全書》據上海辭書出版社藏清光緒刻本影印原書版）冊 1735，卷 5，頁 30。

序〉也說：

> 每謂詞莫尚於南宋，景淳、德祐間，要以白石為宗主，其嗣白石起者，無逾於玉田，《白雲》一集，可按而知也。〔註33〕

陳撰認為繼承姜夔而起者，當推張炎《山中白雲詞》。乾隆十八（1753）年江昱〈山中白雲詞疏證自序〉更說：「詞自白石後惟玉田不愧大宗，而用意之密，適肖題分，尤稱極詣。」〔註34〕以為只有張炎不愧對姜夔，且在安排詞意疏密上，更勝姜夔。張炎詞的創作是宗姜夔、史達祖、吳文英等，從而形成自己清空騷雅風格，其論詞亦主清空騷雅，對後世影響很大。

張炎提出關於姜夔的主張和批評，在清代詞學中都有反映，如蔡嵩雲〈樂府指迷箋釋引言〉即指出：

> 《詞源》論詞，獨尊白石；《樂府》論詞，專主清真。張氏尊白石，以其「古雅峭拔」，特闢「清空」一境；沈氏主清真，則以其合乎上揭四標準也。由此可知宋末詞風，除稼軒外，可分二派：導源於白石而自成一體者，如東澤、竹山、中仙、玉田諸家，皆其選也；導源清真而各具面目者，梅溪、夢窗、西麓、草窗諸家，皆其選也。降及清初，浙派詞人家白石而戶玉田，以「清空騷雅」為歸，其實即宋末張氏所主張之詞派。〔註35〕

在詞學發展史上，圍繞張炎提出的「清空騷雅」審美範疇，多次展開爭論，在詞史上提出一些重要的文學批評標準，影響深遠。以下論述張炎關於姜夔的評論：

1. 清空說

首先提出姜夔「清空」之說，始於南宋張炎《詞源》：

〔註33〕〔清〕陳撰：〈山中白雲詞疏證序〉，收錄在施蟄存主編：《詞籍序跋萃編》，頁400。

〔註34〕〔清〕江昱：〈山中白雲詞疏證自序〉，收錄在施蟄存主編：《詞籍序跋萃編》，頁398。

〔註35〕蔡嵩雲：〈樂府指迷箋釋引言〉，收錄在龍沐勛編：《詞學季刊》（上海：上海書店，1985年12月）第3卷第4號，頁14。

> 詞要清空，不要質實。清空則古雅峭拔，質實則凝澀晦昧。姜白石詞如野雲孤飛，去留無跡；吳夢窗詞如七寶樓台，眩人眼目，拆碎下來，不成片段。此清空質實之說。夢窗〈聲聲慢〉云……。如〈唐多令〉云……此詞疏快，卻不質實。如是者集中尚有，惜不多耳。白石詞如〈疏影〉、〈暗香〉、〈揚州慢〉、〈一萼紅〉、〈琵琶仙〉、〈探春〉、〈八歸〉、〈淡黃柳〉等曲，不惟清空，又且騷雅，讀之使人神觀飛越。〔註36〕

姜夔詞作正是張炎所說之清空代表，「野雲孤飛，去留無跡」與吳文英「七寶樓臺，眩人眼目」形成對比。張炎認為詞必須清空有意趣：

> 詞以意為主，不要蹈襲前人語意。如東坡〈中秋・水調歌〉云（詞略，以下同）、〈夏夜・洞仙歌〉、王荊公〈金陵懷古・桂枝香〉、姜白石〈暗香〉、〈疏影〉，此數詞皆清空中有意趣，無筆力者未易到。〔註37〕

張炎所舉蘇軾〈水調歌頭〉：「我欲乘風歸去，又恐瓊樓玉宇，高處不勝寒。起舞弄清影，何似在人間」、〈洞仙歌〉：「冰肌玉骨，自清涼無汗。水殿風來暗香滿」、王安石〈桂枝香〉：「六朝舊事隨流水，但寒烟衰草凝綠。至今商女，時時猶唱，後庭遺曲」等詞，使用意象清新自然，被張炎認可具有「清空」特色，且具有意趣的作品。張炎又說：

> 作詞者多效其（周邦彥）體製，失之軟媚，而無所取。此惟美成為然，不能學也。所可倣傚之詞，豈一美成而已。舊有刊本六十家詞，可歌可誦者，指不多屈。中間如秦少游、高竹屋、姜白石、史邦卿、吳夢窗，此數家格調不侔，句法挺異，俱能特立清新之意，刪削靡曼之詞，自成一家，各名於世。〔註38〕

此段文字提醒學者，不能學周邦彥情志軟媚，立意不高的作品；並強

〔註36〕〔宋〕・張炎：《詞源》，見唐圭璋編：《詞話叢編》冊1，頁259。
〔註37〕〔宋〕・張炎：《詞源》，見唐圭璋編：《詞話叢編》冊1，頁260。
〔註38〕〔宋〕張炎：《詞源》，見唐圭璋編：《詞話叢編》冊1，頁255。

調填詞，要有清新意境，格調不凡，句法挺異，自成一家，才能稱名於世。此外，張炎還有關於質實的論點：

> 詞……若堆疊實字，讀且不通，況付之雪兒乎？合用虛字呼喚，……此等虛字，卻要用之得其所；若使盡用虛字，句語又俗，雖不質實，恐不無掩卷之誚。〔註39〕

可知虛字使詞面不質實。劉少雄《南宋姜吳典雅詞派相關詞學論題之探討》對張炎清空質實說之本意，有詳盡探討〔註40〕，他整理出幾個要點：一、清空使作品呈現「古雅峭拔」之姿，質實使作品「凝澀晦昧」。二、各種題材都要追求清空之高尚體貌。三、清空會有「疏快」的表現。〔註41〕四、文句過於研鍊工緻，易造成苦澀。五、靈活運用虛字，可避免質實。六、清空與騷雅、意趣之意義層次不同。他歸納張炎所謂「質實」是指修辭形式上的一種弊病，乃指詞語錘鍊堆垛、意象堆積複迭，不易理解，妨礙了文氣的流動貫串。「清空」則相對而言，指酌理修辭時，以輕勁靈巧之手法，使作品呈現一種空靈脫俗、高曠振拔的神氣，使作品氣脈貫穿，自然流暢，而一切筆法技巧卻又脫落無跡，渾然不可覓。〔註42〕

邱世友從姜夔、張炎等人的詞歸納出清空的內涵首先指藝術風格和意境，只有「空諸所有」、「返虛入渾」，所有的事物虛空化；同時

〔註39〕〔宋〕張炎：《詞源》，見唐圭璋編：《詞話叢編》冊1，頁259。

〔註40〕劉少雄：〈清空與質實之爭——論姜吳所代表的兩種詞筆勢態〉，《南宋姜吳典雅詞派相關詞學論題之探討》（臺北：臺大出版委員會出版，臺大文學院發行，1995年），頁115。

〔註41〕劉少雄說張炎之「清空」不等於「疏快」，清空有疏快的表現，卻不等同於疏快。「在酌理修辭時，能有清勁靈巧的手法，使作品氣脈貫穿，自然流暢」這部分是清空的作品有疏快的效果，淡清空之境還有更高遠的要求——「寫情而不膩於情，詠物而不滯於物，呈現一種空靈脫俗、高曠振拔的神氣，而一切筆法技巧卻又脫落無跡，渾然不可覓，此蓋張炎『野雲孤飛，去留無跡』之意。」見劉少雄：〈清空與質實之爭——論姜吳所代表的兩種詞筆勢態〉，《南宋姜吳典雅詞派相關詞學論題之探討》，頁118，注8。

〔註42〕劉少雄：〈清空與質實之爭——論姜吳所代表的兩種詞筆勢態〉，《南宋姜吳典雅詞派相關詞學論題之探討》，頁117。

又蘊涵著應有的一切事物，才是清空的藝術原則的哲學表述〔註 43〕。而清空之藝術手法與詞意轉折有關，所謂：「清空的詞境與轉折的藝術描寫是分不開的。詞能轉折，既可層深，又可疏宕，一波三折，迴環往復。」〔註 44〕姜夔《詩說》：「委曲盡情曰曲。」由於多層轉折，得空靈蘊藉之意，為空諸所有，反虛入渾。張炎〈高陽臺〉（西湖春感）、〈渡江雲〉都表現了因轉折層深而見清空疏宕，如張炎〈渡江雲〉：「長疑即見桃花面，甚近來、翻笑無書。書縱遠，如何夢也都無。」「長疑」、「翻笑」、「無夢」層層轉折〔註 45〕，所謂「一層緊一層，情辭淒惻」〔註 46〕，「曲折如意」〔註 47〕而又「返虛入渾」〔註 48〕見寄意深微而空靈無滓。

孫克強分析姜詞，概括出張炎之「清空」內涵有三〔註 49〕：第一、意境之清虛空靈。張炎提到清空的審美特點和效果：「古雅峭拔」、「如野雲孤飛，去留無跡」、「讀之使人神觀飛越」表現出清遠意韻的意境。具體描述如清．沈祥龍曾說「清者不染塵埃之謂，空者不著色相之謂。清則麗，空則靈，如月之曙，如氣之秋」〔註 50〕為清空作了註解。姜夔詞之意境，劉熙載也說：「姜白石詞幽韻冷香，令人挹之無窮，擬諸形容，在樂則琴，在花則梅也」如琴如梅，幽韻冷香，或曰：「詞家稱白石曰白石老仙，或問畢竟與何仙相似，曰：藐姑冰雪，

〔註 43〕邱世友：《詞論史論稿》（北京：人民文學出版社，2002 年 1 月），頁 41。

〔註 44〕邱世友：《詞論史論稿》，頁 46。

〔註 45〕邱世友：《詞論史論稿》，頁 48。

〔註 46〕〔清〕陳廷焯：《詞則．大雅集》（上海：上海古籍出版社，1984 年 5 月）卷 4，頁 13。

〔註 47〕〔清〕許昂霄：《詞綜偶評》，收錄在唐圭璋：《詞話叢編》冊 2，頁 1566。

〔註 48〕〔清〕鄧廷楨：《雙硯齋詞話》，收錄在唐圭璋：《詞話叢編》冊 3，頁 2532。

〔註 49〕孫克強：《清代詞學批評史論》（上海：上海古籍出版社，2008 年 11 月），頁 173。

〔註 50〕〔清〕沈祥龍：《論詞隨筆》，收錄在唐圭璋編：《詞話叢編》冊 5，頁 4054。

蓋為近之。」〔註 51〕詞境與詞人品格精神結合起來，如藐姑射山之仙人，冰雪肌膚，皆表現出清幽空靈之意境。第二，虛字的使用。在語氣的轉折處，使用虛字使語氣流轉，意境空靈；用實字則語調澀沉，意境濃密。第三，詞樂的清淡疏徐。詞所配合的燕樂，曲調豐富、曲式多樣，具極強的刺激性和感染力。姜夔詞的清空，與他把雅樂注入詞體，以古樂府、琴曲、法曲的音樂素材改造詞調，雅化詞樂有關。第一種方法為以古樂府入詞，二是以唐法曲音樂注入詞中，使「清」、「雅」、「淡」的風格代替胡樂的濃艷急促，以古樂之清雅革除「今曲」的淫靡。

陳書良《姜白石詞箋注》也將張炎「清空」定義為：「借用張炎的話，『野雲孤飛』當指『清』。孤飛的野雲，脫離塵俗而孤高不群。『去留無跡』當指『空』。雲卷雲舒當然空靈一氣。『清』指意象之清雅，而清雅的意象又與人的胸襟氣度有關。『空』指境界之空靈，而空靈的境界又與意象的組合方式有關。」〔註 52〕清空指意象與境界的清雅空靈，與孫克強之論相同。

綜上所述，張炎所謂姜夔的「清空」主要是指意象與境界之清雅空靈，而其藝術手法有使用虛字使語氣流轉、多層轉折以空諸所有，反虛入渾，使作品氣脈貫穿，自然流暢，而無錘鍊堆垛、意象堆積複迭，不易理解的窒礙。

張炎重視清空，與他所處的政治環境有關，吳熊和就認定《詞源》「為周、姜這一派詞學作了最後的總結。……張炎身丁國破家亡之時代劇變，卻一味醉心於清空，人們就難以諒解，只能看作是逃避現實之一途了。因此《詞源》之清空之說，是宋末詞風之弊在理論上的表現之一。」〔註 53〕在元初歷史文化條件下，「清空雅正」成了宋

〔註 51〕〔清〕劉熙載：《藝概》，唐圭璋編：《詞話叢編》冊 4，頁 3694。

〔註 52〕〔宋〕姜夔著；陳書良箋注：《姜白石詞箋注》（北京：中華書局，2009 年 7 月），頁 10。

〔註 53〕吳熊和：《唐宋詞通論》（上海：上海古籍出版社，2010 年 11 月），頁 310、313。

遺民寄託心意之審美追求。謝桃坊說「張炎是第一個以雅正清空作為藝術鑑賞的原型和評價作品的根據，以雅正清空的作品作為詞的最高範本」〔註 54〕。張炎的清空說，以姜夔詞為例證，首先提出詞學新風氣，在張炎的推波助瀾下，使姜夔詞名傳千古。

2. **騷雅說**

張炎傳授陸行直作詞之要訣說：

> 古人詩有翻案法，詞亦然。詞不用雕刻，刻則傷氣，務在自然。周清真之典麗，姜白石之騷雅，史梅溪之句法，吳夢窗之字面。取四家之所長，去四家之所短，此翁（翁指張炎，號樂笑翁）之要訣。〔註 55〕

張炎確立周、姜、史、吳四家詞為典範，風格學周邦彥之典麗，姜夔之騷雅，技巧學史達祖之句法、吳文英之字面鍛鍊，其中特別標舉姜夔之騷雅特色，所謂「雅」，張炎說：

> 詞欲雅而正，志之所之，一為情所役，則失其雅正之音。耆卿、伯可不必論，雖美成亦有所不免。如「為伊落淚」，如「最苦夢魂，今宵不到伊行」，如「天便教人，霎時得見何妨」，如「又恐伊，尋消問息，瘦損容光」，如「許多煩惱，只為當時，一晌留情」所謂淳厚日變成澆風也。〔註 56〕

騷雅之意，《文心雕龍．辨騷篇》云：「國風好色而不淫，小雅怨誹而不亂。若離騷者，可謂兼之。」〔註 57〕《文心雕龍注》云：「《史紀．屈原列傳索隱》引應劭曰：『離，遭也；騷，憂也。』〔註 58〕又王逸《離騷．序》云：『離，別也；騷，愁也。』案《國語楚語》上：『伍舉曰：曰德義不行，則邇者騷離，而遠者距遠。』韋昭注曰：『騷，愁

〔註 54〕謝桃坊：《中國詞學史》（成都：巴蜀書社，1993 年 6 月），頁 135。

〔註 55〕〔元〕陸輔之：《詞旨》，唐圭璋編：《詞話叢編》冊 1，頁 302。

〔註 56〕〔宋〕張炎：《詞源》，收錄在唐圭璋編：《詞話叢編》冊 1，頁 266。

〔註 57〕〔南朝〕劉勰撰、范文瀾註：《文心雕龍註》（臺北：明倫出版社，1971 年）卷 1，頁 45。

〔註 58〕瀧川龜太郎：《史記會注考證．屈原賈生列傳》（臺北：萬卷樓圖書有限公司，1996 年 10 月），頁 1010。

也；離，判也。』」〔註59〕騷即指內心憂愁，內容「以刺世事，明道德之廣崇，治亂之條貫」〔註60〕，發於文辭則「其文約，其辭微，其志潔，其行廉，其稱文小而其指極大，舉類邇而見義遠，其志潔故其稱物芳，其行廉故死而不容自疎，濯淖汙泥之中，蟬蛻於濁穢，以浮游塵埃之外，不獲世之滋垢，皭然泥而不滓者也，推此志也，雖與日月爭光可也。」〔註61〕而變雅之作，《詩・大序》曰：「至於王道衰，禮義廢，政教失，國異政，家殊俗，而變風變雅作矣。」〔註62〕雅即志潔行廉，針砭世事，卻又文約辭微。

周邦彥詞風軟媚逸情之處，不免造成浮薄澆風之詞。張炎說：

> 美成詞只當看他渾成處，於軟媚中有氣魄，採唐詩融化如自己者，乃其所長。惜乎意趣卻不高遠，所以出奇之語，以白石騷雅之句潤色之，真天機雲錦也。〔註63〕

此處主張以姜夔高遠意趣、淳厚騷雅之思想，潤色周邦彥詞；亦即以姜夔之長補周邦彥之短，則可成天機雲錦。

劉少雄以為騷雅「所要求的是抒寫個人情懷內容，而此內容必須有『好色而不淫，怨誹而不亂』的意趣，必須呈現一種端莊、高雅、溫厚的風貌。」〔註64〕歸納出所謂騷雅、意趣是作品情意內容所呈現的一種風貌，相對而言，清空是指文字技巧、酌理修辭上所展現的某種美質，兩者內外相合。〔註65〕

邱世友《詞論史論稿》說：「至於雅的涵義，不止是雅正，而且是騷雅，不但『不怒』、『不淫』，有變雅、騷辨的幽思微諷，怨情婉

〔註59〕〔南朝〕劉勰撰、臺灣開明書店：《文心雕龍注》，頁30。
〔註60〕瀧川龜太郎：《史記會注考證・屈原賈生列傳》，頁1010。
〔註61〕瀧川龜太郎：《史記會注考證・屈原賈生列傳》，頁1010。
〔註62〕中央黨校出版社傳統文化研究組編：《宋元明清十三經注疏匯要》（北京：中共中央黨校出版社，1996年10月）冊2，頁422。
〔註63〕唐圭璋編：《詞話叢編》冊1，頁266。
〔註64〕劉少雄：〈清空與質實之爭——論姜吳所代表的兩種詞筆勢態〉，《南宋姜吳典雅詞派相關詞學論題之探討》，頁116。
〔註65〕劉少雄：〈清空與質實之爭——論姜吳所代表的兩種詞筆勢態〉，《南宋姜吳典雅詞派相關詞學論題之探討》，頁116。

篤，而且還表現如《離騷》那樣，風流蘊藉，高舉遠慕。因此也必須通過藝術的概括化、抒情的典型化來體現具有《騷》、《雅》那樣的普遍性和持久性。通過藝術概括典型化寫出來的這種既深婉又飄逸的思想感情自然峭拔有力。峭則剛勁，拔則高超。在玉田看來，這就是詞要『清空』，『清空則古雅峭拔』。」〔註 66〕認為張炎所說清空與騷雅是一體二面的關係，「清空」指詞境，「騷雅」指詞品。

陳書良《姜白石詞箋注》將「騷雅」定義為：「竊以為『騷雅』乃《離騷》與《小雅》之結合，即志潔行芳之詞品、比興寄託之手法與溫柔敦厚之情感的結合。」〔註 67〕所謂騷雅乃指詞品之高雅與敦厚之寄託法。

歸納張炎《詞源》對於雅的要求有：第一，指創作思想規範之雅正。張炎以姜夔淳厚之風、騷雅之句救周邦彥詞，是指思想心志之雅正。第二，指品格風度之高雅。張炎稱白石「不惟清空，而且騷雅，讀之使人神觀飛躍。」〔註 68〕是在品格格調上論高雅；在表現手法上，則強調含蓄蘊藉、幽思微諷。

宋亡後不仕之柴望（1212～1280）在〈涼州鼓吹自序〉也說：「詞起於唐而盛於宋，宋作尤莫盛於宣、靖間，美成、伯可，各自堂奧，俱號稱作者。近世姜白石一洗而更之，〈暗香〉、〈疏影〉等作，當別家數也。大抵詞以雋永委婉為尚，組織塗澤次之，呼嗥叫嘯，抑末也。惟白石詞登高眺遠，慨然感今悼往之趣，悠然托物寄興之思，殆與〈古西河〉、〈桂枝香〉同風致，視青樓歌、紅窗曲萬萬矣。故余不敢望靖康家教；白石衣缽或仿佛焉。」〔註 69〕柴望重視姜夔詞中慨然感

〔註 66〕邱世友：《詞論史論稿》，頁 37～38。

〔註 67〕〔宋〕姜夔著；陳書良箋注：《姜白石詞箋注》（北京：中華書局，2009 年 7 月），頁 10。

〔註 68〕〔宋〕張炎：《詞源》，見唐圭璋編：《詞話叢編》冊 1，頁 259。

〔註 69〕柴望：〈涼州鼓吹自序〉，收錄在施蟄存主編：《詞籍序跋萃編》，頁 419。又見鄧子勉編：《宋金元詞話全編》（南京：鳳凰出版社，2008 年 12 月）下冊，頁 1529～1530。

今、托物寄興，所抒發之亡國之音，正雅之道，一洗青樓歌、紅窗曲之塗澤婉膩。

張炎得姜夔清空騷雅之境，後人多論之，如清・秦恩復（1760～1843）〈日湖漁唱序〉說：

> 南渡詞人，推白石、玉田得雅音之正宗。此外如梅溪、竹屋、夢窗、竹山、弁陽、碧山，指不勝屈。並皆高挹前賢，別開生面，如五色之相宣，如八音之迭奏，洵乎無美不備，有境必臻，洋洋乎巨觀也。〔註70〕

說明姜夔、張炎皆為雅音之正宗，於境界、技巧方面皆洋洋巨觀。清・戈載〈張叔夏詞選跋〉也說：

> 玉田云：「詞欲雅而正。」「雅正」兩字，示後人之津梁，即寫自家之面目，知此二字者，始可論玉田之詞。……。故善學之，則得門而入，升其堂，造其室，即可與清真、白石、夢窗諸公互相鼓吹，否則浮光掠影，貌合神離，仍是門外漢而已。〔註71〕

能寫「雅正」之詞，也是姜夔與張炎共同被推舉在一起的原因。張宗橚《詞林紀事》卷十六引樓敬思云：「南宋詞人，姜白石外惟張玉田能翻筆、側筆取勝。其章法、句法俱超，清虛騷雅，可謂脫盡蹊徑，自成一家。迄今讀集中諸闋，一氣卷舒，不可方物，信乎其為山中白雲也。」〔註72〕他認為姜夔外，惟張炎詞得清虛騷雅之傳。再者張炎也有承姜夔詞而改變之詞調，如清・戈載〈張叔夏詞選跋〉云張炎：「其〈長亭怨〉，白石一六一五兩句，玉田作一七一四。〈淒涼犯〉末句七仄，玉田首二字用平，是當別為一體。……〈紅情〉〈綠意〉即〈暗香〉、〈疏影〉，其句法平仄稍有不同，亦為同調異名之體

〔註70〕〔清〕秦恩復：〈日湖漁唱序〉，收錄在施蟄存主編：《詞籍序跋萃編》，頁370。

〔註71〕〔清〕戈載：〈張叔夏詞選跋〉，收錄在施蟄存主編：《詞籍序跋萃編》，頁402。

〔註72〕〔清〕張宗橚：《詞林紀事》（臺北：鼎文書局，1971年3月）卷16，頁426。

可也。」〔註 73〕凡此，都顯示張炎步趨姜夔詞調、風格之創作。

3. 意趣說

姜夔詞能清空，還在於能有新意。張炎《詞源》卷下云：

> 詞以意趣為主，要不蹈襲前人語意。如東坡……姜白石〈暗香〉賦梅云（詞略），〈疏影〉云（詞略），此數詞皆清空中有意趣，無筆力者未易到。〔註 74〕

張炎稱讚姜夔詞清空中，自創新意，不蹈襲前人語意。又說：

> 詞之賦梅，惟姜白石〈暗香〉、〈疏影〉二曲，前無古人，後無來者，自立新意，真為絕唱。〔註 75〕

張炎讚賞姜夔用典翻出新意，且用事融化不澀，如《詞源》卷下說：「詞用事最難，要體認著題，融化不澀，如……白石〈疏影〉：『猶記深宮舊事，那人正睡裏，飛近蛾綠。』用壽陽事。又云：『昭君不慣胡沙遠，但暗憶江南江北。想珮環月下歸來，化作此花幽獨』用少陵詩。此皆用事，不為事所使。」〔註 76〕張炎以為姜夔用事新穎，且不滯澀。姜夔曾說「詩有四種高妙，一曰理高妙，二曰意高妙，三曰想高妙，四曰自然高妙」〔註 77〕此言具有出語之奇的特點，不只是姜氏的詩學主張，也是姜詞的特色。

（二）其他詞評家對姜夔的評論

1. 用典生硬

除了張炎，其他宋元評論家也有嫌姜夔詞不免有用典太晦處，如宋・沈義父即認為姜夔詞：

〔註 73〕〔清〕戈載：〈張叔夏詞選跋〉，收錄在施蟄存主編：《詞籍序跋萃編》，頁 402。

〔註 74〕唐圭璋編：《詞話叢編》冊 1，頁 260。

〔註 75〕〔清〕張炎：《詞源》卷下，收錄在唐圭璋編：《詞話叢編》冊 1，頁 266。

〔註 76〕〔清〕張炎：《詞源》卷下，收錄在唐圭璋編：《詞話叢編》冊 1，頁 261。

〔註 77〕〔宋〕姜夔：《白石道人全集・姜氏詩說》（臺北：臺灣商務印書館，1968 年），頁 3。

清勁知音，亦未免有生硬處。〔註78〕

沈義父，字伯時，江蘇吳江人。沈義父繼承吳文英之說，他曾論及當時坊間歌詞之病說：「前輩好詞甚多，往往不協律腔，所以無人唱。如秦樓楚館所歌之詞，多是教坊樂工及市井做賺人所作，只緣音律不差，故多唱之。求其下次用語，全不可讀。」〔註79〕故主張：「凡作詞，當以清真為主。蓋清真最為知音，且無一點市井氣。下字運意，皆有法度，往往自唐宋諸賢詩句中來，而不用經史中生硬字面，此所以為冠絕也。學者看詞，當《周詞集解》為冠。」〔註80〕他認為周邦彥詞最有法度，字句往往自唐宋諸賢而來，不用生硬字面，因此他批評姜夔用典生硬，用語出奇，令人不可知曉真意。

2. 自度曲不易傳唱

姜夔在音樂理論與實踐上都有作品，除寧宗慶元三年（1197）進《大樂議》外，還自作《聖宋鐃歌》十四首和《越九歌》十首，以歌頌祖宗聖德，光復樂紀、樂治之實；他所作《白石道人歌曲》，在音樂上崇尚古音雅調，追求和諧之美，且既繼承傳統又勇於創新〔註81〕，在音樂造詣上，嚴守音律法度而又講求藝術美感，使他高出一般拘守成法的詞人樂家。元・朱晞顏〈跋周氏塤篪樂府引〉就說：

> 洎宋歐、蘇出，而一掃衰世之陋，有不以文章而直得造化之妙者，抑豈輕薄兒紈綺子游詞浪語而為誨淫之具者哉？其後稼軒、清真各立門戶，或以清曠為高，或以纖巧為美，正如桑葉食蠶，不知中邊之味為如何耳。最晚姜白石堯章，以音律之學為宋稱首，其遺詞綴譜，迴出塵俗，真有一洗萬古

〔註78〕〔宋〕沈義父：《樂府指迷》，收錄在唐圭璋編：《詞話叢編》冊 1，頁 278。

〔註79〕〔宋〕沈義父：《樂府指迷》，收錄在唐圭璋編：《詞話叢編》冊 1，頁 281。

〔註80〕〔宋〕沈義父：《樂府指迷》，收錄在唐圭璋編：《詞話叢編》冊 1，頁 277～278。

〔註81〕趙曉嵐：《姜夔與南宋文化》（北京：學苑出版社，2001 年 5 月），頁 89～96。

凡馬空之氣。〔註 82〕

姜夔兼擅詞與樂，且兩者結合最為完美，成為宋代音律之學的專家。姜夔〈長亭怨慢〉小序云：

予頗喜自制曲，初率意為長短句，然後協以律，故前後闋多不同。〔註 83〕

先率意為詞，後以樂配詞，充分表現了活用聲律的主動性，而非按譜填詞的被動性，因此可以突出文學主體抒情的性質。而似此「率意為詞，然後配樂」的創作法，獨具個性，也在音樂史上具有革新意義。胡雲翼就說：「就精通詞律的一點上，來推薦宋代樂府詞壇的四大權威——柳永、周邦彥、姜夔與張炎。柳永是慢詞的創造者，……周邦彥曾主徽宗創設之大晟府，音理至精，亦嘗創調。姜夔與張炎均為音樂專家，有自度腔流行於時。此四人者，其所作人皆視為詞律，影響詞壇之巨，遠非蘇軾、辛棄疾一派所能比擬。」〔註 84〕但這樣獨具個性的音律，容易失傳，若非經過一段時間之流行，對於後來讀者就會產生無法傳唱的情形，姜夔詞就有這樣的問題，《劉克莊詞話》就指出：

姜堯章有平聲〈滿江紅〉自敘云：「舊詞用仄韻，多不叶律……余欲以平韻為之，……」其詞云：「……」此闋甚佳，惜無能歌之者。〔註 85〕

〈滿江紅〉舊用仄聲韻，然姜夔以為多不協律，因此以平韻為之，是他首創，後人也有仿作，如吳文英〈滿江紅〉（雲氣樓臺），即是一例。陳廷焯《大雅集》卷三評云：「平調〈滿江紅〉而魄力不減，既精

〔註 82〕〔元〕朱晞顏：《瓢泉吟稿》卷五收錄在鄧子勉編：《宋金元詞話全編》冊下，頁 2060。

〔註 83〕〔宋〕姜夔著、夏承燾箋校：《姜白石詞編年箋校》（上海：上海古籍出版社，1998 年 12 月），頁 36。

〔註 84〕胡雲翼：〈宋名家詞選．下編題記〉，收錄在胡雲翼等編：《詞學小叢書》（臺北：泰順書局，1971 年 12 月），頁 217～218。

〔註 85〕〔宋〕劉克莊：《劉克莊詞話》，收錄在鄧子勉編：《宋金元詞話全編》冊中，頁 1208～1209。

練又清虛。」〔註 86〕然劉克莊讀姜夔此詞時，卻已無法歌其曲。明代瞿佑〈滿江紅〉，詞序也說：「昔姜堯章泛巢湖，作平聲〈滿江紅〉，為神嬈壽。百年以來，罕有賦之者。至正壬寅冬，自四明回錢塘，舟過曹娥江，至孝女祠下。遂效其體作此詞，書于殿壁，案：壁，原鈔誤作「璧」，依《萬有》本改。俟來知音者，共裁度之。」〔註 87〕說明百年以來，已無人歌平聲〈滿江紅〉，只剩文字格律譜。

3. 姜夔似晉宋雅士

姜夔一生布衣，又值國家衰微，家國愁恨，使得終身寄人籬下的姜夔，把一生中諸多不如意的情感，傾瀉於大自然中，有著晉宋雅士之風範，其〈水調歌頭〉（日落愛山紫）云：「頗憶謝生雙屐」，表達了對晉宋雅士謝靈運風雅生活的欽羨。其詞序也往往透露與二三勝友，或湖上盪舟、或楓下賞月，或垂虹踏雪，或荷間飲酒，如〈念奴嬌〉：「予與二三友日盪舟其間，薄荷花而飲」、〈慶宮春〉：「雪後夜過垂虹」、〈徵招〉：「越中山水幽遠。予數上下西興、錢清間，襟抱清曠。」等，都是雅興悠閒中所作之詞。「以姜白石為模範」〔註 88〕的周密，在《齊東野語》中引姜夔自序云：「參政范公以為翰墨人品皆似晉宋之雅士。」〔註 89〕這是時人對姜夔的評價，又說：「番昜布衣姜夔堯章出處備見張輯宗瑞所著《白石小傳》矣，近得其一書，……同時黃白石景說之言曰：『造物者不欲以富貴浼堯章，使之聲名焜耀於無窮也，此意甚厚。』又楊伯子長孺之言曰：『先君在朝列時，薄海

〔註 86〕〔清〕陳廷焯編選：《詞則》（上海：上海古籍出版社，1984 年），頁 120。

〔註 87〕周明初、葉曄補編：《全明詞補編》（杭州：浙江大學出版社，2007 年 1 月），頁 40～41。

〔註 88〕清・杜文瀾（1815～1881）〈重刊周草窗詞稿序〉：「周草窗之詞，以姜白石為模範，與吳夢窗同志友善，並驅爭先，自來選家采錄雖多，而專集流傳甚少。」杜文瀾：〈重刊周草窗詞稿序〉，收錄在施蟄存主編：《詞籍序跋萃編》，頁 374。

〔註 89〕〔宋〕周密：《齊東野語》（揚州：江蘇廣陵古籍刻印社，1990 年，《學津討原》冊 14）卷 12，頁 217。

英才雲次鱗集，亦不少矣，而布衣中得一人焉，曰姜堯章。』嗚呼！堯章，一布衣耳，乃得盛名於天壤間若此，則軒冕鍾鼎，真可蔽屣矣。」(《齊東野語》卷十二)〔註90〕姜夔體貌清羸，詞作散發著詩酒風流、意趣騷雅的高志，的確具有玉塵談玄、風流名勝的魏晉風度，故為當時文士所樂道。

小結

宋代詞論上提出清空、騷雅等文學批評標準之原因，還在於南宋滅亡後，元蒙王朝施行了民族壓迫政策，對於南宋遺民在詞作裏寄寓黍離之感，與桑梓之悲的故國之思，必然需要採取空靈曲折的表現方式，因而謝桃坊說南宋末「堅持雅正即意味著堅持漢民族的傳統文學觀念，提倡清空則意味著為創作取得一種合法的存在。所以『雅正清空』又是元代初年特定歷史文化環境中漢族美學觀念的產物。」〔註91〕元代初年，「雅正」是一群清高的宋遺民所堅持的審美理想。「雅正」理念表現在南宋末元初的《陽春白雪》上，所選宗旨為「斥哇去鄭，歸於雅音」〔註92〕；表現在《絕妙好詞》上，宗旨為申述江湖雅人騷雅幽怨之格調，朱彝尊〈書絕妙好詞後〉:「周公瑾《絕妙好詞》選本雖未全醇，然中多俊語。方諸《草堂》所錄，雅俗殊分。」〔註93〕皆以「雅」稱名。

清空騷雅之氛圍除了歷史環境中所造成，劉少雄認為清空說與宋南渡初期詞壇，以詩的觀點作詞論詞有關。〔註94〕蘇軾以詩為詞的創作理念，將詩詞視為作者情志之表現，詞包容詩的內容題材，詞也

〔註90〕〔宋〕周密:《齊東野語》卷12，頁217。

〔註91〕謝桃坊:《中國詞學史》，頁136。

〔註92〕彭甘亭稱「是書與《樂府雅詞》斥哇去鄭，歸於雅音。」見伍崇曜:〈陽春白雪跋〉，收錄在施蟄存主編:《唐宋詞集序跋萃編》，頁681。

〔註93〕朱彝尊:《曝書亭集》，收錄在施蟄存主編:《唐宋詞集序跋萃編》，頁682。

〔註94〕劉少雄:《南宋姜吳典雅派相關詞學論題之探討》(臺北:臺大出版委員會，1995年5月)，第三章第三節〈清空說與宋代詩詞學的關係〉，頁120～128。

不只能表達個人情志，更可有風雅興託的精神，對南宋詞壇影響深遠。宋代對蘇軾詞評為「指出向上一路，新天下耳目，弄筆者始知自振」〔註95〕，或「逸懷浩氣超然乎塵垢之外」〔註96〕，詞的詩化現象，孕育出張炎的「騷雅」、「清空」說。再者，黃昇選詞，常引唐宋間有名詩人，以比況詞「高絕」之境、「清逸」之韻，如謂陳去非「語意超絕，識者謂其可摩坡仙之壘也。」〔註97〕黃昇欣賞姜夔詞高遠意趣，正是詩的意境。張炎在醇雅的基本立場下提出清空說，而以帶有詩意的東坡、白石詞為例，則清空之理念，由詩而起，亦可解釋姜夔詞在南宋的繁盛。其次，與宋代詩學也有關，宋代詩學最大特色，就是「語思其工」、「意思其深」，在語言上，錘字鍊句做純粹美的思考，在傳達思想內涵上，務使詩意深邃細密〔註98〕，嚴羽《滄浪詩話》云：「夫詩有別材，非關書也；詩有別趣，非關理也。然非多讀書、多窮理，則不能極其至。所謂不涉理路、不落言筌者，上也。」〔註99〕宋人講究詩法，最終要達到「無意於文」，如「風行水上」的自然妙境。蘇軾在〈書黃子思詩集後〉也說：「蕭散閑遠，妙在筆墨之外」〔註100〕，范溫《潛溪詩眼》認為文章須有餘意之「韻」，他說：「至近代先達，始推尊之（韻）以為極致；凡事既盡其美，必有其韻，……必也備眾善而自韜晦，行於簡易閒淡之中，而有深遠無窮之味，觀於世俗，若出尋常。」〔註101〕

〔註95〕見〔宋〕王灼：《碧雞漫志》卷二，唐圭璋：《詞話叢編》冊1，頁85。

〔註96〕〔宋〕胡寅：〈酒邊詞序〉（汲古閣本《酒邊詞》附），收錄在吳熊和主編：《唐宋詞彙評・兩宋卷》冊1，頁393。

〔註97〕〔宋〕黃昇：《中興以來絕妙詞選》，收錄在唐圭璋主編：《唐宋人選唐宋詞》（上海：上海古籍出版社，2004年10月），頁691。

〔註98〕龔鵬程：〈知性的反省——宋詩的基本風貌〉，黃永武、張高評編：《宋詩論文選輯》（高雄：復文圖書出版社，1980年）第一輯，頁147～149。

〔註99〕〔宋〕嚴羽撰、郭紹虞校釋：《滄浪詩話校釋》（臺北：河洛圖書出版社，1978年）〈詩辨〉，頁23～24。

〔註100〕〔宋〕蘇軾：〈書黃子思詩集後〉，收錄在吳文治主編：《宋詩話全編》（南京：江蘇古籍出版社，1988年）冊1，頁803。

〔註101〕〔宋〕范溫：《潛溪詩眼》，收錄在吳文治主編：《宋詩話全編》（南京：江蘇古籍出版社，1988年）冊2，頁1260。

也是強調高韻勝者，體兼眾妙，不露鋒芒，妙在法度之外，而尋常自然。清、淡、疏、遠、韻，是整個宋文化特有的美學意境，姜夔《白石詩說》也是倡氣象之渾厚、韻味，並以清奇高遠、含蓄自然為詩的妙境。〔註 102〕南宋文人好清雅，詞學不離這個美學品味的表現，便可知其梗概。

在宋元異變時代、宋代文學風氣、詞詩化以及典雅化等種種原因，促成姜夔自然形成清空騷雅風格，而此論點之提出與總結，在張炎《詞源》理論之推廣下，以及宋末《陽春白雪》、《絕妙好詞》選錄雅詞，一改《草堂詩餘》選錄通俗詞作之作法，姜夔詞大大獲得傳播機會。

第二節　明代詞論中的姜夔接受

一、明代詞學的期待視野

明人詞體觀念，乃出於對南宋和元初詞壇雅正與清泚審美趣味之反動，趨向於淺俗與香弱。《花間集》與《草堂詩餘》之淺近穠艷成了明人作詞時學習和仿效的範本。前引王世貞《藝苑卮言》就說詞須宛轉綿麗，「一語之豔，令人魂絕；一字之工，令人色飛」〔註 103〕，《詞的》〈凡例〉第一條稱：「幽俊香豔為詞家當行，而莊重典麗次之」〔註 104〕，這是因為明代統治者大力提倡理學，宣揚禁欲主義，文人因此對於理學思潮產生了反動。「『香弱』確實是明人關於詞體特徵的認識，而也是明詞的基本藝術風格。」〔註 105〕且宋人詞集在元代大量散佚，元代以來音譜失傳，普遍出現音律失諧的狀況，明人缺乏寫作經

〔註 102〕《白石道人詩說》云：「詩有四種高妙：一曰理高妙，二曰意高妙，三曰想高妙，四曰自然高妙。」見〔宋〕姜夔：《白石道人全集．姜氏詩說》（臺北：臺灣商務印書館，1968 年），頁 3。

〔註 103〕〔明〕王世貞：《藝苑卮言》，收錄在唐圭璋：《詞話叢編》冊 1，頁 385。

〔註 104〕〔明〕茅暎輯評，《詞的》（《四庫未收書輯刊》北京：北京出版社，2000 年，清萃閱堂鈔本）第 8 集第 30 冊，頁 470。

〔註 105〕謝桃坊：《中國詞學史》（成都：巴蜀書社，2002 年 12 月），頁 142。

驗，僅將《花間集》與《草堂詩餘》作為學習範本，因此情思、語句的構思皆多淺俗低下，陳霆《渚山堂詞話》卷三就說：

> 予嘗妄謂我朝文人才士，鮮工南詞。間有作者，病其賦情遣思，殊乏圓妙，甚則音律失諧，又甚則語句塵俗，求所謂清楚流麗，綺靡蘊藉，不多見也。〔註 106〕

陳廷焯也說：

> 詞至于明，而詞亡矣。伯溫（劉基）、季迪（高啟）已失古意。降至升庵（楊慎）輩，句琢字煉，枝枝葉葉為之，益難語于大雅。自馬浩瀾（洪）、施閬仙（紹莘）輩出，淫詞穢語，無足置喙。明末陳人中（子龍）能以穠豔之筆，傳淒婉之神，在明代便算高手。然視國初諸老，已難同日而語，更何況唐宋哉！〔註 107〕

「難語於大雅」、「淫詞穢語」、「穠豔之筆」，是清人對明詞的認識，可知「淺俗與香弱」是明詞普遍的表現。王世貞（1526～1590）曾論詞的正宗、變體：

> 《花間》以小語致巧，《世說》靡也；《草堂》以麗字取妍，六朝隃也。即詞號稱詩餘，然而詩人不為也。何者？其婉孌而近情也，足以移情而奪嗜；其柔靡而近俗也，詩嘽緩再就之，而不知其下也。之詩而詞，非詞也；之詞而詩，非詩也。言其業，李氏（李璟、李煜）、晏氏父子（晏殊、晏幾道），耆卿（柳永）、子野（張先）、美成（周邦彥）、少游（秦觀）、易安（李清照）至矣，詞之正宗也。溫（庭筠）、韋（莊）豔而促，黃九（庭堅）精而險，長公（蘇軾）麗而壯，幼安（辛棄疾）辨而奇，又其次也，詞之變體也。詞興而樂府亡矣，曲興而詞亡矣，非樂府與詞之亡，其調亡也。〔註 108〕

〔註 106〕〔明〕陳霆：《渚山堂詞話》卷 3，收錄在唐圭璋編：《詞話叢編》冊 1，頁 378～379。

〔註 107〕〔清〕陳廷焯：《白雨齋詞話》卷 3，收錄在唐圭璋編：《詞話叢編》冊 4，頁 3823。

〔註 108〕〔明〕王世貞：《藝苑卮言》，收錄在唐圭璋：《詞話叢編》冊 1，頁 385。

王世貞所列舉的正宗與變體，為婉約與壯奇的風格，但並無一處論及姜夔，而明代批評姜夔詞的人也的確少見。

二、明代詞論對姜詞的接受

在明代詞選中，姜詞入選的並不多，除了詞集流傳不廣之外，姜詞的美學特色，可能並不符合明人喜愛的品味。因此直接不選姜詞，或只挑一兩首，成了沉默刪除姜夔的選擇。一直到明末時期，才有較多的人注意到姜夔，且多引用宋代選錄姜詞之資料，如明．萬曆十一年（1583），陳耀文《花草粹編》入選姜詞 19 首，其中有 18 首與宋．黃昇《絕妙詞選》所選一致。又如明．崇禎三年（1630）〔註 109〕毛晉（1599～1659）刻《宋六十名家詞》，收有姜詞 34 首，與宋．黃昇《絕妙詞選》所選 34 首一致；在評論方面，明代也多繼承宋代。明代詞論對姜詞的接受如下：

（一）清空騷雅

對姜詞較多注意的時期，是明末崇禎時候。沈際飛於《草堂詩餘續集》中評姜夔〈琵琶仙〉（雙槳來時）說：

> 詞大忌質實，白石道人〈探春慢〉、〈一萼紅〉、〈揚州慢〉、〈暗香〉、〈疏影〉、〈淡黃柳〉諸曲，多清空騷雅。〔註 110〕

沈際飛是繼承宋．張炎的觀點：「白石詞如〈疏影〉、〈暗香〉、〈揚州慢〉、〈一萼紅〉、〈琵琶仙〉、〈探春〉、〈八歸〉、〈淡黃柳〉等曲，不惟清空，又且騷雅，讀之使人神觀飛越。」〔註 111〕。此外，《草堂詩餘別集》，評姜詞〈眉嫵〉說：「出脫一番」是不同世俗，脫出眾人之意；評〈一萼紅〉說：「無纖砌之病，通脫高婉」皆傾向姜夔「高雅」

〔註 109〕《宋六十名家詞》，原名《宋名家詞》，據《宋名家詞》載〔明〕胡震亨〈宋詞二集敘〉，落款有「庚午夏」三子，庚午即明思宗崇禎三年（1630），推知此書刊刻年代。

〔註 110〕〔明〕沈際飛：《草堂詩餘續集》（臺北：國家圖書館藏明末崇禎吳門童湧泉刊本）卷下，頁 27。

〔註 111〕唐圭璋編：《詞話叢編》冊 1，頁 259。

意趣的推崇。

（二）詞極精妙

楊慎，出生於明孝宗弘治元年（1488），世宗嘉靖三十八年（1559）卒於戍所。詞學方面，他曾著《詞品》六卷，編選《百琲明珠》、《詞林萬選》、《填詞選格》、《草堂詩餘補遺》，校定《花間集》和批點《草堂詩餘》，《詞品》卷四評姜夔云：

> 詞極精妙，不減清真樂府。其間高處有周美成不能及者。善吹簫，自制曲，初則率意為長短句，然後協以音律云。……其腔皆自度者。傳至今，不得其調，難入管弦，只愛其句之奇麗耳。〔註 112〕

此評純依從宋·黃昇的觀點，黃昇在《絕妙詞選》中說：

> 白石詞極妙，不減清真；其間高處，有美成所不能及。善吹簫，自制曲，初則率意為長短句，然後協以音律。〔註 113〕

楊慎重申姜詞的精妙，善自製曲。楊慎《詞林萬選》並未選入姜詞，《百琲明珠》也只入選一首。雖然姜詞多自度曲，難以入樂，但楊慎在《詞品》中特別提到姜詞字句的奇麗，為他所愛。

（三）難入管絃

前文曾說到南宋末已無人能唱姜夔平韻〈滿江紅〉了，明代更不得其調譜。楊慎《詞品》卷四說姜詞：「其腔皆自度者。傳至今，不得其調，難入管弦」〔註 114〕沈際飛〈詩餘發凡〉也曾評云：

> 詞家習熟縱橫故句或無常，而聲能協調，且如姜堯章之流，能自度曲，總由精于音律之故，不許效顰也。〔註 115〕

因姜夔精於音律，其特色是自創曲調，調譜的獨特性與稀有性，讓人

〔註 112〕唐圭璋編：《詞話叢編》冊 1，頁 491～492。

〔註 113〕〔宋〕黃昇：《中興以來絕妙詞選》，收錄在唐圭璋等校點：《唐宋人選唐宋詞》（上海：上海古籍出版社，2004 年 10 月），頁 776。

〔註 114〕唐圭璋編：《詞話叢編》冊 1，頁 491～492。

〔註 115〕〔明〕卓人月、徐士俊輯：《古今詞統》（上海：上海古籍出版社，2002 年，據上海圖書館藏明崇禎刻本影印《續修四庫全書》冊 1728），頁 453。

不能如常仿效，非得依據他所寫的譜調，否則難以演唱，凡此，皆可見明代姜夔自度曲難以入樂的事實。

第三節　清代詞論中的姜夔接受

清代詞學的重要標誌，就是流派紛呈〔註 116〕，而詞派的形成，或因風格相近，或因師徒相傳，或因地域相鄰。〔註 117〕從明末清初起，雲間詞派、陽羨詞派、浙西詞派、常州詞派等，活動積極，產生較大影響。在大詞派之下，又衍生出小流派，如西泠詞派、柳州詞派、吳中詞派、晚清四大家（或稱臨桂詞派）等。

明末清初，雲間詞派以陳子龍為領袖，李雯、宋徵輿、宋徵璧、夏完淳等羽翼之；雲間詞派取法南唐北宋，以婉約詞風為正宗。

到了康熙初年，以陳維崧為領袖之陽羨詞派，和以朱彝尊為首的浙西詞派，代之而起。陽羨派提倡豪放詞風，浙西派尚清雅韻味，提出了「尚南宋」、「尊姜、張」等主張，針對清初詞壇沿襲明代頹靡詞風，渾不以為然，於是積極主張提高詞的品味。浙西詞派朱彝尊和浙西六家之後，又經厲鶚、王昶、吳錫麒、郭麐、戈載等人弘揚。直到嘉、道間常州詞派張惠言倡「意內言外」，改革浙派末流餖飣鎖屑和空疏浮游，充實詞的內容、意格，遂取代浙西詞派，風靡天下；迄乎董士錫、周濟達到鼎盛，經譚獻、莊棫、陳廷焯以及王鵬運、況周頤等晚清四大家之承轉，終影響了整個清代後期。

本節依前章選本分期方式，以清仁宗嘉慶二年（1797）常州詞派代表著作《詞選》出現，以及宣宗道光二十年鴉片戰爭（1840）這兩個時間點，分清代前期（1644～1796 年）、中期（1797～1839 年）、末期（1840～1911 年）論述如下：

〔註 116〕孫克強：《清代詞學批評史論》（上海：上海古籍出版社，2008 年 11 月），頁 233。

〔註 117〕朱崇才、駱冬青主編：《詞話理論研究》（北京：中華書局，2010 年 6 月），頁 184。

一、清代前期（1644～1796年）對姜夔的接受

（一）清代前期的期待視野

1. 政治變化改變明以來詞風

明代末年，詞風為香弱和豪宕兩種盛行，明末毛晉曾言：「近來填詞輒效顰柳屯田（柳永），作閨幃穢媟之語，無論筆墨勸淫，應墜梨舌地獄，於草窗（周密）、竹屋（高觀國）間，令人掩鼻而過，不慚惶無地邪！若彼白眼罵坐，臧否人物，自托辛稼軒後身者，譬如雷大起舞。」〔註118〕清初尤侗也說：「近日詞家愛寫閨襜，易流狎暱，蹈揚湖海，易涉叫囂，二者交病。」〔註119〕清初詞壇仍染有明人氣息，以《花間集》與《草堂詩餘》為詞的範本，或以蘇軾、辛棄疾之詞為宗。但在明清易代之際，社會政治有著重大變化，詞人開始以嚴肅的態度對待詞的創作。葉恭綽說：

> 清初詞派，承明末餘波，百家騰躍，雖其病為蕪獷，為纖仄，為喪亂之餘，家國文物之感，蘊發無端，笑啼非假；其才思充沛者，復以分塗奔放，各極所長。故清初諸家，實各具特色，不愧前茅。〔註120〕

明末清初的詞人如吳偉業、曹溶、龔鼎孳等人，處於朝代更替、喪亂之際，他們的詞與明人嘲風弄月、調笑娛賓的品味已不相同。清初顧貞觀說：「自國初輦轂諸公，尊前酒邊，借長短句以吐其胸中。始而微有寄託，久則務為協暢。」〔註121〕隨著社會改變，雖然未能完全擺脫明代影響，但詞風已慢慢發生變化。朱彝尊序曹溶《靜惕堂詞》說：

〔註118〕〔明〕毛晉：《花間集跋》，收錄在施蟄存主編：《詞籍序跋萃編》（北京：中國社會科學出版社，1994年12月），頁635～636。

〔註119〕〔清〕馮金伯輯：《詞苑粹編》卷8，收錄在唐圭璋編：《詞話叢編》冊2，頁1929。

〔註120〕葉遐庵：《廣篋中詞》（臺北：鼎文書局，1971年）卷1，頁47。

〔註121〕〈顧梁汾論詞書〉，《惠風詞話》續編卷二引，唐圭璋：《詞話叢編》冊5，頁4561。

念倚聲雖小道，當其為之，必崇爾雅，斥淫哇，極其能事，亦足以宣昭六義，鼓吹元音。〔註122〕

朱彝尊後來繼承曹溶之說，特別表舉雅正。清初陳鼎編選《同情集詞選》所製定的選詞標準也說：

詞以言情，填詞者不溫柔敦厚以立意，揚風摛藻以為語，循聲按節以成格調，概從芟薙。〔註123〕

總之，明人存有藉詞言情的觀念，但清人論詞已強調儒家詩教的內涵。

2. 文網大張下主張雅正、練字

在乾嘉以前，清朝因為入主中國不久，所以實行一面壓制，一面安撫漢人的政策。表現在學術上，就是一面大興文字獄，一面提倡文學、表彰儒術。清世祖順治二年（1645）清廷借黃毓祺詩詞案首興文字獄，藉以立威；又據《研堂見聞雜錄》記載順治十四年（1657）因南北兩闈科場案興大獄，「是役也，師生牽連就逮，或救立械，或於數千里外鋃鐺提鎖，家業化為灰塵，妻子流離。更波及二三大臣，皆居間者，血肉狼藉，長流萬里。」〔註124〕雍正時作詩、選文、論史、注經，動輒獲罪。〔註125〕康、雍、乾三朝頻興文字獄，箝制思想，束縛士林。蘇淑芬說：「朱彝尊在此時勢下，藉詠古傷今，詠物寄託，雖文字獄下之產物，亦何嘗非救時補弊之法？主張雅正，講求練字，亦正合乎歌詠昇平，逃避文網之時代需要。」〔註126〕吳宏一也說：「本來詞是被目為小道的，以為它專供抒情之用、酬唱之需，因此適合於歌筵命筆、酒座分題，適合於天涯悵遠、客館傷離，卻不能登上大雅之堂。在乾隆

〔註122〕〔清〕朱彝尊：〈靜惕堂詞序〉，見〔清〕曹溶：《靜惕堂詞》見《清詞別集百三十四種》（臺北：鼎文書局，1976年8月）冊1，頁75。

〔註123〕〔清〕陳鼎：《同情集詞選．發凡》，收錄在龍沐勛編：《詞學季刊》（上海：上海書店，1985年12月）創刊號，頁104。

〔註124〕〔清〕無名氏：《研堂見聞雜錄》，見中國古籍整理研究會：《明清筆記史料．清》（北京：中國書店，2000年）冊106，頁12。

〔註125〕蕭一山：《清代通史》（臺北：臺灣商務印書館，1963年9月）卷上29章，頁877～879。

〔註126〕蘇淑芬：《朱彝尊之詞與詞學研究》（臺北：文史哲出版社，1986年3月），頁3。

以前，這種觀念，正合乎清廷及時代的需要。蓋當時文網大張，非此無以自保，所以浙派冶音練字的主張，風靡了大江南北。」〔註127〕在文字獄大興之下，大多數人也只能主張雅正，歌詠昇平，或藉詠物、詠史來寄託個人身世之感，或消磨於冶音練字之下，以逃避文網。

3. 尊體觀念抬頭

清初多受明代詞體影響，視詞為小道、小技，例如清初茅元儀《詞潔發凡》說：

> 韻，小乘也。豔，下駟也。詞之工絕處，乃不主此。今人多以是二者言詞，未免失之淺矣。蓋韻則近於佻薄，豔則流於褻媟，往而不返，其去吳騷市曲無幾。〔註128〕

又說：「今之治詞者，惟以鄙穢褻媟為極，抑何謬與。」〔註129〕皆批評當時以韻、豔作為評詞的標準，以致流於鄙穢褻媟。陳維崧也不滿當時的詞壇，其〈詞選序〉云：

> 今之不屑為詞者，固亡論；其學為詞者，又復極意《花間》、學步《蘭畹》，矜香弱為當家，以清真為本色；神瞽審聲，斥為鄭衛，甚或爨弄俚詞，閨襜冶習，音如濕鼓，色若死灰。〔註130〕

陳氏以為清初為詞者，只以香弱清真為當家本色，一如鄭衛靡靡之音。清初人為了改變這一觀點，提倡格調高雅的詞風，以推尊詞體，朱彝尊編《詞綜》，目的在於「可一洗《草堂》之陋，而倚聲者知所宗矣。」〔註131〕。陳維崧甚至直斥說：

〔註127〕吳宏一：《清代詞學四論》（臺北：聯經出版事業公司，1990年7月），頁90～91。

〔註128〕〔清〕茅元儀：《詞潔．發凡》，見唐圭璋編：《詞話叢編》冊2，頁1330。

〔註129〕〔清〕先著：《詞潔．序》，見唐圭璋編：《詞話叢編》冊2，頁1347～1348。

〔註130〕〔清〕陳維崧：《陳迦陵文集．今詞選序》，王雲五主編：《四部叢刊正編》（臺北：商務印書館，1979年）冊82，卷2，頁31～32。

〔註131〕〔清〕汪森：《詞綜．序》（上海：上海古籍出版社，2008年3月），頁1。

僕本恨人，詞非小道。〔註132〕

陳氏強調詞非小道，在〈蝶庵詞序〉也引到「（雲臣云）今天下詞亦極盛矣，然其所為盛，正吾所謂衰也。家溫、韋而戶周、秦，亦《金荃》、《蘭畹》之大憂也。夫作者非有國風美人、離騷香草之志意，以優柔而涵濡之，則其入也不微，而其出也不厚。人或者以淫褻之音亂之，以佻巧之習沿之，非俚則誣。」〔註133〕當時詞風習於溫、韋、周、秦，流於淫褻佻巧，以為作詞者應具有國風美人、離騷香草之沉厚志意，以脫離詞走向俚俗誣言之類。厲鶚〈群雅詞集序〉也說：

詞之為體，委曲嘽緩，非緯之以雅，鮮有不與波俱靡，而失其正矣。〔註134〕

詞性柔和，委婉舒緩，若非以雅正拘束，則易流於委靡之音。清初詞家多對明詞之委靡有所省悟，杜文瀾說：

我朝振興詞學，國朝諸老輩，能矯明詞委靡之失，鑄為偉詞。如朱竹垞、陳迦陵、厲樊榭諸先生，均卓然大雅，自成一家。〔註135〕

為矯正明詞之失，清初詞學皆主張提高詞體的地位，庶不致再步入鄙穢褻媟之小道。再者，康熙二十六年（1687）萬樹《詞律》刊行，矯正詞疏於律之病，以後相繼刊行《詞譜》和《詞林正韻》，詞體格律遂得到完整的規範。清初杜文瀾說：

陽羨萬氏紅友，獨求聲律之原，廣取唐宋十國之詞，折衷剖白，精撰《詞律》二十卷，雖不免尚有遺漏舛誤，而能於荊棘之內，力闢康莊，實為詞家正軌。我聖祖（康熙）既選《歷代詩餘》，復御製《詞譜》，標明體調，中分句韻，旁列

〔註132〕〔清〕陳維崧：《陳迦陵文集．今詞選序》，王雲五主編：《四部叢刊正編》冊82，卷7，頁190。

〔註133〕〔清〕陳維崧：《陳迦陵文集．蝶庵詞序》，王雲五主編：《四部叢刊正編》冊82，卷2，頁29。

〔註134〕〔清〕厲鶚：《樊榭山房全集．文集》（臺北：中華書局，1981年）卷4，頁3。

〔註135〕〔清〕杜文瀾：《憩園詞話》，唐圭璋：《詞話叢編》冊3，卷1，頁2852。

平仄，俾承學之士，有所遵循。詞書於是大備。〔註136〕

清初詞學，在創作方面，如朱竹垞（朱彝尊）、陳迦陵（陳維崧）、厲樊榭（厲鶚）諸人，都有質量具豐的作品。在詞律方面，如《詞律》、《御選歷代詩餘》、《御製詞譜》的刊行，也有卓越的成就。元代迄明代三百餘年間，詞失去了音樂準度，清初詞壇在詞創作與體製上的重新重視，被譽為「詞學之復興」〔註137〕。

清初詞派中，以雲間詞派與浙西詞派論及姜夔較多，茲分述如次：

（二）雲間詞派對姜夔的接受

清詞的源流，始自明清之際以陳子龍為宗主的雲間詞派。而雲間詞派是以陳子龍為領袖，李雯、宋徵輿、宋徵璧、夏完淳等人為羽翼；其後在浙江杭州，西泠十子（即西泠詞派）也被視為雲間派，此派取法南唐、北宋，崇尚婉麗的審美情趣。陳子龍在浙中活躍後，他的一批江東子弟，先後在蘇、錫、常幾個文化中心活動，後來與王士禛相會合，聚集於古廣陵之揚州，為「廣陵詞壇」。王士禛之《衍波詞》、鄒祇謨之《麗農詞》、董以寧之《蓉渡詞》、彭孫遹之《延露詞》，皆專攻綺靡艷麗之詞，轉化成「花間」情趣的詞學活動。〔註138〕

雲間派推尊南唐、北宋，以婉約為詞的正宗，他們對姜夔的評論著重在以下幾個方面：

1. 麗情密藻

鄒祇謨（1630？～1670），字訏士，號程村，別號麗農山人，江蘇武進人。順治十五年（1658）進士。詞名則與王士禛、彭孫遹並重，為廣陵詞壇之詞人。其詞單行者有《麗農詞》二卷，刻於順治末。所作不脫香艷綺語，蓋時風使然。又與王士禛同輯《倚聲初集》二十

〔註136〕〔清〕杜文瀾：《憩園詞話》，唐圭璋：《詞話叢編》冊3，卷1，頁2852。

〔註137〕謝桃坊：《中國詞學史》，頁200。

〔註138〕嚴迪昌：《清詞史》（南京：江蘇古籍出版社，1999年8月），頁56。

卷，為清初大型詞選總集。〔註 139〕他曾說：

> 蓋詞至長調，變已極矣。南宋諸家，凡偏師取勝者，莫不以此見長。而梅溪、白石、竹山、夢窗諸家，麗情密藻，盡態極妍。要其瑰琢處，無不有蛇灰蚓線之妙，則所謂一氣流貫也。〔註 140〕

姜夔、史達祖、高觀國、吳文英諸家，麗情密藻，盡態極妍，還具有一氣流貫，不至窒礙難解。又說「長調惟南宋諸家，才情蹀躞，盡態極妍。阮亭（王士禎）嘗云：詞至姜、吳、蔣、史，有秦、李所未到者。正如晚唐絕句，以劉賓客（劉禹錫）、杜紫微（杜牧）為神詣，時出供奉（李白）、龍標（王昌齡）一頭地。」〔註 141〕王士禎《花草蒙拾》說：「南宋渡後，梅溪（史達祖）、白石（姜夔）、竹屋（高觀國）、夢窗（吳文英）諸子，極妍盡態，反有秦（觀）、李（李清照）未到者〔註 142〕，雖神韻天然處或減，要自令人有觀止之歎；正如唐絕句，至晚唐劉賓客（劉禹錫）、杜京兆（杜牧），妙處反〔註 143〕進青蓮（李白）、龍標（王昌齡）一塵。」〔註 144〕他認為南宋詞家姜夔等人，才情鋪陳，斟酌費工，盡現美好。鄒祗謨又說：「南宋諸家，蔣、史、姜、吳，警邁瑰奇，窮姿構彩。而辛、劉、陳、陸諸家，乘間代禪，鯨呿鰲擲，逸懷壯氣，超乎有高望遠舉之思。」凡此，皆強調姜、史等南宋詞家警策拔俗，瑰奇構彩。

〔註 139〕馬興榮、吳熊和、曹濟平主編：《中國詞學大辭典》（杭州：浙江教育出版社，1996 年），頁 196。

〔註 140〕〔清〕鄒祗謨：《遠志齋詞衷》，收錄在唐圭璋編：《詞話叢編》冊 1，頁 650。

〔註 141〕〔清〕鄒祗謨：《遠志齋詞衷》，收錄在唐圭璋編：《詞話叢編》冊 1，頁 659。

〔註 142〕〔清〕田同之《西譜詞說》載王士禎論詞曰：「語其正，則南唐二主為之祖，至漱玉（李清照）、淮海（秦觀）而極盛」，見唐圭璋：《詞話叢編》冊 2，頁 1451。

〔註 143〕〔清〕鄒祗謨：《倚聲初集・序》（上海：上海古籍出版社，2002 年），頁 166。

〔註 144〕〔清〕王士禎：《花草蒙拾》，收錄在唐圭璋編：《詞話叢編》冊 1，頁 682。

2. 煉句琢字

雲間宋徵璧曾說：「苟舉當家之詞，如……姜白石之能琢句，蔣竹山之能作態，史邦卿之能刷色，黃花庵之能選格，亦其選也。」〔註 145〕此言標舉「琢句」為姜夔詞的特色。鄒祗謨《遠志齋詞衷》也說：「余常與文友論詞，謂小調不學《花間》，則當學歐、晏、秦、黃。《花間》綺琢處，於詩為靡。而於詞則如古錦紋理，自有黯然異色。歐、晏蘊藉，秦、黃生動，一唱三歎，總以不盡為佳。清真、樂章，以短調行長調，故滔滔莽莽處，如唐初四傑，作七古嫌其不能盡變。至姜、史、高、吳，而融篇煉句琢字之法，無一不備。」〔註 146〕他認為姜、史等人在麗情密藻外，融篇、練句、琢字之法兼備，此乃受《花間》、《草堂》之影響所致。

（三）浙西詞派對姜夔的接受

清代前期雲間、陽羨、浙西三派中，以浙西派影響最大，清代詞學復興與浙西詞派之興起有非常密切之關係。

浙西詞派是一個以浙西為主的清初詞人群體，興起於康熙朝，以《康熙》十七年（1678）《詞綜》編輯問世為標誌，至乾隆以後漸趨衰微。這一派的創始人為曹溶，主要詞人有朱彝尊、李良年、沈皡日、李符、沈岸登、龔翔麟、厲鶚、王策、項鴻祚、吳錫麒等。

就時代因素而言，朱彝尊學詞原本從北宋婉約風格開始，後來轉而以南宋姜夔為主，這樣的變化，是在經歷人生磨難之後。據嚴迪昌《清詞史》研究，朱彝尊在康熙三年至十七年（1664～1678），即西北至雲中，入曹溶大同備兵署為幕僚，寄跡「僧舍」。處此羈愁潦倒之棲惶階段，追求「野雲孤飛」、「去留無迹」，是為了「空中傳恨」〔註 147〕，

〔註 145〕〔清〕徐釚：《詞苑叢壇》卷 4，收錄在朱崇才編：《詞話叢編續編》（北京：人民文學出版社，2010 年 6 月）冊 1，頁 339。

〔註 146〕〔清〕鄒祗謨：《遠志齋詞衷》，收錄在唐圭璋編：《詞話叢編》冊 1，頁 651。

〔註 147〕朱彝尊《江湖載酒集》卷 5 中有〈解佩令〉題云：「自題詞集」，詞云：「十年磨劍，五陵結客，把平生、涕淚都飄盡。老去填詞，一半

抒寫時代悲慨。浙西詞派詞家推崇南宋詞，都有時代際遇悲苦之相同因素，如李符自稱：「余布袍落魄，放浪形骸，自謂頗類玉田子（張炎）。年來亦以倚聲自遣，愛讀其詞。」〔註148〕郭麐《靈芬館詞·自序》也說：「余少喜為側艷之詞，以《花間》為宗，然未暇工也。中年以往，憂患鮮歡，則益討沿詞家之源流，藉以陶寫阨塞，寄托清微，遂有會於南宋諸家之旨。」〔註149〕孫克強也認為，南宋詞人遭家國之難，詞中多寄託，風格沉鬱，正是浙派詞人產生共鳴的情感因素。〔註150〕

就作家自身因素而言，嚴迪昌認為朱彝尊後期應康熙十八年「鴻博」試後，詞獲大名，於是為了鼓吹盛世「元音」、「歌詠太平」，遂「一洗草堂之陋」。〔註151〕編寫於康熙二十五年（1868）之〈紫雲詞·序〉即稱：

> 大都歡愉之辭工者十九，而言愁苦者十一焉耳。故詩際兵戈俶擾、流離瑣尾而作者愈工，詞則宜於宴嬉逸樂以歌詠太平。〔註152〕

可見朱彝尊力倡詞應「歌詠太平」，是以儒家「思無邪」的觀念，推崇「雅正」，以驅去淫哇穢語和俗氣之明詞，維持溫柔敦厚的論調。

就詞壇風氣而言，明末清初詞壇風氣與南宋極為相似，也是香弱和豪宕詞風盛行。南宋乾道、淳熙時期，舉朝上下沉醉在歌舞昇平中，詞壇風氣「方尚甜熟」〔註153〕，劉克莊評曰：「長短句當使雪

空中傳恨。」見〔清〕朱彝尊：《江湖載酒集》，收錄在張宏生編：《清詞珍本叢刊》（南京：鳳凰出版社，2007年12月）冊5，頁263。

〔註148〕李符：〈山中白雲詞·序〉，收錄在朱祖謀：《彊村叢書》（上海：上海書店、江蘇廣陵古籍刻印社，1987年7月），頁1245。

〔註149〕郭麐：《靈芬館詞·自序》，收錄在施蟄存：《詞籍序跋萃編》，頁569。

〔註150〕孫克強：《清代詞學》（北京：中國社會科學出版社，2004年7月），頁190。

〔註151〕嚴迪昌：《清詞史》，頁276。

〔註152〕〔清〕朱彝尊：《曝書亭集》（臺北：臺灣商務印書館，1986年）卷40，頁106。

〔註153〕〔清〕永瑢等撰：《四庫全書總目提要·竹屋癡語》（北京：中華書局，2008年11月），頁1820。

兒囀春鶯輩可歌，方是本色。」〔註 154〕也有追摹辛棄疾豪氣詞的現象。清初詞壇也出現香弱和豪宕兩種弊端，正如尤侗指出：「予惟近日詞家，烘寫閨幨，易流狎昵；蹈揚湖海，動涉叫囂，二者交病。」〔註 155〕，曹溶也提出「豪曠不冒蘇、辛，穢褻不落周、柳者，詞之大家也。」〔註 156〕於是姜夔的清雅就成為浙西派的必然選擇，避免落入浮艷、鄙俗、或叫囂中，主張情的表達應有一定的社會規範，符合儒家「溫柔敦厚」、「樂而不淫、哀而不傷」的原則。在朱彝尊之前，明代詞壇只知道周、秦的婉約纏綿，蘇、辛的豪放粗獷，自朱氏倡導姜、張，厲鶚、王昶等人踵事增華，為詞學開闢了更廣闊的道路。

浙西詞派對姜夔的論點如下：

1. 填詞最雅

浙西詞派在康熙中期以後，至乾嘉兩朝之間，以朱彝尊為旗幟之浙西六家（朱彝尊、李良年、沈暤日、李符、沈岸登、龔翔麟），是清前期最有勢力的文學流派。浙派之興起，正是康熙王權已穩固、大一統局面，康熙十七年（1678），汪森已將朱彝尊主編之《詞綜》增訂付梓；龔翔麟匯編之《浙西六家詞》也在康熙十八年刊刻於南京，可說是浙西詞派風起雲湧之時。浙西詞派藉以傳達之載體，有《樂府補題》，此選是由南宋末年王沂孫、周密等遺老逸民所唱和，由十四個詞人以五個詞牌，分咏五物，遙寄深沉之故國哀思。嚴迪昌說：「浙西詞宗正是藉《補題》原繫寄託故國之哀的那個隱曲的外殼，在實際續補吟唱中則不斷淡化其時尚存有的家國之恨、身世之感的情思。」〔註 157〕詞中提倡寄託騷雅之意，演變成浙西詞派之特徵。

〔註 154〕〔宋〕劉克莊：〈翁應星樂府序〉，《後村先生大全集》（臺北：台灣商務印書館，1967 年）卷 97。
〔註 155〕〔清〕尤侗：〈曹顧庵南溪詞序〉，《尤西堂雜俎》（臺北：河洛圖書出版社，1978 年）卷上，頁 48。
〔註 156〕〔清〕曹溶：《古今詞話・序》，唐圭璋：《詞話叢編》冊 1，頁 729。
〔註 157〕嚴迪昌：《清詞史》（南京：江蘇古籍出版社，1999 年 8 月），頁 253。

朱彝尊《詞綜・發凡》稱南宋「姜堯章氏最為傑出。」〔註158〕與他提倡雅詞相聯繫，又說：「言情之作，易流於穢，此宋人選詞，多以雅為目，法秀道人語涪翁曰：『作艷詞當墮犁舌地獄』。正指涪翁一等體製而言耳。填詞最雅，無過石帚」〔註159〕前引汪森《詞綜・序》也說：

宣和君臣，轉向衿尚。曲調越多，流派因之亦別。短長互見，言情者或失之俚，使事者或失之伉。鄱陽姜夔出，句琢字煉，歸于醇雅。〔註160〕

宋代以來或尚花間婉麗綺靡以致俗俚，或如辛棄疾豪放高亢以致伉直，但至姜夔「句琢字煉，歸于醇雅」，語言文字典雅含蓄，情意內容雅正得體〔註161〕，得以矯正俚、伉之弊。

朱彝尊要革除明以來之令詞學頹靡之「俗」詞，曾於《詞綜・發凡》稱：「明初作手，……至錢塘馬浩瀾（馬洪）以詞名東南，陳言穢語，俗氣薰入骨髓，殆不可醫。周白川（周名用）、夏公謹（夏言）諸老，間有硬語。楊用修（楊慎）、王元美（王世貞）則強作解事，均與樂章未諧。」〔註162〕朱彝尊所謂明代俗詞，包含「陳言穢語」、硬語與強作解事，致使「與樂章未諧」，所以朱彝尊提出姜夔醇雅之詞，期矯正明代之俗詞。

朱彝尊〈靜惕堂詞序〉曾說：

念倚聲雖小道，當其為之，必崇爾雅，斥淫哇。極其能事，則亦足以宣昭六義，鼓吹元音。……數十年來，浙西填詞者，家白石而戶玉田，春容大雅，風氣之變，實由先生（曹溶）。〔註163〕

〔註158〕《詞綜・發凡》說：「世人言詞，必稱北宋。然詞至南宋，始極其工，至宋季而始極其變。姜堯章氏最為傑出。」〔清〕朱彝尊、汪森編：《詞綜・發凡》（上海：上海古籍出版社，2008年3月），頁14。

〔註159〕〔清〕朱彝尊、汪森編：《詞綜・發凡》，頁14。

〔註160〕〔清〕汪森：《詞綜・序》，頁1。

〔註161〕劉少雄：《南宋姜吳典雅詞派相關詞學論題之探討》，頁39。

〔註162〕〔清〕朱彝尊、汪森編：《詞綜・發凡》，頁14。

〔註163〕〔清〕朱彝尊：《靜惕堂詞・序》，收錄於〔清〕李雯等撰：《清詞別集百三十四種》冊2，頁75。

朱彝尊以為詞當崇爾雅，符合正統原則，宣昭詩經六義（風、雅、頌、賦、比、興），鼓吹元音，擯斥淫哇。孫克強歸納朱彝尊所提倡之雅正有三個方面，第一，提倡雅正之創作思想，嚴肅之創作態度，以糾正「邪俗」弊端。朱彝尊《詞綜・發凡》說：「言情之作，易流於穢，此宋人選詞，多以雅為目」〔註 164〕因此他絕不選言情淫穢之詞。第二，提倡高雅之立意和情致，運用典雅之語言，以屏除庸俗和俚俗。朱彝尊〈書絕妙好詞後〉說：「周公謹《絕妙好詞》選本雖未全醇，然中多俊語，方諸《草堂》所錄，雅俗殊分。」〔註 165〕《草堂詩餘》所採多「取便時俗」〔註 166〕，因他必去語言平俗、蕪雜之作。第三，合於聲律樂調詞譜，守律為雅，以反對在音律方面之隨意和蕪雜。〔註 167〕朱彝尊強調姜詞之嚴守律呂，所撰《群雅集序》說：「仁宗于禁中度曲，時則有若柳永；徽宗以大晟名樂，時則有若周邦彥、曹組、辛次膺、万俟雅言，皆明于宮調，無相奪倫者也。洎乎南渡，家各有詞，雖道學如朱仲晦、真希元，亦能倚聲中律呂，而姜夔審音尤精。」〔註 168〕以姜夔最精音律，文字典雅含蓄，情意內容雅正得體，故成為朱彝尊推舉之人選。

成於康熙三十一年（1692）的《詞潔》稱：「柳永以樂章名集，其詞蕪累者十之八，必若美成、堯章，宮調、語句兩皆無憾，斯為冠絕。今詞不可以付歌伶，則竹素之觀也。」〔註 169〕也是在宮調、語句上，肯定姜夔為「詞潔」之代表。陳撰於康熙甲午（五十三年，1714）《自跋白石詞刊本》也說：「南宋詞人，浙東西特盛。若岳肅

〔註 164〕〔清〕朱彝尊、汪森編：《詞綜・發凡》，頁 14。

〔註 165〕〔清〕朱彝尊：《曝書亭集》（臺北：商務印書館，1967 年，四部叢刊初編集部，據上海商務印書館縮印原刊本）卷 43，頁 353。

〔註 166〕吳昌綬：〈草堂詩餘跋〉，收錄在吳昌綬、陶湘輯：《景刊宋金元明本詞》（上海：上海古籍出版社，1989 年 9 月），頁 456。

〔註 167〕孫克強：《清代詞學批評史論》，頁 58～60。

〔註 168〕〔清〕朱彝尊：《曝書亭集》卷 40，頁 334。

〔註 169〕〔清〕茅元儀：《詞潔・發凡》見唐圭璋編：《詞話叢編》冊 2，頁 1329。

之、盧申之、張功甫、張叔夏、史邦卿、吳君特、孫季蕃、高賓王、王聖與、尹惟曉、周公謹、仇仁近及家西麓先生，先後輩出。而審音之精，要以白石為諧極。」〔註170〕明確指出姜夔之音律精工，勝於他人。

除了音律，姜夔之人格，也增添他成為雅詞代表的光環。陳撰說：「先生事事精習，率妙絕無品。雖終身草萊，而風流氣韻足以標映後世。當乾、淳間俗學充斥，文獻湮替，乃能雅尚如此，洵稱豪傑之士矣。」〔註171〕除了音律上精研，姜夔因風流氣韻高尚，被稱為豪傑之士。

清初其他詞評家，論及姜夔雅正之特色，尚有以朱彝尊《詞綜》為準則之《歷代詞選》，乾隆辛未（十六年，1751）夏秉衡序云：「至南北宋而作者日盛，如清真（周邦彥）、石帚（姜夔）、竹山（高觀國）、梅溪（史達祖）、玉田（張炎）諸集，雅正超忽，可謂詞家上乘矣。」〔註172〕尤悔庵也說：「（曹）顧庵工於寓意，發為雅音，品格當在周、秦、姜、史之間。」〔註173〕清初所認為之雅詞，在音律、思想、用語方面都有規範，周邦彥、史達祖等人雖然也屬雅詞，但姜夔音律精審，情意雅正得體，文字典雅含蓄，不言情淫穢，為清初浙西詞派所特別標舉，姜夔從明代以來，重新受到重視，不得不歸功於浙西詞派。

2. 開清空一派

刊行於康熙三十一年（1692）之《詞潔》，在浙西詞派之影響下，擇詞除了審音外，也注重清濁去取，所謂：「以求美成之集自標

〔註170〕〔清〕陳撰：〈自跋白石詞刊本〉，收錄在夏承燾箋校：《姜白石詞編年箋校》（上海：上海古籍出版社，1998年），頁189。

〔註171〕〔清〕陳撰：〈自跋白石詞刊本〉，收錄在夏承燾箋校：《姜白石詞編年箋校》，頁189。

〔註172〕〔清〕夏秉衡選：《歷朝名人詞選．序》（臺北：大西洋圖書公司印行，1968年），頁2。

〔註173〕〔清〕馮金伯輯：《詞苑粹編》卷8，見唐圭璋編：《詞話叢編》冊2，頁1929。

清真，白石之詞無一凡近，況塵土垢穢乎。故是選於去取清濁之界，特為屬意，要之才高而情真，即瑕不得而掩瑜矣。」〔註 174〕並要求「洗粉澤，後除琱繢，靈氣勃發，古色黯然，而以情與經緯其間。雖豪宕震激，而不失於粗，纏綿輕婉，而不入於靡。」〔註 175〕《詞潔》所選較多的是張炎、吳文英、史達祖、姜夔等詞，改正清初以來豪宕與香弱之詞風，以真情貫穿，得以因清、真而不入於粗、靡。

朱彝尊標舉姜夔的「雅正」，而姜夔的「清空」，浙西派的後進也加以發揚。雍乾時期，浙派中期領袖厲鶚繼之以起：「詞以南宋為極能，繼之者朱竹垞，至厲樊榭則更極其工，後來居上」〔註 176〕；謝章鋌《賭棋山莊詞話》也說：「雍正、乾隆間，詞家奉樊榭為赤幟，家白石而戶梅溪矣。」〔註 177〕厲鶚（1692～1752），字太鴻，號樊榭，又自號南湖花隱，浙江錢塘（今杭州）人。有《樊榭山房集》。厲鶚曾說：「豪邁者失之於粗厲，香豔者失於之孅褻。惟有宋姜白石、張玉田諸君，清真雅正，為詞律之極則。」〔註 178〕除了雅正，厲鶚比朱彝尊更重視姜夔、張炎「清真」的特色。《詞苑粹編》曾載陳玉几之言說：「詞於詩同源而殊體，風騷五七字之外，另有此境。而精微詣極，惟南渡德佑、景炎間，斯為特絕。吾杭若姜白石、張玉田、周草窗、史梅溪、仇山村諸君所作，皆是也。吾友樊榭先生起而遙應之，清真雅正，超然神解，如金石之有聲，而玉之聲清越。如草木之有花，而蘭之味芬芳。登培塿以攬崇山，涉潢汙以觀大澤。致使白石諸君。如透

〔註 174〕〔清〕茅元儀：《詞潔．發凡》，見唐圭璋編：《詞話叢編》冊 2，頁 1330。

〔註 175〕〔清〕茅元儀：《詞潔．發凡》，見唐圭璋編：《詞話叢編》冊 2，頁 1330。

〔註 176〕〔清〕厲鶚：《樊榭山房集．軼事》，收錄在《清代詩文集彙編》編纂委員會編：《清代詩文集彙編》（上海：上海古籍出版社，2010 年）冊 271，頁 210。

〔註 177〕〔清〕謝章鋌：《賭棋山莊詞話》卷 4，收錄在唐圭璋編：《詞話叢編》，頁 3375。

〔註 178〕〔清〕汪沆：〈耔香堂詞序〉引，《槐堂文稿》卷二，收錄在《清代詩文集彙編》編纂委員會編：《清代詩文集彙編》冊 301，頁 452。

水月華，波搖不散。」〔註 179〕《定香亭筆談》也說：「厲徵君樊榭詞，清空婉約，得白石、叔夏正傳。」〔註 180〕凡此皆謂厲鶚之清空婉約，是繼承姜夔而來。

厲鶚〈張今涪紅螺詞序〉曾說：「嘗以詞譬之畫，畫家以南宗勝北宗。稼軒、後村諸人，詞之北宗也；清真、白石諸人，詞之南宗也。」〔註 181〕他以姜夔和周邦彥，放在同派，辛棄疾和劉克莊另一派，可知厲鶚並不強分周、姜。厲鶚有論詞絕句十二首，其中論張炎詞云：「玉田秀筆溯清空，淨洗花香意匠中。」〔註 182〕推崇張炎之清空，也論姜夔詞：

舊時月色最清妍，香影都從授簡傳。贈與小紅應不惜，賞音只有石湖仙。〔註 183〕

首句「舊時月色」，乃出自姜夔〈暗香〉；第二句「授簡」也出自〈暗香〉詞序：

辛亥之冬，予載雪詣石湖。止既月，授簡索句，且徵新聲。作此兩曲，石湖把玩不已，使工妓隸習之，音節諧婉，乃名之曰暗香、疏影。

詞云：

舊時月色。算幾番照我，梅邊吹笛。喚起玉人，不管清寒與攀摘。何遜而今漸老，都忘卻、春風詞筆。但怪得、竹外疏花，香冷入瑤席。江國。正寂寂。歎寄與路遙，夜雪初積。翠尊易泣。紅萼無言耿相憶。長記曾攜手處，千樹壓、西湖

〔註 179〕〔清〕馮金伯：《詞苑粹編》卷 8，收錄在唐圭璋，《詞話叢編》冊 2，頁 1950。

〔註 180〕〔清〕馮金伯：《詞苑粹編》卷 8，收錄在唐圭璋，《詞話叢編》冊 2，頁 1950。

〔註 181〕〔清〕厲鶚：《樊榭山房集．文集》卷 4，收錄在《清代詩文集彙編》編纂委員會編：《清代詩文集彙編》冊 271，頁 438。

〔註 182〕〔清〕厲鶚：《樊榭山房集．詩集》卷 7，收錄在《清代詩文集彙編》編纂委員會編：《清代詩文集彙編》冊 271，頁 272。

〔註 183〕〔清〕厲鶚：《樊榭山房集．詩集》卷 7，收錄在《清代詩文集彙編》編纂委員會編：《清代詩文集彙編》（上海：上海古籍出版社，2010 年）冊 271，頁 272。

寒碧。又片片、吹盡也，幾時見得。

厲鶚評姜詞說：〈暗香〉、〈疏影〉之作清妍美好，都是因范成大慧眼識英雄，姜夔才能名流千古。范成大看了姜夔的作品，因為愛才，所以不惜將小紅贈與姜夔。陸友仁《硯北雜志》卷下載：「小紅，順陽公青衣也，有色藝。順陽公之請老，姜堯章詣之。一日，授簡徵新聲，堯章製暗香、疏影兩曲。公使二妓肄習之，音節清婉。姜堯章歸吳興，公尋以小紅贈之。其夕大雪，過垂虹賦詩曰：『自琢新詞韻最嬌，小紅低唱我吹簫；曲終過盡松陵路，回首烟波十四橋。』」〔註184〕因此厲鶚論范成大（號石湖居士）才是姜夔真正知音。厲鶚此二詩，旨在標舉姜、張，並以「清空」為典範〔註185〕。

清初其他詞評家，也曾論及姜夔清空之特色，如前引顧仲清即曰：「姜白石、張叔夏輩，以沖澹休潔，得詞之中正。」〔註186〕沈初《蘭韻堂詩集》〔註187〕卷一《論詞絕句》亦曰：

> 梅溪竹屋門清新，體物幽思妙入神。那及番陽姜白石，天然標格勝於人。〔註188〕

沈初（1729～1799），字景初，號萃岩，又號雲椒，浙江平湖林家埭人，汪容甫（汪中）曾品其詩曰「微、適、遠、深」〔註189〕。沈初論史達祖（梅溪）、高觀國（竹屋）為姜詞一派，詞意清新，且咏物騷

〔註184〕〔元〕陸友仁《硯北雜志》，收錄在〔明〕鄭瑄輯：《筆記小說大觀》（台北：新興書局，1978年）第22編，頁1997。

〔註185〕陳水云：《清代詞學發展史論》（北京：學苑出版社，2005年7月），頁150。

〔註186〕高佑釲：《湖海樓詞．序》引顧咸三語，收錄在《清詞別集百三十四種》冊2，頁2。顧仲清，字咸三，又字閑山，又號中村，浙江嘉興人，活動於康熙年間。

〔註187〕沈初《蘭韻堂詩集．序》於乾隆癸丑作，見〔清〕沈初：《蘭韻堂詩集．序》，收錄在四庫未收書輯刊編纂委員會編：《四庫未收書輯刊》（北京：北京出版社，2000年），10．23冊，頁4。

〔註188〕〔清〕沈初：《蘭韻堂詩集》卷1，收錄在四庫未收書輯刊編纂委員會編：《四庫未收書輯刊》，10．23冊，頁8。

〔註189〕〔清〕汪中：《蘭韻堂詩集．序》卷1，收錄在四庫未收書輯刊編纂委員會編：《四庫未收書輯刊》，10．23冊，頁3。

雅，但都不及姜夔天然高妙。王鳴盛（1722～1797）亦稱姜夔、張炎、周密、王沂孫：「開清空一派，五百年來以此為正宗。」〔註190〕顧仲清說「沖澹休潔」、沈初說「天然標格」、王鳴盛說「清空」，都肯定指出姜夔的特色所在。

浙西詞派後期代表人物，郭麐（1767～1831），在《靈芬館詞話》卷一曾提及詞之為體可分為四派：論花間諸人為：「風流華美，渾然天成，如美人臨妝，卻扇一顧」；論秦觀、周邦彥、賀鑄、晁補之諸人為：「施朱傅粉，學步習容，如宮女題紅，含情幽豔」；論蘇軾：「以橫絕一代之才，凌厲一世之氣，間作倚聲，意若不屑，雄詞高唱，別為一宗」。論姜、張則稱：

> 姜張諸子，一洗華靡，獨標清綺，如瘦石孤花，清笙幽磬，入其境者疑有仙靈，聞其聲者人人自遠。〔註191〕

郭麐特別以「獨標清綺」作為姜、張諸子特色，俾與其他詞派區別。

3. 蘊藉深遠

王時翔（1675～1744）字抱翼，又字皋謨，號小山，江蘇鎮洋（今太倉）人。有《香濤詞》、《青綃樂府》、《紺寒集》、《旗亭夢囈》，合稱為《小山詩餘》。作於康熙壬寅（元年，1662年）之〈青綃樂府・序〉曰：「家小山先生，少以詩文名，間倚聲填詞，清綺婉約，原本溫、韋，推波助瀾入南宋名家之室，……《青綃樂府》……茲編也寓激昂於蘊藉，發沉鬱於遙深，可以挹白石之袂，拍夢窗之肩。」〔註192〕王時翔原本學北宋溫、韋，後來也學南宋姜夔、吳文英之沉鬱蘊藉。王時翔〈莫荊琰詞序〉也說：「詞自晚唐，溫、韋主於柔婉，五季之末，

〔註190〕《巉整山人詞集》評語，〔清〕謝章鋌：《賭棋山莊詞話》續編四引，收錄在唐圭璋編：《詞話叢編》冊4，頁3549。王鳴盛，字鳳喈，號禮堂，又號西莊，晚號西沚，江蘇嘉定（今屬上海）人。從沈德潛學詩，後從惠棟問精義，精研《尚書》，為乾嘉樸學之重要學者。

〔註191〕〔清〕郭麐：《靈芬館詞話》，收錄在唐圭璋《詞話叢編》冊2，頁1503。

〔註192〕〔清〕王時翔：《小山詩文全稿・文稿》卷2，收錄在四庫全書存目叢書編纂委員會：《四庫全書存目叢書》集部冊275，頁124。

李後主以哀豔之辭倡於上，而下皆靡然從之。入宋號為極盛，然歐陽、秦、黃諸君子且不免相沿襲，周、柳之徒無論已。獨蘇長公能盤硬語與時異，趨而復失之�。南渡後得辛稼軒，寄深情於豪宕之中，其所製，往往蒼涼悲壯，在古樂府當與魏武埒。斯可語于詩之變矣。迨姜白石出而後蘊藉深遠，前人之作幾可盡廢。」〔註 193〕是知姜夔的蘊藉深遠，在朱彝尊標舉雅正之後，已成為詞論家注意的面向。

自朱彝尊《詞綜》後，姜夔影響日大，汪筠《謙谷集》卷二《讀〈詞綜〉書後》二十首中第十一首曾說：

> 南渡江山未可憑，諸君哀怨盡能情。一從白石簫聲斷，誰倚瓊樓最上層。〔註 194〕

汪筠（1715～？）字珊立，一字幹翁，號謙谷，桐鄉籍，秀水人。乾隆元年舉鴻博不遇，以附貢生授光祿寺署正，官至長沙知府，卒于任。工詩善畫，為錢載所稱，著有《謙谷集》。汪筠《詞綜》讀後一詩，感到詞情蘊含南宋家國之板蕩，以姜夔所作最好，並感嘆自從姜夔歌曲簫聲斷後，又有誰的作品能在瓊樓最高層？

浙西詞派中期另一位代表人物王昶（1724～1806）〔註 195〕進一步尊詞體，在《春融堂集》卷四十一〈姚茝汀詞雅序〉曾說：「詞，三百篇之遺也，然風雅正變，王者之迹，作者多名卿大夫，莊人正士。而柳永、周邦彥輩不免雜於俳優。後惟姜、張諸人以高賢志士放迹江湖，其旨遠，其詞文，托物比興，因時傷事，即酒食游戲，無不有黍離周道之感，與詩異曲而同工，且清婉窈眇，言者無罪，聽者落淚。」〔註 196〕

〔註 193〕〔清〕王時翔：《小山詩文全稿．文稿》卷 2，收錄在四庫全書存目叢書編纂委員會：《四庫全書存目叢書》（臺南：莊嚴文化事業有限公司，1997 年 6 月）集部冊 275，頁 155。

〔註 194〕〔清〕汪筠《謙谷集》卷 2，收錄在四庫未收書輯刊編纂委員會編：《四庫未收書輯刊》（北京：北京出版社，2000 年）冊 10．21，頁 93。

〔註 195〕王昶，字德甫，號述庵，又號蘭泉。

〔註 196〕〔清〕王昶〈姚茝汀詞雅．序〉，收錄在〔清〕王昶：《春融堂集》（上海：上海古籍出版社，2002 年，《續修四庫全書》據上海辭書王昶以「詞乃《詩》之苗裔，且以補《詩》之窮」〔註 197〕，主要依據在於詞與《詩》都與樂有密切關係，尤其認為姜夔、張炎之詞，托物比興，因時傷事，清婉窈眇，能得三百篇之意。王昶身處嘉慶二年（1797）常州詞派興盛之時，不免從思想方面著重姜夔的優點。

4. 姜夔勝史達祖

王昶還以人品論詞品，其〈江賓谷梅鶴詞序〉云：「余常謂論詞必論其人，與詩同，如晁端禮、万俟雅言、康順之，其人在俳優戲弄之間，詞亦庸俗不可耐，周邦彥亦未免於此，至姜氏夔、周氏密諸人，始以博雅擅名，往來江湖，不為富貴所熏灼，是以其詞冠于南宋，非北宋之所能及。暨於張氏炎、王氏沂孫，故國遺民，哀時感事，緣情賦物，以寫閔周、哀郢之思，而詞之能事畢矣。世人不察，猥以姜、史同日而語，且舉以律君。夫梅溪乃平原省吏，平原之敗，梅溪因此受黥，是豈可與白石比量工拙哉！譬猶名倡妙伎姿首或有可觀，以視瑤台之仙姑射之處子，臭味區別，不可倍蓰算矣。」〔註 198〕姜夔品格不為富貴所熏灼，史達祖因敗吏而受黥，從人品論及詞品，故王昶認為姜詞比史詞高。

許昂霄《詞綜偶評》也曾辯論姜、史之地位，他說：「白石、梅溪，昔人往往並稱。驟閱之，史似勝姜，其實則史稍遜堯章。昔鈍翁嘗問漁洋曰『王、孟齊名，何以孟不及王。』漁洋答曰：『孟詩味之未能免俗耳。』吾于姜史亦云。倚聲者試取兩家詞熟玩之，當不以予為蚍蜉之撼。」〔註 199〕許昂霄則從語言風格來論，以為史達祖詞比姜詞俚俗些。

出版社圖書館藏清嘉慶十二年（1807）塾南書舍刻本影印）冊 1438，卷 41，頁 90。

〔註 197〕〔清〕王昶：〈國朝詞綜自序〉，收錄在〔清〕王昶：《春融堂集》冊 1438，卷 41，頁 10。

〔註 198〕〔清〕王昶：〈江賓谷梅鶴詞·序〉，收錄在〔清〕王昶：《春融堂集》卷 41，頁 88。

〔註 199〕〔清〕許昂霄：《詞綜偶評》，收錄在唐圭璋編：《詞話叢編》冊 2，頁 1576。

5. 姜、張詞獨立成派

清初論及姜夔列入詞派者，有汪懋麟，他說：

> 予嘗論宋詞有三派：歐、晏正其始，秦、黃、周、柳、姜、史、李清照之徒備其盛，東坡、稼軒放乎其言之矣。其餘子，非無單詞隻句，可喜可誦，苟求其繼，難矣哉。〔註200〕

汪懋麟（1640～1688）雖將宋詞分三派，其實是二派〔註201〕：論發展之「正其始」與「備其盛」為一派，論風格之「放乎言」為一派。更有將宋詞之興衰，比照唐詩興衰，分初盛中晚時期，如劉體仁（1612～1677）《七頌堂詞繹》云：「詞亦有初盛中晚，不以代也。牛嶠、和凝、張泌、歐陽炯、韓偓、鹿虔扆輩，不離唐絕句，如唐之初未脫隋調也，然皆小令耳。至宋則極盛，周、張、柳、康，蔚然大家。至姜白石、史邦卿則如唐之中。而明初比唐晚，蓋非不欲勝前人，而中實枵然，取給而已，於神味處，全未夢見。」〔註202〕劉體仁《七頌堂詞繹》把唐末至明代詞，分為初盛中晚四期，以為北宋周邦彥詞體雅正〔註203〕，屬盛唐時期，而南宋姜夔輩，屬中唐時期。尤侗（1618～1704）《詞苑叢談．序》也說：「詞之系宋，猶詩之系唐也。唐詩有初、盛、中、晚，宋詞亦有之。唐之詩由六朝樂府而變，宋之詞由五代長短句而變。約而次之，小山、安陸，其詞之初乎；淮海、清真，其詞之盛乎；石帚、夢窗，似得其中；碧山、玉田，風斯晚矣。」〔註204〕尤侗則細分宋詞為初、盛、中、晚四期，姜夔、吳文英詞屬中唐詩。

〔註200〕〔清〕汪懋麟：《棠村詞．序》，收錄在〔清〕李雯等著：《清詞別集百三十四種》（臺北：鼎文書局，1976年8月）冊1，頁566。

〔註201〕孫克強：〈清代詞學流派論〉，《清代詞學批評史論》，頁252。

〔註202〕〔清〕劉體仁：《七頌堂詞繹》，收錄在唐圭璋編：《詞話叢編》冊1，頁618。

〔註203〕〔清〕劉體仁《七頌堂詞繹》：「周美成不止不能作情語，其體雅正，無旁見側出之妙。」，在唐圭璋編：《詞話叢編》冊1，頁622。

〔註204〕〔清〕尤侗：《詞苑叢談．序》，收錄在朱崇才編：《詞話叢編續編》（北京：人民文學出版社，2010年6月）冊1，頁230。

然而姜夔詞風獨立成為一派，是在詞壇對姜、張派有了深刻認識之後。孫克強說：「康熙年前期，朱彝尊大力彰揚姜夔、張炎清雅詞的獨特審美價值，逐漸得到詞壇的廣泛認同。從此『清雅』（清空、澹雅）與傳統的『婉麗』、『豪放』成鼎足而三的風格形態和流派。」〔註 205〕康熙十七年（1678），汪森《詞綜．序》已說：

> 鄱陽姜夔出，句琢字煉，歸于醇雅。于是史達祖、高觀國羽翼之，張輯、吳文英師之于前，趙以夫、蔣捷、周密、陳允衡、王沂孫、張炎、張翥效之于後，譬之于樂，舞《箾》至于九變，而詞之能事畢矣。〔註 206〕

汪森以姜夔為宗，輔之南宋中晚期詞風相近之詞人為一派，劉少雄說「是詞學史上明確為南宋姜吳諸家正式建立宗脈關係的最早一段文字。」〔註 207〕之後朱彝尊〈黑蝶齋詩餘序〉也說：「詞莫善于姜夔，宗之者張輯、盧祖皋、史達祖、吳文英、蔣捷、王沂孫、張炎、周密、陳允平、張翥、楊基，皆具夔之一體；基之後，得其門者寡矣。」〔註 208〕從此姜夔者流已儼然成派。顧咸三說：

> 宋名家詞最盛，體非一格。蘇、辛之雄放豪宕，秦、柳之嫵媚風流，判然分途，各極其妙。而姜白石、張叔夏輩，以沖淡秀潔得詞之中正。〔註 209〕

王鳴盛（1722～1797）亦云：

> 北宋詞人原只有豔冶、豪蕩兩派。自姜夔、張炎、周密、王沂孫方開清空一派，五百年來以此為為正宗。〔註 210〕

〔註 205〕孫克強：〈清代詞學流派論〉，《清代詞學批評史論》，頁 252。

〔註 206〕〔清〕汪森：《詞綜．序》（上海：上海古籍出版社，2008 年 3 月），頁 1。

〔註 207〕劉少雄：《南宋姜吳典雅詞派相關詞學論題之探討》（臺北：臺大出版委員會出版，1995 年 5 月），頁 35。

〔註 208〕〔清〕朱彝尊：《曝書亭集》（臺北：商務印書館，1967 年，四部叢刊初編集部，據上海商務印書館縮印原刊本）卷 40，頁 332。

〔註 209〕〔清〕高佑釲：《湖海樓詞．序》引顧咸三語，收錄在《清詞別集百三十四種》冊 2，頁 2。

〔註 210〕《巏嵍山人詞集》評語，〔清〕謝章鋌：《賭棋山莊詞話》續編四引，收錄在唐圭璋編：《詞話叢編》冊 4，頁 3549。

朱彝尊之後，顧咸三與王鳴盛將姜、張詞與蘇、辛之豪放，秦、柳之婉約區別出來，獨立為「沖淡秀潔」、「清空」一派，尊崇此派為「詞之正宗」。

（四）清初對姜詞的其他批評

康熙十七年（1678）《詞綜》刊行以來，有學者已憂心太過尊崇姜夔，恐造成獨樹一幟之局限，於是提醒南宋亦有其他詞人，且姜夔詞也有缺失之處。重要論點整理如下：

1. 姜夔為俗詞的始作俑者

賀裳（生卒年不詳，大約在康熙年間），字黃公，丹陽（今江蘇鎮江）人；屬批評清初偏重晚唐五代，或偏重北宋而輕南宋，且重神韻、天然的詞論家〔註211〕。他所作的《紅牙詞》，呈現風流婉麗的風格。

賀裳《皺水軒詞筌》曾說：

> 小詞須風流蘊藉，作者當知三忌，一不可入漁鼓中語言，二不可涉演義家腔調，三不可像優伶開場時敘述。偶類一端，即成俗劣。顧時賢犯此極多，其作俑者，白石山樵也。〔註212〕

賀裳從對唐宋詞家評點中，提出詞的審美追求，集中在1. 無理而妙。2. 詞須雅潔。3. 含蓄蘊藉。4. 本色自然。〔註213〕《皺水軒詞筌》認為詞宜本色語較妙，他說「詞雖以險麗為工，實不及本色語之妙。」〔註214〕並認為王彥泓詞「廉中堂後，綠陰掩靄，說花時已覺有情，豔雪蕊珠，狀花之色，暗麝狀花之香，鬢間、簟上、枕邊、舉護花者之張設，戴花者之神情，摹擬逼到，語復俊麗，可稱詞中聖手。」〔註215〕

〔註211〕朱崇才：《詞話史》（北京：中華書局，2006年3月），頁233。

〔註212〕〔清〕賀裳：《皺水軒詞筌》，收錄在唐圭璋編：《詞話叢編》冊1，頁711。

〔註213〕馬曉妮：〈論丹陽詞人賀裳的詞學思想和詞作〉，《江蘇教育學院學報（社會科學）》第26卷第1期（2010年1月），頁106～107。

〔註214〕〔清〕賀裳：《皺水軒詞筌》，收錄在唐圭璋編：《詞話叢編》冊1，頁716。

〔註215〕〔清〕賀裳：《皺水軒詞筌》，收錄在唐圭璋編：《詞話叢編》冊1，頁716。

他所說的本色，乃「摹擬逼到，語復俊麗」、「風流蘊藉」，首列「詩詞無理而妙」〔註 216〕一說，具有王士禎「神韻說」的精神；也就是「語淡而情濃，事淺而言深，真得詞家三昧，非鄙俚朴陋者可冒」〔註 217〕。賀裳不喜俚俗朴陋之詞，所以出現如曲之「漁鼓中語言」、「演義家腔調」、「優伶開場敘述」等通俗文藝上的俗語，都排除在外，以維護詞體「雅正」之身分。因明末清初，戲曲小說發達，詞家多雜俚語俗言，詞風由雅而俗，賀裳以為此風之開，姜夔乃始作俑者。

2. 清初斤斤墨守姜夔

朱彝尊推崇姜夔以來，杜紹憂心當時太過尊崇姜夔，造成獨樹一幟之局限，因此杜詔於雍正四年（1726）為張炎《山中白雲詞》作序時說：

> 詞盛於北宋，至南宋乃極其工。姜堯章最為杰出，宗之者史達祖、高觀國、盧祖皋、吳文英、蔣捷、周密、陳允平諸名家，皆具姜之一體，而張炎叔夏庶幾全體具矣。仇仁近謂：叔夏詞意度超元，律呂協洽，當與白石老仙相鼓吹。顧白石風骨清勁，誠如沈伯時所云：未免有生硬處，叔夏則和雅而精粹，讀其《樂府指迷》一書，為古今填詞準則，夫豈斤斤墨守堯章者。……兩家（指姜夔、張炎）足以概南宋，從此溯源北宋，研味乎淮海、清真，一歸諸和雅，則詞之能事畢矣。其有功於詞學豈淺哉！〔註 218〕

杜詔針對清初太過尊崇姜夔，提出姜詞有生硬之缺點外，不得不提醒南宋詞不是只有姜夔，還有張炎，其詞風和雅而精粹；同時認為自姜夔、張炎詞可概觀南宋，並建議由此上溯北宋周邦彥、秦觀等人，而不必太過獨尊姜夔，以為南宋詞只有一人獨當。

〔註 216〕〔清〕賀裳：《皺水軒詞荃》，收錄在唐圭璋編：《詞話叢編》冊 1，頁 695。

〔註 217〕〔清〕賀裳：《皺水軒詞荃》，收錄在唐圭璋編：《詞話叢編》冊 1，頁 701。

〔註 218〕〔清〕杜詔：《山中白雲詞・序》（北京：中華書局，1991 年），頁 25～26。

3. 姜夔詞生硬

在浙西派日益推舉姜夔之時，姜詞的缺點也逐漸受到檢視，除雍正時期杜詔提及姜詞有生硬之處外，乾隆時期許昂霄《詞綜偶評》〔註219〕評〈暗香〉也曾說：「詞中之有白石，猶文中之有昌黎。世固也以昌黎為穿鑿生割者，則以白石為生硬也亦宜。」〔註220〕提醒讀者，姜夔詞如韓愈文，有生硬的缺點，此說乃承自宋．沈義父《樂府指迷》曾說姜夔「清勁知音，亦未免有生硬處。」〔註221〕許昂霄把姜夔比作古文中之韓愈，韓愈主張「務去陳言」(〈答李翊書〉)〔註222〕，為文用難字和僻澀之句法；他自稱為文「怪怪奇奇」〔註223〕(〈送窮文〉)，時有「奇怪之辭」(〈上宰相書〉)〔註224〕，以穿鑿取新，顛倒文句，回互不常等，為效奇新色之法。姜夔也說：「作者求與古人合，不若求與古人異。求與古人異，不若求與古人合而不合，不求與古人異而不能不異」〔註225〕、「人所易言，我寡言之，人所難言，我易言之，自不俗。」〔註226〕以及「事出意外曰意高妙」等，與韓愈「務去陳言」之主旨相同，所以姜詞也有類似韓愈穿鑿生割之缺點，以及語言生硬不順之處。

〔註219〕〔清〕許昂霄：《詞綜偶評》有張載華跋，作於乾隆丁酉春日（1777年），見唐圭璋編：《詞話叢編》冊2，頁1579。

〔註220〕〔清〕許昂霄：《詞綜偶評》，收錄在唐圭璋編：《詞話叢編》冊2，頁1576。

〔註221〕〔宋〕沈義父：《樂府指迷》，收錄在唐圭璋編：《詞話叢編》冊1，頁278。

〔註222〕〔唐〕韓愈：〈答李翊書〉，收錄在佘冠英等編：《唐宋八大家全集》（北京：國際文化出版公司，1996年10月），頁164。

〔註223〕〔唐〕韓愈：〈送窮文〉，收錄在佘冠英等編：《唐宋八大家全集》，頁288。

〔註224〕〔唐〕韓愈：〈上宰相書〉，收錄在佘冠英等編：《唐宋八大家全集》，頁160。

〔註225〕〔宋〕姜夔：《白石道人詩集．自敘》，收錄在〔宋〕姜夔著、王雲五主編：《白石道人全集》（臺北：臺灣商務印書館，1968年9月），頁1。

〔註226〕〔宋〕姜夔：《姜氏詩說》，收錄在〔宋〕姜夔著、王雲五主編：《白石道人全集》，頁1。

二、清代中期（1797～1839年）對姜夔的接受

（一）清代中期的期待視野

乾隆晚期至嘉慶前後，滿清統治階層至少出現幾個問題：

1. 吏治腐敗

清王朝自乾隆末年已存在腐敗吏治以及官逼民反的暴動，而嘉慶朝以來之形勢，包世臣（1775～1853）〈再與楊季子書〉總結說：

> 世臣生乾隆中，比及成童，見百為廢弛，賄賂公行，吏治汙而民氣鬱，殆將有變，……又見民生日蹙，一被水旱，則道殣相望，……又見齊民跬布即陷非辜，奸民趨死若騖而常得自全。〔註227〕

包世臣成童之時，大約在乾隆之末，所論乃對清朝衰敗之回顧。在他之前，武進著名經學家、文學家洪亮吉〈征邪教疏〉針對白蓮教起義之形勢也說：

> 今日州縣之惡，百倍於十年二十年以前，上敢驕天子之法，下敢竭百姓之資。以臣所聞，湖北之宜昌，四川之達州，雖稍有邪教，然民皆保身家、戀妻子、不敢犯法也。州縣官即不能消彌化導於前，及事有萌蘖，即借邪教之名，把持之，誅球之，不逼至於為賊不止。〔註228〕

洪亮吉指出吏治州縣之大弊，人民之鬱怒，而且這種悲哀在嚴酷的統治下，隨著腐朽政權越來越深沉。嘉慶四年，張惠言在〈送左仲甫序〉中亦指出，當今「為士者，日以嗜利而無恥，為兵者，日以怯弱而畏死，是豈無故哉」〔註229〕吏治貪腐下，民氣衰敗如此。戴逸《中國近代史稿》也說：「乾隆以後，官場貪汙案層出，如兩淮鹽引貪汙

〔註227〕〔清〕包世臣：《藝舟雙輯》（臺北：臺灣商務印書館，1986年11月），頁13。

〔註228〕〔清〕洪亮吉：〈征邪教疏〉，〔清〕洪亮吉：《卷施閣集》文甲集卷十（上海：上海古籍出版社，2002年，《續修四庫全書》據清光緒三年（1877）洪氏授經堂刻洪北江全集增修本影印）冊1467，頁332。

〔註229〕〔清〕張惠言：《茗柯文編》（臺北：臺灣商務印書館，1967年，《四部叢刊初編》）三編，頁60。

案、甘肅侵冒賑糧案。到嘉慶時又有虛收碎糧案、冒領庫銀案、河工貪汙案等。每次案件，貪汙的數目動輒幾十萬，甚至私刻假印、戕殺命官，奇聞怪事，不一而足。」〔註 230〕乾、嘉之貪汙案始終無法改善，累積民怨，亂象橫生。

2. 內憂外患

此時的社會矛盾尖銳化源自三個方面：一是由於人口大幅增多，導致人均耕地面積減少，農民生活日趨貧困。二是地主豪強加速兼併土地，形成巨大的貧富差距。人口增多，分化土地之結果是小農增多，生產和再生產的能力變弱，導致少數地主占有土地，集聚財富，大量農民無地可種。三是統治階級的橫征暴斂，激化了官民之間對立。〔註 231〕社會對立之激烈化，致使人民「耕無以為之田，賈無以為之貲，居無以為之宅……顛窮之民，父債其子，夫鬻其妻，為臧獲奴婢以自存……失業無告，槁項以死，填委於溝洫……飢寒之不忍，起而為竊盜，矯虔無行以入於刑僇枕首死。」〔註 232〕人民生活不安，於是乾隆四十六年蘇四十三等領導的西北回族和撒拉族人民起義、乾隆六十年湘黔苗民大起義等。嘉慶元年爆發白蓮教農民大起義，遍及鄂、豫、川、陝、甘，歷時達九年之久；嘉慶十八年爆發華北天理教農民起義，一度攻入紫禁城。〔註 233〕在加上外患頻至，乾隆末期，殖民國家以武力騷擾或侵犯，同時對中國進行經濟掠奪。尤其英國傾銷大量鴉片，自乾隆三十八年（1773）始，東印度公司每年向中國傾銷鴉片一千箱，至嘉慶初，每年已達四千箱，給中國帶來了極深的毒害。

〔註 230〕戴逸：《中國近代史稿》（北京：中國人民大學出版社，2008 年 1 月）冊 1，頁 40。

〔註 231〕朱德慈：《常州詞派通論》（北京：中華書局，2006 年 11 月），頁 3。

〔註 232〕〔清〕張惠言：《茗柯文補編》卷上〈吏難一〉，〔清〕張惠言：《茗柯文編》（臺北：臺灣商務印書館，1967 年，《四部叢刊初編》集部）茗柯文補編，頁 4～5。

〔註 233〕朱德慈：《常州詞派通論》，頁 4。

3. 文網日密

滿清統治中國所實行肅清文人批評的策略：文字獄控制，數量比起其他朝代，愈多且激烈，「清代文字獄，主要集中前朝，歷順治、康熙、雍正、乾隆四代君王，綿延一百三十餘年。」〔註234〕據《清代文字獄檔》記載，常州詞派張惠言在世時期：乾隆二十六年（1761）至嘉慶七年（1802），共發生五十八起文字獄事件〔註235〕，乾隆朝密集產生文字獄的原因，主要來自《四庫全書》之編纂〔註236〕。乾隆皇帝下令纂修《四庫全書》同時，也藉此徹底清查反清之書籍，李劍農說：「他一面開四庫全書館，一面頒布禁書令，凡明末清初有關於滿漢民族消長的著述，皆稱為逆書，一律銷毀；由乾隆三十九年至四十六年，銷毀所謂逆書共24次，被銷毀之書達538種，共13862部；猶恐未能禁絕，到乾隆五十三年尚嚴諭陸續搜禁。」〔註237〕文人抱持戒慎恐懼的態度使用文字，「凡學術之觸時諱者，不敢相講習」〔註238〕，使得當時政治氛圍極為凝重。

面對內憂外患，以天下為己任的士人，不能不深思如何改變這種現狀，一部分仗義論諫的耿直之士，在文字獄的陰影下，陸續被打擊、貶謫，自然希冀有一種文藝樣式，能一吐喉中骨鯁，又不致陷入文字獄。此中「詩」、「史」這兩種文類與政治關係極為直接，最易引發文字獄，清初吳偉業曾說：「及詩禍史禍，惴惴莫保」〔註239〕，基

〔註234〕何西來：〈文字獄紀實序〉，周宗奇：《文字獄紀實》（北京：中國友誼出版社，1993年11月）冊上，頁11。

〔註235〕依據《清代文字獄檔》〈目錄〉統計，上海書店出版社編：《清代文字獄檔》（上海：上海書店，2011年），頁1～4。

〔註236〕陳慷玲：《清代世變與常州詞派之發展》（臺北：國家出版社，2012年2月），頁135～136。

〔註237〕李劍農《中國近百年政治史》（武漢：武漢大學出版社，2006年10月），頁4～5。

〔註238〕梁啟超：《清代學術概論》，梁啟超：《梁啟超全集》（北京：北京出版社，1999年7月）冊8，頁3079。

〔註239〕〔清〕吳偉業：〈與子暻疏〉，〔清〕吳偉業著、李學穎集評校標：《吳梅村全集》（上海：上海古籍出版社，1990年12月）（下）卷第五十七，頁1132。

於安全考量，士人於是藉著深婉的詞，潛藏他們的政治關懷。

（二）浙派晚期對姜夔的接受

1. 浙派末流的缺失

（1）重格調輕內容

嘉慶、道光年間，國勢日衰，社會動盪，浙西派末流故作雅詞，徒事模擬的結果，使詞意枯寂，詞的創作逐漸脫離現實。朱彝尊詞論是針對當時詞壇的頹風而發，重格調輕內容，但他所標舉的是「雅正」的境界，卻沒有針對現實社會的頹風而發，是對現實生活缺乏認識所致。〔註240〕到了厲鶚之後，浙西諸詞家才情遠遜前輩，便開始走下坡。郭麐《靈芬館詞話》曾說：

> 倚戶家以姜、張為宗，是矣。然必得其胸中所欲言之意，與其不能盡言之意，而後纏綿委折，如往而复，皆有一唱三歎之致。近人莫不宗法雅詞，厭棄浮艷，然多為可解不可解之語，借面裝頭，口吟舌言，令人求其意恉而不得。此何為者耶？昔人以鼠空鳥即為詩妖，若此者，亦詞妖也。〔註241〕

學姜、張詞者，只是假借雅詞面目，多為模稜兩可之語，不得其中意旨，形同詞妖，是因生命內容未發自心性之故。

金應珪《詞選後序》寫於嘉慶二年（1797），也說：

> 近世為詞，厥有三蔽：……揣摩床第，汙穢中冓，是謂淫詞，其蔽一也。……，詼嘲則俳優之末流，叫嘯則市儈之盛氣，……，是謂鄙詞，其蔽二也。規模物類，依托歌舞，哀樂不衷其性，慮歎無與乎情，連章累篇，義不出乎花鳥，感物指事，理不外乎酬應，雖既雅而不豔，斯有句而無章，是謂游詞，其蔽三也。〔註242〕

〔註240〕蘇淑芬：《朱彝尊之詞與詞學研究》（臺北：文史哲出版社，1986年3月），頁264～265。

〔註241〕〔清〕郭麐：《靈芬館詞話》卷2，收錄在唐圭璋編：《詞話叢編》冊2，頁1524。

〔註242〕〔清〕金應珪：《詞選．後序》（臺北：中華書局，1981年《四部備要》），頁1。

學柳永、周邦彥一派之弊病流於淫詞，學蘇軾、辛棄疾一派流於鄙詞，學姜夔、張炎一派，則流於游詞，沒有哀樂感嘆之真情，只是花鳥應酬之作，成為沒有深度與重量的篇章。

（2）模象形影，錘鍊聲色

謝章鋌《賭棋山莊詞話》曾對浙派詞風委靡進行批評：

> 大抵今之揣摩南宋，只求清雅而已，故專以委夷妥帖為上乘。而不知南宋之所以勝人者，清矣而尤貴乎真，真則有至情，雅矣而尤貴乎醇，醇則耐尋味。若徒字句修潔，聲韻圓轉，而置立意於不講，則亦姜、史之皮毛，周、張之枝葉已。雖不纖靡，亦且浮膩，雖不叫囂，亦且薄弱。〔註 243〕

他認為當時人只揣摩南宋之清雅，卻乏真情、醇味；只求字句、聲韻之形式妥帖，卻不講究立意內容，因此只學姜、史、周、張之皮毛枝葉，而流於浮膩薄弱。儲國鈞也說清朝學詞者：

> 標白石為第一，以刻削峭潔為貴。不善學之，競為澀體，務安難字，卒之鈔撮推砌，其音節頓挫之妙，蕩然欲洗。〔註 244〕

不善學者學姜夔刻削峭潔之新奇，競為澀體難字，最後成為鈔撮推砌之作，完全無韻味之詞。《清代詞學四論》也說：

> 後來崇尚浙派的人，才學遠不如朱厲，只是「慕竹垞之標韻，緬樊榭之音塵」，只是在「模象形影，錘鍊聲色」上用力而已，所以每況愈下。〔註 245〕

過份講求技巧，忽視內容生命，以致浙西派末流走向委靡堆砌之失。

2. 浙派末流的補救

浙派大體可分前、中、晚期，前期以朱彝尊為旗幟，中期以厲鶚

〔註 243〕〔清〕謝章鋌：《賭棋山莊詞話》卷 11，收錄在唐圭璋：《詞話叢編》冊 4，頁 3460。

〔註 244〕《小眠齋詞序》，《賭棋山莊詞話續編》卷 3 引，唐圭璋：《詞話叢編》冊 4，頁 3528。

〔註 245〕吳宏一：《清代詞學四論》（臺北：聯經出版事業公司，1990 年），頁 106。

為宗匠，後期以吳錫麒為中介環節，以郭麐為詞風嬗變之代表〔註 246〕，他們大致主張如下：

（1）尊姜張，也不廢他家

吳錫麒不主張惟姜夔、張炎是尊。〔註 247〕他在《有正味齋全集》卷八《董琴南楚香山館詞鈔序》將南宋詞分為二派：

> 詞之派有二：一則幽微要眇之音，宛轉纏綿之致，戛虛響于弦外，標雋旨于味先，姜、史其淵源也，本朝竹垞繼之，至吾杭樊榭而其道盛；一則慷慨激昂之氣，縱橫跌宕之才，抗秋風以奏懷，代古人而奮憤，蘇、辛其圭臬也，本朝迦陵振之，至吾友瘦銅而其格尊。……一陶並鑄，雙峽分流，情貌無遺，正變斯備……豈得謂姜、史之清新為是，蘇、辛之橫逸為非？〔註 248〕

吳錫麒屬浙派後期的代表作家，力圖糾正該派末流「乏真情、少意味」之弊，不唯姜夔、張炎是尊，主抒發「性情」，將詞的風格分為二：以姜、史代表幽微婉轉一派，清朝朱彝尊（竹垞）、厲鶚（樊榭）繼之；蘇、辛代表慷慨激昂一派，清代陳維崧（迦陵）、張塤（瘦銅）繼之。在推崇姜、張同時，也不偏廢蘇、辛。

浙派最後一位領袖郭麐（1767～1831），字祥伯，號頻伽，晚號蘧庵、復庵。江蘇吳江人。〔註 249〕著有《靈芬館詞話全集》，在乾、嘉之際，是性靈派之作家，詩學觀念影響詞學創作。郭麐在〈桐花閣詞序〉提出當時人學姜、張之缺點：

> 今時輩流，嘐然自異，必求分刌節度無不合于姜、張，非是

〔註 246〕嚴迪昌：《清詞史》（南京：江蘇古籍出版社，1999 年 8 月），頁 436。

〔註 247〕吳錫麒（1746～1818），字聖徵，號穀人，浙江錢塘（今杭州）人。見國家清史編纂委員會：《清代詩文集彙編》（上海：上海古籍出版社，2010 年）冊 415，頁 1。

〔註 248〕〔清〕吳錫麒：《有正味齋駢體文》卷 8，收錄在國家清史編纂委員會：《清代詩文集彙編》冊 415，頁 285。

〔註 249〕國家清史編纂委員會：《清代詩文集彙編》（上海：上海古籍出版社，2010 年）冊 485，頁 1。

> 雖工不足以與於此事。吾不知其果能悉合與不？即悉合其律度而言之不工，吾又不知古人肯引為同調賞音不也？〔註250〕

郭麐對當時泥於姜、張一派，提出抨擊，認為學姜張者，只學到外在皮毛，只在音節格律模仿，而忽略內涵。郭麐《靈芬館詞話》又說：

> 本朝詞人以竹垞為至。一廢草堂之陋，首闡白石之風；《詞綜》一書，鑒別精審，殆無遺憾。其所自為，則才力既富，採擇又精，佐以積學，運以靈思，直欲平視花間，奴隸周、柳。姜、張諸子，神韻相同，至下字之典雅，出語之渾成，非其比也。〔註251〕

郭麐以為朱彝尊的《詞綜》具有姜、張之神韻，但又網羅更多下字典雅、出語渾成之作。至於《詞綜》所收詞數最多，為南宋周密（54闋），其次是吳文英（45闋）、張炎（38闋）；再次為北宋周邦彥（37闋）、南宋辛棄疾（35闋），郭麐注意到《詞綜》中除南宋詞外，還大量選錄周邦彥與辛棄疾的詞。因此郭麐將詞派分四：花間、秦周賀晁、姜張、蘇辛各佔一派〔註252〕。朱崇才《詞話史》也說郭麐「其與浙西派前賢相異之處，在於以『典雅』、『神韻』、『渾成』為詞之極至，在一定程度上突破了姜張之藩籬。又推崇花間派『風流華美，渾然天成』，則與常州派之推重晚唐五代，亦復異曲而同工。」〔註253〕可見郭麐雖尊崇姜、張，卻也不廢其他詞家。

〔註250〕〔清〕郭麐：《靈芬館雜著三編》卷5，收錄在國家清史編纂委員會：《清代詩文集彙編》冊485，頁539。

〔註251〕〔清〕郭麐：《靈芬館詞話》卷1，收錄在唐圭璋：《詞話叢編》冊2，頁1503。

〔註252〕《靈芬館詞話》卷一：「詞之為體，大略有四：風流華美，渾然天成，……晏元獻、歐陽永叔諸人繼之。施朱傅粉，學步習容……秦、周、賀、晁諸人是也；姜、張諸子，一洗華靡，獨標清綺，……至東坡以橫絕一代之才，淩厲一世之氣，間作倚聲，意若不屑，雄詞高唱，別為一宗；辛、劉則粗豪太甚矣。其餘么弦孤韻，時亦可喜，溯其派別，不出四者。」〔清〕郭麐：《靈芬館詞話》卷1，收錄在唐圭璋：《詞話叢編》冊2，頁1503。

〔註253〕朱崇才：《詞話史》（北京：中華書局，2006年），頁260。

（2）肯定多樣的詞風

浙派後期代表作家吳錫麒，將詞的風格分為姜史、蘇辛二派，以姜、史代表幽微婉轉詞派之始祖。如前引文所說：「幽微要眇之音，宛轉纏綿之致，戛虛響于弦外，標雋旨于味先，姜、史其淵源也」〔註 254〕又說：「慷慨激昂之氣，縱橫跌宕之才，抗秋風以奏懷，代古人而奮憤，蘇、辛其圭臬也」〔註 255〕。

郭麐同意姜、張言外之意，一唱三歎之婉約韻致，他在《靈芬館詞話》卷二曾說：「倚聲家以姜、張為宗，是矣。然必得其胸中所欲言之意，與其不能盡言之意，而後纏綿委折，如往而復，皆有一唱三歎之致。」〔註 256〕。但郭麐在吳錫麒之基礎上，更把詞分為四派，除標舉姜、張「清空婉約」之旨，又肯定詞體風格之多樣性。《靈芬館詞話》卷一曰：

> 詞之為體，大略有四：風流華美，渾然天成，如美人臨妝，卻扇一顧，花間諸人是也；晏元獻、歐陽永叔諸人繼之。施朱傅粉，學步習容，如宮女題紅，含情幽豔，秦、周、賀、晁諸人是也；柳七則靡曼近俗矣。姜、張諸子，一洗華靡，獨標清綺，如瘦石孤花，清笙幽磬，入其境者疑有仙靈，聞其聲者人人自遠；夢窗、竹屋或揚或沿，皆有新雋，詞之能事備矣。至東坡以橫絕一代之才，凌厲一世之氣，間作倚聲，意若不屑，雄詞高唱，別為一宗；辛、劉則粗豪太甚矣。其餘么弦孤韻，時亦可喜，溯其派別，不出四者。〔註 257〕

郭麐特別將「清空」之旨，一洗施朱撲粉之華靡，獨有清綺之高格，作為姜、張詞學特色。其〈無聲詩館詞序〉也說：「姜、張祖騷人之遺，

〔註 254〕〔清〕吳錫麒：《有正味齋駢體文》卷 8，收錄在國家清史編纂委員會：《清代詩文集彙編》冊 415，頁 285。

〔註 255〕〔清〕吳錫麒：《有正味齋駢體文》卷 8，收錄在國家清史編纂委員會：《清代詩文集彙編》冊 415，頁 285。

〔註 256〕〔清〕郭麐：《靈芬館詞話》卷 1，收錄在唐圭璋：《詞話叢編》冊 2，頁 1524。

〔註 257〕〔清〕郭麐：《靈芬館詞話》卷 1，收錄在唐圭璋：《詞話叢編》冊 2，頁 1503。

洗盡穠艷，而清空婉約之旨深。」〔註 258〕〈梅邊笛譜・序〉也說：

> 倚聲之學，今莫盛於浙西，亦始衰於浙西，何也，自竹垞諸人標舉清華，別裁浮艷，于是學者莫不知祧艸堂而宗雅詞矣。樊榭從而祖述之，以清空微婉之旨，為幼眇緜邈之音，其體釐然一歸於正，乃後之學者，徒髣髴其音節，刻劃其規橅，浮游惝況，貌若元遠，試為切而按之，性靈不存，寄託無有。〔註 259〕

郭麐說朱彝尊「標舉清華，別裁浮艷」，而後學者宗雅詞，厲鶚「從而祖述之，以清空微婉之旨，為幼眇緜邈之音，其體釐然一歸於正」〔註 260〕，可知郭麐以「清空騷雅」為姜、張詞之主旨。但浙西後來學者，只知學姜、張之音節格律，刻劃規模，卻有「性靈不存，寄託無有」〔註 261〕之弊病，成為「浙之為詞者，有薄而無浮，有淺而無褻，有意不逮而無塗韶罯之習」〔註 262〕。「無浮、無褻、無塗韶罯之詞」是標舉「醇雅」之結果，但是「薄、淺、意不逮」卻是表示寄託不深、性靈不存之弱點，因此郭麐提倡博涉眾家。

雖然吳錫麒、郭麐已經不專主姜、張一派，以救浙派之「薄、淺、意不逮」之缺點，但畢竟作用有限。

（三）常州詞派對姜夔的接受

浙派末流吳錫麒、郭麐等作著變革詞風之努力，但浙派一蹶不振，常州詞派終於應運而起，藥石「浙派」之空枵。

清嘉慶二年（1797），張惠言《詞選》問世，標示了常州詞派之

〔註 258〕〔清〕郭麐：《靈芬館雜著》卷 2，收錄在國家清史編纂委員會：《清代詩文集彙編》冊 485，頁 410。

〔註 259〕〔清〕郭麐：《靈芬館雜著續編》卷 2，收錄在國家清史編纂委員會：《清代詩文集彙編》冊 485，頁 456。

〔註 260〕〔清〕郭麐：《靈芬館雜著續編》卷 2，收錄在國家清史編纂委員會：《清代詩文集彙編》冊 485，頁 456。

〔註 261〕〔清〕郭麐：《靈芬館雜著續編》卷 2，收錄在國家清史編纂委員會：《清代詩文集彙編》冊 485，頁 456。

〔註 262〕〔清〕郭麐：〈夢綠庵詞序〉，《靈芬館雜著》，收錄在國家清史編纂委員會：《清代詩文集彙編》冊 485，卷 2，頁 410。

興起，張惠言、張琦、金應珪等人，反對淫詞、鄙詞、游詞，提倡比興寄託，詞壇風氣為之一變。此後常州詞派在清同治、光緒年間，又出現了譚獻、莊棫、馮煦等詞學家，晚清王鵬運、鄭文焯、況周頤、朱祖謀四大家，也屬此派。

常州詞派發展，可說是受到學術思潮之影響。清代前期是考據學發展之時代，清代中期是在西方資本主義與中國傳統封建文化之鬥爭之期，清宣宗道光二十年（1840）鴉片戰爭之後，促使知識份子對注重考據訓詁之漢學產生不滿，於是今文經注重經世致用之學，再度興起。因政治時事之改變，兵事俶擾，外患日亟，今文學派講究「微言大意」。在詞學方面，張惠言論詞採取了今文經之方法，提倡比興寄託。如他就詞：

> 其緣情造端，興于微言，以相感動，極命風謠里巷男女哀樂，以道賢人君子幽約怨悱不能自言之情……然要其至者，莫不惻隱盱愉，感物而發，觸類條鬯，各有所歸，非苟為雕琢曼辭而已。自唐之詞人，李、白為首，其後韋應物、王建、韓翃、白居易、劉禹錫、皇甫松、司空圖、韓偓，並有述造，而溫庭筠最高，其言深美閎約。〔註263〕

常州詞派開始重視社會現實，是在特殊之歷史背景下，轉以「經世致用」之思想，來思考詞學，從而左右了晚近詞壇百年之久。兼具惻隱盱愉又深美閎約的溫廷筠詞，成為張惠言推舉詞作。

張惠言經世思想是常州學派普遍的學術氛圍，常州學派主要在武進地區，自莊存與研究春秋公羊學開始，並將他經世思想傳授給莊述祖、劉逢祿、宋祥鳳等人，透過家族血緣的方式聯繫起來，擴展到整個武進地區。劉師培〈近儒學術統系論〉中言：「常州之學，復別成宗派。自孫星衍、洪亮吉初喜詞華，繼治掇拾校勘之學，其說經篤信漢說，近于惠棟、王鳴盛。洪氏之子齮孫，傳其史學。武進張惠言久游徽歙，主金榜家，故兼言禮制，惟說《易》則同惠棟，確信讖緯，

〔註263〕〔清〕張惠言：《詞選》（臺北：中華書局，1981年《四部備要》），頁2。

兼工文詞。莊存與與張同里，喜言《公羊》，侈言微言大義。兄子綬甲傳之，復昌言鐘鼎古文。綬甲之甥有武進劉逢祿、長州宋翔鳳均治公羊，黜兩漢古文之說，翔鳳復從惠言游，得其文學，而常州學派以成。」〔註 264〕梁啟超於《中國近三百年學術史》也說：「常州派有兩個源頭，一是經學，二是文學，後來漸合為一。他們的經學是公羊家經說——用特別的眼光去研究孔子的《春秋》，由莊方耕存與、劉申受逢祿開派。他們的文學是陽湖派古文——從桐城派轉手而加以解放，由張皋文惠言、李申耆兆洛開派。兩派合一來產出一種新精神，就是想在乾、嘉間考證學的基礎之上建設順、康間『經世致用』之學。」〔註 265〕常州派的推展中，除了莊氏家族外，張惠言也具有重要地位。張惠言與莊祖述、劉逢祿、宋祥鳳、莊綬甲都有密切的學術往來〔註 266〕，例如惲敬教習時「同邑莊祖述、莊有可、張惠言、海鹽陳石麟、桐城王灼，集京師，與之為友，商榷經義古文，而尤愛重者，張惠言也。」〔註 267〕譚獻也稱讚劉逢祿：「經學淵源於皋文、方耕兩大師，《易》、《書》、《公羊》，可云卓爾。」〔註 268〕莊氏家族研究的《公羊》學為今文經，而張惠言深研虞翻所注之孟喜《易》〔註 269〕，

〔註 264〕劉師培：〈近儒學術統系論〉，劉師培：《左盦外集》卷九，劉師培：《劉申叔先生遺書》（臺北：華世出版社，1975 年 4 月）冊 3，頁 1776。

〔註 265〕梁啟超：《中國近三百年學術史》，梁啟超：《梁啟超全集》冊 8，頁 4440。

〔註 266〕參見陳慷玲：《清代世變與常州詞派之發展》（臺北：國家出版社，2012 年 2 月），頁 120～123。

〔註 267〕張惟驤等撰：《清代毗陵名人小傳》卷五，周駿富輯：《清代傳記叢刊》（臺北：明文書局，1986 年 1 月）冊 197，頁 125。

〔註 268〕〔清〕譚獻：《篋中詞》（上海：上海書店，1994 年，《叢書集成續編》冊 161）續卷二，頁 446。

〔註 269〕〔清〕張惠言：《張皋文箋易詮全集》（清嘉慶至道光間分刊彙印本）（臺北：國立中央圖書館，1991 年）中收錄了其十一種《易》學著作，依次為：《周易虞氏易》九卷、《虞氏消息》二卷、《虞氏易禮》二卷、《虞氏易候》一卷、《虞氏易言》二卷、《周易鄭氏註》三卷、《周易荀氏九家》三卷、《周易鄭荀義》三卷、《易義別錄》十四卷、《易緯略義》三卷、《易圖條辨》一卷。

也偏重「意內言外」之說。張惠言以為《易經》內在義理透過「象」來呈現，並將此詮釋原則運用到詞學領域，常州學派經世之志的範圍，從莊家公羊學，逐漸擴大至文學範圍。

張惠言對時局問題相當關注，如他曾作〈吏難〉三篇，深論乾、嘉時期吏治腐敗，政策無法有效落實，提出具體補救方法，他說：「愚以為方今之勢，教民之要有五：一曰立宗法，二曰聯什伍，三曰聯師儒，四曰講喪祭之法，五曰謹章服之別。夫此五者，非甚難行也，知及之難，仁率之難，然而欲以移風易俗，舍此無由也。」〔註270〕又在〈記族弟平甫語呈座主阮侍郎〉〔註271〕中論及白蓮教教匪猖獗之事。張惠言治學也不離經世思想，其《詞選》之編纂，在此濃重經學氛圍中產生，以政治教化之精神貫注於詞體中，用解經之方式詮釋唐宋詞，藉此導正當時詞壇敗亂的風氣〔註272〕，因此常州詞派參酌漢儒箋釋詩騷時，「吟詠性情」以風其上，強調詞的「政教諷諭」功能。

清代中期涵蓋常州詞派前二個階段，第一階段為張惠言兄弟師生舅甥等人，編選了劃時期的《詞選》，奉溫庭筠為宗主，提出「意內言外」、「比興寄託」之詞學理論；第二階段為周濟編著了《詞辨》、《介存齋論詞雜著》、《宋四家詞選》等，提出了「詞亦有史」、「寄託出入」之說。〔註273〕至於常州詞派第三階段，則放在清末討論。常州詞派對姜夔的評論如下：

1. 破姜之尊位

張惠言（1761～1802），字皋文，號茗柯，武進（今江蘇常州人）。張惠言提出以下主張：一、以「意內言外」〔註274〕為詞的本質，期

〔註270〕〔清〕張惠言：〈吏難三〉，〔清〕張惠言著、黃立新校點：《茗柯文編》（上海：上海古籍出版社，1984年7月）補編卷上，頁174。

〔註271〕張惠言：〈記族弟平甫語呈座主阮侍郎〉，張惠言著、黃立新校點：《茗柯文編》三編，頁129～130。

〔註272〕陳慷玲：《清代世變與常州詞派之發展》，頁133。

〔註273〕朱崇才：《詞話史》，頁276。

〔註274〕〔清〕張惠言：《詞選．序》：「詞者，蓋出于唐之詩人，採樂府之音，以制新律，因系其詞，故曰『詞』。傳曰：『意內而言外，謂之詞。』」

藉外在本文語言傳達內含思想。二、以「風雅比興」〔註 275〕為詞體的價值功能。三、奉晚唐「深美宏約」的溫庭筠為詞壇偶像。〔註 276〕常州詞派惠言論詞採取了今文經之方法，提倡比興寄託。為了避開文字獄之禍，特別將《詞選》的政治感懷內隱，為了將此內隱之情懷，安全又不受阻礙的表現出來，選擇家國之感較清淺流暢的詞作，北宋深美閎約的溫庭筠詞脫穎而出。張惠言以「比興之義，上通詩騷。此為前所未有者，張氏實創之。詞體既因而尊，開後人之門徑亦復不少。」〔註 277〕張惠言在詞學理論上開了新時代，對於姜夔的詞，他僅在《詞選》中選了三闋，不似朱彝尊《詞綜》選了二十三闋之多。據張惠言《詞選・序》曰：

> 宋之詞家，號為極盛，然張先、蘇軾、秦觀、周邦彥、辛棄疾、姜夔、王沂孫、張炎，淵淵乎文有其質焉。其蕩而不反，傲而不理，枝而不物，柳永、黃庭堅、劉過、吳文英之倫，亦名引一端，以取重於當世。〔註 278〕

劉少雄說張惠言標舉八家典範，打破了《詞綜》以南宋為宗局面，對吳文英貶抑，對王沂孫褒揚，形成「抑吳揚王，不廢姜、張」之新規則。〔註 279〕

〔清〕張惠言：《詞選》（臺北：中華書局，1981 年《四部備要》），頁 2。

〔註 275〕張惠言《詞選・序》曰：「其緣情造端，興于微言，以相感動，極命風謠里巷男女哀樂，以道賢人君子幽約怨徘不能自言之情，低徊要眇，以喻其致。蓋詩之比興，變風之義，騷人之歌，則近之矣。然以其文小，其聲哀，放者為之，或跌蕩靡麗，雜以昌狂俳優。然要其至者，莫不惻隱盱愉，感物而發，觸類條鬯，各有所歸，非苟為雕琢曼辭而已。」見〔清〕張惠言：《詞選》，頁 2。

〔註 276〕張惠言《詞選・序》曰：「自唐之詞人，李、白為首，其後韋應物、王建、韓翃、白居易、劉禹錫、皇甫松、司空圖、韓偓，並有述造，而溫庭筠最高，其言深美閎約。」見〔清〕張惠言：《詞選》，頁 2。

〔註 277〕〔清〕：陳匪石《聲執》卷下，收錄在唐圭璋：《詞話叢編》冊 5，頁 4964。

〔註 278〕〔清〕張惠言：《詞選》，頁 2。

〔註 279〕劉少雄：《南宋姜吳典雅詞派相關詞學論題之探討》（臺北：臺大出版委員會出版，1995 年），頁 48～49。

周濟則提出「退蘇進辛，糾彈姜、張」的主張。周濟《介存齋論詞雜著》稱：「近人頗知北宋之妙，然終不免有姜、張二字橫亙胸中。豈知姜、張在南宋，亦非巨擘乎。論詞之人，叔夏晚出，既與碧山同時，又與夢窗別派，是以過尊白石，但主清空。後人不能細研詞中曲折深淺之故，羣聚而和之，并為一談，亦固其所也。」〔註280〕周濟以為姜、張在南宋時並非巨擘，但自從南宋末張炎《詞源》論詞，獨尊姜夔，姜夔之影響甚鉅，後人不察詞之深淺，把姜夔、張炎、王沂孫、吳文英混為一談。周濟反浙派之主要論點，在於「南宋不止姜、張一派，宋詞也不止南宋一體。」〔註281〕周濟《宋四家詞選・序》即云：

> 余少嗜此，中更三變，年逾五十，始識康莊。自悼冥行之艱，遂慮問津之誤。不揣輓陋，為察察言。退蘇進辛，糾彈姜、張，剟刺陳（克）、史（達祖），芟夷盧（祖皋）、高（觀國），皆足駭世。由中之誠，豈不或亮？其或不亮，然余誠矣！〔註282〕

周濟原先也「服膺白石，而以稼軒為外道」〔註283〕後來才發現：

> 稼軒鬱勃，故情深；白石放曠，故情淺；稼軒縱橫，故才大，白石局促，故才小。惟〈暗香〉、〈疏影〉二詞，寄意題外，包蘊無窮，可與稼軒伯仲；余俱據事直書，不過手意近辣耳。〔註284〕

姜夔情淺局促，辛棄疾鬱勃縱橫，改以退姜夔、張炎、進辛棄疾之態度。周濟重新標舉四家，據《宋四家詞選・序論》云：

〔註280〕〔清〕周濟：《介存齋論詞雜著》，收錄在唐圭璋：《詞話叢編》冊2，頁1630。

〔註281〕劉少雄：《南宋姜吳典雅詞派相關詞學論題之探討》，頁52。

〔註282〕〔清〕周濟：《宋四家詞選・序》，收錄於程千帆主編：《清人選評詞集三種》（濟南：齊魯書社，1988年），頁209。

〔註283〕〔清〕周濟：《周氏止庵介存齋論詞雜著》，收錄於程千帆主編：《清人選評詞集三種》，頁196。

〔註284〕〔清〕周濟：《周氏止庵介存齋論詞雜著》，收錄於程千帆主編：《清人選評詞集三種》，頁196。

清真，集大成者也。稼軒斂雄心，抗高調，變溫婉，成悲涼。碧山饜心切理，言近旨遠，聲容調度，一一可循。夢窗奇想壯采，騰天潛淵，返南宋之清泚，為北宋之穠摯。是為四家，領袖一代。……問途碧山，歷夢窗、稼軒，以還清真之渾化。〔註285〕

此四家為周邦彥、辛棄疾、王沂孫、吳文英，周濟提出由南宋返回北宋，最後歸奉北宋周邦彥為祖師。南宋吳文英、王沂孫取代姜夔、張炎之地位，形成「破浙派之姜、張體系，以吳、王為常派典範」〔註286〕。

2. 姜詞醞釀不深、情淺才小

張惠言以比興寄託選詞，姜詞多不入選者，周濟提出「有寄託入，無寄託出」，也是強調言外之意，因此周濟不推崇姜詞，原因為「醞釀不深」。周濟《詞辨・自序》：

白石疏放，醞釀不深。〔註287〕

前引文周濟《介存齋論詞雜著》也說到「稼軒鬱勃，故情深；白石放曠，故情淺」〔註288〕，周濟認為姜夔「醞釀不深」、「情淺」、「放曠」乃是與辛棄疾詞作比較而來，周濟所認為辛棄疾之「鬱勃」內涵，可由《宋四家詞選》選辛棄疾為四家之因得知：「進之以稼軒，感慨時事，係懷君國而後尊體」〔註289〕乃是辛詞具有反映時事，忠愛家國之特色。這種「詞史說」之論點在《介存齋論詞雜著》第六則說到：

感慨所寄，不過盛衰，或綢繆未雨，或太息厝薪，或己溺己飢，或獨清獨醒，隨其人之性情、學問、境地，莫不有由衷

〔註285〕〔清〕周濟：《宋四家詞選・序論》，收錄於程千帆主編：《清人選評詞集三種》，頁205。

〔註286〕劉少雄：《南宋姜吳典雅詞派相關詞學論題之探討》，頁50。

〔註287〕〔清〕周濟：《詞辨・自序》，收錄在唐圭璋：《詞話叢編》冊2，頁1637。

〔註288〕〔清〕周濟：《周氏止庵介存齋論詞雜著》，收錄於程千帆主編：《清人選評詞集三種》，頁196。

〔註289〕〔清〕周濟：〈宋四家詞筏序〉，周濟《止盦遺集》，常州先哲遺書本。

之言。見事多，識理透，可為後人論世之資。詩有史、詞亦有史，庶乎自樹一幟矣。若乃離別懷思、感士不遇、陳陳相因、唾瀋互拾，便思高揖溫、韋，不亦恥乎。〔註290〕

周濟之「詞史」說基本內涵，是必須讓後人能夠依此論斷時代盛衰之憑藉，葉嘉瑩對周濟詞史之解釋為：「總之都有時代的盛衰作為背景，有『史』的意義，可以為後人『論世之資』」〔註291〕，而不只是個人傷離自嘆而已。「未雨綢繆」出自《詩經・豳風・鴟鴞》，指防患於未然。且周濟所引用的「太息厝薪」出自賈誼《新書》，指對苟且偷安局面之憂慮。「己飢己溺」語出《孟子・離婁下》有以天下為己任之意。「獨清獨醒」語出《楚辭・漁父》，有獨善其身之意。周濟論點多從社會局勢、國家命運出發，憂國憂民，注重兼濟天下〔註292〕。再看周濟推崇辛棄疾之處：

稼軒不平之鳴，隨處輒發，有英雄語，無學問語，故往往鋒穎太露。然其才情富豔，思力果銳，南北兩朝，實無其匹，無怪流傳之廣且久也。……稼軒固是才大，然情至盡，後人萬不能及。〔註293〕

這種不平則鳴的時代悲嘯，是詞作蘊藉深厚之精神內涵，周濟認為情感至盡之源頭係來自於此。但這「不平之鳴」的「英雄語」畢竟導致作品「鋒穎太露」，但辛棄疾終能以才情富艷、思力果銳彌補「隨處輒發」之一腔忠憤。

而姜夔之所以「放曠」，一部分在於「時代悲嘯」之情感已放淡。辛棄疾長於姜夔十五至二十歲，曾經生活於宋金矛盾最激烈的時期，姜夔所處時代已是宋金對峙較穩定時期，國家恢復大計艱難實施，士

〔註290〕〔清〕周濟：《介存齋論詞雜著》，收錄在唐圭璋：《詞話叢編》冊2，頁1630。

〔註291〕葉嘉瑩：〈常州詞派比興寄託之說的新檢討〉，葉嘉瑩：《清詞論叢》（石家莊：河北教育出版社，2002年5月），頁196。

〔註292〕孫克強：《清代詞學》（北京：中國社會科學出版社，2004年7月），頁289～290。

〔註293〕〔清〕周濟：《介存齋論詞雜著》，唐圭章：《詞話叢編》冊2，頁1633。

大夫強烈的淑世精神慢慢退縮、轉向，使江湖意識與避世精神變為主導，因此姜夔詞不如辛棄疾詞之迴腸盪氣，與深摯淳厚。

再者，周濟又說「白石侷促故才小。惟〈暗香〉、〈疏影〉二詞，寄意題外，包蘊無窮，可與稼軒伯仲。餘俱據事直書，不過手意近辣耳。」〔註 294〕在抒寫技巧上，周濟所稱讚姜夔者，在於寄意題外，包蘊無窮之〈暗香〉、〈疏影〉二詞，強調的是有無寄託君國之思，醞釀憂患意識之深淺。但是周濟認為姜夔詞作，多據事直書，多個人情感消息：例如〈摸魚兒〉:「向秋來、漸疏班扇，雨聲時過金井。堂虛已放新涼入，湘竹最宜攲枕。閒記省，又還是、斜河舊約今再整。天風夜冷，自織錦人歸，乘槎客去，此意有誰領。」這是秋夜酒後之作品，感慨傳說中牛郎織女的苦戀，也道出姜夔個人情事之遺憾。〔註 295〕又如〈念奴嬌〉:「鬧紅一舸，記來時嘗與鴛鴦為侶。三十六陂人未到，水佩風裳無數。翠葉吹涼，玉容銷酒，更灑菰蒲雨。嫣然搖動，冷香飛上詩句。」這是姜夔泛舟西湖觀賞荷花後而作之詞，既是詠物詞也是記遊詞，多抒寫個人情懷，已無抗金復國的浩然之氣。

周濟建立的新詞統是「周邦彥、辛棄疾、王沂孫、吳文英」四人，所著《宋四家詞選》稱讚王沂孫〈南浦〉(柳下碧粼粼）云:「碧山故國之思甚深，託意高，故能自尊其體。」〔註 296〕也是強調寄託家國意識之深。又將姜夔、王沂孫作比較，《宋四家詞選目錄序論》云：

> 碧山思筆，可謂雙絕，幽折處大勝白石。惟圭角太分明，反覆讀之，有水清無魚之恨。〔註 297〕

此論再次說明王沂孫（碧山）勝過姜夔，在於幽折處；也就是姜詞家國之思淺淡，寄託少、以至醞釀不深，放曠情淺。

〔註 294〕〔清〕周濟:《介存齋論詞雜著》，唐圭章:《詞話叢編》冊 2，頁 1634。

〔註 295〕黃兆漢:《姜白石詞詳注》(臺北：臺灣學生書局，1998 年 2 月)，頁 247。

〔註 296〕〔清〕周濟:《宋四家詞選眉批》，唐圭章:《詞話叢編》冊 2，頁 1656。

〔註 297〕〔清〕周濟:《宋四家詞選目錄序論》，唐圭章:《詞話叢編》冊 2，頁 1644。

其他詞評家，如董士錫〈餐華吟館詞序〉也說：「學秦病平，學周病澀，學蘇病疏，學辛病縱，學姜、張病膚」〔註 298〕學姜、張流於表面膚淺之弊，未有深層之思想內涵；焦循（1763～1820）《雕菰樓詞話》也不主張姜詞一家，他說：「周密《絕妙好詞》所選，皆同於己者，一味輕柔潤膩而已。黃玉林《花庵絕妙詞選》不名一家，其中如劉克莊諸作，磊落抑塞，真氣百倍，非白石、玉田輩所能到。」〔註 299〕周密《絕妙好詞》多選姜夔、吳文英、周密之作，可是一味輕柔潤膩，未見劉克莊等人磊落抑塞、真氣百倍之內涵。

3. 姜夔脫胎辛棄疾

周濟《詞辨》將周邦彥、王沂孫、吳文英歸屬為詞中「正」類，辛棄疾、姜夔歸於「變」類。辛棄疾代表著具有清疏意味之變體，而姜夔源出於辛。

周濟《介存齋論詞雜著》說到：

北宋詞多就景敘情，故珠圓玉潤，四照玲瓏。至稼軒、白石，一變而為即事敘景，使深者反淺，曲者反直。……〈暗香〉、〈疏影〉二詞，寄意題外，包蘊無窮，可與稼軒伯仲；餘俱據事直書，不過手意近辣耳。〔註 300〕

周濟以為南宋辛棄疾與姜夔詞之相似點，在於使北宋詞由「就景敘情」，變為「即事敘景」之方式，具有淺、直之效果。但姜夔在周濟心中是比不上辛棄疾的，姜夔只有〈暗香〉、〈疏影〉二詞寄意題外，有包蘊無窮之寄託，其它姜詞只是淺顯直白之據事抒寫而已。再據周濟《宋四家詞選・序》所言：

白石脫胎稼軒，變雄健為清剛，變馳驟為疏宕。蓋二公皆

〔註 298〕〔清〕董士錫：〈餐華吟館詞序〉，《齊物論齋文集》卷二，收錄在《清代詩文集彙編》編纂委員會：《清代詩文集彙編》（上海：上海古籍出版社，2010 年），冊 537，頁 458。

〔註 299〕〔清〕焦循：《雕菰樓詞話》，收錄於張璋、張驊、職承讓、張博寧：《歷代詞話》（鄭州：大象出版社，2002 年 3 月）下冊，頁 1273。

〔註 300〕〔清〕周濟：《周氏止庵介存齋論詞雜著》，收錄於程千帆主編：《清人選評詞集三種》，頁 196。

極熱中，故氣味吻合。辛寬姜窄，寬，故容穢；窄，故斗硬。〔註301〕

姜夔與辛棄疾相同處，在於雄建馳驟之精神相同，也就是皆有南宋家國危難之體驗和感受；而其不同，是辛棄疾一生慷慨磊落，心繫家國，作品灌注著抗金復國的堂堂正氣，故可寫出〈水龍吟〉：「舉頭西北浮雲，倚天萬里須長劍」、〈定風波〉：「誰築詩壇萬丈高，直上，看君斬將更擎旗」、〈破陣子〉：「醉裡挑燈看劍，夢回吹角連營。八百里分麾下炙，五十弦翻塞外聲。」這樣豪氣干雲的境界與雄情壯志；然而姜夔一生政治失意，終老布衣，一介清客，出入於騷人墨客之中，流連於花酒尊前，過著「小紅低唱我吹簫」的生活，作品多不出個人哀怨情感之抒發。雖然他也有抒寫家國之難的主題，但相較辛棄疾來說，則較為委婉含蓄，很少直抒胸臆，如〈揚州慢〉：「過春風十里，盡薺麥青青」，是寫戰爭後殘垣敗壁之景象，並無壯闊之軍事意象。周濟評王沂孫〈無悶〉（陰積龍荒）時曾曰：「何嘗不峭拔，然略粗壯，其所以為碧山之清剛也。白石好處，無半點粗氣矣。」〔註302〕是說姜夔無半點粗氣，這也是因為姜詞之情感傾向冷處理之故。所以周濟說：「南宋則下不犯北宋拙率之病，高不到北宋渾涵之詣。」〔註303〕雖然姜夔無粗俗之病，但在「渾涵」造詣上，卻不夠深厚，寬廣，不夠雄豪。

三、清代末期（1840～1911年）對姜夔的接受

（一）清代末期的期待視野

1. 清末國勢

道光二十年鴉片戰爭（1840），從此帝國主義勢力入侵中華，數千年的封建制度開始中斷，逐步變成半封建半殖民的社會，於是，人民背負空前苦難，抗爭封建主義和帝國主義，在近百年時期裡，人民

〔註301〕〔清〕周濟：《宋四家詞選目錄序論》，唐圭章：《詞話叢編》冊2，頁1644。

〔註302〕〔清〕周濟：《宋四家詞選眉批》，唐圭章：《詞話叢編》冊2，頁1656。

〔註303〕〔清〕周濟：《介存齋論詞雜著》，唐圭章：《詞話叢編》冊2，頁1630。

遭受鴉片戰爭、太平天國之亂、中法戰爭、義和團事件，八國聯軍燒掠……，生靈塗炭，國無寧日，封建歷史終於終結。

鴉片戰爭之後，打開了中國的世界觀，西洋列強勢力大舉入侵，內憂外患紛至沓來。中國與西洋諸國簽訂了各種不平等條約，道光二十二年（1842）簽訂了第一個不平等條約〈中英南京條約〉，之後道光二十三年（1843）又簽訂〈中英虎門條約〉、〈中英五口通商章程〉，道光二十四年（1844）簽訂〈中美望廈條約〉、〈中法黃埔條約〉，道光二十五年（1845）〈上海租地章程〉等。到了咸豐年間，以及後來的同治、光緒時期，所訂定的不平等條約變本加厲，如咸豐六年（1856）英法聯軍，咸豐八年（1858）先後簽訂〈中俄天津條約〉、〈中美天津條約〉、〈中英天津條約〉、〈中法天津條約〉〔註 304〕，咸豐十年（1860）年英法聯軍繼續攻入北京、火燒圓明園，簽訂了〈中英法北京條約〉等。咸豐年間內部又有太平天國動亂，到了光緒年間，陸續又發生了光緒十年（1884）中法戰爭、光緒二十年（1894）中日甲午戰爭、光緒二十六年（1900）八國聯軍之役等。西方帝國勢力帶來的浩劫，挑戰著大清國權威，陳旭麓《中國近代史十五講》說：

> 1840 年鴉片戰爭的爆發，揭開了侵略與對抗、中西社會衝突的帷幕，中國自此被轟出中世紀、進入近代，開始有了世界的觀念，萌發了「師夷」即學習西方資本主義的要求，產生了前朝一系列變化。所以，它標示的不只是這場戰爭勝敗的嚴峻性，更因為它標示著以商品和資本來改變中國傳統社會的軌道，作為中國近代與中世紀的分界線，是顯而易見的。〔註 305〕

鴉片戰爭後，打破了中國傳統社會以為自己為世界中心的想像，進入劇烈的中西社會衝突的開始，也進入了與中世紀分界的近代史時期。

〔註 304〕龔書鐸、方攸翰主編：《中國近代史綱》（北京：北京大學出版社，2003 年 12 月），頁 67。

〔註 305〕陳旭麓：《中國近代史十五講》（北京：中華書局，2008 年 7 月），頁 8。

《中國近代史綱》說：「鴉片戰爭後，……中國成了主權不再完整的半殖民國家。」〔註306〕鴉片戰爭後中國主權受到侵犯，使得人民心靈受到衝擊，國勢日漸低靡，終促使清政權的覆亡。

2. 清末詞壇現象

在外國勢力不斷侵略中國背景之下，家國關懷的複雜情緒，成為此期文人之基調，例如魏源作於西元1842年的〈海國圖志原敘〉云：「是書何以作？為以夷攻夷而作，為以夷款夷而作，為師夷長技以制夷而作。」〔註307〕作此書的目的是針對鴉片戰爭後所產生的海防問題，提出具體的措施以對抗西洋勢力。姚瑩〈復光律原書〉也說完成《康輶紀行》一書之目的為：「自嘉慶年間，購求異域之書，究其情事，近歲始得其全，……然後徐籌制夷之策，是誠喋血飲恨而為此書，冀雪中國之恥，重邊海之防，免胥淪於鬼蜮。」〔註308〕為了讓國人熟悉外夷之情，以籌制夷之策，雪中國之恥，姚瑩以經世之目的編制此書。表現在詞學上，文人也多傾向常州詞派理論，或折衷於浙西、常州理論。

清代末期由於民族危機和詞話之發展，常州派佔了絕對優勢，據《詞話史》研究，詞話大家基本上都屬於常州派或偏向常州派。其他一般詞話家，不主一派，折衷於浙西、常州，出入於北、南宋之間，理論不出浙西、常州之觀點，僅各取所需，自我標榜而已。〔註309〕如夏孫桐指出：

> 清末詞學視浙西朱（彝尊）、厲（鶚），毗陵張（惠言）、周（濟）諸家，境界又進者，亦時為之也。〔註310〕

〔註306〕龔書鐸、方攸翰主編：《中國近代史綱》，頁24。

〔註307〕〔清〕魏源：〈海國圖志原敘〉，〔清〕魏源：《魏源全集》（長沙：岳麓書社，2004年）冊4，頁1～2。

〔註308〕〔清〕姚瑩：〈復光律原書〉，〔清〕姚瑩：《東溟文後集》（上海：上海古籍出版社，2002年《續修四庫全書》冊1512）卷8，頁556。

〔註309〕朱崇才：《詞話史》（北京：中華書局，2006年3月），頁297。

〔註310〕夏孫桐：〈朱彊邨先生行狀〉，收錄在龍沐勛編：《詞學季刊》（上海：上海書店，1985年）創刊號，頁199。

就是清末四大家（王鵬運、鄭文焯、朱祖謀、況周頤），雖淵源於常州詞派，也不以此自限。因此清末詞學傾向博收約取，跨常邁浙。

再者，晚清詞風又以推尊夢窗詞風為尚，如吳梅云：「近世學夢窗者，幾半天下。」〔註311〕或龍榆生所說晚近詞家：「言宗尚所先，必惟夢窗是擬。」〔註312〕吳熊和也說：「清末崇尚夢窗詞風氣轉盛。王鵬運、朱孝臧、鄭文焯、況周頤為晚清詞四大家，於夢窗詞皆寢饋甚深。」〔註313〕四大家持續校勘夢窗詞，也仿夢窗詞創作。如王鵬運曾校勘過《夢窗甲乙丙丁稿》，光緒二十五年（已亥，1899）王鵬運亦和朱祖謀費時一年一同校勘，以還夢窗詞之原貌。〔註314〕《況周頤先生年譜》光緒十八年（1892）條下也曾記載：「夏，先生夜直薇省，校《夢窗詞》。」〔註315〕，鄭文焯也手校過夢窗詞，如《鄭文焯手批夢窗詞》〔註316〕、《杜刻夢窗詞》、嘉業堂藏手稿本、《夢窗詞校議》〔註317〕四大家對夢窗持續校勘，甚至效法夢窗詞的創作。《清代世變與常州詞派之發展》歸納其原因為〔註318〕：若由四大家所釋放出的訊息，來推論其清末崇尚夢窗詞動機，有三點，其一，王鵬運以

〔註311〕吳梅：〈樂府指迷箋釋序〉，〔宋〕沈義父、蔡嵩雲箋釋《樂府指迷箋釋》（臺北：木鐸出版社，1982年5月），頁92。

〔註312〕龍榆生：〈晚近詞風之轉變〉，龍榆生：《龍榆生詞學論文集》，頁385。

〔註313〕吳熊和：〈鄭文焯手批夢窗詞〉，《第一屆詞學國際研討會論文集》（臺北：中央研究院中國文哲研究所籌備處，1994年11月），頁436。

〔註314〕王鵬運曾云：「況夢窗以空靈奇幻之筆，運沈博絕麗之才，幾如韓文、杜詩，無一字無來歷，復一誤於毛之失校，再誤於杜之妄改，廬山真面目遂沈薶雲霧中，令人不可復識。是刻與古微學士，再四讎勘，俶落於已亥始春至冬初斷手，約計一歲，無日不致力於此。」見〔清〕王鵬運：〈夢窗甲乙丙丁稿跋〉，王鵬運輯：《四印齋所刻詞》（上海：上海古籍出版社，1989年8月），頁890。

〔註315〕鄭煒明：《況周頤先生年譜》（上海：上海古籍出版社，2009年），頁61。

〔註316〕吳文英原著、鄭文焯批校、林玫儀編：《鄭文焯手批夢窗詞》（臺北：中央研究院中國文哲研究所籌備處，1996年6月），頁3。

〔註317〕另外三本據吳熊和歸納鄭文焯手校夢窗詞，見吳熊和：〈鄭文焯手批夢窗詞〉，《第一屆詞學國際研討會論文集》，頁436～437。

〔註318〕參考陳慷玲：《清代世變與常州詞派之發展》，頁351。

為吳文英晚節「標為高潔」〔註 319〕，受到王鵬運欣賞進而推尊夢窗詞。再者，吳文英所處南宋末年與王鵬運所處滿清末年，背景十分類似，都是紛亂而外患不斷的衰世。最後，吳文英隱諱曲折的表達方式，受到四大家的肯定。若從常州詞派發展脈絡來看，清代中葉高壓政治統治之下，張惠言為了避開文字獄，故《詞選》主要選擇家國之感較清淺的詞作，以內隱政治感懷；到了嘉、道年間周濟，社會開始紛亂，批評政治的禁忌稍微解除，周濟以隱晦之夢窗詞平衡外露的政治托意；至同、光後期「四大家」，看到政治腐敗，改革無用，也只能將悲哀寄託於隱晦的夢窗詞中，表達內心的政治情懷。

清末年在改革無用中，寄託於隱晦的夢窗詞，而對於姜夔詞，亦有另一番新的提煉與看法。以下為清末對姜詞的接受論點：

（二）常州派後期對姜夔的接受

常州詞派後期有譚獻、陳廷焯、端木埰、文廷式、況周頤、王鵬運、朱祖謀等詞學大家，譚獻是周濟後重要的繼承人，尊奉著比興精神〔註 320〕，然而在詞論記載上，譚獻論及姜夔之處甚少，因此以下所選常州詞派論點，乃是針對提及姜夔較多之處做為討論重點，晚期常州詞派對於姜夔之重視在於：

1. 姜夔地位提升

陳廷焯早年追隨浙派，編有《雲韶集》（同治十三年，1874），並歸納其觀點而成《詞壇叢話》一書。後期陳氏轉宗常州詞派，編有《詞則》（光緒十六年，1890），並著有《白雨齋詞話》（光緒十七年，1891）。

早期陳廷焯不偏廢南北宋詞，以周邦彥、姜夔為宗，如陳廷焯《雲韶集》卷二云：

> 自張叔夏出，斟酌古今，詞品愈純，大致亦不外白石詞體。

〔註 319〕朱祖謀：〈夢窗甲乙丙丁稿敘〉，王鵬運輯：《四印齋所刻詞》，頁 883。
〔註 320〕〔清〕譚獻著、范旭侖、牟小朋整理：《復堂日記》（石家莊：河北教育出版社，2001 年）卷 6，頁 129。

> 詞至南宋，正如詩至盛唐，嗚呼至矣。北宋詞極其高，南宋詞極其變，兩宋作者，斷以清真、白石為宗。〔註 321〕
>
> 詞中之有姜白石，猶詩中之有淵明也。琢句煉字，歸于純雅，不獨冠絕南宋，直欲度越千古。《清真集》後，首推白石。〔註 322〕

事實上，更為推崇南宋姜夔，如陳廷焯《雲韶集》卷六所說：

> 兩宋作者，前推方回、清真，後推白石、梅溪。然方回、清真各極其盛，梅溪或稍遜焉。若白石神清意遠，不獨方回、清真不得專美於前，直欲合唐、宋、元、明諸家盡歸籠罩矣。〔註 323〕

以姜夔之「神清意遠」專美於周邦彥（清真）、賀鑄（方回）前，籠罩唐以來至明代詞壇。又說：「詞至白石，而知詞人之有總萃焉。清勁似美成（周邦彥），風骨似方回（賀鑄）。騷情逸志，視晏（晏殊）、歐（歐陽脩）如輿臺〔註 324〕矣；高舉遠引，視秦（秦觀）、柳（柳永）如傀儡矣。清虛中見魄力，直令蘇（蘇軾）、辛（辛棄疾）避席；剛健中含婀娜，是又竹屋（高觀國）、梅溪（史達祖）、夢窗（吳文英）、草窗（周密）、竹山（蔣捷）、玉田（張炎）以及元、明諸家之先聲也。嗚呼，至矣！」〔註 325〕陳廷焯認為姜夔為詞人總萃，融合周邦彥之清勁，賀鑄之風骨，具有騷情逸志、高舉遠引、清虛中見魄力、剛健中含婀娜之特色，為高觀國、史達祖、吳文英等人之先聲。又說：「白石詞，如白雲在空，隨風變滅，獨有千古。同時史達祖、高觀國兩

〔註 321〕〔清〕陳廷焯著：《雲韶集》卷 2，見〔清〕陳廷焯著、屈興國校注：《白雨齋詞話足本校注》（濟南：齊魯書社，1983 年 11 月），頁 808。

〔註 322〕〔清〕陳廷焯：《詞壇叢話》，收錄在唐圭璋：《詞話叢編》冊 4，頁 3723。

〔註 323〕〔清〕陳廷焯著：《雲韶集》卷 6，見〔清〕陳廷焯著、屈興國校注：《白雨齋詞話足本校注》，頁 122～123。

〔註 324〕輿臺：古代十等人中兩個低微等級的名稱。輿為第六等，臺為第十等。泛指操賤役者，奴僕。

〔註 325〕〔清〕陳廷焯著：《雲韶集》卷 6，見〔清〕陳廷焯著、屈興國校注：《白雨齋詞話足本校注》，頁 122～123。

家，直欲與白石並驅，然終讓一步。他如張輯、吳文英、趙以夫、蔣捷、周密、陳允平、王沂孫諸家，各極其盛，然未有出白石之範圍者。惟玉田詞，風流疏快，視白石稍遜，當與梅溪、竹屋，並峙千古。」〔註 326〕姜夔詞如風雲變滅，獨有千古，南宋唯有張炎具姜夔之風流疏快，然還遜於姜夔。

早期陳廷焯推崇姜夔之清勁風骨，喻姜夔為「白石詞中之仙也」〔註 327〕、又注重姜夔之琢句煉字，歸于純雅，喻之為「詩中之淵明」〔註 328〕。後期歸依常派，以《白雨齋詞話》為代表，以建立「溫厚以為體，沉鬱以為用」之理論體系。依然以姜夔、王沂孫為南宋之冠，他說：

> 南渡以後，國勢日非。白石目擊心傷，多於詞中寄慨。不獨暗香、疏影二章，發二帝之幽憤，傷在位之無人也。特感慨全在虛處，無迹可尋，人自不察耳。感慨時事，發為詩歌，便已力據上游，特不宜說破，只可用比興體。即比興中，亦須含蓄不露，斯為沉鬱，斯為忠厚。……南宋詞人，感時傷事，纏綿溫厚者，無過碧山，次則白石。白石鬱處不及碧山，而清虛過之。〔註 329〕

陳廷焯從沉鬱忠厚之詞學觀，重新評價姜夔詞，認為南宋詞中，最溫厚沉鬱者，為王沂孫，次則姜夔，姜詞特色在清虛處。在陳廷焯眼中，王沂孫是詞壇領袖，他說：

> 詞有碧山而詞乃尊，以其品高也。古今不可無一，不可有二。詞法莫密於清真，詞理莫深於少游，詞筆莫超於白石，

〔註 326〕〔清〕陳廷焯：《詞壇叢話》，收錄在唐圭璋：《詞話叢編》冊 4，頁 3724。

〔註 327〕〔清〕陳廷焯：《詞壇叢話》，收錄在唐圭璋：《詞話叢編》冊 4，頁 3723～3724。

〔註 328〕〔清〕陳廷焯：《詞壇叢話》，收錄在唐圭璋：《詞話叢編》冊 4，頁 3723。

〔註 329〕〔清〕陳廷焯：《白雨齋詞話》卷 2，收錄在唐圭璋：《詞話叢編》冊 4，頁 3797。

詞品莫高於碧山。皆聖於詞者。〔註330〕

與周濟推舉周邦彥為始祖之四詞家：「周邦彥、吳文英、王沂孫、辛棄疾」相較，陳廷焯推舉「周邦彥、秦觀、姜夔、王沂孫」為四詞聖，以王沂孫詞最尊，除了把王沂孫提高至尊位，姜夔之地位也提升了，吳文英之地位則被貶抑。南宋詞人地位為：

大約南宋詞人，自以白石、碧山為冠，梅溪次之，夢窗、玉田又次之，西麓又次之，草窗又次之，竹屋又次之。竹山雖不論可也。然則梅溪雖佳，亦何能超越白石，而與清真抗哉。〔註331〕

陳廷焯認為南宋詞，以姜夔（白石）、王沂孫（碧山）為冠，史達祖（梅溪）第二名，吳文英（夢窗）、張炎（玉田）第三名，陳允平（西麓）第四名，周密（草窗）第五名，高觀國（竹屋），蔣捷（竹山）可不論也。

2. 重新發掘姜詞清虛騷雅之特點

陳廷焯所以提升姜詞，是以為姜夔詞具有清虛騷雅、沉鬱頓挫之特色，他說：

姜堯章詞，清虛騷雅。每於伊鬱中饒蘊藉，清真之勁敵，南宋一大家也。〔註332〕

白石詞，雅矣，正矣，沉鬱頓挫矣；然以碧山較之，覺白石猶有未能免俗處。〔註333〕

騷雅蘊藉、沉鬱頓挫正是常州詞派以比興寄託之說解釋詞作之觀點，但陳廷焯調和浙江詞派和常州詞派，把浙江詞派奉為詞壇領袖之姜

〔註330〕見於〔清〕陳廷焯：《詞則》〈高陽臺〉「和周草窗寄月中諸友韻」（雪殘庭陰），頁147。

〔註331〕〔清〕陳廷焯：《白雨齋詞話》卷2，收錄在唐圭璋：《詞話叢編》冊4，頁3800。

〔註332〕〔清〕陳廷焯：《白雨齋詞話》卷2，收錄在唐圭璋：《詞話叢編》冊4，頁3797。

〔註333〕〔清〕陳廷焯：《白雨齋詞話》卷2，收錄在唐圭璋：《詞話叢編》冊4，頁3808。

夔，放入常州詞派之觀點討論，重新發掘姜詞的特點。他說：

> 南宋詞家白石、碧山，純乎純者也。梅溪、夢窗、玉田，大純而小疵，能雅不能虛，能清不能厚也。〔註 334〕

史達祖、吳文英、張炎未能與姜夔、王沂孫並位，乃是因為「能雅不能虛，能清不能厚」，可知姜、王乃能雅、能虛；能清、能厚。陳廷焯推崇王沂孫，他說：

> 王碧山詞，品最高，味最厚，意境最深，力量最重。感時傷世之言，而出以纏綿忠愛。詩中之曹子建、杜子美也。詞人有此，庶幾無憾。〔註 335〕

王沂孫乃能秉纏綿忠愛之情，出以感時傷世之言，具有品高味厚，意境深遠，力量厚重。他又說：

> 怨慕幽思，本諸忠厚而運以頓挫之姿，沉鬱之筆。〔註 336〕

陳廷焯從是否具有忠厚之情，而出於頓挫之姿、沉鬱之筆，來評價詞作。因此他評姜夔詞如〈翠樓吟〉說：「此詞似有所刺，特不敢穿鑿求之」〔註 337〕、評〈齊天樂〉說：「以無知兒女之心，反襯出有心人之苦，最為入妙。用筆亦有神味，難以言傳。」〔註 338〕又稱〈點絳脣〉：「無窮哀感，都在虛處。令讀者弔古傷今，不能自止。洵推絕調。」〔註 339〕都是從沉鬱頓挫著手，而姜夔詞也正符合他所提倡之詞學觀點，所以被提升為南宋詞壇領袖之一。

宋祥鳳《樂府餘論》也有類似論點：

〔註 334〕〔清〕陳廷焯：《白雨齋詞話》卷 2，收錄在唐圭璋：《詞話叢編》冊 4，頁 3808。

〔註 335〕〔清〕陳廷焯：《白雨齋詞話》卷 2，收錄在唐圭璋：《詞話叢編》冊 4，頁 3808。

〔註 336〕〔清〕陳廷焯：《白雨齋詞話》卷 2，收錄在唐圭璋：《詞話叢編》冊 4，頁 3808。

〔註 337〕〔清〕陳廷焯：《白雨齋詞話》卷 2，收錄在唐圭璋：《詞話叢編》冊 4，頁 3799。

〔註 338〕〔清〕陳廷焯：《白雨齋詞話》卷 2，收錄在唐圭璋：《詞話叢編》冊 4，頁 3799。

〔註 339〕〔清〕陳廷焯：《白雨齋詞話》卷 2，收錄在唐圭璋：《詞話叢編》冊 4，頁 3798。

詞家之有姜石帚，猶詩家之有杜少陵，繼往開來，文中關鍵。其流落江湖，不忘君國，皆比興寄託，於長短句寄之。如齊天樂，傷二帝北狩也。揚州慢，惜無意恢復也。暗香、疏影，恨偏安也。蓋意愈切，則辭愈微，屈宋之心，誰能見之。乃長短句中，復有白石道人也。〔註340〕

宋翔鳳（1779～1860），字于庭，清江蘇長洲人。嘉慶五年舉人，官湖南新寧縣知縣，晚清常州學派創始人莊述祖之甥，常州學派主要成員之一，又跟常州詞派創始人張惠言學詞。有《浮溪精舍詞》，以及詞學專著《樂府餘論》〔註341〕。宋祥鳳認為姜夔如杜甫，處江湖之遠，仍心繫朝廷，因此也用「比興寄託」之觀點論姜夔詞。另有論姜夔的〈暗香〉一詞：「題姜白石詩詞合集即用集中韻」〔註342〕，詞云：

照來古色。有詞仙未老，高樓吹笛。望久玉梯，欲上浮槎把星摘。清思湖山自冷，又風雨、飄零遺筆。任幾輩、換羽遺宮，誰復繼斯席。　　鄉國。韻正寂。久付與蠹蟫，數卷塵積。去波未竭。紅藥橋邊屢追憶。明月當空尚有，須洗盡、樓臺金碧。按舊調、都在也。小紅唱得。〔註343〕

〔註340〕〔清〕宋祥鳳：《樂府餘論》，收錄在唐圭璋：《詞話叢編》冊3，頁2503。

〔註341〕宋翔鳳還有《論語鄭注》十卷，《大學古義說》二卷，《孟子趙注補正》六卷，《孟子劉熙注》一卷，《四書釋地辨證》二卷，《卦氣解》一卷，《尚書說》一卷，《尚書譜》一卷，《爾雅釋服》一卷，《小爾雅訓纂》六卷，《五經要義》一卷，《五經通義》一卷，《過庭錄》十六卷。見周駿富輯：《清史稿》（臺北：明文書局，1985年）卷482，頁13268。

〔註342〕宋翔鳳此闋詞以次韻方式，和姜夔〈暗香〉韻，茲將原詞列出如下，詞序為：「姜夔〈暗香〉辛亥之冬，予載雪詣石湖。止既月，授簡索句，且徵新聲。作此兩曲，石湖把玩不已，使工妓隸習之，音節諧婉，乃名之曰暗香、疏影」，詞云：「舊時月色。算幾番照我，梅邊吹笛。喚起玉人，不管清寒與攀摘。何遜而今漸老，都忘卻、春風詞筆。但怪得、竹外疏花，香冷入瑤席。江國。正寂寂。歎寄與路遙，夜雪初積。翠尊易泣。紅萼無言耿相憶。長記曾攜手處，千樹壓、西湖寒碧。又片片、吹盡也，幾時見得。」

〔註343〕〔清〕宋翔鳳：《浮谿精舍詞》，收錄在〔清〕李雯等撰：《清詞別集百三十四種》（台北：鼎文書局，1976年）冊8，頁38。

以仙人摘星之形象，比喻姜詞清空風格外，亦寫出姜詞之騷雅特色，道出姜夔憂心國勢，欲以音樂治國之懷抱，將常州詞派比興寄託、寓家國身世之感觀點發揮到極致。宋翔鳳〈疏影〉也論姜夔：「自製新詞，還度新聲。付與哀絲豪竹。」〔註 344〕此句是說姜夔精於音律，除了自製新詞外，又自創曲調。然所製卻非佐歌勸侑之輕倩歌詞，而是將憂國傷時之心思愁緒，付與絲竹樂器。姜夔詞中所寄託家國之情，被後期常州詞派所側重。

3. 調和浙、常，提出清空寄託

晚清四大家（王鵬運、鄭文焯、朱祖謀、況周頤）是譚獻之後最重要的常派詞家，四大家的淵源實出自常派〔註 345〕，但四大家貫穿浙、常，見解宏通，對前輩之爭，有自己的認識。如：張爾田評朱祖謀「跨常邁浙，凌厲躒朱」〔註 346〕、王鵬運說「治眾製於一爐，運悲壯於沉鬱。要之鵬運於詞，欲由碧山、白石、稼軒、夢窗，蕲以上追東坡之清雄，還清真之渾化。」〔註 347〕論及學詞歷程雖承襲常州派周濟之看法，但並不屏除姜夔詞之價值，對於浙常各派，態度客觀。王鵬運、朱祖謀、況周頤詞雖然強調常州詞派的「比興寄託」，但相較而言，鄭文焯重新提出姜詞的「清空寄託」更具特色。

鄭文焯（1856～1918），字叔問，又字小坡，號大鶴山人。曾批校過《白石道人歌曲》、《花間集》、《樂章集》、《夢窗詞》等。並有《和姜全詞》及《補白石傳》等作。〔註 348〕鄭文焯對時局十分關注，且與王

〔註 344〕〔清〕宋翔鳳：《浮谿精舍詞》，收錄在《清詞別集百三十四種》（台北：鼎文書局，1976 年）冊 8，頁 38。

〔註 345〕陳慷玲：《清代世變與常州詞派之發展》（臺北：國家出版社，2012 年 2 月），頁 284。

〔註 346〕張爾田：〈彊邨遺書序〉，收錄在龍沐勛編：《詞學季刊》（上海：上海書店，1985 年）創刊號，頁 201。

〔註 347〕龍沐勛：〈清季四大詞人〉，收錄在龍沐勛：《龍榆生詞學論文集》（上海：上海古籍出版社，1997 年），頁 447。

〔註 348〕〔清〕鄭文焯：《鄭大鶴先生論詞手稿》，《大鶴山人詞話》附錄，收錄在唐圭璋編：《詞話叢編》冊 5，頁 4329。

鵬運有密集的酬唱之作，康有為稱其：「感激於國事」〔註 349〕，並注重詞中比興寄託，鄭文焯云：「詞者意內而言外，理隱而文貴，其原出於變風小雅，而流濫于漢魏樂府歌謠，皋文所謂：『不敢同詩賦而並誦之』者，亦以風雅之馨遺，文章之流別，其體微，其道尊也。」〔註 350〕同樣上承張惠言以「意內言外」的比興寄託，達到推尊詞體的目的。

然鄭文焯早年從白石詞入手學詞，他說：「為詞實自丙戌歲始，入手即愛白石騷雅，勤學十年，乃悟清真之高妙，進求花間」〔註 351〕。後雖經過常州詞派理論之氛圍，仍然體認清空之價值，鄭文焯以為詞體要「以輕靈之氣，發經籍之光」〔註 352〕，清空是在「內藏宏富而後咀嚼出之，醞釀深之」〔註 353〕，鎔鑄經史之後，自然醞釀而出的澹雅風貌。〔註 354〕他又說：

> 北宋詞之深美，其高健在骨，空靈在神。而意內言外，仍出以幽窈詠嘆之情。故耆卿、美成，並以蒼渾造耑，莫究其託諭之旨。卒令人獨之歌哭出地，如怨如慕，可興可觀。有觸之當前即是者，正以委曲形容所得感人深也。〔註 355〕

鄭文焯將骨氣植入清空理論〔註 356〕，所謂「高健在骨，空靈在神」清空的風貌體現在骨氣神韻之間，又能意內言外，表現幽窈詠嘆之情。

〔註 349〕康有為：〈清詞人鄭叔問先生墓表〉，鄭文焯著、孫克強、楊傳慶輯校：《大鶴山人詞話》（天津：南開大學出版社，2009 年），頁 448。

〔註 350〕〔清〕鄭文焯：《大鶴山人詞話》附錄〈大鶴山人詞集跋尾〉，收錄在唐圭璋：《詞話叢編》冊 5，頁 4334。

〔註 351〕〔清〕鄭文焯：《大鶴山人詞話》附錄〈鄭大鶴先生論詞手簡〉，收錄在唐圭璋：《詞話叢編》冊 5，頁 4331。

〔註 352〕〈鄭文焯致朱祖謀書〉，黃墨谷輯錄：〈《詞林翰藻》殘壁遺珠〉，《詞學》（上海：華東師範大學出版社，1989 年 9 月）第 7 輯，頁 209。

〔註 353〕〈鄭文焯致朱祖謀書〉，黃墨谷輯錄：〈《詞林翰藻》殘壁遺珠〉，《詞學》第 7 輯，頁 213。

〔註 354〕卓清芬：《清末四大家詞學及詞作研究》（臺北：國立臺灣大學出版委員會，2003 年 3 月），頁 138。

〔註 355〕〔清〕鄭文焯：《大鶴山人詞話》附錄〈鄭大鶴先生論詞手簡〉，收錄在唐圭璋：《詞話叢編》冊 5，頁 4343。

〔註 356〕于廣杰：〈鄭文焯的詞學活動及清空詞學思想〉，《內蒙古民族大學學報（社會科學版）》（2010 年 7 月）第 36 卷第 4 期，頁 56。

正如孫克強所說「高明的寄託是沒有留下任何解索標記的寄託，是出於空靈、蒼渾的寄託，令人為所感而不知何以為感，所以感人至深，這就是寓於『清空』之中的寄託的特徵。」〔註 357〕鄭文焯的「清空」說是融合「比興寄託」理論。而此清空理論，實與鄭文焯推崇姜詞有關。鄭文焯《大鶴先生論詞手簡》曾論姜夔說：

> 白石以沉憂善歌之士，意在復古，進大樂議，率為伶倫所厄，其志可悲，其學自足千古。叔夏論其詞，如「野雲孤飛，去留無跡」，百世興感，如見其人。〔註 358〕

鄭文焯以姜夔為沉憂善歌之士，人品高潔。蔡嵩雲曾說：「大鶴詞，吐屬騷雅，深入白石之室。令引近尤佳。」〔註 359〕也認為鄭文焯具有騷雅之調，乃深入姜夔門室之因。鄭氏推崇姜夔詞之清空：

> 今學者不若細繹白石歌曲，得其雅淡疏宕之致，一洗金釵鈿合之塵，取其全詞，日和一章，以驗孤進。〔註 360〕

又說：

> 乙酉丙戌之年，余舉詞社於吳，即專以連句和姜詞為課程，繼以宋六十一家，擇其菁英。〔註 361〕

鄭文焯不喜「近世所鄙為淫曲簉弄者」〔註 362〕，以姜夔雅淡疏宕之詞作，作為驗證詞作的標準，日和一章，可見他對姜詞詞品甚表欽敬。

鄭文焯強調清空，曾說：

> 詞之難工，以屬事遣詞，純以清空出之，務為典博，則傷質實，多著才語，又近昌狂。至一切隱僻怪誕、禪縛窮苦、放

〔註 357〕孫克強：《清代詞學批評史論》，頁 185。

〔註 358〕〔清〕鄭文焯：《大鶴山人詞話》附錄〈鄭大鶴先生論詞手簡〉，收錄在唐圭璋：《詞話叢編》冊 5，頁 4329。

〔註 359〕蔡嵩雲：《柯亭論詞》，收錄在唐圭璋：《詞話叢編》冊 5，頁 4914。

〔註 360〕〔清〕鄭文焯：《大鶴山人詞話》附錄〈鄭大鶴先生論詞手簡〉，收錄在唐圭璋：《詞話叢編》冊 5，頁 4329。

〔註 361〕〔清〕鄭文焯：《大鶴山人詞話》附錄〈鄭大鶴先生論詞手簡〉，收錄在唐圭璋：《詞話叢編》冊 5，頁 4329。

〔註 362〕〔清〕鄭文焯：《大鶴山人詞話》附錄〈鄭大鶴先生論詞手簡〉，收錄在唐圭璋：《詞話叢編》冊 5，頁 4329。

浪通脫之言，皆不得著一字，類詩之有禁體。然屏除諸弊，又易失之空疏，動則跼蹐。〔註 363〕

他認為詞太多典博、才語，則傷質實，又太猖狂；若一切諸病屏除，又流於空疏。詞之最工，是要內含屬事遣詞，且出以清空。鄭文焯借用姜夔、張炎的「清空」範疇，使「清空」與「寄託」相融通，強調寄託之渾化無跡，表現寄託之最高境界。〔註 364〕鄭文焯雖受常州詞派融煉，仍然對浙西詞派所推舉的姜夔有理性的認識，並融鑄浙、常兩家，提出集大成的論點。

（三）其他詞評家對姜夔的批評

除了常州派後期詞人、詞論家外，清代其他詞論家，也對姜夔有獨到之認識與評價。對姜夔的評論有正負批評意見：

1. 對姜夔提出正面批評意見

（1）姜詞姑射仙姿

姜夔之詞清靈飄逸、高格雅調，別樹一幟，如莊子所云姑射仙姿，具有餐風吸露乘雲〔註 365〕之仙氣，非凡人所能。常州詞派陳廷焯《白雨齋詞話》卷八曾說：

竊謂白石一家，如閒雲野鶴，超然物外，未易學步。〔註 366〕

白石，仙品也。東坡，神品也，亦仙品也。夢窗，逸品也。玉田，雋品也。稼軒，豪品也。〔註 367〕

姜詞如閒雲野鶴，是超然物外之仙品。清・劉熙載《詞概》亦云：

〔註 363〕〔清〕鄭文焯：《大鶴山人詞話》附錄〈鄭大鶴先生論詞手簡〉，收錄在唐圭璋：《詞話叢編》冊 5，頁 4330。

〔註 364〕孫克強：《清代詞學批評史論》，頁 184。

〔註 365〕如《莊子・逍遙游》所稱神人：「藐姑射之山有神人居焉，肌膚若冰雪，綽約若處子；不食五穀，吸風飲露；乘雲氣，御飛龍，而遊乎四海之外；其神凝，使物不疵癘而年穀熟。」見王夫之：《莊子通・莊子解》（臺北：里仁書局，1984 年 9 月），頁 6。

〔註 366〕〔清〕陳廷焯：《白雨齋詞話》，收錄在唐圭璋：《詞話叢編》冊 4，頁 3963。

〔註 367〕〔清〕陳廷焯：《白雨齋詞話》，收錄在唐圭璋《詞話叢編》冊 4，頁 3961。

姜白石詞幽韻冷香，令人挹之無盡；擬諸形容，在樂則琴，在花則梅也。〔註 368〕

詞家稱白石曰白石老仙，或問畢竟與何仙相似，曰：「藐姑冰雪，蓋為近之。〔註 369〕

劉熙載〔註 370〕以為「詞尚清空中有沉厚，妥溜中有奇創」〔註 371〕、「清而厚」〔註 372〕才見本領。他以姜詞如琴如梅，似藐姑冰雪。蔡嵩雲《柯亭詞論》亦云：

白石詞在南宋，為清空一派開山祖，碧山、玉田皆其法嗣。其詞騷雅絕倫，無一點浮煙浪墨繞其筆端，故當時有「詞仙」之目。野雲孤飛，去留無跡，有定評矣。〔註 373〕

因姜夔開清空一派，且騷雅絕倫，無一點浮煙浪墨、嫣媚嬌嬈繞其筆端，當時即有「詞仙」之名。〔註 374〕

馮煦學毛晉《宋六十名家詞》，另編《宋六十一家詞選》，選取姜夔詞作之比例最高者外（毛本原收姜詞 34 闋，馮煦選錄 33 闋），他也稱讚姜夔「超脫蹊逕，天籟人力，兩臻絕頂，筆之所至，神韻俱到」〔註 375〕。馮煦《論詞絕句》（《蒿庵類稿》卷七）論姜夔說：

〔註 368〕〔清〕劉熙載：《詞概》，收錄在唐圭璋《詞話叢編》冊 4，頁 3694。

〔註 369〕〔清〕劉熙載：《詞概》，收錄在唐圭璋《詞話叢編》冊 4，頁 3694。

〔註 370〕〔清〕劉熙載（1813～1881），字伯簡，一字融齋，興化（今屬江蘇）人。有《藝概》，以「意內言外」、「音內言外」說詞，而定詞為「聲學」。見朱崇才：《詞話史》，頁 307。清．劉熙載：《詞概》，收錄在唐圭璋《詞話叢編》冊 4，頁 3687。

〔註 371〕〔清〕劉熙載《詞概》：「詞尚清空妥溜，昔人已言之矣。惟須妥溜中有奇創，清空中有沉厚，才見本領。」見唐圭璋《詞話叢編》冊 4，頁 3706。

〔註 372〕〔清〕劉熙載《詞概》：「詞之大要，不外厚而清。厚，包諸所有。清，空諸所有。」見見唐圭璋《詞話叢編》冊 4，頁 3707。

〔註 373〕〔清〕蔡嵩雲：《柯亭詞論》，收錄在唐圭璋《詞話叢編》冊 5，頁 4913。

〔註 374〕〔清〕陳廷焯：《白雨齋詞話》，收錄在唐圭璋《詞話叢編》冊 4，頁 3961。

〔註 375〕〔清〕馮煦：《宋六十一家詞選．例言》（臺北：文化圖書公司，1956 年），頁 9。

垂虹亭子笛綿綿，吸露餐風解蛻蟬。洗盡人間煙火氣，更無人是石湖仙。（姜白石）〔註 376〕

明‧張羽〈白石道人傳〉云：「時范成大方致政居吳中，戴雪詣之，館諸石湖月餘，徵新聲，夔為製兩曲，音節清婉，曰〈暗香〉、〈疏影〉。范有妓小紅，尤喜其聲，比歸苕，范舉以屬夔。過垂虹，大雪，紅為歌其詞，夔吹洞簫和之，人羨之如登仙云。」〔註 377〕此傳記載了小紅與姜夔於垂虹亭，雪中歌唱清空高雅之詞，並以綿綿笛聲相和，此情此景如在仙界。馮煦此詞便說無人能似姜詞之高潔，超脫塵世，吸露餐風，蟬蛻於濁穢；也寫姜夔與小紅之石湖事，如雪中神仙境界。

（2）姜詞清勁險麗

蔣兆蘭提倡詞體貴潔，他說詞體：「務使清虛騷雅，不染一塵，方為妙筆。至如本色俊語，則水到渠成，純乎天籟」〔註 378〕蔣兆蘭雖以婉約為詞家正軌，以周邦彥為詞中之聖，但對於清虛騷雅之詞，也同樣給予肯定。蔣兆蘭《詞說》曾說：

南渡以後，堯章崛起，清勁逋峭，於美成外別樹一幟。張叔夏擬之「野雲孤飛，去留無跡」，可謂善於名狀。繼之者亦惟花外與山中白雲，差為近之。然論氣格，迥非敵手也。〔註 379〕

此論肯定姜夔詞清勁逋峭，在周邦彥之外，別樹一幟。

江順詒《詞學集成》有光緒七年（1881）刊本，分為源、體、音、韻、派、法、境、品八目，推重姜、張之清空，以辛、劉為別派，心折於《詞源》之法。對於常州詞派尊周邦彥為詞家正宗，頗有疑慮。《詞學集成》卷五云：「汪稚松云：『茗柯《詞選》，張皋文先生意在尊

〔註 376〕孫克強：《清代詞學批評史論》（上海：上海古籍出版社，2008 年 11 月），頁 477。

〔註 377〕〔明〕張羽：〈白石道人傳〉，收錄在夏承燾：《姜白石詞編年箋校》，頁 322。

〔註 378〕〔清〕蔣兆蘭：《詞說》，收錄在唐圭璋《詞話叢編》冊 5，頁 4630。

〔註 379〕〔清〕蔣兆蘭：《詞說》，收錄在唐圭璋《詞話叢編》冊 5，頁 4632～4633。

美成，而薄姜、張。至蘇、辛僅為小家，朱、厲又其次者。其詞貴能有氣，以氣承接，通首如歌行然。又要有轉無竭，全用縮筆包舉時事，誠是難臻之詣。』詒案：常州派近為詞家正宗，然專尊美成。今取美成詞讀之，未能造斯境也。」〔註380〕江順詒以為常州詞派過尊周邦彥，他認為：

詞章之學，漢宋諸儒所不屑道。淫詞豔語，有害於人心風俗不少，未始非秦七、黃九階之厲，此姜、張所以獨有千古也。〔註381〕

淫詞豔語有害人心風俗，秦觀、黃庭堅之詞豔語鄙俚，李調元詞話曾評「黃九不及秦七，痛闢其俚鄙諸作」〔註382〕。陳廷焯也說秦觀「所可議者，好作豔語，不免於俚耳。」〔註383〕因為淫詞豔語之害人，所以姜夔、張炎之清空騷雅，獨有千古。且姜夔、張炎之詞，也無堆積雕琢之痛，江順詒《詞學集成》卷六載：

《蓮子居詞話》云：「詞忌堆積，堆積近縟，縟則傷意。詞忌雕琢，雕琢近澀，澀則傷氣。」詒案：南宋以後諸家，率多此弊。此白石、玉田所以獨有千古也。〔註384〕

南宋以後，詞多堆積近縟，雕琢近澀，使詞意繁複，詞氣不順。而姜夔、張炎獨有千古，在於無鏤刻痕，不堆積繁縟，如「野雲孤飛，去留無跡」〔註385〕。江順詒認為詞應險麗流暢，《詞學集成》卷六云：

賀黃公曰：「詞之最醜者，為酸腐，為怪誕、為粗莽。以險

〔註380〕〔清〕江順詒：《詞學集成》卷5，收錄在唐圭璋：《詞話叢編》冊4，頁3273。

〔註381〕〔清〕江順詒：《詞學集成》卷5，收錄在唐圭璋：《詞話叢編》冊4，頁3274。

〔註382〕〔清〕謝章鋌：《賭棋山莊詞話》卷3，收錄在唐圭璋《詞話叢編》冊4，頁3350。

〔註383〕〔清〕陳廷焯：《白雨齋詞話》卷2，收錄在唐圭璋《詞話叢編》冊4，頁3808。

〔註384〕〔清〕江順詒：《詞學集成》卷6，收錄在唐圭璋：《詞話叢編》冊4，頁3275。

〔註385〕〔宋〕張炎：《詞源》，收錄在唐圭璋《詞話叢編》冊1，頁259。

> 麗為貴矣，又須泯其鏤刻痕乃佳。」詒案：酸腐者，道學語也。怪誕者，荒唐語也。至粗莽，則蘇、辛之流弊，犯之甚易。若險麗而無鏤刻痕，則仍夢窗一派，而未臻姜、張之絕詣也。〔註 386〕

江順詒認為詞要以險麗為貴，不堆積繁縟，且無鏤刻痕，故姜、張之境為最高；而詞之最醜者，為怪誕、酸腐，以及蘇、辛之粗莽。

（3）姜詞清真脫俗

沈祥龍《論詞隨筆》六十一則，有光緒戊戌（1898）自序，是書論詞之風格、流派、作法、格律等，受常州派影響〔註 387〕。主張「詞得屈子之纏綿悱惻，又須得莊子之超曠空靈。」〔註 388〕「詞貴意藏於內，而迷離其言以出之」〔註 389〕，他仍然將詞分為婉約之秦、柳，與豪放之蘇、辛二派〔註 390〕，但也認為「詞宜清空，然須才華富，藻彩縟，而能清空一氣者為貴。清者不染塵埃之謂，空者不著色相之謂。清則麗，空則靈，如月之曙，如氣之秋」〔註 391〕、「詞以自然為尚，自然者，不雕琢，不假借，不著色相，不落言詮也」〔註 392〕。沈祥龍認為姜詞不俚俗，其《論詞隨筆》說：

> 姜白石詩云：「自制新詞韻最嬌。」，嬌者如出水芙蓉，亭亭可愛也。徒以嫣媚為嬌，則其韻近俗矣。試觀白石詞，何嘗

〔註 386〕〔清〕江順詒：《詞學集成》卷 6，收錄在唐圭璋：《詞話叢編》冊 4，頁 3275。

〔註 387〕朱崇才：《詞話史》，頁 305。

〔註 388〕〔清〕沈祥龍：《論詞隨筆》，收錄在唐圭璋《詞話叢編》冊 5，頁 4048。

〔註 389〕〔清〕沈祥龍：《論詞隨筆》，收錄在唐圭璋《詞話叢編》冊 5，頁 4048。

〔註 390〕〔清〕沈祥龍《論詞隨筆》：「詞有婉約、有豪放，二者不可偏廢，在施之各當耳。……蘇、辛與秦、柳，貴集其長也。」收錄在唐圭璋《詞話叢編》冊 5，頁 4049。

〔註 391〕〔清〕沈祥龍：《論詞隨筆》，收錄在唐圭璋《詞話叢編》冊 5，頁 4054。

〔註 392〕〔清〕沈祥龍：《論詞隨筆》，收錄在唐圭璋《詞話叢編》冊 5，頁 4054。

有一語涉於嫣媚。〔註 393〕

姜夔詞如出水芙蓉，亭亭可愛，清新脫俗不嫣媚。他認為詞體，各有所宜，曾說：

詞之蘊藉，宜學少游、美成，然不可入於淫靡。綿婉宜學耆卿、易安，然不可失於纖巧。雄爽宜學東坡、稼軒，然不可近於粗厲。流暢宜學白石、玉田，然不可流於淺易。此當就氣韻趣味上辨之。〔註 394〕

沈祥龍從氣韻趣味的觀點，將詞分為蘊藉、綿婉、雄爽、流暢四類，而以姜夔、張炎為氣韻流暢之代表，認為他們的詞流暢而不流於淺易。

又說：「詞之言情，貴得其真」〔註 395〕，故《論詞隨筆》又云：

古詩云：「識曲聽其真。」真者，性情也，性情不可強。觀稼軒詞知為豪傑，觀白石詞知為才人，其真處有自然流出者。詞品之高低，當於此辨之。〔註 396〕

自然流露之真情表現於詞中，故視辛棄疾為豪傑，姜夔為才人。詞品之高低可由真情與否觀之，沈祥龍認為姜夔是真情入詞的代表作家之一。

（4）姜夔審音尤精

姜夔精於音律，能自度曲，大樂建議，流傳之詞，含有旁譜，為後人所樂道。清代晚期，有《天籟軒詞譜》、《碎金詞譜》之完成，對姜夔極為推崇。光緒年間，陶方琦云：「白石歌曲，舊槧尟存，依乎昔軌，最為眾美。字旁記曲，拍底量音；分刌不踰，情文既翕。」〔註 397〕姜夔詞譜依昔軌，又能保存下來，最為眾美。關於詞評家論姜詞之音

〔註 393〕〔清〕沈祥龍：《論詞隨筆》，收錄在唐圭璋《詞話叢編》冊 5，頁 4056。

〔註 394〕〔清〕沈祥龍：《論詞隨筆》，收錄在唐圭璋《詞話叢編》冊 5，頁 4058。

〔註 395〕〔清〕沈祥龍：《論詞隨筆》，收錄在唐圭璋《詞話叢編》冊 5，頁 4053。

〔註 396〕〔清〕沈祥龍：《論詞隨筆》，收錄在唐圭璋《詞話叢編》冊 5，頁 4052。

〔註 397〕〈陶方琦序許增刊本〉，見夏承燾：《姜白石詞編年箋校》，頁 198。

樂，亦所在多有。如江順詒《詞學集成》卷一：

> 洎乎南渡，家各有詞，雖道學家如朱仲晦、真希元，亦能倚聲中律呂，而姜夔審音尤精。〔註398〕

此段論及姜夔最懂音律。江順詒《詞學集成》卷一又載：

> 趙艮甫《函碎金詞敘》云：「宋詞以清真、白石、草窗、玉田四家為正宗。清真典掌大晟，白石自訂詞曲，草窗詞名笛譜，玉田《詞源》一書，所論律呂最精。凡此四家之詞，無不可歌。」〔註399〕

道光二十七年（1847）之《碎金詞譜》收錄了 18 首姜夔之詞，重視姜夔自訂詞曲，以為詞家正宗之一。又丁紹儀《聽秋聲館詞話》卷十七云：「丁酉秋，余以先君子疾請急歸。適松溪謝默卿觀察元淮令吾邑，承以《碎金詞譜》相贈，每字譜以今之四上工尺，云自姜石帚詞旁注譜中尋究而出，實得古來不傳之秘。」〔註400〕《碎金詞譜》之工尺，乃自姜夔詞旁譜研究而來，更顯現姜譜之價值。

又謝元淮《填詞淺說》也說：「自度新曲，必如姜堯章、周美成、張叔夏、柳耆卿輩，精于音律，吐辭即叶宮商者，方許制作。若偶習工尺，遽爾自度新腔，甘於自欺而欺人，真不足當大雅之一噱。古人格調已備，盡可隨意取填。自好之士，幸勿自獻其醜也。」〔註401〕姜夔、周邦彥、張炎、柳永都精於音律，告誡後人學詞，直接取其格調填之即可。以上種種評論，顯示姜夔詞譜之經典地位早已奠定。

（5）關注辛、姜比較議題

常州詞派周濟，以為姜夔脫胎辛棄疾；清代晚期劉熙載以為辛、

〔註398〕〔清〕江順詒：《詞學集成》卷1，收錄在唐圭璋：《詞話叢編》冊4，頁3219。

〔註399〕〔清〕江順詒：《詞學集成》卷1，收錄在唐圭璋：《詞話叢編》冊4，頁3228。

〔註400〕〔清〕丁紹儀：《聽秋聲館詞話》卷17，收錄在唐圭璋：《詞話叢編》冊3，頁2791。

〔註401〕〔清〕謝元淮：《填詞淺說》，收錄在唐圭璋：《詞話叢編》冊3，頁2515。

姜氣味相通，不須分辛、姜門戶，他說：

> 不知稼軒之體，白石嘗效之矣，集中如永遇樂、漢宮春諸闋，均次稼軒韻。其吐屬氣味，皆若秘響相通，何後人過分門戶耶。〔註 402〕

劉熙載以為不宜強論辛、姜，且兩者各有不同特點：

> 白石才子之詞，稼軒豪傑之詞，才子豪傑，各從其類愛之，強論得失，皆偏辭也。〔註 403〕

劉熙載從吐屬氣味論辛棄疾為豪傑，姜夔為才子，影響沈祥龍之觀點。上引沈祥龍《論詞隨筆》說：「真者，性情也，性情不可強。觀稼軒詞知為豪傑，觀白石詞知為才人，其真處有自然流出者。」〔註 404〕沈祥龍以真性情觀之，乃受劉熙載影響。

至於江順詒則以為姜、張勝於蘇、辛，《詞學集成》卷五說：

> 蔡小石宗茂《拜石詞序》云：「詞勝于宋，自姜、張以格勝，蘇、辛以氣勝，秦、柳以情勝，而其派乃分。然幽深窅眇，語巧則纖，跌，跌宕縱横，語粗則淺，異曲同工，要在各造其極。」詒案：此以蘇、辛、秦、柳與姜、張並論，究之格勝者，氣與情不能逮。〔註 405〕

江順詒以姜夔、張炎之高格，勝於蘇軾、辛棄疾之氣，秦觀、柳永之情。陳匪石也反對周濟貶抑姜夔，其《聲執》卷下說：

> 至其糾彈姜、張，芟刺陳、史，芟夷盧、高，在舉世競尚南宋之時，實獨抒己見，義各有當。惟其評論白石，似有失當之處。所指為俗濫、寒酸、補湊、敷衍、重復者，仍南宋末季之眼光，未必即白石之敗筆。且或合於北宋之拙樸。〔註 406〕

〔註 402〕〔清〕劉熙載：《詞概》，收錄在唐圭璋《詞話叢編》冊 4，頁 3693。

〔註 403〕〔清〕劉熙載：《詞概》，收錄在唐圭璋《詞話叢編》冊 4，頁 3693。

〔註 404〕〔清〕沈祥龍：《論詞隨筆》，收錄在唐圭璋《詞話叢編》冊 5，頁 4052。

〔註 405〕〔清〕江順詒：《詞學集成》卷 5，收錄在唐圭璋：《詞話叢編》冊 4，頁 3272。

〔註 406〕〔清〕陳匪石：《聲執》卷下，收錄在唐圭璋：《詞話叢編》冊 5，頁 4965。

他認為姜夔詞為周濟批評處，依北宋拙樸眼光視之，未必為敗筆。又說：

> （周濟）又謂白石脫胎稼軒，則愚尤不敢苟同。野雲孤飛，沖澹飄逸之致，決非稼軒所有。而稼軒蒼涼悲壯之音，權奇倜儻之氣，亦非白石所能，未可相附也。〔註407〕

陳匪石以為姜夔與稼軒，一沖澹飄逸，一蒼涼悲壯，兩位詞人詞風並不相同，也未能達到對方境界，故姜詞非脫胎辛詞。

2. 對姜夔提出負面批評意見

（1）局於姜、史，立意卑弱

謝章鋌〔註408〕《賭棋山莊詞話》前有光緒十年（1884）自序，該書所論主旨有三，一曰性情，二曰音律，三曰雅趣。〔註409〕謝章鋌《賭棋山莊詞話》，對浙西派宗主推崇備至，但對浙西派流弊也多有評述。〔註410〕

謝章鋌認為學詞須兼善兩宋，他說「北宋多工短調，南宋多工長調。北宋多工軟語，南宋多工硬語。然二者偏至，終非全才。歐陽、晏、秦，北宋之正宗也。柳耆卿失之濫，黃魯直失之傖。白石、高、史，南宋之正宗也，吳夢窗失之澀，蔣竹山失之流。若蘇、辛自立一宗，不當儕於諸家派別之中。」〔註411〕姜夔雖為南宋正宗之一，但學詞不能只偏至一方，當兼善，不當孤詣。至於姜夔與辛棄疾之關係，謝章鋌說：「詞家講琢句而不講養氣，養氣至南宋善矣。白石和永，稼軒豪雅。然稼軒易見，而自石難知，史之於姜，有其和而無其永。劉之於辛，有其豪而無其雅。至後來之不善學姜、辛者，非懈則

〔註407〕〔清〕陳匪石：《聲執》卷下，收錄在唐圭璋：《詞話叢編》冊5，頁4965。

〔註408〕謝章鋌，字枚如，長樂（今屬福建）人，官內閣中書，聘致用書院山長。

〔註409〕朱崇才：《詞話史》，頁303。

〔註410〕朱崇才：《詞話史》，頁264。

〔註411〕〔清〕謝章鋌：《賭棋山莊詞話》卷12，收錄在唐圭璋：《詞話叢編》冊4，頁3470。

粗。」〔註412〕南宋以姜夔與辛棄疾善養氣，只不過氣勢不同，姜夔和永，辛棄疾豪雅；論表現手法，姜夔難知，辛棄疾易見，也有所不同。謝章鋌也說「夫詠物南宋最盛，亦南宋最工。然儻無白石高致，梅溪綺思……便謂超凡入聖，雄長詞壇，其不然歟。」〔註413〕他體認了姜夔的高致格調。又說「姜、史之清真，源於張志和白香山」〔註414〕提點出姜、史詞學特色，為清、真。

但謝章鋌也批評當時只學姜夔之偏差，《賭棋山莊詞話》卷四引楊升庵所稱：「近日作詞者惟說周美成、姜堯章，而以東坡為詞詩，稼軒為詞論。……回視稼軒所作，豈非萬古一清風哉。」〔註415〕認為此說極愜當。謝章鋌《賭棋山莊詞話》卷五又說：「豈詞獨可以配黃儷白，摹風捉月了之乎？然則崇奉姜、史，卑視蘇、辛者，非矣。第今之學蘇、辛者，亦不講其肝膽之輪囷〔註416〕，寄托之遙深，徒以浪煙漲墨為豪，是不獨學姜、史不之許，即學蘇、辛，亦宜揮之門外也。……鋌瀏覽近日詞家，頗怪其派別之訛，非但無蘇、辛，亦無周、柳，大抵姜、史之糟粕耳。姜、史之精，十不得一也。」〔註417〕專學一種而忽視其他風格，是詞壇的偏頗；「至今日詞學所誤，在局於姜、史。斤斤字句氣體之間，不敢拈大題目，出大意義，一若詞之分量不得不如是者，其立意蓋已卑矣，而奚暇論及聲調哉。」〔註418〕「今日襲浙西

〔註412〕〔清〕謝章鋌：《賭棋山莊詞話》卷12，收錄在唐圭璋：《詞話叢編》冊4，頁3470。

〔註413〕〔清〕謝章鋌：《賭棋山莊詞話》卷4，收錄在唐圭璋：《詞話叢編》冊4，頁3415。

〔註414〕〔清〕謝章鋌：《賭棋山莊詞話》卷9，收錄在唐圭璋：《詞話叢編》冊4，頁3444。

〔註415〕〔清〕謝章鋌：《賭棋山莊詞話》卷4，收錄在唐圭璋：《詞話叢編》冊4，頁3372。

〔註416〕輪囷：盤曲貌。

〔註417〕〔清〕謝章鋌：《賭棋山莊詞話》卷4，收錄在唐圭璋：《詞話叢編》冊4，頁3387～3388。

〔註418〕〔清〕謝章鋌：《賭棋山莊詞話》卷8，收錄在唐圭璋：《詞話叢編》冊4，頁3423。

之餘波，既鮮深情，又乏高格，蓋自樊榭而外，率多自檜無譏，而竹垞又不免供人指摘矣」〔註419〕凡此說明斤斤局限於姜、史，終究沒有大題目、大意義；也使詞體立意卑弱，缺乏深情高格。

（2）詞蕪鄙俚，群魔之首

李慈銘（1829～1894）〔註420〕提倡北宋詞家，曾說：「余於詞非當家，所作者真詩餘耳，然於此中頗有微悟，蓋必若近若遠，忽去忽來，如蛺蝶穿花，深深欵欵。又須於無情無緒中，令人十步九回，如佛言食蜜中邊皆甜。古來得此旨者，南唐二主（李璟、李煜）、六一（歐陽脩）、安陸（張先）、淮海（秦觀）、小山（晏幾道）及李易安（李清照）《漱玉詞》耳。」〔註421〕北宋大家詞雅意深，忽來忽去，令人十步九回。他又說：「大約詞與詩之別，詩必意餘于言，詞則言餘于意」亦即認為詞主情，獨抒性靈。〔註422〕他認為南宋因「金荃、蘭畹之旨，固蕩焉盡失，即小山（晏幾道）、六一（歐陽脩）、淮海（秦觀）、安陸（張先）諸公子之風神格韻，亦無復存者。」〔註423〕所以詞蕪意淺，俚鄙百出，羣妖畢呈。

李慈銘對於南宋詞家，極推崇辛棄疾的「清嬌」，認為他是詞中大家，卻極貶抑姜夔，他延續周濟所說「白石脫胎稼軒」。他在《越縵堂讀書記》非常稱讚辛棄疾，卻批評姜夔：「語意疏拙」、「情味索然，又多率句」〔註424〕；又說「予嘗論詞固莫富于南宋，律亦日密，然詞

〔註419〕〔清〕謝章鋌：《賭棋山莊詞話》卷9，收錄在唐圭璋：《詞話叢編》冊4，頁3433。

〔註420〕李慈銘（1829～1894），號蒓客，晚號越縵，浙江會稽人。光緒六年（1880）進士，官至山西道監察御史，著有《越縵堂文集》、《霞川花隱詞》等。

〔註421〕李慈銘著、由雲龍輯：《越縵堂讀書記》（上海：上海書店，2000年），頁1230。

〔註422〕秦敏：〈李慈銘詞學思想與創作平議〉，《徐州師範大學學報（哲學社會科學版）》（2010年3月）第36卷第2期，頁57。

〔註423〕李慈銘著、由雲龍輯：《越縵堂讀書記》，頁1228。

〔註424〕李慈銘著、由雲龍輯：《越縵堂讀書記》，頁1227。

蕪意淺，俚鄙百出，此事遂成惡道。……周叔子謂南宋骫骳〔註 425〕之習，實清真開之，是則藝苑之公言，誠不能為鄉曲諱也。蓋其先若耆卿之圖俚，介甫之粗劣，山谷之率硬，皆南宋人之權輿。而鼂無咎、鼂具茨、葉石林等，接續其間，向伯恭、陳了齋尤為庸惡，皆以重名參會南北之際，正聲日替，羣妖畢呈。清真喜用滯字沓語，後進效之，遂成風格。就中作者，惟稼軒最為清嬌，不錮所溺；而石帚名最盛，業最下，實群魔之首出者。」〔註 426〕他認為姜夔「名最盛，業最下」，為導致南宋詞蕪意淺，俚鄙百出，群魔之首出。又說「今世填詞家，方奉白石老仙為周孔，見予此論，有不駭而走者哉。」〔註 427〕對姜夔詞風籠罩一世，形成詞風骫骳、俗俚意淺，深刻痛恨。

至於音律方面，李慈銘也說：「近日吳中填詞名輩，若戈順卿（戈載）、沈閏生（沈傳桂）等，皆以白石詞為金科玉律，斤斤於一字半字之辨，以為樂府正聲，賴此不墜。夫大晟久亡，宮音不正，諸人千百年後，徒墨守其上去之字，咀含其重墋之音，不計工拙清濁，以為概可披之管絃，亦可謂至愚極者矣。」〔註 428〕李慈銘批評當時只以姜夔詞律準，墨守上去之字，不辨工拙清濁，實屬至愚之極。

（3）情味索然，詞無內美

提及姜詞情淺者，前引李慈銘曾說：「白石以詞名當家，律呂甚諧，不失分寸，而語意疏拙。其盛傳者〈暗香〉、〈疏影〉二詞，讀之似幽咽可聽，而情味索然，又多率句。予嘗謂可與張玉田《春水詞》并置不論。」〔註 429〕周濟雖批評姜夔詞「放曠情淺」〔註 430〕，尚且

〔註 425〕骫骳：1. 謂文筆紆曲或委靡無風骨。2. 引申謂作文曲意迎合人意，風格卑下。3. 謂為人曲意依從，無骨氣。

〔註 426〕李慈銘著、由雲龍輯：《越縵堂讀書記》（上海：上海書店，2000 年），頁 1228。

〔註 427〕李慈銘著、由雲龍輯：《越縵堂讀書記》，頁 1229。

〔註 428〕李慈銘著、由雲龍輯：《越縵堂讀書記》，頁 1229。

〔註 429〕李慈銘著、由雲龍輯：《越縵堂讀書記》，頁 1227。

〔註 430〕〔清〕周濟：《介存齋論詞雜著》，收錄在唐圭璋：《詞話叢編》冊 2，頁 1634。

稱讚姜夔〈暗香〉、〈疏影〉「寄意題外，包蘊無窮，可與稼軒伯仲」〔註431〕。李慈銘則說此二詞情淺，索然無味。同樣的，晚清民初王國維也認為姜詞無情。王國維（1877～1927）以境界說為其理論核心，他說：「詞以境界為上，有境界自成高格」〔註432〕所謂境界，為真情真景之自然表現，「境非獨謂景物也，喜怒哀樂，亦人心中之一境界，故能寫真景物、真感情者，謂之有境界，否則謂之無境界。」〔註433〕王國維批評姜夔的感情為隱，缺乏氣象，缺乏感發力量，不在境界上用力，所謂：

> 古今詞人格調之高無如白石，惜不於意境上用力，故覺無言外之味，弦外之響，終不能與於第一流之作者也。〔註434〕
>
> 南宋詞人，白石有格而無情。〔註435〕
>
> 白石雖似蟬蛻塵埃，然終不免局促轅下。〔註436〕
>
> 紛吾既有此內美兮，又重之以修能。」文字之事，於此二者，不能缺一。然詞乃抒情之作，故尤重內美，無內美而但有修能，則白石耳。〔註437〕

王國維對浙派推尊姜夔，提出許多相左的見解。他以為姜詞有高格調之貌：「白石尚有骨」〔註438〕、「蘇辛，詞中之狂。白石猶不失為狷」〔註439〕，但意境不深，無真情內美，故不能讓人覺有言外之味，弦外之響。蘇珊玉《人間詞話之審美觀》〔註440〕說王國維所謂「真

〔註431〕〔清〕周濟：《介存齋論詞雜著》，收錄在唐圭璋：《詞話叢編》冊2，頁1634。
〔註432〕王國維：《人間詞話》，收錄在唐圭璋：《詞話叢編》冊5，頁4239。
〔註433〕王國維：《人間詞話》，收錄在唐圭璋：《詞話叢編》冊5，頁4240。
〔註434〕王國維：《人間詞話》，收錄在唐圭璋：《詞話叢編》冊5，頁4249。
〔註435〕王國維：《人間詞話》，收錄在唐圭璋：《詞話叢編》冊5，頁4249。
〔註436〕王國維：《人間詞話》，收錄在唐圭璋：《詞話叢編》冊5，頁4249。
〔註437〕王國維：《人間詞話》，收錄在唐圭璋：《詞話叢編》冊5，頁4266。
〔註438〕王國維：《人間詞話》，收錄在唐圭璋：《詞話叢編》冊5，頁4273。
〔註439〕王國維：《人間詞話》，收錄在唐圭璋：《詞話叢編》冊5，頁4251。
〔註440〕蘇珊玉：《人間詞話之審美觀》（臺北：里仁書局，2009年7月），頁68～69。

感情」，是指個性化了的「人類情感」，是作者對宇宙、人生和人類命運的終極關懷和體悟。而姜夔之情感，缺點就是對於人類的終極關懷過於淺薄。王國維又說：「白石寫景之作，如……雖格韻高絕，然如霧裡看花，終隔一層。」〔註441〕以為姜詞格調高，卻隔絕一層真意。王國維曾說：「語語都目前，便是不隔。」〔註442〕隔與不隔之別，在於是否能寫出「目前」，姜詞之病就在令人猜測，隔絕真相。而高格有多重意義，蘇珊玉認為王國維的高格，其一，醞涵作者本身的品德、學問。其二，包含作品在時代風格、體式、內容、創作態度等多方面之表現。其三，喜怒哀樂之真感情，發之於吾人內心，輔之以美好人格修養等等。〔註443〕所以儘管姜夔在人品、詞品上，有格調、命意高潔之面貌，王國維卻認為姜夔詞感情淺薄，缺乏開闊深厚之氣象，所以白石詞，王國維所最愛者，亦僅此二語：「淮南皓月冷千山，冥冥歸去無人管。」〔註444〕

劉少雄則從作者人格特質，詮釋王國維論姜夔「有格無情」說：「白石狷介，有所不為，遂能自成高格，表現為清剛雋上。然而，他面對現實人生，卻顯得無奈又無力，既不能入乎其內，有所承擔，又不能出乎其外，有所超脫；因此，表現在文學上，就不能深入內裡，體物寫情，也不能超然物外，窮神觀化……在王國維看來，白石能在筆端求『曠』，故詞風『有格』，又因為其『曠』只『在貌』，而非內美充實之表現，遂顯得『無情』。」〔註445〕認為王國維所謂「情」，不同傳統寄託論者所說「盛衰今昔、憂國感時的身世之感」，而是「作者人格特質之投影」，著重作者之情意沉摯動人的力感，姜夔在情感本質

〔註441〕王國維：《人間詞話》，收錄在唐圭璋：《詞話叢編》冊5，頁4248。

〔註442〕王國維：《人間詞話》，收錄在唐圭璋：《詞話叢編》冊5，頁4248。

〔註443〕蘇珊玉：《人間詞話之審美觀》（臺北：里仁書局，2009年7月），頁82。

〔註444〕王國維：《人間詞話》，收錄在唐圭璋：《詞話叢編》冊5，頁4255。

〔註445〕劉少雄：〈重探清空筆調下的白石詞情〉，《彰化師大國文學誌》（2006年6月）第12期，頁182。

上不能熱切投入，而採取退遠之傾向，自不若東坡之放曠、稼軒之鬱勃之熱切深情，因此與蘇辛相比，自然無情。王國維是著重「真景物、真感情者」之主張者，姜夔人格為詞中之狷，屬陰柔之情，雖人品氣質高，卻乏豪邁之熱誠與擔當，又乏擺脫之瀟灑與拓落，自人格特質來看，也為無情之說作一註解。

小結

南宋的政治環境苟且偏安，且詞已發展到一段時間，走向精緻典雅化，「重音律、尚典雅」為此一時代文學理論總結，使得具備音律雅正、內容騷雅的姜夔詞，在南宋受到推崇。再者，南宋滅亡後，元蒙王朝施行了民族壓迫政策，因此對於南宋遺民採取了空靈曲折的表現方式，在詞作裏寄寓了黍離之感與桑梓之悲。此外，詞也有詩化的現象，宋文化特有的清、淡、疏、遠美學意境，促使詞壇提出清空、騷雅等文學批評標準。南宋張炎在《詞源》中特別標舉姜夔詞為代表，此論點影響後世極為深遠。

明代評論姜詞方面，多繼承宋代評論之語，如沈際飛《草堂詩餘續集》繼承宋張炎的清空騷雅說，楊慎《詞品》繼承宋黃昇評姜詞之語。而自南宋以來姜詞難以入樂的情形，在明代也出現同樣的問題。

清代，明末委靡詞風仍在，而清朝也正處大一統文網嚴密之整治期，故浙西詞派朱彝尊提出填詞最雅的姜夔詞，以儒家「思無邪」之觀念，推崇「雅正」，以驅去淫哇穢語和俗氣之明詞，維持溫柔敦厚之論調。而前期浙派人物所說的「清空」，隱含出於時代重壓下的隱幽。

清代中葉以降，國家兼受內憂外患夾擊下，浙西派末流所作清空雅詞，已失去了情感的內涵，而流於空洞和浮滑，致使詞意枯寂，缺乏真情，詞壇風氣便思改變。在高壓政治統治下，常州詞派張惠言為了避開文字獄之禍，特別將《詞選》的政治感懷內隱，且為了將此內隱之情懷，安全又不受阻礙的表現出來，特意選擇家國之感較清淺流暢的詞作，於是深美閎約的溫庭筠詞便脫穎而出。為了藥石浙西詞派末流之空洞，因此清虛的姜夔詞、隱諱的吳文英詞皆未獲重視。到了嘉、道時期的周濟，社會開始紛亂，批評政治的禁忌稍為解除，周濟除選擇北宋集大成之周邦彥詞，南宋具家國意識的辛棄疾、王沂孫詞，以及隱晦避免政治寄託外露的吳文英詞，至於情淺才小的姜夔詞則被排斥在主流之外。

至鴉片戰爭清代末期後（同、光後期），政治腐敗潰爛，不可挽回，積極的改革亦無作用，詞人內心深沉悲哀的複雜情懷，轉而寄託於隱晦的吳文英詞中，吳文英詞遂成為一代風會。同時出現融和浙西詞派「清空」、常州詞派「寄託」的觀點，強調「清空寄託」的渾化無迹，於是重新認識了姜夔詞的價值。

第七章　新的反響：創作接受

德國美學家姚斯（Hans Robortjauss，1920～）接受理論（Rezeptions asthetik）稱：

> 產生文學作品的歷史背景，不是一種與觀察者隔絕的、事實性的獨立的系列事件。……文學事件只是在那些隨之而來或對之再次發生反響的情況下——假如有些讀者要再次欣賞這部過去作品，或有些作者力圖模仿、超越或反對這部作品——才能持續地發生影響。〔註1〕

姚斯認為作為閱讀之主體性，是「不斷打破習慣方式，調整自身視界結構，以開放的姿態接受作品中與原有視界不一的、沒有的、甚至相反的東西。這便是創新期待的傾向。」〔註2〕觀察反響的情況，看作者模仿、超越、反對原先作品，在在印證原先作品之影響力。《接受美學》說：「影響就是作品在其他作家那兒產生了效果，他的某些方面，某些特點被他人理解、接受，而且成為他人創作的營養了。」〔註3〕

〔註1〕〔聯邦德國〕H.R. 姚斯、〔美〕R.C. 霍拉勃著，周寧、金元浦譯：《接受美學與接受理論》（瀋陽：遼寧人民出版社，1987年），頁27。

〔註2〕〔聯邦德國〕H.R. 姚斯、〔美〕R.C. 霍拉勃著，周寧、金元浦譯：《接受美學與接受理論》，頁175～229。

〔註3〕朱立元：《接受美學》（上海：上海人民出版社，1989年8月），頁326。

王國維《人間詞話》也說：「最工之文學，非徒善創，亦且善因。」〔註4〕在創新之前，須有一個原先典範，作為調整、打破、超越之憑藉，歷代詞人對名作之創作接受方式甚為多元，因此要知道讀者如何模仿典範之第一步驟，是從歷代作品中，尋找模仿名作之跡，但「創作影響的方式是多樣的：有的直接明顯，有的間接隱藏；有的影響整體，有的影響局部。借鑒襲用的方式也是複雜的：有的明用詩語意象，有的暗取詩思章法；有的述者不及作者，有的作者不如述者。」〔註5〕本文採取由直接明顯在詞題、詞序中，標示與宋代名詞家有關之詞先行統計，這類詞又大可分為仿擬、追和、集句，從中再截取出姜夔部分。然而在此操作方式下，不免出現統計數量參差之情況，例如和韻姜詞有一百多首，相對地仿擬姜詞者只有十首，集句姜詞者也只有二首，數量不均，成為不可避免之結果。

檢索詞題、詞序中標明仿擬、追和、集句姜夔等字樣，這樣無疑是最為便捷之法，對於未明示者，統計必定有所遺漏，茲就所見，歸納模仿創作姜夔詞之基本數據。以下分為「仿擬」（詞題提及「仿」、「效」、「法」、「改」、「用」、「擬」等字者）、「和韻」（含次韻、用韻、依韻等）、「集句」（含整引、截取、增損、化用、檃括等技巧〔註6〕）三端論述。

〔註4〕王國維著、施議對譯注：《人間詞話譯注》（臺北：貫雅出版社，1995年5月），頁447。

〔註5〕陳文忠：《文學美學與接受史研究》（合肥：安徽人民出版社，2007年12月），頁303。

〔註6〕據王師偉勇撰：〈兩宋集句詞形式考——兼論兩宋集句詞未必盡集前人成句〉一文詮釋：所謂「整引」，意謂整句引用成句，其中字數、語順、命意不變，而有一、二字相異，亦均屬之；所謂「增損」，意謂就成句增減或改易一、二字而言；所謂「截取」，意謂就成句截取三字以上，以成獨立句式者；所謂「化用」，凡取材詩文片段，不易其文意，而另造新句，或引伸文意、反用文意，而另造新句者，均屬之；所謂「檃括」，凡取材詩文句意，以填作半闋詞以上者，即視為檃括。收錄於王偉勇：《詞學專題研究》（臺北：文史哲出版社，2003年4月），頁290。

第一節　仿擬詞

仿擬為學古、師法之途徑，詞壇之仿擬體（或稱「校他體」）始於北宋〔註7〕，王師偉勇以為詞學之「效他體」，特指所仿校之對象已被視為一「體」，且係作者題序自行標明「效」或「擬」自某人、某體者方屬之。「效他體」所仿效者，包含：一、作者與作品風格。二、作法與體製。三、時代與作品規矩。〔註8〕且「效他體」之效仿方法，厥有三端：一為效仿作法與體製，而於內容風格而言，實無甚相關。二為效仿體製、內容與風格。三為效仿總體風格，無法於效仿對象中，尋得相同之詞牌，自無法就體製、作法或內容，足資比較，必自總體風格切入，始能探得箇中消息。〔註9〕王師偉勇總結說：「歷代仿擬體作品，若能就體製、內容、風格、寫作技巧四方面，予以考量，必能探得個中道理。」〔註10〕此處提出了仿效詞與原作間的觀察點。

修辭學上有「仿擬」，如魏聰祺〈論仿擬分類及其辨析〉曰：「仿擬的分類，可以從五個不同角度加以分類：一、依表達效果來分，可分為『仿效』和『仿諷』兩類；二、依語法單位來分，可分為『仿詞』、『仿語』、『仿句』、『仿段（章）』和『仿篇』五類；三、依仿擬媒介來分，可分為『諧音仿』、『語義仿』、『換序仿』、『格式仿』和『語體仿』五類；四、依仿擬對象來分，可分為『名言仿擬』和『當前仿擬』兩類；五、依仿擬結構來分，可分為『明仿』和『暗仿』兩

〔註7〕王師偉勇：〈元好問《遺山樂府》四闋「仿擬體」作品考述〉，《詞學》（上海：華東師範大學，2010年6月）第23輯，頁155。

〔註8〕王師偉勇：〈兩宋豪放詞之典範與突破——以蘇、辛雜體詞為例〉，《文與哲》（2007年6月）第10期，頁325。

〔註9〕王師偉勇：〈兩宋詞人仿擬典範作品析論〉，收錄於成功大學文學院主辦《人文與創意學術研討會論文集》（臺北：里仁書局，2008年6月），頁89～130。

〔註10〕王師偉勇：〈元好問《遺山樂府》四闋「仿擬體」作品考述〉，《詞學》第23輯（上海：華東師範大學，2010年6月），頁167。亦可參考王師偉勇：〈兩宋詞人仿蘇辛體析論〉，收錄在張高評主編：《宋代文學研究叢刊》（高雄：麗文文化事業公司，2007年6月）第14期，頁121～160。

類。」〔註11〕但若就仿擬詞來說，形式上的「仿調」，模仿前人詞調，是後人學習前人非常重要的方法。張高評歸納說：

> 模仿，又作摹仿；或作摹擬，亦稱仿擬。修辭學所謂之仿擬，或指對前人作品之摹仿。〔註12〕或指單純模仿前人作品，形式結構維妙維肖，題材內容則相去不遠。〔註13〕或指故意模仿現成的詞、語、句、篇，而別出心裁，創造新的詞、語、句、篇。〔註14〕要之，諸家對仿擬修辭之界說，按之宋代詩話之仿擬，多難饜人意，嘗試調整如下：仿擬，指刻意模仿前人作品，形式結構維妙維肖，題材內容與原作或迴異、或相近。其類別有四：仿詞、仿句、仿篇、仿調。凡此，皆是法式與體格之摹擬。〔註15〕

張高評提出仿擬有二，一為法式之摹擬，指模仿前賢之作品，或仿其句法，或仿其篇法，或仿其詞語。二為體格之摹擬，體格指詩歌之體式、格調、詩法、詩格、風格之類。然張高評所歸納的是宋代詩話所說的現象，仿擬形式結構方面，大多維妙維肖。但是就仿擬詞而言，則有形式結構之例外，如王師偉勇所說，有效仿總體風格，無法於效仿對象中，尋得相同之詞牌，如周密〈四字令．擬花間〉〔註16〕、侯

〔註11〕魏聰祺：〈論仿擬分類及其辨析〉，收錄在國立臺南大學《人文與社會研究學報》（2010年4月）第44卷第1期，頁47。

〔註12〕黃慶萱：《修辭學》（臺北：三民書局，1975年）第4章〈仿擬〉，頁71。

〔註13〕沈謙：《修辭學》（臺北：國立空中大學，1995年）第6章〈仿諷〉，頁152。

〔註14〕唐松波、黃建霖主編：《漢語修辭格大辭典》（北京：中國國際廣播出版社，1989年），〈語義類．仿擬〉，仿擬分為仿詞、仿句、仿調三類，頁82～83。宗廷虎、陳光磊主編：《中國修辭學史》（長春：吉林教育出版社，2007年），〈仿擬的分類〉，頁1309～1314。

〔註15〕張高評：〈仿擬修辭與宋代詩學之學古論——以《苕溪漁隱叢話》為例〉發表在「跨越『辭格』研究之新視野」學術研討會，2011年12月3日，會議地點：國立成功大學中國文學系，頁3～4。

〔註16〕周密〈四字令．擬花間〉為例：「眉消睡黃。春凝淚妝。玉屏水暖微香。聽蜂兒打窗。□□箏塵半妝。綃痕半方。愁心欲訴垂楊。奈飛紅正忙。」見唐圭璋編纂：《全宋詞》冊5，頁4165。

寘〈眼兒媚〉〔註 17〕與辛棄疾〈醜奴兒〉〔註 18〕效「易安體」，即其例也。〔註 19〕因之，詞的仿擬與詩、散文最大不同處，在於形式結構未必維妙維肖，而有只仿總體風格之例。

因歷代詞作甚多，本論文先就《全宋詞》、《全金元詞》、《全明詞》（含補編）、《全清詞‧順康卷》（含補編）、《清詞別集百三十四種》〔註 20〕等詞人題序中，標明「擬」、「效」（或作「傚」）、「改」、「法」、「用」、「照」等字，表示仿擬、效法、屬於、近似姜夔（姜堯章、白石）、姜夔（姜堯章、白石）體、姜夔作品者，予以列表：

表格 32：歷代詞人仿擬姜詞表

序號	來　源	作　者	詞牌	詞題（詞序）	詞　文
1	《全宋詞》冊 4，頁 2999	黃昇	阮郎歸	傚姜堯章體	粉香吹暖透單衣。金泥雙鳳飛。閒來花下立多時。春風酒醒遲。桃葉曲，柳枝詞。芳心

〔註 17〕侯寘〈眼兒媚‧效易安體〉：「花信風高雨又收。風雨互遲留。無端燕子，怯寒歸晚，閒損簾鉤。□□彈棋打馬心都懶，攛掇上春愁。推書就枕，鳧煙淡淡，蝶夢悠悠。」見唐圭璋編纂：《全宋詞》冊 3，頁 1862。

〔註 18〕辛棄疾〈醜奴兒‧博山道中效李易安體〉：「千峰雲起，驟雨一霎兒價。更遠樹斜陽，風景怎生圖畫。青旗賣酒，山那畔、別有人家。只消山水光中，無事過這一夏。□□午醉醒時，松窗竹戶，萬千瀟灑。野鳥飛來，又是一般閒暇。卻怪白鷗，覷著人、欲下未下。舊盟都在，新來莫是，別有說話。」見唐圭璋編纂、王仲聞參訂、孔凡禮補輯：《全宋詞》冊 3，頁 2426。

〔註 19〕王師偉勇：〈兩宋詞人仿擬典範作品析論〉，收錄於成功大學文學院主辦《人文與創意學術研討會論文集》（臺北：里仁書局，2008 年 6 月），頁 129～130。

〔註 20〕唐圭璋編：《全宋詞》（北京：中華書局，1998 年 11 月）。唐圭璋編：《全金元詞》（臺北：洪氏出版社，1980 年 11 月）。饒宗頤初纂，張璋總纂：《全明詞》（北京：中華書局，2004 年 1 月）。周明初、葉曄補編：《全明詞補編》（杭州：浙江大學出版社，2007 年 1 月）。南京大學中國語言文學系全清詞編纂研究室編：《全清詞‧順康卷》（北京：中華書局，2002 年 5 月）。張宏生主編：《全清詞‧順康卷補編》（南京：南京大學出版社，2008 年 5 月）。楊家駱主編：《清詞別集百三十四種》（臺北：鼎文書局，1976 年 8 月）。凡引用以上文本出處之作品，均於作品後附上冊數、頁數，不再一一附注。

					空自知。湘皋月冷佩聲微。雁歸人不歸。
2	《全宋詞》冊5，頁3168	譚宣子	玲瓏四犯	重過南樓用白石體賦	碧黯塞榆，黃銷堤柳，危欄誰料重撫。才情猶未減，指點驚如許。當時共伊東顧。為辭家、怕吟鸚鵡。滾滾波光，悠悠雲氣，陶寫幾今古。生塵每憐微步。渺江空歲晚，知在何處。土花封玉樹。恨極山陽賦。吹薌扇底餘歡斷，怎忘得、陰移庭午。離別苦。那堪聽、敲窗凍雨。
3	《全明詞》冊1，頁39	邵亨貞〔註21〕	杏花天	擬白石 垂虹夜泊	月明消卻娃宮酒。聽吹笛、清寒滿袖。向時雙槳載離愁、去後。幾春風待問柳。　謾回首。三江渡口。念西子、如今在否。上方鐘動客船開、別久。寄新詩、興未有。〔註22〕
4	《全明詞》補編上冊，頁40～41	瞿佑〔註23〕	滿江紅	昔姜堯章泛巢湖，作平聲〈滿江紅〉，為神姥壽。百年以來，罕有賦之者。至正壬寅冬，自四明回錢塘，舟過曹娥江，至孝女祠下。遂效其體作此詞，書于殿壁，案：壁，原鈔誤作「璧」，依《萬有》本改。俟來知音者，共裁度之。	香火依然，對古殿、簾影翠重重。江濤內、客帆來往，共仰靈蹤。德祖聰明憐小慧，阿瞞跋扈玷華宗。記當年、絕妙好辭成。案：辭，原鈔誤作「亂」，原有校，改作「辭」，當從。加顯封。　邀遊地，再□逢。案：原鈔脫一字，依《萬有》本補□。折楊柳，採芙蓉。向鶴汀鳧渚，想像音容。扶輦勒回雙彩鳳，負舟呼起兩黃龍。料神魂、只在會稽山，三兩峯。〔註24〕

〔註21〕邵亨貞，字復孺，華亭人。生於元至大二年（1309），卒於明建文三年（1401），享年九十三歲。卜築溪上，自號貞溪。博通經史、工篆隸。洪武中，官松江府訓導。有《野處集》、《蟻術（或作蛾術）詩選》、《蟻術（或作蛾術）詞選》。見饒宗頤初纂，張璋總纂：《全明詞》，頁38。

〔註22〕饒宗頤初纂，張璋總纂：《全明詞》，頁39。

〔註23〕瞿佑「已見《全明詞》（第一冊）第166頁。小傳謂生於元至正元年（1341），卒於明宣德二年（1427）。今考瞿佑生於元至正七年（1347），卒於明宣德八年（1433）。」見周明初、葉曄補編：《全明詞補編》，頁36～37。

〔註24〕周明初、葉曄補編：《全明詞補編》，頁40～41。

5	《全清詞·順康卷》冊9，頁5295	朱彝尊	邁陂塘	劉學正禹峰搨石鼓文見貽，賦此志謝，用姜白石體	問陳倉、舊時獵碣，橐駝燕市誰輦。漏痕已失填金字，猶剩雨苔冰蘚。松陰轉。訝鎮日、橋門靜鎖人未見。劉郎放卷。慣著手摩挲，巡檐步屧，百過幾曾倦。 閒無事，翠餅烏丸教碾。硬黃繭紙摹徧。遺余籀法真奇古，屈曲珊瑚枝軟。興不淺。覓巧匠裝池，付與屏六扇。紅絲小硯。把馬鄭紛綸，周秦先後，商略異同辨。
6	《全清詞·順康卷》冊20，頁11452	樓儼	玲瓏四犯	灘江舟中，照白石詞填	兩岸綠陰，一江柔櫓，將何消此長夏。行年今五十，舊事憑誰話。難忘少年風雅。記承恩、月華門下。薄暮垂鞭，戴星通籍，書卷喜頻把。　　湘南景空如畫。問多年俗吏，曾有吟暇。萬山磨盾墨，草檄三更乍。此身不擬同灘水，又還趁、朝宗東瀉。惟自許。澄清莫、滔滔日夜。
7	《清詞別集百三十四種》冊7，梅邊吹笛譜，頁24，總頁3706	凌廷堪	杏花天影	獨飲酒肆醉後用石帚自度曲歌之	繡春園畔花低亞。驟嘶過、長隄駿馬。解鞍還上酒家樓，最怕玉人窺、繫柳下。　　都無暇、金樽翠斝。笑生小、知心變寡。且將沉醉博癡名，莫訝向江東、問米價
8	《清詞別集百三十四種》冊7，梅邊吹笛譜，頁36，總頁3718	凌廷堪	摸魚兒	題桃溪圖用石帚體	費東君、幾番煙雨。桃花千樹開了。澄溪一帶明於鏡，時有亂紅飛到。人悄悄。倩誰問、年年底事春信早。扁舟趁曉。便燕外窺香，鷗邊覓路，輕泛武陵棹。　　遙天裏，隱約峯巒合抱。衣沾蒼翠多少。低枝半亞春流上，脈脈向人含笑。情渺渺。想前度、孅肌秀靨應更好。披圖夢繞。但月鎖山腰，雲封洞口，處處盡芳草。
9	《清詞別集百三十四種》冊12，樵風樂府，頁16，總頁6522	鄭文焯	齊天樂	白石碧山詠物之作多取是調託興深美，因效其體賦蟹	半生諳盡江湖味，西風更無腸斷。蓼溆衰燈，蘆灘短舍，夜市秋生零亂。橫行未徧。歎身世摶沙，蜆螺羞伴。恨滿吳波，噴珠盡作水花散。　　彭彭甲兵腹滿。待誰呼郭索，鬱海秋戰。菊訊霜肥，橙香雪老，都

					付重陽吟瓊。新詩好換。憶鄉味經年，故溪清淺。月落潮生，一匡碧愁染。
10	《清詞別集百三十四種》冊12，樵風樂府，頁10～11，總頁6516～6517	鄭文焯	玲瓏四犯	〈玲瓏四犯〉壬辰中秋翫月西園，中夕再起，引侍兒阿憐，露坐池闌，歌白石道人〈玲瓏〉雙調曲，度鐵洞簫，繞廊長吟，鳴鶴相應，夜色空寒，花葉照地，顧景淒獨，依依殆不能去，遂倣姜詞舊譜製此。明日示子苾，以為有新亭之悲也。宋譜雙調煞聲，以中呂上字為夾鍾商，按詞原律呂四犯，夾鍾商犯夷則羽為仙呂調，亦中呂上字，住商犯角為夾鍾，閏角歸本宮為夾鍾宮，即中呂宮調也，周清真所歌別是大石調一曲，梅谿草窗並效其體，與此不同，近世詞人樂工莫逮斯旨矣。	竹響露寒，花凝雲澹，淒涼今夜如此。五湖人不見，故國空文綺。歌殘月明滿地。拍危闌、寸心千里。一點秋縈，兩行新雁，知我倚樓意。參差玉生涼吹。想霓裳譜徧，天上清異。鏡波宮殿影，桂老西風裏。攜槃夜出長門冷，漸銷盡、銅仙鉛淚。愁夢寄。花陰見、低鬟拜起。

由以上表格可知，詞題或詞序中言仿效姜夔，就詞調而言，以〈玲瓏四犯〉、〈杏花天影〉3次最多，〈邁陂塘〉（〈摸魚兒〉）詞調各2次次之。就時代分布而言，宋代有2闋，明代有2闋，清代有6闋，所呈現之趨向為宋、明較少，清代較多。就歷代仿擬詞作者之數量考察，共有8位，其中宋代作者2位，明代作者2位，清代作者4位。

一、宋代仿效姜夔詞

根據《全宋詞》所錄，兩宋詞人於詞題下註明仿姜夔作品者，凡二闋詞，茲分述如次：

（一）黃昇〈阮郎歸〉：仿體製、字句、內容、風格

黃昇〈阮郎歸〉詞題為：「做姜堯章體」詞云：

粉香吹暖透單衣。金泥雙鳳飛。閒來花下立多時。春風酒醒遲。桃葉曲，柳枝詞。芳心空自知。湘皋月冷佩聲微。雁歸人不歸。（《全宋詞》冊 4，頁 2999）

黃昇字叔暘，號玉林。早棄科舉，雅意讀書，吟詠自適，游受齋（九功）稱其詩為晴空冰柱；樓秀房聞黃氏與魏慶之友善，並以石泉清士目之〔註 25〕。有《散花庵詞》一卷、《花庵詞選》二十卷，其中《花庵詞選．中興以來絕妙詞選》所選姜夔詞達 34 闋，數量佔全書第 4 名，並譽姜夔為「中興詩家名流，詞極精妙，不減清真樂府，其間高處有美成所不能及。」〔註 26〕黃昇所有詞作中，亦只有此首標注「仿效……體」。

茲臚列姜夔所作〈阮郎歸〉如次：

為張平甫壽，是日同宿湖西定香寺

紅雲低壓碧玻瓈。惺憁花上啼。靜看樓角拂長枝。朝寒吹翠眉。休涉筆，且裁詩。年年風絮時。繡衣夜半草符移。月中雙槳歸。（《全宋詞》冊三，頁 2171）

旌陽宮殿共徘徊。一壇雲葉垂。與君閒看壁間題。夜涼笙鶴期。茅店酒，壽君時。老楓臨路歧。年年強健得追隨。名山遊遍歸。（《全宋詞》冊三，頁 2171）

此詞調〈阮郎歸〉為雙調，四十七字，前段四句，四平韻，後段五句，四平韻。黃昇所作與姜夔體製一樣，且皆押第三部支微韻，應為「和

〔註 25〕唐圭璋編：《全宋詞》（北京：中華書局，1998 年 11 月）冊 4，頁 2999。

〔註 26〕〔宋〕黃昇編選：《中興以來絕妙詞選》（臺北：臺灣商務印書館，1967 年，《四部叢刊集部》上海涵芬樓借無錫孫氏小淥天藏明翻宋本景印原書），頁 64。

韻」中之依韻方式。且最後一韻，皆為「歸」字作結，姜夔為「月中雙槳歸」、「名山遊遍歸」，黃昇為「雁歸人不歸」。查其他宋詞，〈阮郎歸〉並未規定以「歸」字作結為則，此乃黃昇刻意仿效姜夔之體制。在《花庵詞選・中興以來絕妙詞選》中所選姜夔詞中，也無〈阮郎歸〉此詞調。可見南宋黃昇所見姜詞，應多於《花庵詞選・中興以來絕妙詞選》所選 34 首。

至論內容，姜夔所作〈阮郎歸〉二首乃祝壽詞，而黃昇所作卻非祝壽詞，黃昇所作〈阮郎歸〉是寫春日思念情人。上片寫女主人在春天之動態活動，暖春吹透衣裳，衣上金飾鳳凰飛動，於花下閒立多時，春風緩緩將宿醉吹醒。

下片有：「桃葉曲，柳枝詞。芳心空自知。」乃化用姜夔詞〈琵琶仙〉，詞云：「雙槳來時，有人似、舊曲桃根桃葉。歌扇輕約飛花，蛾眉正奇絕。」詞中之「桃根桃葉」，係姜夔暗喻在合肥情遇之姊妹，合肥人善琵琶曲，「桃葉曲」乃指情人所彈奏之琵琶曲。「柳枝詞。芳心空自知。」與姜夔〈醉吟商小品〉有關，詞云：「又正是春歸，細柳暗黃千縷，暮鴉啼處。　夢逐金鞍去。一點芳心休訴，琵琶解語。」此詞亦是姜夔「作於別合肥之年，用琵琶曲調，又全首以柳起興，疑亦懷人之作。」〔註 27〕此詞寫春天楊柳依依，暮鴉悲啼時，因伊人思念極深，芳心無人解，只由琵琶聲透露心事。黃昇〈阮郎歸〉乃化用姜詞之意為「桃葉曲，柳枝詞。芳心空自知。」空有了解「桃葉曲」、「柳枝詞」之心事，卻「雁歸人不歸。」，對於等待歸人之女主人，也是莫可奈何。《四庫全書總目》評黃昇詞曰：「其詞亦上逼少游，近摹白石。」〔註 28〕正是此詞之說解。

是知黃昇此首〈阮郎歸〉仿擬「姜堯章之體」，係就體製，仿照

〔註 27〕夏承燾：《姜白石詞編年箋校》（上海：上海古籍出版社，1998 年 12 月），頁 37。

〔註 28〕〔清〕永瑢等撰：《四庫全書總目》（北京：中華書局，2008 年 11 月）卷 199，集部，詞曲類二，頁 1821。

姜夔最後一字，以「歸」字作結，以及化用姜詞合肥情事之內容，仿其寫作風格寫己事。

（二）譚宣子〈玲瓏四犯〉：仿體製、技巧

譚宣子〈玲瓏四犯〉，詞序為：重過南樓用白石體賦。詞云：

碧黯塞榆，黃銷堤柳，危欄誰料重撫。才情猶未減，指點驚如許。當時共伊東顧。為辭家、怕吟鸚鵡。滾滾波光，悠悠雲氣，陶寫幾今古。生塵每憐微步。渺江空歲晚，知在何處。土花封玉樹。恨極山陽賦。吹蘼扇底餘歡斷，怎忘得、陰移庭午。離別苦。那堪聽、敲窗凍雨。（《全宋詞》冊 5，頁 3168）

譚宣子字明之，號在菴。南樓，指武昌南樓，一名白雲樓，亦名岑樓。此為譚宣子再次經過南樓，懷想昔日豪情，依姜夔〈玲瓏四犯〉體所作。《康熙詞譜》注〈玲瓏四犯〉曰：「創自周邦彥《清真集》，方千里、楊澤民、陳允平俱有和詞。姜夔又有自度曲黃鍾商曲，與周詞句讀迥別。」〔註 29〕周邦彥〈玲瓏四犯〉為：

穠李夭桃，是舊日潘郎，新試春豔。自別河陽，長負露房煙臉。憔悴鬢點吳霜，念想夢魂飛亂。歎畫闌玉砌都換。才始有緣重見。夜深偷展香羅薦。暗窗前、醉眠蔥蒨。浮花浪蕊都相識，誰更曾抬眼。休問舊色舊香，但認取、芳心一點。又片時一陣，風雨惡，吹分散。（大石〔註 30〕）（《全宋詞》冊 2，頁 597）

周邦彥所作〈玲瓏四犯〉為黃鍾商，俗名大石調〔註 31〕，九十九字，前後段各九句，五仄韻。句式為「4，5，4。4，6。6，6。7。6。／7。

〔註 29〕〔清〕陳廷敬主編：《康熙詞譜》（長沙：岳麓書社，2000 年），頁 809。然《康熙詞譜》中注「此姜夔自度曲，與周詞不同，宋人亦無依此填者。」宋人亦無依此填者則有誤，見〔清〕陳廷敬、王奕清等編：《康熙詞譜》，頁 812。

〔註 30〕唐圭璋編《全宋詞》於周邦彥〈玲瓏四犯〉上載有「大石」三字。

〔註 31〕〔宋〕張炎《詞源》卷上有記載十二律呂，黃鍾商俗名大石調、夾鍾商俗名雙調，〔宋〕張炎《詞源》卷上，見唐圭璋：《詞話叢編》冊 1，頁 246～247。

7。7，5。6，7。5，3，3。」然姜夔〈玲瓏四犯〉詞序為：越中歲暮，聞簫鼓感懷。詞云：

> 疊鼓夜寒，垂燈春淺，匆匆時事如許。倦遊歡意少，俯仰悲今古。江淹又吟恨賦。記當時、送君南浦。萬里乾坤，百年身世，唯有此情苦。　揚州柳垂官路。有輕盈換馬，端正窺戶。酒醒明月下，夢逐潮聲去。文章信美知何用，漫贏得、天涯羈旅。教說與。春來要尋花伴侶。（此曲雙調，世別有大石調一曲〔註32〕）（《全宋詞》冊3，頁2178）

姜夔〈玲瓏四犯〉為夾鍾商，俗名雙調，九十九字，前段十句，五仄韻；後段九句，六仄韻。句式為「4，4，6。5，5。6。7。4，4，5。／6。5，4。5，5。7，7。3。7。」姜夔所作無論字句、押韻或宮調，都與周邦彥不同，周邦彥為大石調，姜夔為雙調。夏承燾《姜白石詞編年箋校》校注姜夔〈玲瓏四犯〉曰：「陸本調下有『此曲雙調，世別有大石調一曲』十二字。《絕妙好詞箋》（二）下注『黃鍾商』三字，清吟堂本《絕妙好詞》同。」〔註33〕譚宣子所仿乃姜夔自度曲雙調〈玲瓏四犯〉，與周邦彥大石調不同，且譚宣子上下片所押仄韻，與姜夔一樣皆為第四部。《唐宋詞彙評》考證譚宣子〈玲瓏四犯〉也說：「所謂白石體，即指姜夔〈玲瓏四犯〉體。此詞與姜夔詞都是雙調。」〔註34〕另外在上片第七句時，姜譚二詞，斷句皆成「3、4」字，如姜夔為「記當時、送君南浦」，譚宣子也仿作「為辭家、怕吟鸚鵡」。以

〔註32〕《全宋詞》載姜詞〈玲瓏四犯〉下片首句為：「揚州柳，垂官路。」然夏成燾《姜白石詞編年箋校》、陳書良《姜白石詞箋注》則作：「揚州柳垂官路。」且依據譚宣子所仿姜夔之句數，亦與夏成燾、陳書良一致，故《全宋詞》乃標示錯誤。見唐圭璋編：《全宋詞》冊3，頁2187、頁夏成燾：《姜白石詞編年箋校》，頁52～53、陳書良：《姜白石詞箋注》（北京：中華書局，2009年7月），頁144。唐圭璋編《全宋詞》於姜夔〈玲瓏四犯〉上載有「此曲雙調，世別有大石調一曲」。〔宋〕張炎《詞源》卷上有記載十二律呂，夾鍾商俗名雙調，見唐圭璋：《詞話叢編》冊1，頁247。

〔註33〕夏承燾：《姜白石詞編年箋校》，頁53。

〔註34〕吳熊和主編：《唐宋詞彙評》（杭州：浙江教育出版社，2004年12月）冊5，頁3699。

及上片第一、二句，八、九句，姜譚二詞皆成對句，如姜夔為「疊鼓夜寒，垂燈春淺……萬里乾坤，百年身世……」譚宣子也作：「碧黯塞榆，黃銷堤柳……滾滾波光，悠悠雲氣……」可知譚宣子在填詞技巧上，也模仿姜夔。

至論內容，姜夔〈玲瓏四犯〉係旅居紹興，於歲暮感懷，抒發多年在江湖漫游作客，無所成就，不無遲暮之感。陳廷焯《詞則・大雅集》卷三評此詞曰：「音調蒼涼，白石諸闋惟此篇詞最激，意亦最顯，蓋亦身世之感，有情不容已者。」〔註 35〕譚宣子所作乃重過武昌南樓，懷想昔日，頗有感嘆「江空歲晚」之意。可知譚宣子〈玲瓏四犯〉係依據姜夔所創雙調〈玲瓏四犯〉之體製、技巧填詞，內容稍有不同，但皆有慨歎個人遲暮之感。

二、明代仿效姜夔詞

明代仿效姜夔詞有：

（一）邵亨貞〈杏花天〉：仿內容、風格與體製

邵亨貞，字復孺，華亭人。生於元至大二年（1309），卒於明建文三年（1401），享年九十三歲。卜築溪上，自號貞溪。博通經史、工篆隸。洪武中，官松江府訓導。有《野處集》、《蟻術（或作蛾術）詩選》、《蟻術（或作蛾術）詞選》。〔註 36〕

邵亨貞〈杏花天〉，此乃擬古十首中，其中一首，其他九首為〈河傳〉「擬花間　春日宮詞」、〈蝶戀花〉「擬雪堂　夜宿西掖」、〈鳳來朝〉「擬清真　汴堤送別」、〈臨江仙〉「擬無住　水檻過雨」、〈賣花聲〉「擬順菴　早朝應制」、〈小重山〉「擬梅谿　尊前贈妓」、〈鵲橋仙〉

〔註 35〕〔清〕陳廷焯：《詞則・大雅集》（上海：上海古籍出版社，1984 年 5 月）卷 3，頁 5。

〔註 36〕邵亨貞，字復孺，華亭人。生於元至大二年（1309），卒於明建文三年（1401），享年九十三歲。卜築溪上，自號貞溪。博通經史、工篆隸。洪武中，官松江府訓導。有《野處集》、《蟻術（或作蛾術）詩選》、《蟻術（或作蛾術）詞選》。見饒宗頤初纂，張璋總纂：《全明詞》，頁 38。

「擬稼軒　中原懷古」、〈浪淘沙〉「擬遺山　浙江秋興」、〈唐多令〉「擬龍洲　錢塘曉波」。

〈擬古十首〉下有詞序云：「樂府十擬，弁陽老人為古人所未為。素菴先生復盡弁陽所未盡，可謂一出新意矣。暇日先生以詞稿寄示，且徵予作，既又獲見檇李諸俊秀所擬，益切奇出，閱誦累日無厭。」〔註37〕周密有〈傚顰十解〉〔註38〕，這十首為〈四字令〉「擬花間」、〈西江月〉「延祥觀拒霜擬稼軒」、〈江城子〉「擬浦江」、〈少年遊〉「宮詞擬梅谿」、〈好事近〉「擬東澤」、〈西江月〉「擬花翁」、〈醉落魄〉「擬參晦」、〈朝中措〉「茉莉擬夢窗」、〈醉落魄〉「擬二隱」、〈浣溪沙〉「擬梅川」，邵亨貞以為是最早仿擬詞十首，然邵亨貞與周密所擬詞，只有三詞所擬同對象：花間、稼軒、梅谿，周密並未有擬姜夔詞。據邵亨貞詞序可知，錢子雲〔註39〕應有仿擬詞，然錢子雲現所見詞，已無擬古詞。邵亨貞擬古十首，因錢子雲之徵求，以及見檇李浙江之地諸俊秀所擬作，乃仿周密等人所作。邵亨貞詞序又說：「因悟古人作長短句，若慢，則音節氣概，人各不類，往往自成一家。至于令，則律調步武句語，苦無大相遠者，間有奇語，不過命以新意，亦未見其各成一家也。所以令之擬為尤難，強欲逼真，不無蹈襲，稍涉已見，輒復違背。由是未易苟措，茲重以先生之請，思索且得十解，未知其實能似古人與否，惟先生有以教焉。至正二年二月甲子序。弁陽，周草窗號。素菴，錢子雲號。」〔註40〕邵亨貞認為仿擬小令，比仿慢詞難，小令無大相遠，難以自成一家。想要逼真，不免蹈襲，稍涉已見，又容易違背原詞之風格。這十首擬古詞皆為小令，乃邵亨貞思索而得之作。

〔註37〕饒宗頤初纂，張璋總纂：《全明詞》，頁38。

〔註38〕見唐圭璋編：《全宋詞》冊5，頁3292。

〔註39〕錢霖，字子雲，松江人。後為黃冠，更名抱素，號素庵，又號泰窩道人。有《醉邊餘興》及《漁樵譜》均佚。見唐圭璋：《全金元詞》，頁1121。

〔註40〕饒宗頤初纂，張璋總纂：《全明詞》，頁38。

以下為邵亨貞所寫〈杏花天〉，詞序云：「擬白石　垂虹夜泊」。詞云：

> 月明消卻娃宮酒。聽吹笛、清寒滿袖。向時雙槳載離愁、去後。幾春風待問柳。　　謾回首。三江渡口。念西子、如今在否。上方鐘動客船開、別久。寄新詩、與未有。（《全明詞》冊1，頁39）

茲將姜夔〈杏花天〉臚列如下：詞序云：「丙午之冬，發沔口。丁未正月二日，道金陵。北望淮楚，風日清淑，小舟挂席，容與波上。」詞云：

> 綠絲低拂鴛鴦浦。想桃葉、當時喚渡。又將愁眼與春風，待去。倚蘭橈更少駐。　　金陵路。鶯吟燕舞。算潮水、知人最苦。滿汀芳草不成歸，日暮。更移舟、向甚處？（《全宋詞》冊3，頁2173）

姜夔〈杏花天〉為雙調，為五十七字，上片五句，四仄韻，下片六句，五仄韻，邵亨貞所寫〈杏花天〉之體製如同姜夔。至論內容，姜夔之〈杏花天〉為宋孝宗淳熙丙午（十三年，1186），姜夔從湖北沔口至浙江湖州，路經江蘇金陵，泛舟秦淮河時思念佳人之詞。詞序中謂「北望淮楚」，淮指安徽合肥，姜夔曾有戀人在合肥，楚為作者居住過之湖北漢陽，詞人別有胸臆，遠眺合肥。詞又云「鴛鴦浦」、「想桃葉、當時喚渡」等，暗示作者懷想著合肥情人。同樣也是在金陵所寫〈踏莎行・燕燕輕盈〉亦曰：「別後書辭，別時針線，離魂暗逐郎行遠。淮南皓月冷千山，冥冥歸去無人管。」〔註41〕夏承燾《姜白石詞編年箋校》云：「此詞明云『淮南』，為懷合肥人作無疑。」〔註42〕姜夔之〈杏花天〉寫思念合肥佳人之詞，而邵亨貞所寫〈杏花天〉，如同為姜夔寫思念小紅之作。

姜夔曾在作於宋寧宗慶元二年丙辰（1196）〈慶宮春〉（雙槳蓴

〔註41〕作於宋孝宗淳熙十四年（1187）元旦，見黃兆漢：《姜白石詞詳注》（臺北：臺灣學生書局，1998年），頁117。

〔註42〕夏承燾：《姜白石詞編年箋校》，頁20。

波）之詞序中載：「紹熙辛亥除夕，予別石湖歸吳興，雪後夜過垂虹，……後五年冬，復與俞商卿、張平甫、銛朴翁自封禺同載詣梁溪，道經吳松。」〔註43〕姜夔於宋光宗紹熙辛亥（1191）年，曾到蘇州訪范成大，除夕之夜才乘舟返吳興。於雪夜同小紅泛舟過垂虹橋，並作〈過垂虹〉詩：「自創新詞韻最嬌，小紅低唱我吹簫；曲終過盡松陵路，回首煙波十四橋。」傳為韻事。五年後，宋寧宗慶元二年丙辰（1196），姜夔再次道經吳松，卻寫下〈慶宮春〉（雙槳蓴波）云：「采香徑裡春寒，老子婆娑，自歌誰答。垂虹西望，飄然引去，此興平生難遏。酒醒波遠，政凝想、明璫素襪。如今安在，唯有闌干，伴人一霎。」可知此時乃小紅去後之作，清·陳澧《白石詞評》即曰：「作此詞時蓋小紅方嫁也。」〔註44〕邵亨貞詞序云：「垂虹夜泊」即點明了此乃為姜夔與小紅韻事而寫，詞中又有：「向時雙槳載離愁、去後。幾春風待問柳。……念西子、如今在否。」皆似姜夔思念小紅所作之〈慶宮春·雙槳蓴波〉中所寫：「雙槳蓴波，一蓑松雨，暮愁漸滿空闊。……政凝想、明璫素襪。如今安在」，故邵亨貞乃仿姜夔之視角，寫思念小紅之垂虹情事，而套以〈杏花天〉之格式寫之。吳梅《詞學通論》謂邵亨貞：「擬古十首，凡清真、白石、梅溪、稼軒，學之靡不神似，即此可見詞學之深。」〔註45〕因此邵亨貞之擬白石，乃採用姜夔發生之內容事件，套以〈杏花天〉之體製，假想姜夔之態度與情感，從內容、風格與體製中，仿擬填寫之。

（二）瞿佑〈滿江紅〉：仿體製、風格、曹操典故以及公開詞作之方式

瞿佑，生於元至正七年（1347），卒於明宣德八年（1433）。〔註46〕

〔註43〕黃兆漢：《姜白石詞詳注》，頁408。

〔註44〕〔清〕陳澧：《白石詞評》，收錄在〔清〕陳澧著、黃國聲主編：《陳澧集》（上海：上海古籍出版社，2008年7月），頁709。

〔註45〕吳梅：《詞學通論》（上海：商務印書館，1933年1月），頁141。

〔註46〕《全明詞》冊1，第166頁，載瞿佑生於元至正元年（1341），卒於明宣德二年（1427）。但後又考定「瞿佑生於元至正七年（1347），卒

瞿佑〈滿江紅〉，詞序云：「昔姜堯章泛巢湖〔註 47〕，作平聲〈滿江紅〉，為神嬈壽。百年以來，罕有賦之者。至正壬寅冬，自四明回錢塘，舟過曹娥江〔註 48〕，至孝〔註 49〕女祠下。遂效其體作此詞，書于殿壁，案：壁，原鈔誤作「璧」，依《萬有》本改。俟來知音者，共裁度之。」〔註 50〕詞云：

香火依然，對古殿、簾影翠重〔註 51〕。江濤內、客帆來往，共仰靈蹤。德祖聰明憐小慧，阿瞞跋扈玷華宗。記當年、絕妙好辭成，案：辭，原鈔誤作「亂」，原有校，改作「辭」，當從加顯封。　遨遊地，再□逢。案：原鈔脫一字，依《萬有》本補□。折楊柳，採芙蓉。向鶴汀鳧渚，想像音容。扶輦勒回雙彩鳳，負舟呼起兩黃龍。料神魂、只在會稽山，三兩峯。（《全明詞補編》冊 1，頁 40～41）

茲將姜夔〈滿江紅〉臚列如下：

詞序云：〈滿江紅〉舊調用仄韻，多不協律。如末句云「無心撲」三字，歌者將心字融入去聲，方協音律。予欲以平韻為之，久不能成。因泛巢湖，聞遠岸簫鼓聲。問之舟師，云：「居人為此湖神姥壽也。」予因祝曰：「得一席風徑至

於明宣德八年（1433）。」見周明初、葉曄補編：《全明詞補編》，頁 36～37。

〔註 47〕在今安徽合肥市東南六十里，也名焦湖。

〔註 48〕在今浙江紹興市。

〔註 49〕喬光輝校註《瞿佑全集校註》作「李女祠」，但「曹娥碑」又稱「孝女曹娥碑」，曹娥為東漢時會稽郡上虞縣人。相傳其父五月五日迎神，溺死江中，屍骸流失。曹娥年十四，沿江哭號十七晝夜，投江而死。世傳為孝女。參閱〔劉宋〕范曄：《後漢書．列女傳．孝女曹娥》卷 74，頁 15，收錄在文懷沙主編：《四部文明．秦漢文明卷》（西安：陝西人民出版社，2007 年 8 月）冊 18，頁 346。曹娥江乃紀念曹娥，故應以「孝女祠」為是。〔明〕瞿佑著、喬光輝校註：《瞿佑全集校註》（杭州：浙江古籍出版社，2010 年 4 月），頁 351。

〔註 50〕周明初、葉曄補編：《全明詞補編》，頁 40～41。

〔註 51〕周明初、葉曄補編：《全明詞補編》作「簾影翠重重」多一個「重」字，但依喬光輝校註《瞿佑全集校註》作「簾影翠重」見〔明〕瞿佑著、喬光輝校註：《瞿佑全集校註》，頁 351。再與姜夔平聲〈滿江紅〉對照，此處作「簾影翠重」四個字才符合格式。

居巢，當以平韻〈滿江紅〉為迎送神曲。」言訖，風與筆俱駛，頃刻而成。末句云「聞佩環」，則協律矣。書以綠箋，沈于白浪。辛亥正月晦也。是歲六月，復過祠下，因刻之柱間。有客來自居巢云：「土人祠姥，輒能歌此詞。」按曹操至濡須口，孫權遺操書曰：「春水方生，公宜速去。」操曰：「孫權不欺孤。」乃徹軍還。濡須口與東關相近，江湖水之所出入。予意春水方生，必有司之者，故歸其功於姥云。

詞云：

仙姥來時，正一望、千頃翠瀾。旌旗共、亂雲俱下，依約前山。命駕群龍金作軛，相從諸娣玉為冠。向夜深、風定悄無人，聞佩環。　　神奇處，君試看。奠淮右，阻江南。遣六丁雷電，別守東關。卻笑英雄無好手，一篙春水走曹瞞。又怎知、人在小紅樓，簾影間。（《全宋詞》冊3，頁2176）

〈滿江紅〉多用仄韻，只有姜夔所創押平聲韻者。姜夔於〈滿江紅〉詞序中云仄韻〈滿江紅〉多有不協調處，改為押平聲韻後，兩結三字句并用「平仄平」，歌者較能協以音律。就體製上來看，瞿佑所寫〈滿江紅〉，乃仿姜夔用平聲韻，字數都一樣，屬雙調，九十三字，前段八句，四平韻，後段十句，五平韻。

就內容而言，姜夔寫〈滿江紅〉為祭祀安徽巢湖神姥而作，他把仙姥和曹操聯繫起來寫，讚頌仙姥坐鎮淮西，把守濡須，主宰孫曹戰役，寫來大開大闔，以小紅樓對比大場面氣勢；瞿佑〈滿江紅〉用典也與曹操有關，曹操（小名阿瞞）與楊修（字德祖）路過曹娥碑，見碑陰鐫刻了「黃絹幼婦，外孫齏臼」八個字，楊修先猜出，曹操過了三十里路才猜出「絕妙好辭」之事。有「絕妙好辭」之著名事件，因此使曹娥江此景點更加顯耀光榮。瞿佑再度遨遊舊地，懷想當時風華景致，不免神魂縈繞在此山峯間。瞿佑並未仿姜夔內容寫為祭祀詞，但卻同樣使用了曹操之典故，想像當時曹娥江情景，也營造出曹操駕回之盛大氣勢，與姜夔同樣具有詞境開闊之風格。

就公開方式而言，姜夔平聲韻〈滿江紅〉刻在神姥廟間柱上，使土人祠姥都能歌此詞，瞿佑仿姜夔公眾示人之作法，在曹娥江孝女祠中之殿壁，寫下此詞，等待知音者，共裁度之。

因此，瞿佑〈滿江紅〉效姜夔體，主要在體製、風格模仿姜夔所創押平聲韻之〈滿江紅〉，同樣使用曹操典故、以及刻意公開詞作之方式。

三、清代仿效姜夔詞

清代仿效姜夔詞有：

（一）朱彝尊〈邁陂塘〉：仿體製

朱彝尊，字錫鬯，又號金風亭長，晚稱小長蘆釣魚師，浙江秀水（今嘉興市）人。生於明崇禎二年（1629）。選輯《詞綜》行世，風靡當世，遂開浙西詞派。康熙四十八年（1709）卒。工詩、文、考據，有《眉匠詞》、《江湖載酒集》、《靜志居琴趣》、《茶煙閣體物集》、《蕃錦集》，總稱《曝書亭詞》，另有《經義考》、《日下舊聞》。〔註 52〕朱彝尊〈邁陂塘〉詞序云：

> 劉學正禹峰搨石鼓文見貽，賦此志謝，用姜白石體

詞云：

> 問陳倉、舊時獵碣，橐駝燕市誰輦。漏痕已失填金字，猶剩雨苔冰蘚。松陰轉。訝鎮日、橋門靜鎖人未見。劉郎放卷。慣著手摩挲，巡檐步屧，百過幾曾倦。　　閒無事，翠餅烏丸教碾。硬黃繭紙摹徧。遺余籀法真奇古，屈曲珊瑚枝軟。興不淺。覓巧匠裝池，付與屏六扇。紅絲小硯。把馬鄭紛綸，周秦先後，商略異同辨。（《全清詞・順康卷》冊 9，頁 5295）

朱彝尊〈邁陂塘〉為雙調，共 116 字，前段十句，六仄韻，後段十二句，七仄韻。〈邁陂塘〉又名〈摸魚兒〉、〈摸魚子〉、〈買陂塘〉、

〔註 52〕趙爾巽撰：《清史稿》（上海：上海古籍出版社，2002 年）第 44 冊，卷 484，頁 13339。

〈陂塘柳〉〔註53〕，姜夔所作〈摸魚兒〉只有一闋，為：

> 向秋來、漸疏班扇，雨聲時過金井。堂虛已放新涼入，湘竹最宜敧枕。閑記省。又還是、斜河舊約今再整。天風夜冷。自織錦人歸，乘槎客去，此意有誰領。　空贏得，今古三星炯炯。銀波相望千頃。柳州老矣猶兒戲，瓜果為伊三請。雲路迥。漫說道、年年野鵲曾並影。無人與問。但濁酒相呼，疏簾自捲，微月照清飲。（《全宋詞》冊3，頁2180）

姜夔〈摸魚兒〉為雙調，共116字，前段十句，六仄韻，後段十一句，七仄韻。朱彝尊所作〈邁陂塘〉，於詞序云用白石體，雖然總體字數、押韻處一樣，但是在下片部分，卻有斷句不同之處，姜夔下片是十一句，在下片第七句作「漫說道、年年野鵲曾並影。」朱彝尊則作「覓巧匠裝池，付與屏六扇」。

然朱彝尊所填〈摸魚子〉，如〈摸魚子〉（怪煙波）〔註54〕、〈摸魚子〉（玉玲瓏）〔註55〕，以及「後段十一句」如〈摸魚子〉（護笆籬）〔註56〕、〈摸魚子〉（小舟紆）〔註57〕、〈摸魚子〉（一身藏）〔註58〕、〈摸魚子〉（記湘湖）〔註59〕兩種，可見在朱彝尊之〈摸魚子〉中，下片第七句是「○○○○○，○○○○○。」或是「○○○、○○○○○○○。」都是可以通用，只要維持十個字，並在最後一個字押韻，

〔註53〕〔清〕陳廷敬主編：《康熙詞譜》（長沙：岳麓書社，2000年10月），頁1117。

〔註54〕南京大學中國語言文學系全清詞編纂研究室編：《全清詞．順康卷》冊9，頁5288。

〔註55〕南京大學中國語言文學系全清詞編纂研究室編：《全清詞．順康卷》冊9，頁5288。

〔註56〕南京大學中國語言文學系全清詞編纂研究室編：《全清詞．順康卷》冊9，頁5288。

〔註57〕南京大學中國語言文學系全清詞編纂研究室編：《全清詞．順康卷》冊9，頁5289。

〔註58〕南京大學中國語言文學系全清詞編纂研究室編：《全清詞．順康卷》冊9，頁5280。

〔註59〕南京大學中國語言文學系全清詞編纂研究室編：《全清詞．順康卷》冊9，頁5327。

是用頓號成 3、7 句式，或用逗號分成五個字一句，都是允許。可見斷句之不同，乃後人標注所致。

惟朱彝尊特別標注〈邁陂塘〉（問陳倉）一闋，特別標明「用姜白石體」，乃是沿用姜夔獨創〈邁陂塘〉之格律。《康熙詞譜》所列舉〈摸魚兒〉皆雙調，一百十六字，在句數與押韻數上不太一樣，所以有九體，《康熙詞譜》注曰「此調當以北宋晁補之、辛棄疾、張炎為正體，餘多變格。」〔註 60〕姜夔與晁補之〈摸魚兒〉（買陂塘）字數、押韻、句數皆一致，惟姜夔詞前段第五六句，「閒記省。又還是、斜河舊約今再整。」後段第六七句「雲路迥。漫說道、年年野鵲曾並影。」中「再」字、「並」字俱作仄聲，與諸家不同。

與這首用姜夔體填〈邁陂塘〉放在一起，還有兩闋：〈邁陂塘〉（話當年）〔註 61〕、〈邁陂塘〉（數才名）〔註 62〕未注明用「姜白石體」，但在上面提到前段第五六句，以及後段第六七句中，倒數第二字，俱作平聲。可知朱彝尊所說「用姜白石體」，乃指用姜白石所填〈摸魚兒〉之特殊體製，依據他所填之格律安排。

至論內容，姜夔〈摸魚兒〉是寫牛郎織女之詞，比擬作者和合肥情人之間之愛情波瀾。上片寫秋涼、秋雨後，備感冷清。此時才想起今夕是牛郎織女相會之日，只是誰能領會自己悽涼之意呢？下片引柳宗元作了〈乞巧文〉，調侃七夕神話只是流傳美好願望，人間卻是一派孤寂；末句以景語作結，冷月照清飲，回到「清空」一路。〔註 63〕朱彝尊〈邁陂塘〉內容是寫劉學正禹峰送他石鼓文，他寫此詞致謝。石鼓文是我國最早之石刻文字，刻在鼓型之石頭上，故稱石鼓文，唐

〔註 60〕陳廷敬主編：《康熙詞譜》，頁 1117。

〔註 61〕南京大學中國語言文學系全清詞編纂研究室編：《全清詞．順康卷》冊 9，頁 5295。

〔註 62〕南京大學中國語言文學系全清詞編纂研究室編：《全清詞．順康卷》冊 9，頁 5295。

〔註 63〕〔宋〕姜夔著、陳書良箋注：《姜白石詞箋注》（北京：中華書局，2009 年 7 月）卷 3，頁 108。

代在陜西陳倉地區發現，出土十塊鼓形石，每面鼓都刻有一首四言詩，內容記載秦國國君出巡、打獵之事，又稱「獵碣」〔註64〕，也有人稱之為「秦之刻石」，唐末以來曾多次被移置。〔註65〕且「據《元和郡縣圖志》的記載，……北宋皇室喜愛金石收藏，將石鼓也運到汴梁皇宮中保和殿保存。宋徽宗還下令用黃金填入石鼓上的文字中。而金兵攻破汴梁後，姜石鼓與其他宮中珍寶一并掠至燕京，連石鼓中嵌的金子也被剔出，致使文字殘損嚴重。」〔註66〕元明以後仍置國子監，乾隆五十五年（1790）皇帝蒞臨太學，見石鼓原刻，立即下令保護，且以石塊摹刻，以取得拓本。〔註67〕石鼓文書體介於古文與秦篆之間，或稱「大篆」，是研究大篆，以及由大篆演進為小篆之重要資料。清代以來，「碑學」興盛，石鼓文書法影響更為廣泛。

朱彝尊〈邁陂塘〉上片寫劉禹峰之愛惜文物與辛苦拓印，下片寫自己得到石鼓文之愛惜與研究。上片以問句開頭，問陳倉（陝西省）燕市中，誰利用橐駝運載獵碣？石鼓文上之漏痕斑斑，模糊了曾經被宋徽宗填入黃金之石鼓文字，只剩濕冷之苔蘚爬滿刻痕。這樣寶貴文物放在太學，但從早到晚，太學周圍橋門，深庭靜鎖，未曾見一人。劉學正於是致力於搨石鼓文，來來回回踏過多少遍㞙廊，也不曾疲倦。下片寫朱彝尊得到劉學正用烏墨碾過，硬黃繭紙摹徧之石古文搨本。因此在內容上，朱彝尊並未仿姜夔〈邁陂塘〉之內容，所謂「用姜白石體」，乃主要在體製上仿效姜夔。

〔註64〕方形曰碑、圓形曰碣。

〔註65〕歷代碑帖法書選編輯組：《秦石鼓文》（北京：文物出版社，1993年4月）書末說明。《石刻古文字》也記載「唐代已發現這批石鼓，唐貞元年間，鄭余慶將其移至鳳翔夫子廟中收藏。五代時散落民間。在宋代，司馬池多方收集，找回九件。而後向傳師在皇祐四年（公元1052年）找到最後一件。」見趙超：《石刻古文字》（北京：文物出版社，2006年1月），頁37。

〔註66〕趙超：《石刻古文字》，頁37。

〔註67〕大眾書局編輯部編輯：《舊拓石鼓文》（臺南：大眾書局，1985年），頁2。

（二）樓儼〈玲瓏四犯〉：仿體製

樓儼，字敬思，號西浦，浙江義烏（今浙江義烏）人。生於清康熙八年（1669）。四十六年（1707）由監生獻《覲織詞》，薦入武英殿修書，與杜詔等同館纂修《詞譜》。議敘授靈川知縣，遷廣州理瑤同知，歷廣東按察使，調江西按察使，改京卿。引年歸，雍正、乾隆間終老於春申浦畔。有《蓑笠軒僅存稿》附詞。〔註68〕前文曾提及宋代有詞人仿姜夔〈玲瓏四犯〉，清代亦有於詞序中著名仿擬姜夔〈玲瓏四犯〉，如清・樓儼〈玲瓏四犯〉，詞序云：「灘江舟中，照白石詞填」詞云：

> 兩岸綠陰，一江柔櫓，將何消此長夏。行年今五十，舊事憑誰話。難忘少年風雅。記承恩、月華門下。薄暮垂鞭，戴星通籍，書卷喜頻把。　　湘南景空如畫。問多年俗吏，曾有吟暇。萬山磨盾墨，草檄三更乍。此身不擬同灘水，又還趁、朝宗東瀉。惟自許。澄清莫、滔滔日夜。（《全清詞・順康卷》冊20，頁11452）

前文曾說姜夔原作〈玲瓏四犯〉無論字句、押韻或宮調，都與周邦彥不同，周邦彥為大石調，姜夔為雙調。樓儼所寫〈玲瓏四犯〉句式為：「4，4，6。5，5。6。7。4，4，5。/6。5，4。5，5。7，7。3。7。」與姜夔所創雙調〈玲瓏四犯〉句式皆同，九十九字，前段十句，五仄韻；後段九句，六仄韻相同。然樓儼韻腳「夏、話、雅、下、把、畫、暇、乍、瀉、夜」押第十部仄聲，只有下片第五個韻腳「許」，押第四部上聲，甚可怪也。

樓儼在上片第七句時，斷句也似姜夔成「3、4」字，如姜詞為「記當時、送君南浦」，樓儼為「記承恩、月華門下」。上片第一、二句，八、九句，下片四、五句，亦如姜詞皆成對句，如姜詞「疊鼓夜寒，垂燈春淺……萬里乾坤，百年身世……酒醒明月下，夢逐潮聲去……」，樓儼為「兩岸綠陰，一江柔櫓……薄暮垂鞭，戴星通籍……萬山磨盾墨，草檄三更乍……」斷句、對句處，皆似姜夔。

〔註68〕南京大學中國語言文學系《全清詞》編纂研究室編：《全清詞・順康卷》冊20，頁11449。

至論內容，樓儼寫所寫「月華門」指清代宮殿門，「朝宗」指小水流注大水，也指下屬進見長官，此〈玲瓏四犯〉是樓儼在湘南灘江時，感懷年少受恩皇上，至今年五十，仍自許日夜澄清如水。而姜夔〈玲瓏四犯〉乃旅居紹興，抒發多年在江湖漫游作客，無所成就，不無遲暮之感。可知兩者內容無涉。

因此樓儼〈玲瓏四犯〉「照白石詞填」，乃是仿效姜夔自度曲〈玲瓏四犯〉之雙調體製、斷句與對句技巧，與內容無關。樓儼除了此首仿效姜夔詞外，亦有用姜夔詞韻填〈側犯〉〔註 69〕，可知樓儼特別喜愛仿姜夔詞。

（三）乾嘉漢學家凌廷堪〈杏花天影〉、〈摸魚兒〉：仿體製

凌廷堪〈杏花天影〉詞序云：「獨飲酒肆醉後用石帚自度曲歌之」詞云：

> 繡春園畔花低亞。驟嘶過、長隄駿馬。解鞍還上酒家樓，最怕玉人窺、繫柳下。　都無暇、金樽翠斝。笑生小、知心變寡。且將沉醉博癡名，莫訝向江東、問米價。（《清詞別集百三十四種》冊 7，《梅邊吹笛譜》，頁 24、3706）

為五十八個字，前段四句，三仄韻；後段四句，三仄韻。茲迻錄姜夔〈杏花天影〉如次：詞序為：「丙午之冬，發沔口。丁未正月二日，道金陵。北望淮楚，風日清淑，小舟挂席，容與波上」詞云：

> 綠絲低拂鴛鴦浦。想桃葉、當時喚渡。又將愁眼與春風，待去。倚蘭橈、更少駐。　金陵路。鶯吟燕舞。算潮水、知人最苦。滿汀芳草不成歸，日暮。更移舟、向甚處。（《全宋詞》冊 3，頁 2173。）〔註 70〕

〔註 69〕南京大學中國語言文學系《全清詞》編纂研究室編：《全清詞．順康卷》冊 20，頁 11453。

〔註 70〕姜夔〈杏花天影〉上下片最後二句，《全宋詞》載：「……待去。倚蘭橈、更少駐。……日暮。更移舟、向甚處。」《姜白石詞詳注》、《姜白石詞箋注》載：「……待去，倚蘭橈更少駐。……日暮，更移舟向甚處。」因「去」、「暮」同屬第四部去聲，與其他韻腳相同，故本文

《全宋詞》載姜夔體製為五十八個字，前段五句，四仄韻；後段五句，五仄韻。姜夔與凌廷堪格式最大差別，在於上下片最後兩句，《全宋詞》載姜夔詞為：「待去。倚蘭橈、更少駐。……日暮。更移舟、向甚處。」《清詞別集百三十四種》作：「最怕玉人窺、繫柳下。……莫訝向江東、問米價。」然依據《全宋詞》姜夔斷句處，凌廷堪詞實是符合姜夔體製。

至論內容風格，姜夔與凌廷堪不太相同，姜夔所寫〈杏花天影〉為客居金陵之作品，愁懷盪漾。上片寫船上所見景物觸動詞人對戀人之懷念。下片寫詞人懷人之苦，唯有起伏不息之潮水拍打，似是唯一其中所深藏之苦衷，無止境之蒼茫暮色中，卻不知道要去向何處。風格具有靈秀超逸，境界幽邃，語雋情惋〔註71〕之特色。

凌廷堪〈杏花天影〉內容為獨飲酒醉，抒發不平之鳴，無能上用，心表遺憾。上片寫作者奔馳去酒家之狀。在春天花開燦爛時，作者騎著駿馬，在長堤上嘶鳴奔馳而過，解下鞍套上酒樓。下片抒發備受冷淡之感嘆。金樽翠玉酒杯一杯接一杯，笑談著自小之知心朋友，越來越少，曾經欲實現之理想抱負，就轉移沉醉在酒杯世界中，贏得酒國功名，不要訝異今日之他，怎會向江東父老問米價，平凡如常，如眾生汲汲營生，就是現今最實在之寫照。風格較為直敘暢快，與姜夔之婉轉幽邃不同。

凌廷堪生於清乾隆二十年（1755），卒於清嘉慶十四年（1809），字次仲，安徽歙縣（今安徽歙縣）人，六歲而孤，冠後始讀書，慕其鄉江永、戴震之學。〔註72〕「乾隆五十五年進士，與洪亮吉同出朱文正

採用《全宋詞》格式。且下片第一句，《全宋詞》載：「金陵路。鶯吟燕舞。」黃兆漢《姜白石詞詳注》、陳書良箋注《姜白石詞箋注》載「金陵路、鶯吟燕舞。」本文亦採用《全宋詞》格式。見唐圭璋編：《全宋詞》冊3，頁2173。見黃兆漢：《姜白石詞詳注》，頁128；〔宋〕姜夔著、陳書良箋注：《姜白石詞箋注》，頁50。

〔註71〕姜尚賢：《宋四大家詞研究》，轉引自黃兆漢編注：《姜白石詞詳注》，頁131。

〔註72〕趙爾巽撰：《清史稿》冊43，卷481，頁13228。

門，並以宏博見稱於時。官寧國府學教授，博覽強記，貫通群經，而尤深於禮，解音律，由燕樂以通古樂，故所為詞，無不合律」〔註 73〕，著有《校禮堂集》、《禮經釋例》、《燕樂考原》，詞學著作為《梅邊吹笛譜》。清代學術以乾嘉漢學為中堅，漢學家普遍重視文字音韻、章句訓詁、典章制度之研究。凌廷堪也是其中代表人物，重視文獻考據，強調實事求是，致力於闡發其中蘊含聖人之道和儒家學說原有涵義。其研究方法和學術成就，體現了乾嘉漢學從文獻考據到義理闡發之學術路徑。〔註 74〕至論凌廷堪所作詞，其弟子張其錦於《梅邊吹笛譜・跋》曰：「昔屯田、清真、白石、夢窗諸君皆深於律呂，能自製新聲者，其用昔人舊譜，皆恪守不敢失，況其下乎。吾師之詞，不專主一家，而猶嚴於律。」〔註 75〕可知凌廷堪是極為嚴守格律之詞人，故〈杏花天影〉不應不符合姜夔詞律。

凌廷堪當時與之論詞者，只有張酌亭、阮伯元等少數友人，《梅邊吹笛譜・自序》曰：「少時失學，居海上，往往以填詞自娛，相唱和者，唯同里章君酌亭。後出游，漸知治經，得交儀徵阮君伯元（阮元），談說之餘，時或及此，蓋亦深於詞者，其他朋輩，多以小道薄之，不敢與論也。年二十許，遂屏去，一意嚮學，不復多填詞，舊稿久束之篋中，及官宛陵，暇日檢出閱之，頗有敝帚千金之想，乃編為二卷。……近因學樂律，少少有所悟，而宋人之譜，多零落失傳，……今取可考者，注宮調於其下，不可考者不注也。阮君今以侍郎巡撫浙江，命小史錄一本質之。」〔註 76〕乾嘉時期仍然多人視詞為小道，但凌廷堪與阮元，為漢學家，亦對詞學宮調樂譜有所關注。

〔註 73〕作者小傳見〔清〕李雯等撰：《清詞別集百三十四種》（臺北：鼎文書局，1976 年），《梅邊吹笛譜》，總頁 3678。

〔註 74〕黃愛平：〈試析乾嘉學者的文獻研究與義理探索〉，《理論學刊》第 9 期，總 127 期（2004 年 9 月），頁 101。

〔註 75〕〔清〕李雯等撰：《清詞別集百三十四種》冊 7，《梅邊吹笛譜》，頁 2～3，總頁 3680～3681。

〔註 76〕〔清〕李雯等撰：《清詞別集百三十四種》冊 7，《梅邊吹笛譜》，頁 1，總頁 3679。

據嘉慶五年（1800）凌廷堪所寫《梅邊吹笛譜・自序》言：

舊取白石〈暗香〉句意，名之曰：「梅邊吹笛譜」〔註77〕

姜夔〈暗香〉有詞曰：「舊時月色，算幾番照我，梅邊吹笛。喚起玉人，不管清寒與攀摘。」凌廷堪用其中詞句命詞集名，對姜夔應有一定推崇之意。道光六年（1826）其弟子張其錦於《梅邊吹笛譜・跋》又曰：

> 填詞之道，須取法南宋，然其中亦有兩派焉：一派為白石，以清空為主，高史輔之，前則有夢窗、竹山、虛齋、蒲江，後則有玉田、聖與、公謹、商隱諸人，掃除野狐，獨標正諦，猶禪之南宗也。一派為稼軒，以豪邁為主，繼之者龍洲、放翁、後村，猶禪之北宗也。（《清詞別集百三十四種》冊7，《梅邊吹笛譜》，頁2，總頁3680～3681）

可知凌廷堪乃將姜夔、辛棄疾視為填詞之模範之一，雖然凌廷堪不專主一家，但他卻時時仿效姜夔詞，如凌廷堪還有一詞〈摸魚兒〉，詞序云：「題桃溪圖用石帚體」詞云：

> 費東君、幾番煙雨，桃花千樹開了。澄溪一帶明於鏡，時有亂紅飛到。人悄悄。倩誰問、年年底事春信早。扁舟趁曉。便燕外窺香，鷗邊覓路，輕泛武陵棹。　　遙天裏，隱約峯巒合抱。衣沾蒼翠多少。低枝半亞春流上，脈脈向人含笑。情渺渺。想前度、孅肌秀靨應更好。披圖夢繞。但月鎖山腰，雲封洞口，處處盡芳草。（《清詞別集百三十四種》冊7，《梅邊吹笛譜》，頁36，總頁3718）

前文曾說姜夔所作〈摸魚兒〉只有一闋，為：

> 向秋來、漸疏班扇，雨聲時過金井。堂虛已放新涼入，湘竹最宜敧枕。閒記省。又還是、斜河舊約今再整。天風夜冷。自織錦人歸，乘槎客去，此意有誰領。　　空贏得，今古三星炯炯。銀波相望千頃。柳州老矣猶兒戲，瓜果為伊三請。雲路迥。漫說道、年年野鵲曾並影。無人與問。但濁酒相

〔註77〕〔清〕李雯等撰：《清詞別集百三十四種》冊7，《梅邊吹笛譜》，頁1，總頁3679。

呼，疏簾自捲，微月照清飲。(《全宋詞》冊 3，頁 2180)

姜夔與淩廷堪所作皆為雙調，共 116 字，前段十句，六仄韻，後段十一句，七仄韻，體製上完全一致。

前文曾說姜夔與北宋他家作者所填〈摸魚兒〉最大之不同，乃前段第五六句，倒數第二字「閒記省。又還是、斜河舊約今[再]整。」後段第六七句中，倒數第二字「雲路迥。漫說道、年年野鵲曾[並]影。」中「再」字、「並」字俱作仄聲，與諸家作平聲不同。觀淩廷堪前段第五六句「人悄悄。倩誰問、年年底事春信早。」後段第六七句中「情渺渺。想前度、孅肌秀靨應[更]好。」皆作仄聲，與姜詞之格律一樣。

至論內容，淩廷堪〈摸魚兒〉乃題桃溪圖，上片寫桃溪花開飛紅、明溪如鏡，輕泛扁舟之明快景色。下片寫遠望之蒼翠峯巒景色，在有情自然大地中，想念起前度孅肌秀靨之玉人，現在卻只能披圖夢繞，月鎖雲封，思念無處宣洩，化作芳草蔓延天際。而姜夔〈摸魚兒〉寫和合肥情人之間之愛情波瀾。上片充滿人去樓空之清冷寂靜。下片寫七夕星空兀自炯炯，而詞人卻如世外之人，無人與問心中苦，但與友人露坐月下，清飲如常。雖然淩廷堪與姜夔之內容，都帶有懷人之思念情感，然淩廷堪較為輕快愉悅，而姜夔帶有清冷空寂之感。此外淩廷堪用「人悄悄」、「窺香」、「脈脈向人含笑」等用語，以含蓄委婉表達情意，姜夔使用「織錦人歸，乘槎客去」則具有仙意，兩者風格仍有所不同。

故可知淩廷堪所仿姜夔詞，乃從體製上模仿最多，風格內容保有自己之特色。除了仿姜夔體外，淩廷堪還有〈秋宵吟〉(冷霜凝)，詞序云：「已亥秋，客真州，涼夜支枕見桐影橫窗，月白如畫，殘夢初回，角聲蛩響亂起，念舊日吟侶，南北星散，魚雁久疏，淒然有懷，爰用白石飛仙自製曲譜之兼和其韻。」〔註 78〕〈一萼紅〉(晚雲陰)詞序云：

〔註 78〕〔清〕李雯等撰：《清詞別集百三十四種》冊 7，《梅邊吹笛譜》，頁 21，總頁 3703。

「九日登魏文帝賦詩臺，用石帚人日登定王臺韻」〔註79〕、〈霓裳中序第一〉（湖山自秀極）〔註80〕亦是使用姜夔詞韻譜之。還有請友人仿寫姜夔詞，如〈齊天樂〉（裁金鑄作姜郎句）此闋詞，詞序即云：「乞張桂巖寫姜石帚〈暗香〉詞意小照」〔註81〕因此知道凌廷堪，把「石帚」等同於姜夔，並且多方從仿擬體製、和韻等方式來學習姜夔詞。

至論詞譜，據凌廷堪在〈湘月〉詞序云：「宜興萬氏，專以四聲論詞，畏其嚴者多詆之，瀘州先著尤甚，以為宋詞宮調必有祕傳不在乎四聲，今按宋姜夔《白石集》〈滿江紅〉云末句『無心撲』歌者將心字融入去聲，方諧音律。〈徵招〉云：正宮〈齊天樂慢〉，前兩拍是徵調，故足成之，及考〈徵招〉起二句，平仄與〈齊天樂〉脗合。又《宋史・樂志》載白石〈大樂議〉云：七音之協四聲，各有自然之理。王灼《碧雞漫志》〈楊柳枝〉舊詞起頭，有側字平字之別，然則宋人，皆以四聲定宮調，而萬氏之說，與古闇合也，先著妄人，寧足哂乎。余恆謂推步必驗諸天行，律呂必驗諸人聲，淺求之樵歌牧唱，亦有律呂，若舍人聲而別尋所謂宮調者，則雖美言可市，終成郢書燕說而已，今秋舟過荊溪，感而賦此，以酹紅友，即白石所云念奴嬌鬲指聲也，按鬲指亦謂之過腔，念奴嬌本大石調。今吹入雙調，故曰過腔，謂以黃鐘商過入夾鐘商也。」〔註82〕凌廷堪贊同萬樹《詞律》標四聲，他舉姜夔〈滿江紅〉為例，證明聲調必須配合音律，又舉姜夔〈大樂議〉所云「七音之協四聲，各有自然之理。」〔註83〕因此以四聲定

〔註79〕〔清〕李雯等撰：《清詞別集百三十四種》冊7，《梅邊吹笛譜》，頁22，總頁3704。

〔註80〕〔清〕李雯等撰：《清詞別集百三十四種》冊7，《梅邊吹笛譜》，頁26，總頁3739。

〔註81〕〔清〕李雯等撰：《清詞別集百三十四種》冊7，《梅邊吹笛譜》，頁35，總頁3717。

〔註82〕〔清〕李雯等撰：《清詞別集百三十四種》冊7，《梅邊吹笛譜》，頁53，總頁3735。

〔註83〕〔宋〕姜夔：《白石道人全集》（臺北：臺灣商務印書館，1968年9月），白石道人逸事補遺，頁5。

宮調，乃與古闇合。

（四）晚清鄭文焯〈齊天樂〉：仿寄託之意

鄭文焯〈齊天樂〉詞序云：「白石、碧山詠物之作，多取是調託興深美，因效其體賦蟹」詞云：

> 半生諳盡江湖味，西風更無腸斷。篸潋衰燈，蘆灘短舍，夜市秋生零亂。横行未徧。歎身世摶沙，蜆螺羞伴。恨滿吳波，噴珠盡作水花散。　　彭彭甲兵腹滿。待誰呼郭索，蠻海秋戰。菊訊霜肥，橙香雪老，都付重陽吟琖。新詩好換。憶鄉味經年，故溪清淺。月落潮生，一匡碧愁染。（《清詞別集百三十四種》冊 12，《樵風樂府》，頁 16，總頁 6522）

鄭文焯所作為雙調，一百二字，前段十句，五仄韻；後段十一句，六仄韻。姜夔（白石）只有一闋〈齊天樂〉，為詠蟋蟀，詞云：

> 庾郎先自吟愁賦。淒淒更聞私語。露溼銅鋪，苔侵石井，都是曾聽伊處。哀音似訴。正思婦無眠，起尋機杼。曲曲屏山，夜涼獨自甚情緒。西窗又吹暗雨。為誰頻斷續，相和砧杵。候館迎秋，離宮弔月，別有傷心無數。豳詩漫與。笑籬落呼燈，世間兒女。寫入琴絲，一聲聲更苦。（《全宋詞》冊 3，頁 2175～2176）

王沂孫（碧山）以〈齊天樂〉詠螢、蟬共有三闋，詠螢詞一首云：

> 碧痕初化池塘草，熒熒野光相趁。扇薄星流，盤明露滴，零落秋原飛燐。練裳暗近。記穿柳生涼，度荷分瞑。誤我殘編，翠囊空歎夢無準。樓陰時過數點，倚闌人未睡，曾賦幽恨。漢苑飄苔，秦陵墜葉，千古淒涼不盡。何人為省。但隔水餘暉，傍林殘影。已覺蕭疏，更堪秋夜永。（《全宋詞》冊 5，頁 3356）

詠蟬二首，詞云：

> 綠槐千樹西窗悄，厭厭晝眠驚起。飲露身輕，吟風翅薄，半翦冰箋誰寄。淒涼倦耳。漫重拂琴絲，怕尋冠珥。短夢深宮，向人猶自訴憔悴。殘虹收盡過雨，晚來頻斷續，都是秋意。病葉難留，纖柯易老，空憶斜陽身世。窗明月碎。甚已

> 絕餘音，尚遺枯蛻。鬢影參差，斷魂青鏡裡。(《全宋詞》冊5，頁3356)
>
> 一襟餘恨宮魂斷，年年翠陰庭樹。乍咽涼柯，還移暗葉，重把離愁深訴。西窗過雨。怪瑤珮流空，玉箏調柱。鏡暗妝殘，為誰嬌鬢尚如許。銅仙鉛淚似洗，歎攜盤去遠，難貯零露。病翼驚秋，枯形閱世，消得斜陽幾度。餘音更苦。甚獨抱清高，頓成淒楚。謾想薰風，柳絲千萬縷。(《全宋詞》冊5，頁3357)

姜夔與王沂孫皆雙調，一百二字，前段十句，後段十一句，後段六仄韻。惟前段起句押韻異，姜夔「賦」字押韻，王沂孫「草」、「悄」、「斷」字未押韻，因此姜夔前段有六仄韻，王沂孫只有五仄韻。是知鄭文焯所仿，較接近王沂孫〈齊天樂〉體製。

姜夔〈齊天樂〉上片寫蟋蟀鳴聲引起思婦無眠，抒寫離人幽怨。下片以雨聲狀蟋蟀啼鳴，和擣衣聲相合，引起客中游子悲秋和後宮女子弔月傷懷。〔註84〕中有「候館迎秋，離宮弔月，別有傷心無數。」與當時二帝北行之事謀合，因此「此詞在『愁』之後，隱約含蓄地透露興亡之感」〔註85〕，姜夔此詞借蟋蟀聲，憂時傷世，成為寄託遙深之詠物詞。

鄭文焯在詞序中說因姜夔、王沂孫詠物，多用〈齊天樂〉此調，因託興深美，故仿姜夔、王沂孫詠物。查閱《全宋詞》中姜夔之前，其他詞人所作〈齊天樂〉，如周邦彥〈齊天樂〉(綠蕪凋盡臺城路)詞題為「秋思」〔註86〕，楊无咎〈齊天樂〉(疏疏數點黃梅雨)為「端午」〔註87〕，呂渭老〈齊天樂〉(香紅飄沒明春水)為「觀競渡」〔註88〕，陸游〈齊天樂〉(角殘鐘晚關山路)為「左綿道中」〔註89〕等，並無

〔註84〕〔宋〕姜夔著、陳書良箋注：《姜白石詞箋注》，頁169～170。
〔註85〕〔宋〕姜夔著、陳書良箋注：《姜白石詞箋注》，頁169。
〔註86〕唐圭璋編：《全宋詞》冊2，頁605。
〔註87〕唐圭璋編：《全宋詞》冊2，頁1186。
〔註88〕唐圭璋編：《全宋詞》冊2，頁1115。
〔註89〕唐圭璋編：《全宋詞》冊3，頁1591。

使用此調詠物，然自姜夔開始，則用此調詠物，王沂孫繼承此法，所作五首〈齊天樂〉中，有三首詠物。

鄭文焯〈齊天樂〉內容詠蟹又似寫己，欲了解詠蟹之內容，必先了解鄭文焯之生平。鄭文焯（1856～1918），字俊臣，號小坡，又號叔問，晚年自署大鶴山人，別署瘦碧、冷紅詞客、鶴道人等。奉天鐵嶺（今遼寧鐵嶺縣）人，光緒乙亥（1875）舉人，官內閣中書。四十三歲時，在進京會試期間，應邀加入王鵬運主辦之咫村詞社。光緒二十九年（1903），四十八歲，因七次會試不第，自鐫「江南退士」，以示絕意仕進，卜居吳中，間參大府幕。辛亥革命後，以行醫鬻畫自給，長於金石考據音律詞章之學，著有《碧瘦詞》、《冷紅詞》、《比竹餘音》、《苕雅舊稿》後刪存為《樵風樂府》九卷，又有《詞源斠律》二卷、《醫故》二卷。〔註 90〕

鄭文焯〈齊天樂〉上片寫螃蟹平生看盡江湖百態，殘燈蓼漵，嘆身世如搏沙聚而易散，恨如吳波之滿，滿腔苦水，只好借含水噴珠散。下片寫滿腹甲兵堅硬強壯，等待呼喚，在強悍之大海中與外族秋戰。最後卻在菊開橙香，霜雪漸厚之重陽節，都成了換詩配酒菜，此時不免想起家鄉味道，以及故鄉清澈之溪水，眼前月落潮生，一匡碧綠染就愁思。鄭文焯曾有遠大抱負，但多次落第後，使他成為幕賓，處江湖之遠，而不能為國盡力，就像這隻有苦難言之螃蟹，屢次等待召喚落空，成為下箸菜後，開始後悔離開家鄉。只得以詞哀嘆時代傷痛，委婉表達憂國憂君之情感。與姜夔〈齊天樂〉詠蟋蟀，似有異曲同工之妙。

鄭文焯是晚清很有影響之詞家，與王鵬運、況周頤、朱祖謀等並稱為晚清詞學四大家。鄭文焯是常州派後期變革詞人，他在常州詞派寄託之理論基礎上，又吸取浙西詞派之清空，融合二派，成清空寄託

〔註 90〕鄭文焯小傳參閱〔清〕李雯等撰：《清詞別集百三十四種》冊 12，《樵風樂府》，總頁 6500。以及宋平生：《晚清四大詞人選譯》（成都：巴蜀書社出版，1997 年 6 月），頁 8～9。

說，鄭文焯云：「以輕靈之氣，發經籍之光」〔註 91〕又云：「北宋詞之深美，其高健在骨，空靈在神。而意內言外，仍出以幽窈詠嘆之情。故耆卿、美成，并以蒼渾造耑，莫究其托諭之旨。卒令人讀之歌哭出地，如怨如慕，可興可觀。有觸之當前即是者，正以委曲形容所得感人深也。」〔註 92〕鄭文焯對北宋詞空靈神韻之感受，是從浙西詞派清空一路思考之體悟，孫克強說：「鄭文焯明確地將寄託與『清空』相融通，強調寄託的渾化無迹，表現比興寄託的極高境界」〔註 93〕因此評鄭文焯詞多與姜夔離不開，如蔡嵩雲曰：「大鶴詞，吐屬騷雅，深入白石之室。令引近尤佳。學清真，升堂而已。辛亥以後諸慢詞，長歌當哭，不知是聲是淚是血，殆所謂亡國之音哀以思歟。」〔註 94〕易順鼎〈碧瘦詞序〉稱鄭文焯：「頗喜為詞，所得輒經奇，固多淒異之響，而夷猶〔註 95〕淡遠清曠騷雅，怨而不怒，哀而不傷，故嘗論其身世，微類玉田，其人其詞，則雅近清真白石。」〔註 96〕劉子雄《碧瘦詞序》稱：「叔問獨取徑白石，自成雅調。」〔註 97〕嚴迪昌《清詞史》說：「清季『四家』中，鄭文焯最精音律。其詞摛藻綺密，近吳文英風格而刻意處意覺深澀，部分作品追慕姜夔情韻，句妍意遠，較多疏逸味。」〔註 98〕且鄭文焯在《樵風樂府》中，除了和清真（周邦彥）詞

〔註 91〕黃墨谷輯錄：〈鄭文焯致朱祖謀書〉，〈《詞林翰藻》殘璧遺珠〉，《詞學》（上海：華東師範大學出版社，1989 年）第 7 輯，頁 209。

〔註 92〕龍沐勛輯：《大鶴山人論詞遺札．與夏映盦書》，收錄在唐圭璋編：《詞話叢編》冊 5，頁 4342。

〔註 93〕孫克強：《清代詞學批評史論》（上海：上海古籍出版社，2008 年 11 月），頁 184。

〔註 94〕蔡嵩雲：《柯亭詞論》，收錄在唐圭璋編：《詞話叢編》冊 5，頁 4914。

〔註 95〕夷猶，又做「夷由」，指從容自得。〔宋〕張炎〈真珠簾．近雅軒即事〉詞：「休去，且料理琴書，夷猶今古。」唐圭璋編：《全宋詞》冊 5，頁 3484。

〔註 96〕〔清〕李雯等撰：《清詞別集百三十四種》冊 12，《樵風樂府》，頁 1，總頁 6501。

〔註 97〕施蟄存：《詞籍序跋萃編》（北京：中國社會科學出版社，1994 年 12 月），頁 609。

〔註 98〕嚴迪昌：《清詞史》（南京：江蘇古籍出版社，1999 年 8 月），頁 583。

6首、夢窗（吳文英）9首外，最多就是和姜夔詞，筆者統計共有19首（見下文和韻詞部分），因此借由〈齊天樂〉此詞可知，鄭文焯在使用此調詠物寄託方面，取法姜夔。

鄭文焯還有一闋〈玲瓏四犯〉亦仿效姜詞，詞序云：

> 壬辰中秋翫月西園，中夕再起，引侍兒阿憐，露坐池闌，歌白石道人〈玲瓏〉雙調曲，度鐵洞簫，繞廊長吟，鳴鶴相應，夜色空寒，花葉照地，顧景淒獨，依依殆不能去，遂倣姜詞舊譜製此。明日示子苾，以為有新亭之悲也。宋譜雙調煞聲，以中呂上字為夾鍾商，按詞原律呂四犯，夾鍾商犯夷則羽為仙呂調，亦中呂上字，住商犯角為夾鍾，閏角歸本宮為夾鍾宮，即中呂宮調也，周清真所歌別是大石調一曲，梅谿草窗並效其體，與此不同，近世詞人樂工莫逮斯旨矣。

詞云：

> 竹響露寒，花凝雲濇，淒涼今夜如此。五湖人不見，故國空文綺。歌殘月明滿地。拍危闌、寸心千里。一點秋檠，兩行新雁，知我倚樓意。　　參差玉生涼吹。想霓裳譜徧，天上清異。鏡波宮殿影，桂老西風裏。攜槃夜出長門冷，漸銷盡、銅仙鉛淚。愁夢寄。花陰見、低鬟拜起。（《清詞別集百三十四種》冊 12，《樵風樂府》，頁 10～11，總頁 6516～6517）

而姜夔原作〈玲瓏四犯〉詞序為：越中歲暮，聞簫鼓感懷。詞云：

> 疊鼓夜寒，垂燈春淺，匆匆時事如許。倦遊歡意少，俯仰悲今古。江淹又吟恨賦。記當時、送君南浦。萬里乾坤，百年身世，唯有此情苦。揚州柳垂官路。有輕盈換馬，端正窺戶。酒醒明月下，夢逐潮聲去。文章信美知何用，漫贏得、天涯羈旅。教說與。春來要尋花伴侶。（《全宋詞》冊 3，頁 2178）

前文曾說姜夔此首〈玲瓏四犯〉，乃姜夔自創雙調〈玲瓏四犯〉，不同周邦彥、史達祖、周密所作大石調，鄭文焯仿此調，已於詞序中注明：「周清真所歌別是大石調一曲，梅谿草窗並效其體，與此不同」〔註 99〕鄭文焯所作與姜夔句數、字數、押韻處完全一樣，陳廷焯曾評姜夔此詞曰音調蒼涼，詞最激，有身世之感，情不容已者。〔註 100〕而鄭文焯此首雖在中秋夜作，首句卻點出中秋夜之悽涼，因「五湖人不見，故國空文綺」，感嘆五湖人才隱遁，故國空有華麗虛表，在這中秋夜中，無人了解作者心思，只有新雁才解作者拍闌倚樓意。下片由底下望月宮發想。吹著參差玉笙，想著月宮霓裳羽衣曲之譜，覺天上之清麗奇異。明月如鏡似水，照著月宮之影，以及西風裏月中老桂。宋・王沂孫《齊天樂・蟬》詞曰：「銅仙鉛淚似洗，歎攜盤去遠，難貯零露。」〔註 101〕金銅仙人指漢武帝時所作以手掌舉盤承露的仙人。鄭文焯此首引用改寫為：「攜槃夜出長門冷，漸銷盡、銅仙鉛淚。」把欲懷有憂怨之銅仙淚水，傾倒銷盡，最後把愁緒寄予夢中。鄭文焯讀姜夔〈玲瓏四犯〉作仿作，「有新亭之悲也。」〔註 102〕與姜夔天涯羈旅之「百年身世之苦」，實同是為國憂傷之感嘆。

四、小結

宋代有二闋仿效詞，黃昇〈阮郎歸〉「倣姜堯章體」，係就體製，仿照姜夔最後一字，以「歸」字作結，且皆押第三部支微韻，以及化用姜詞合肥情事之內容，仿其寫作風格。譚宣子〈玲瓏四犯〉「重過南樓用白石體賦」乃依據姜夔所創雙調〈玲瓏四犯〉之體製、技巧填詞，內容稍有不同，姜夔〈玲瓏四犯〉都與周邦彥不同，周邦彥為大石調，姜夔為雙調。因此宋代所謂「姜堯章體」、「白石體」主要指姜夔某一詞調之特殊格律或寫法，黃昇並採用姜詞情事之詞句內容鋪陳

〔註 99〕〔清〕李雯等撰：《清詞別集百三十四種》，《樵風樂府》，頁 11，總頁 6517。

〔註 100〕〔清〕陳廷焯：《詞則・大雅集》卷 3，頁 5。

〔註 101〕唐圭璋編：《全宋詞》（北京：中華書局，1998 年 11 月）冊 5，頁 3357。

〔註 102〕〔清〕李雯等撰：《清詞別集百三十四種》，《樵風樂府》，頁 11，總頁 6517。

己事，而譚宣子則主要是仿姜夔特製之詞調而言。

明代有二闋仿效詞，為邵亨貞與瞿佑，這兩位生卒年都在嘉靖之前（1521）。邵亨貞（1309～1401）所寫〈杏花天〉詞序云：「擬白石　垂虹夜泊」乃仿姜夔之視角，寫思念小紅之作。因此邵亨貞之擬白石，係採用姜夔發生之內容事件，套以〈杏花天〉之體製，假想姜夔之態度與情感，從內容、風格與體製中，仿擬填寫。瞿佑（1347～1433）所寫〈滿江紅〉「昔姜堯章泛巢湖〔註 103〕，作平聲〈滿江紅〉，為神嬈壽。……遂效其體作此詞……」，則仿姜夔用平聲韻〈滿江紅〉，不同其他詞人用仄聲韻，瞿佑並未仿姜夔內容寫祭祀詞，但卻同樣使用了曹操之典故，想像當時曹娥江情景，也營造出曹操駕回之盛大氣勢，與姜夔同樣具有詞境開闊之風格。明代並未有直接稱「姜堯章體」、「白石體」，而是說效〈滿江紅〉體，或「擬白石　垂虹夜泊」，明代更為明確指出，所效內容為何，或是所效為哪一詞調體製。

清代有六闋仿效詞，主要是在體製上仿效，如明末清初朱彝尊（1629～1709）朱彝尊〈邁陂塘〉「……用姜白石體」，是沿用姜夔獨創〈邁陂塘〉之格律。清初樓儼（1669～？）〈玲瓏四犯〉：「灘江舟中，照白石詞填」，則是仿效姜夔自度曲〈玲瓏四犯〉之雙調體製。清代乾嘉漢學代表人物凌廷堪（1755～1809）〈杏花天影〉「獨飲酒肆醉後用石帚自度曲歌之」、〈摸魚兒〉詞序云：「題桃溪圖用石帚體」，也從體製仿姜詞。

常州派後期變革詞人鄭文焯（1856～1918）更多在寄託詞意上仿效姜詞，如〈齊天樂〉詞序云：「白石、碧山詠物之作，多取是調託興深美，因效其體賦蟹」鄭文焯詠蟹哀嘆時代傷痛，委婉表達憂國憂君之情感，與姜夔〈齊天樂〉詠蟋蟀，寄託憂時傷世，似有異曲同工之妙。鄭文焯另一首〈玲瓏四犯〉「歌白石道人〈玲瓏〉雙調曲，……，遂倣姜詞舊譜製此。……周清真所歌別是大石調一曲，梅

〔註 103〕在今安徽合肥市東南六十里，也名焦湖。

谿草窗並效其體，與此不同，近世詞人樂工莫逮斯旨矣。」〔註 104〕乃仿姜夔自創雙調〈玲瓏四犯〉，不同周邦彥、史達祖、周密所作大石調，內容同姜夔〈玲瓏四犯〉，有新亭之悲也。以下以表格整理歷代仿效姜詞特點：

序號	時代	作者	詞　牌	詞牌特殊處	仿姜詞處	附　註
1	南宋	黃昇	阮郎歸		體製、字句、風格、內容	
2	南宋	譚宣子	玲瓏四犯	宮調（雙調）與他人不同	仿體製、技巧	
3	明（嘉靖前）	瞿佑	滿江紅	用平韻與他人不同	仿體製、風格、典故以及公開詞作之方式	
4	明（嘉靖前）	邵亨貞	杏花天		仿內容、字句、風格與體製	用姜夔視角寫姜夔
5	清初	朱彝尊	邁陂塘	平仄格律與他人不同	體製	
6	清初	樓儼	玲瓏四犯	宮調（雙調）與他人不同	體製	
7	清初	凌廷堪	杏花天影		體製	
8	清初	凌廷堪	摸魚兒	平仄格律與他人不同	體製	
9	清末	鄭文焯	齊天樂	詠物內容與他人不同	體制、寄託內容	
10	清末	鄭文焯	玲瓏四犯	宮調（雙調）與他人不同	體製、寄託內容	

綜觀歷代仿效姜夔（白石、姜堯章）體，主要是指仿效姜夔某一詞調之體制。而被仿效之詞調，多為姜詞所獨創，與他人不同之自創體。最常被仿效詞調為〈玲瓏四犯〉3 次最多，因姜夔之所用宮調為雙調，與他人大石調不同；〈邁陂塘〉（〈摸魚兒〉）2 次居次，因姜夔之平仄格律與他人不同。就時代分布而言，宋代有 2 闋，明代有 2 闋，

〔註 104〕〔清〕李雯等撰：《清詞別集百三十四種》冊 12，《樵風樂府》，頁 10～11，總頁 6516～6517。

清代有 6 闋。仿效之內容，可能是仿姜詞詠物寄託己事；代姜夔寫小紅情事；用姜夔詞句、典故寫己事；或內容完全與姜夔無關係等。

第二節　和韻詞

據王兆鵬《宋詞大辭典》定義和韻詞云：「詞體名稱，指依原作、原韻唱和的一類詞體。」〔註 105〕論及「和韻」之作，最早出現於詩體，即用原韻與他人相唱和之作品。宋・張表臣《珊瑚鉤詩話》論和韻詩之流行云：「前人作詩未始和韻，自唐白樂天與元微之為二浙觀察，往來置郵筒，倡和始依韻，而多至千言，少或百數十言，篇章甚富。」〔註 106〕清・鄭文焯有多首與朱祖謀唱和之作，在〈惜紅衣・斷闋吟秋〉詞序也曾云：「玆與彊邨翁連情疊韻，數相隅於有類元白詩筒故事，因以舉似，感此古音，往復依永，淒然其為秋也」〔註 107〕明・胡震亨《唐詩談叢》卷五即載：「詩筒始元白。白官杭州，元官越州，每和詩，入筒中遞之。白有詩云：『為向兩州郵吏道，莫辭來去遞詩筒。』」〔註 108〕後人於是仿白居易和元稹，相互唱和，及時傳遞，類似今日之「交換日記」，只不過是以詩寫作，並有形式上之限制。明代徐師曾《文體明辨序說・和韻詩》指出其形式條件有三：

> 和韻詩有三體：一曰依韻，謂同在一韻中，而不必用其字也；二曰次韻，謂和其原韻，而先後次第皆因之也；三曰用韻，謂有其韻，而先後不必次之。〔註 109〕

〔註 105〕王兆鵬、劉尊明主編：《宋詞大辭典》（南京：鳳凰出版社，2003 年 9 月），頁 35。

〔註 106〕〔宋〕張表臣撰：《珊瑚鉤詩話》（臺北：藝文印書館，1965 年）卷 1。

〔註 107〕〔清〕鄭文焯：《樵風樂府》，收錄在《清詞別集百三十四種》，頁 49，總頁 6555。

〔註 108〕〔明〕胡震亨：《唐詩談叢》（臺北：臺灣商務印書館，1966 年 3 月）卷 5，頁 98。

〔註 109〕〔明〕徐師曾撰，羅根澤校點：《文體明辨序說》（北京：人民文學出版社，1998 年 5 月），頁 109。此說法實承宋・劉攽《中山詩話》而來，其言云：「唐詩賡和，有次韻，先後無易；有依韻，同在一韻；

徐氏區分和韻形式有三，一為依韻，意指所用韻字皆屬同部即可，不必盡如原作；二為次韻，要求最為嚴格，必用原作之韻字，且依序排列；三為用韻，用原作之韻腳，先後順序不必相次。

黃師文吉〈唱和與詞體的興衰〉一文提出，唐五代時期，和詞只是一種「和曲拍」、「和題」之行為；北宋前期，大抵繼承唐五代作用，但分題、次韻作品陸續出現；北宋後期至南宋前期、中期，唱和方式與詩並無兩樣；南宋中期以後，許多文人填詞只是為唱和而存在。〔註110〕因此南宋嚴羽《滄浪詩話》云：「和韻最害人詩。古人酬唱不次韻，此風始盛於元、白、皮、陸。本朝諸賢，乃以此而鬪工，遂至往復有八九和者。」〔註111〕至於詞，南宋・張炎《詞源》也說：「詞不宜強和人韻」〔註112〕因為和韻詩詞，韻腳限定，「拘牽束縛，必不能暢所欲言」〔註113〕；至清代，陳廷焯《白雨齋詞話》說：「詩詞和韻，不免強己就人；戕賊性情，莫此為甚。」〔註114〕況周頤《蕙風詞話》則云：「初學作詩，最宜聯句、和韻。始作，取辦而已，毋存藏拙嗜勝之見。久之，靈泉日濬，機括日熟，名章俊語紛交，衡有益於不自覺者。」〔註115〕因此，和韻詩詞雖有牽強賡和，句意難融貫，全章不妥溜之缺點，仍有許多讀者作為進入名家殿堂之學習方法〔註116〕。而和韻詞也能表現讀者之接受現象，通過這些和韻詞之檢

有用韻，用彼韻不必次。」《宋詩話全編》（南京：鳳凰出版社，1998年12月）冊1，頁445。

〔註110〕黃師文吉：《黃文吉詞學論集》（臺北：臺灣學生書局，2003年11月），頁26。

〔註111〕〔宋〕嚴羽著、郭紹虞校釋：《滄浪詩話校釋》（北京：人民文學出版社，2006年6月），頁193～194。

〔註112〕〔宋〕張炎撰：《詞源》，收錄於唐圭璋《詞話叢編》冊1，頁265。

〔註113〕〔清〕李佳撰：《左庵詞話》，收錄於唐圭璋《詞話叢編》冊5，卷下，頁3153。

〔註114〕〔清〕陳廷焯撰：《白雨齋詞話》，收錄於唐圭璋《詞話叢編》冊4。

〔註115〕〔清〕況周頤撰：《蕙風詞話》，收錄於唐圭璋《詞話叢編》冊5，頁4414～4415。

〔註116〕參考王師偉勇、許淑惠：〈清代詞人追和宋名家詞之現象——以黃

索，以及有關數據之定量分析，可以從一個側面獲得詞人之名篇佳作，在歷代之傳播接受情況；也可印證詞人在詞史上的深遠影響，及其重要地位。〔註117〕

因歷代詞作甚多，本文就《全宋詞》、《全金元詞》、《全明詞》（含補編）、《全清詞·順康卷》（含補編）、《清詞別集百三十四種》〔註118〕等詞人題序中，自行標明「用姜夔韻」、「和白石詞」、「次姜堯章韻」、「用姜石帚韻」等字樣，再經過人工校讀來確定，然由於詞人之和韻作品，未必盡有標示，於是其總數量，實難明確統計，茲就所見，列表如次：

表格33：南宋至清朝歷代詞人追和姜夔詞詳表

序號	朝代	作者	詞調名	首三、四字	詞題（序）	出　處	序題梅
1	宋	吳潛	暗香	曉霜一色	猶記己卯、庚辰之間，初識堯章於維揚。至己丑嘉興再會，自此契闊。聞堯章死西湖，嘗助諸丈為殯之，今又不知幾年矣。自昭忽錄示堯章暗香、疏影二詞，因信手酬酢，并賡潘德久之詩云	《全宋詞》冊4，頁2748	

庭堅作品為例〉，收錄在《第六屆國際暨第十一屆全國清代學術研討會》（高雄：國立中山大學中國文學系主辦，2010年10月8日），頁1～15。

〔註117〕劉尊明：〈歷代詞人追和李清照詞的定量分析〉，《合肥師範學院學報》第26卷第4期（2008年7月），頁1。

〔註118〕唐圭璋編：《全宋詞》（北京：中華書局，1998年11月）。唐圭璋編：《全金元詞》（臺北：洪氏出版社，1980年11月）。饒宗頤初纂，張璋總纂：《全明詞》（北京：中華書局，2004年1月）。周明初、葉曄補編：《全明詞補編》（杭州：浙江大學出版社，2007年1月）。南京大學中國語言文學系全清詞編纂研究室編：《全清詞·順康卷》（北京：中華書局，2002年5月）。張宏生主編：《全清詞·順康卷補編》（南京：南京大學出版社，2008年5月）。〔清〕李雯等撰：《清詞別集百三十四種》（臺北：鼎文書局，1976年8月）。凡引用以上文本出處之作品，均於作品後附上冊數、頁數，不再一一附注。

2	宋	吳潛	疏影	佳人步玉		《全宋詞》冊4，頁2749	
3	宋	吳潛	暗香	雪來比色	再和	《全宋詞》冊4，頁2749	
4	宋	吳潛	疏影	寒梢砌玉		《全宋詞》冊4，頁2749	
5	宋	吳潛	暗香	澹然絕色	儀真去城三數里東園，梅花之盛甲天下。嘉定庚辰、辛巳之交，余猶及歌酒其下，今荒矣。園乃歐公記、君謨書，古今稱二絕，猶憶其詞云：高甍巨桷，水光日影，動搖而下上，其寬間深靚，可以答遠響而生清風，此前日之頹垣斷塹而荒墟也。嘉時令節，州人士女，嘯歌而管絃，此前日之晦冥風雨、鼪鼯鳥獸之嘷音也。令人慨然	《全宋詞》冊4，頁2749	○
6	宋	吳潛	疏影	嗤瓊笑玉		《全宋詞》冊4，頁2750	
7	宋	吳潛	暗香	九垓共色	用韻賦雪	《全宋詞》冊4，頁2750	
8	宋	吳潛	疏影	千門委玉		《全宋詞》冊4，頁2750	
9	宋	陳允平	疏影	千峰翠玉	疏影、暗香，白石自度曲也。予過宛陵，登雙溪疊嶂，拊先伯父菊坡先生遺墨有感，借韻以賦	《全宋詞》冊五，頁3099	
10	宋	陳允平	暗香	霽天秋色		《全宋詞》冊五，頁3099	
11	明	邵亨真	暗香	水邊寒色	吳中顧氏舊時有月色亭，陸壺天倡始，用白石先生元韻以詠。黃一峰持卷索賦。	《全明詞》冊1，頁51	
12	明	彭孫貽	暗香	淒淒夜色	和白石梅花	《全明詞》冊4，頁1723；《全清詞》冊2，頁1080	○
13	明	彭孫貽	長亭怨慢	是何處流	別怨，和白石韻	《全明詞》冊4，頁1723；《全清詞》冊2，頁1080	

14	明	彭孫貽	眉嫵	把湘簾高	詠美人畫眉，用白石韻	《全明詞》冊4，頁 1731～1732；《全清詞》冊 2，頁1088	
15	明	彭孫貽	疏影	月痕如玉	和白石詠梅	《全明詞》冊4，頁 1737；《全清詞》冊2，頁 1097	○
16	清	陸瑤林	長亭怨慢	攬詞格	壬戌七月，松陵葉己畦過當湖賦詞，用姜白石原韻，唱和頗盛，次韻二首	《全清詞》冊2，頁 1214	
17	清	陸瑤林	長亭怨慢	詮風雅	其二	《全清詞》冊2，頁 1214	
18	清	鄒祇謨	翠樓吟	畫扇歌樓	有贈，用姜白石韻	《全清詞》冊5，頁 3013；《清詞別集百三十四種》冊3，頁 1669	
19	清	周篔	疏影	空簾透玉	梅，次姜石帚	《全清詞》冊6，頁 3486	○
20	清	王倩	疏影	含脂漱玉	美人畫梅，用姜堯章韻	《全清詞》冊6，頁 3531	○
21	清	陳維崧	琵琶仙	暝色官橋	閶門夜泊，用白石韻	《全清詞》冊7，頁 4127；《清詞別集百三十四種》冊2，頁 1085	
22	清	丁煒	探春慢	遲日融冰	遊西山，用姜白石韻	《全清詞》冊11，頁 6200	
23	清	丁煒	暗香	粉朱弄色	甓園紅白梅盛開，同韜汝分用姜白石韻	《全清詞》冊11，頁 6227	○
24	清	周斯盛	疏影	涼雲散玉	辛酉秋日，同先渭求遊靈谷寺，用姜白石韻	《全清詞》冊12，頁 6991	
25	清	周斯盛	疏影	一泓冷色	十月朔日，同先渭求再登莫愁湖閣，用白石韻	《全清詞》冊12，頁 6992	
26	清	周斯盛	長亭怨慢	莽煙水	望後湖，用白石韻。同渭求	《全清詞》冊12，頁 6992	
27	清	先著	疏影	哀泉響玉	遊靈谷寺，用姜白石韻	《全清詞》冊12，頁 7244	
28	清	先著	長亭怨慢	想江上	望後湖，用白石韻	《全清詞》冊12，頁 7244	

29	清	先著	暗香	晚波淨色	登莫愁湖閣，用白石韻	《全清詞》冊12，頁7244	
30	清	錢芳標	清波引	送君南浦	用姜白石韻	《全清詞》冊13，頁7581	
31	清	錢芳標	揚州慢	鳳管驚鷗	憶何茹初招飲蜀岡，用白石韻	《全清詞》冊13，頁7583	
32	清	錢芳標	疏影	歸飛屬玉	落照，用姜白石韻	《全清詞》冊13，頁7598	
33	清	尤珍	齊天樂	閒居思作	蟋蟀，次姜白石韻	《全清詞》冊15，頁8513	
34	清	黃泰來	惜紅衣	涼露沾衣	紅橋荷花，用姜白石自度曲韻	《全清詞》冊15，頁8547	
35	清	查慎行	朗州慢	屈子亭荒	余來武陵，當兵燹之際，觸目荒涼。遡劉賓客之舊遊，悽愴憑弔，與姜白石追思小杜寄慨略同。因和其自度〈揚州慢〉一闋以見意，用其韻而易其名，亦猶〈春霽〉、〈秋霽〉之不改調云爾。	《全清詞》冊16，頁9098	
36	清	汪森	暗香	野堂春色	草堂前，新移梅一株，花開頗盛。因和白石翁暗香、疏影二調，并倚韻焉	《全清詞》冊16，頁9251	○
37	清	汪森	疏影	晴梢破玉	草堂前，新移梅一株，花開頗盛。因和白石翁暗香、疏影二調，并倚韻焉	《全清詞》冊16，頁9251	○
38	清	邵瓊	側犯	春情未去	同衡圃、松滕飲玉蘭花下，用姜白石韻	《全清詞》冊16，頁9306	
39	清	林企忠	揚州慢	江水流殘	戲為愁字詞，用姜白石韻	《全清詞》冊17，頁9795	
40	清	盛兆晉	揚州慢	隋苑楊花	遊平山堂，用姜白石韻	《全清詞》冊17，頁9919	
41	清	張梁	暗香	石湖春色	余性愛梅，故所居處多植之，然花時輒格他故未為著語。雍正歲庚戌，花正繁，又值浹旬風雨，落燈後數日，雪莊偕余群從至止，適晚來稍晴，約用白石韻各賦二詞，以謝向者闕焉之咎	《全清詞》冊17，頁9983	○
42	清	張梁	疏影	懷珠報玉	同上	《全清詞》冊17，頁9983	○

43	清	張梁	惜紅衣	聽雨悰懷	孟亭約賦瓶中雜花，用白石韻	《全清詞》冊17，頁9989	
44	清	張棨	長亭怨慢	記春日	別怨，和姜堯章韻	《全清詞》冊18,頁10273～10274	
45	清	屠宸楨	惜紅衣	雲綻長天	落花，用白石韻	《全清詞》冊18，頁10672	
46	清	葉尋源	疏影	山抽碧玉	落照，用姜白石韻	《全清詞》冊19,頁10919～10920	
47	清	樓儼	側犯	越江客去	用白石詞韻	《全清詞》冊20，頁11453	
48	清	俞瑒	疏影	懸珠削玉	同晉賢用白石韻	《全清詞補編》冊3，頁1284	
49	清	李應機	暗香	不須借色	梅花春雪，招友人小集，用白石韻	《全清詞補編》冊3，頁1413	○
50	清	李應機	疏影	暖香淨玉	晴日梅繁，留友人飲秀野亭，用白石韻	《全清詞補編》冊3，頁1413	○
51	清	程夢星	惜紅衣	雨暗虹橋	小漪南荷花為湖水所敗，偶於擔頭買秋荷數枝注之軍持,頗有接天映日之想。因邀北（土宅）、蓮溪、藕生、惕思、松喬同作,用白石詞韻	《全清詞補編》冊4，頁2182	
52	清	趙昱	長亭怨慢	見水柳風	深春，用姜白石韻	《全清詞補編》冊4，頁2247	
53	清	姚大禎	長亭怨慢	對秋林尚	秋景，用姜白石原韻1	《全清詞補編》冊4，頁2448	
54	清	姚大禎	長亭怨慢	探愁懷猶	秋景，用姜白石原韻2	《全清詞補編》冊4，頁2448	
55	清	姚大禎	長亭怨慢	歎英雄流	坡公赤壁，仍用前韻	《全清詞補編》冊4，頁2448	
56	清	姚大禎	長亭怨慢	歎英雄流	秋夜與友人論詞，酣飲別去，又次前韻	《全清詞補編》冊4，頁2448	
57	清	姚大禎	長亭怨慢	暮春天柔	暮春即席，復次前韻	《全清詞補編》冊4，頁2449	
58	清	厲鶚	念奴嬌	孤舟入畫	甲辰六月八日予將北游東扶，聖幾餞予湖上，泊舟柳影荷香中，日落而歸，殊覺黃塵席帽，難為懷抱矣，因用白石道人韻歌以志別	《清詞別集百三十四種》冊5，《樊榭山房詞》頁25	

59	清	吳錫麒	石湖仙	蒹葭前浦	不見家竹橋十餘年矣，癸亥七月得遇於松江講舍，流連話舊，悽惋特深，因出閉戶，著書圖屬題，會余病歸，未踐前諾閉，竹橋亦以是日得疾，不久化去，余纏綿牀褥五月有餘，其不同為天邊之鶴者幾希矣，病起愴然，即用白石老仙自度曲，并次其韻以題於後	《清詞別集百三十四種》冊6，《有正味齋詞》頁84	
60	清	趙懷玉	暗香	萬枝春色	題方子和舊時月色圖，用姜白石韻	《清詞別集百三十四種》冊6，《秋籟吟》頁72	
61	清	楊方燦	疏影	明漪浸玉	為顧伴槃題梅邊吹笛圖，用白石詞韻	《清詞別集百三十四種》冊7，《芙蓉山館詞》頁44	○
62	清	凌廷堪	秋宵吟	冷霜凝	己亥秋客真州涼夜支枕，見桐影橫窗，月白如晝，殘夢初回，角聲蛩響亂起，念舊日吟侶，南北星散，魚雁久疏，淒然有懷，爰用白石飛仙自製曲譜之，兼和其韻	《清詞別集百三十四種》冊7，《梅邊吹笛譜》頁21	
63	清	凌廷堪	一萼紅	晚雲陰	九日登魏文帝賦詩臺，用石帚人日登定王臺韻	《清詞別集百三十四種》冊7，《梅邊吹笛譜》頁22	
64	清	凌廷堪	霓裳中序第一	湖山自秀	杭州府志西馬塍有姜白石墓，乾隆甲寅冬游湖上尋之未得，及晤鮑君淥飲，始知在武林門外，約暇時同訪，且擬表石於其上各填一詞紀之，未幾余之官宛陵遂不果，途中耿耿，即用白石韻賦此，解庶他日重游踐前約也	《清詞別集百三十四種》冊7，《梅邊吹笛譜》頁57	
65	清	宋翔鳳	暗香	照來古色	題姜白石詩詞合集即用集中韻	《清詞別集百三十四種》冊8，《浮谿精舍詞》頁38	
66	清	宋翔鳳	暗香	怕看暮色	再次石帚韻	《清詞別集百三十四種》冊	

						8，《浮谿精舍詞》頁 39	
67	清	宋翔鳳	疏影	樓臺砌玉	再次石帚韻	《清詞別集百三十四種》冊 8，《浮谿精舍詞》頁 40	
68	清	宋翔鳳	暗香	賦成好色	和幼橋詠紅梅用石帚韻	《清詞別集百三十四種》冊 8，《浮谿精舍詞》頁 82	○
69	清	馮登府	齊天樂	一痕月影	蟋蟀用石帚韻	《清詞別集百三十四種》冊 9，《種芸仙館詞》頁 62	
70	清	楊夔生	慶宮春	斷碧分山	吳淞垂虹橋，宋紹熙閒白石道人同俞商卿、銛朴翁自封禺歸梁谿，道經於此，相與倡和，嘗賦是調亦千載一時之樂也。壬戌七月既望，予自粱溪遊吳興，月夜著越練單衣，艤舟橋側，蒼楓蕭森，螢點亂綠，涼風皺波，柳影畫袂，卮酒小飲，薄醉清夢，遂解縢囊，取白石詞於野綠疏處，扣舷高歌，慨念陳迹淒然久之，亦倚此詞即次原韻憑虛以弔	《清詞別集百三十四種》冊 9，《真松閣詞》頁 8	
71	清	黃燮清	暗香	凍煙暝色	憶西園植梅用石帚韻調	《清詞別集百三十四種》冊 10，《倚晴樓詩餘》頁 57	○
72	清	蔣敦復	月下笛	短柳門前	寄李吟香用石帚韻	《清詞別集百三十四種》冊 10，《芬陀利室詞》頁 14	
73	清	蔣敦復	玲瓏四犯	客鬢漸絲	和白石道人均，讀白石文章信美知何用句，慨然賦此	《清詞別集百三十四種》冊 10，《芬陀利室詞》頁 51	
74	清	蔣敦復	秋宵吟	夜漫漫	和白石道人均	《清詞別集百三十四種》冊 10，《芬陀利室詞》頁 51	

75	清	蔣敦復	角招	勸人瘦	于役江北道出吳門，疏燈細雨，重覩伊人，一曲秋孃，正是不堪回首時也，用白石老仙均	《清詞別集百三十四種》冊10,《芬陀利室詞》頁63	
76	清	王錫振	虞美人	祝融峯頂	用白石韻	《清詞別集百三十四種》冊10,《龍壁山房詞》頁9	
77	清	王錫振	湘月	洞庭青草	洞庭瀟湘往來，最熟讀白石詞，依韻寫懷	《清詞別集百三十四種》冊10,《龍壁山房詞》頁10	
78	清	薛時雨	齊天樂	歐陽吟罷	絡緯用白石蟋蟀韻	《清詞別集百三十四種》冊11，《藤香館詞》頁26	
79	清	端木埰	一萼紅	喜春來	人日苦寒和石帚調	《清詞別集百三十四種》冊11，《碧瀣詞》頁21	
80	清	李慈銘	疏影	瓊窗倚玉	題顧南雅通政為姬人所作紅梅小幅，用白石元韻	《清詞別集百三十四種》冊11,《霞川花隱詞》，頁38	○
81	清	李慈銘	琵琶仙	夢覺銀屏	用白石元韻，有明州妓委身陳姓牙郎，為適所嫌，構之幾死，某比部者新納吳姬，與之有連，以計脫之，寓書於余，將為紫雲之贈，作此戲柬	《清詞別集百三十四種》冊11,《霞川花隱詞》，頁49	
82	清	張鳴珂	疏影	冰蜍映玉	少梅索題梅花仕女幅，用石帚韻	《清詞別集百三十四種》冊11，《寒松閣祠》，頁2	○
83	清	張鳴珂	秋宵吟	晚涼侵	和家蘊梅同年景祁韻依白石原譜協四聲	《清詞別集百三十四種》冊11，《寒松閣祠》，頁16	
84	清	張鳴珂	琵琶仙	塵海吟身	己卯春莫，鄭曉涵由熙自吉洲來章門，出蓮漪詞屬訂，並用白石韻製詞為贈，依韻和之	《清詞別集百三十四種》冊11，《寒松閣祠》，頁31	
85	清	張鳴珂	念奴嬌	疏林微雪	諾瞿上人貫徹摘覺阿詩句，畫一蒲團外萬梅花	《清詞別集百三十四種》冊	○

					圖，翁叔平尚書，用石帚韻賦之，出眎徵題，爰為繼聲	11，《寒松閣詞》，頁 44	
86	清	譚獻	瑞鶴仙圖（即〈淒涼犯〉）	越阡度陌	白石客合肥自度此曲，予用其韻題王五謙齋小輞川圖，安得啞篳栗倚之	《清詞別集百三十四種》冊 11，《復堂詞》，頁 32	
87	清	王闓運	一萼紅	漢王宮	庚辰人日定王臺宴集，和姜白石	《清詞別集百三十四種》冊 12，《湘綺樓詞》頁 5	
88	清	馮煦	石湖仙	春歸煙浦	江上晚霞圖，用白石壽石湖居士韻為薛丈題	《清詞別集百三十四種》冊 12，《蒿盦詞》，頁 29	
89	清	馮煦	一萼紅	北城陰	楚寶讀書也園，極水木之勝，為圖紀之，予賦此詞，用白石老仙韻，楚寶倚樹歌之，當知予別有懷抱也	《清詞別集百三十四種》冊 12，《蒿盦詞》，頁 30	
90	清	馮煦	一萼紅	冶山陰	題楚寶竹居圖，次白石韻	《清詞別集百三十四種》冊 12，《蒿盦詞》，頁 41	
91	清	馮煦	百字令（念奴嬌）	塵纓乍濯	丙午七月二日菱湖觀殘荷，臞盦前輩用白石老仙均成此闋，予亦繼聲兼憶東華舊遊，玉堂天上不知其詞之怨抑也	《清詞別集百三十四種》冊 12，《蒿盦詞》，頁 49	
92	清	馮煦	百字令（即〈念奴嬌〉）	蕙風初霽	再用白石老仙韻，答臞盦前輩秋風乍起江上鱸魚肥，倚鐙歌之，不啻賡招隱矣	《清詞別集百三十四種》冊 12，《蒿盦詞》，頁 49	
93	清	王鵬運	淒涼犯	夕陽一抹	用白石韻	《清詞別集百三十四種》冊 12，《半塘定稿》頁 41	
94	清	陳銳	眉嫵	漸蘋花偎	師曾世兄新婚將別，詞以慰之，即送其赴日本，用白石韻	《清詞別集百三十四種》冊 12，《裦碧齋詞》頁 19	
95	清	陳銳	惜紅衣	冷訊通蘆	漚尹侍郎叔問舍人屢言江南之游，迨秋不果，但有愁望，適兩君先後書來，兼示倡龢近作，勉賦寄意，仍用白石韻	《清詞別集百三十四種》冊 12，《裦碧齋詞》頁 23	

96	清	陳銳	惜紅衣	短巷衝霜	白石此詞，日字非韻也，叔問獨以為當叶，姑徇其說，重和一首，不足以云勇	《清詞別集百三十四種》冊12，《裦碧齋詞》頁24	
97	清	文廷式	側犯	乍來又去	詠梅，用白石道人詠芍藥韻	《清詞別集百三十四種》冊12，《雲起軒詞》頁16	○
98	清	鄭文焯	踏莎行	官閣煙寒	重別次湘，和白石道人江上感夢之作	《清詞別集百三十四種》冊12，《樵風樂府》頁1	
99	清	鄭文焯	一萼紅	石湖陰	光緒壬辰人日，用石帚淳熙丙午人日詞韻題其西湖遺象	《清詞別集百三十四種》冊12，《樵風樂府》頁7	
100	清	鄭文焯	月下笛	月滿層樓	戊戌八月十三日宿王御史宅，夜雨聞鄰笛，感音而作和石帚	《清詞別集百三十四種》冊12，《樵風樂府》頁24	
101	清	鄭文焯	一萼紅	晚簾陰	春餘夏始，園卉向殘，檐果垂熟，綠陰如夢，舊雨不來，即事和白石此解以寓興	《清詞別集百三十四種》冊12，《樵風樂府》頁43	
102	清	鄭文焯	惜紅衣	醉枕銷涼	中秋夜，彊村翁踏月見過秋花宛孌，襟韻清浹，因和白石自製無射宮一曲，兼寄伯宛舍人滬上	《清詞別集百三十四種》冊12，《樵風樂府》頁46	
103	清	鄭文焯	惜紅衣	別夢催秋	秋來久不得伯宛消息，感歎歲暮胥疏江湖時，無延引之者，昨彊老書來，述其將治北裝，秋期違踐，復事遠遊，悵然繼聲白石，不能無西園之思也	《清詞別集百三十四種》冊12，《樵風樂府》頁47	
104	清	鄭文焯	惜紅衣	玩月來時	彊村翁早退遺榮，舊有吳皋，卜鄰之約，朅來滬江，皇皇未暇，近將移家小市橋吳氏聽楓園，先以書來商略新營，作蒼烟寂寞之友，卻寄此以堅其志，再和白石	《清詞別集百三十四種》冊12，《樵風樂府》頁47	
105	清	鄭文焯	惜紅衣	舊思停雲	歲晚有懷繼歌以寫	《清詞別集百三十四種》冊12，《樵風樂府》頁48	

106	清	鄭文焯	惜紅衣	側帽高秋	涇上幽居，覽古悲秋，有江山搖落之感，疊用舊韻寄慨於言	《清詞別集百三十四種》冊12，《樵風樂府》頁48	
107	清	鄭文焯	惜紅衣	斷闋吟秋	白石道人製此曲，覽淒清之風物，寫故國之離憂，余嘗考訂故譜，證以管色，可略而言其所謂以無射宮歌之者，當屬入聲商調，取見之唐段安節《樂府雜錄》別樂五音圖詞中，凡入聲字律綦嚴匪盡，關夾協例，其旁譜煞聲用下，凡及五字則依無射宮之本律，而寄煞於太蔟角半律之清聲，初唐樂書要錄所稱：凡管長聲濁不例者，以清聲並之是也，白石自度曲多緣飾唐譜，此其義例爾。玆與彊邨翁連情疊韻，數相喁於有類元白詩筒故事，因以舉似，感此古音，往復依永，淒然其為秋也	《清詞別集百三十四種》冊12，《樵風樂府》頁48	
108	清	鄭文焯	卜算子	低唱暗香	辛亥歲始春，故人治舟相約觀梅，於鄧尉諸山雨雪載塗，余以畏寒不出，因憶山中討春舊遊，次韻白石道人梅花八詠，以示同志一丘一壑自謂過之，若所作則傖歌無復雅句也	《清詞別集百三十四種》冊12，《樵風樂府》頁69～70	
109	清	鄭文焯	卜算子	瑤步起仙		《清詞別集百三十四種》冊12，《樵風樂府》頁70	
110	清	鄭文焯	卜算子	數點歲寒		《清詞別集百三十四種》冊12，《樵風樂府》頁70	
111	清	鄭文焯	卜算子	枝亞野橋		《清詞別集百三十四種》冊12，《樵風樂府》頁71	
112	清	鄭文焯	卜算子	一櫂過湖		《清詞別集百三十四種》冊12，頁6577	

113	清	鄭文焯	卜算子	刻翠竹聲		《清詞別集百三十四種》冊12，《樵風樂府》頁71	
114	清	鄭文焯	卜算子	雲疊玉棱		《清詞別集百三十四種》冊12，《樵風樂府》頁71	
115	清	鄭文焯	卜算子	初月散林		《清詞別集百三十四種》冊12，《樵風樂府》頁71	
116	清	鄭文焯	念奴嬌	夜寒鶴夢	曩與同社張兄子復觀梅玄墓山中，嘗次韻白石，是闋為山僧覺阿題梅花庵圖，遊客輒見而和之，今春彊村吷菴諸子過此山樓，見舊題感歎不置，亦連句屬和，余既衰嬾未預斯遊，誦其詞不禁傷春懷舊交慨於心，因復悵然繼作	《清詞別集百三十四種》冊12，《樵風樂府》頁72	
117	清	朱祖謀	惜紅衣	倦侶哀時	張園秋晚，草木變衰，昭倚扶病來游，感話近事和白石	《清詞別集百三十四種》冊12，《彊村語業》頁44	
118	清	朱祖謀	惜紅衣	萬感逃虛	晦鳴病山別五年矣，荒江臥病音書寂寥，病山郵示新篇，兼道晦鳴天南宦蹟漂零，舊侶離憂如何，用白石韻寄晦鳴靖州，遂報病山不勝歲寒之思矣	《清詞別集百三十四種》冊12，《彊村語業》頁44	
119	清	朱祖謀	惜紅衣	病減霜尊	叔問暫客淞濱，屏絕歌酒，樓鐙坐雨，兀對忘言，重感旅逸悄焉，疊此	《清詞別集百三十四種》冊12，《彊村語業》頁45	
120	清	朱祖謀	秋宵吟	水窗虛	和白石自製曲	《清詞別集百三十四種》冊12，《彊村語業》頁49	

表格 34：南宋至清朝歷代詞人追和姜夔詞統計表

			1	2	3	4	5	6	7	8	9	10	11	12	13	14	15	16	17	18	19	20	21	22	23	24	25	26	合計
序號	朝代	作者	疏影	暗香	惜紅衣	長亭怨慢	卜算子	一萼紅	念奴嬌（百字令）〔註 119〕	揚州慢	秋宵吟	琵琶仙	齊天樂	側犯	眉嫵	石湖仙	月下笛	淒涼犯（瑞鶴仙影）	翠樓吟	探春慢	清波引	霓裳中序第一	慶宮春	玲瓏四犯	角招	虞美人〔註 120〕	湘月	蹋莎行	
1	宋	陳允平	1	1																									2
2	宋	吳潛	4	4																									8
3	明	邵亨真		1																									1
4	明	彭孫貽	1	1		1									1														4
5	清	陸瑤林				2																							2
6	清	鄒祗謨																	1										1
7	清	周篔	1																										1
8	清	王倩	1																										1
9	清	陳維崧										1																	1
10	清	丁煒		1																1									2
11	清	周斯盛	2			1																							3
12	清	先著	1	1		1																							3
13	清	錢芳標	1							1											1								3

〔註 119〕指姜夔〈念奴嬌・鬧紅一舸〉一詞。

〔註 120〕〔明〕毛晉《宋六十名家詞》所選姜詞 34 首。

14	清	尤珍											1																	1
15	清	黃泰來			1																									1
16	清	查慎行								1〔註121〕																				1
17	清	汪森	1	1																										2
18	清	邵瓚												1																1
19	清	林企忠								1																				1
20	清	盛兆晉								1																				1
21	清	張梁	1	1	1	1																								4
22	清	張榮				1																								1
23	清	屠宸楨			1																									1
24	清	葉尋源	1																											1
25	清	樓儼												1																1
26	清	俞瑒	1																											1
27	清	李應機	1	1																										2
28	清	程夢星			1																									1
29	清	趙昱				1																								1
30	清	姚大禎				5																								5
31	清	厲鶚							1																					1
32	清	吳錫麒														1														1
33	清	趙懷三		1																										1
34	清	楊方熺	1																											1
35	清	凌廷堪						1			1											1								3
36	清	宋翔鳳	1	3																										4
37	清	馮登府											1																	1
38	清	楊夔生																					1							1

〔註121〕即查慎行〈朗州慢・屈子亭荒〉。

序號	朝代	作者	疏影	暗香	惜紅衣	長亭怨慢	卜算子	一萼紅	念奴嬌（百字令）〔註122〕	揚州慢	秋宵吟	琵琶仙	齊天樂	側犯	眉嫵	石湖仙	月下笛	淒涼犯（瑞鶴仙影）	翠樓吟	探春慢	清波引	霓裳中序第一	慶宮春	玲瓏四犯	角招	虞美人〔註123〕	湘月	踏莎行	合計
39	清	黃燮清		1																									1
40	清	蔣敦復									1						1							1	1				4
41	清	王錫振																								1	1		2
42	清	薛時雨											1																1
43	清	端木埰						1																					1
44	清	李慈銘	1									1																	2
45	清	張鳴珂	1						1		1	1																	4
46	清	譚獻																1											1
47	清	王闓運						1																					1
48	清	馮煦						2	2							1													5
49	清	王鵬運																1											1
50	清	陳銳			2										1														3
51	清	文廷式												1															1
52	清	鄭文焯			6		8	2	1								1											1	19
53	清	朱祖謀			3						1																		4
		合計	21	17	15	13	8	7	5	4	4	3	3	3	2	2	2	2	1	1	1	1	1	1	1	1	1	1	120

〔註122〕指姜夔〈念奴嬌・鬧紅一舸〉一詞。

〔註123〕〔明〕毛晉《宋六十名家詞》所選姜詞34首。

從上表所列，可以看出從南宋至清，共有 53 人寫出 120 首追和姜夔之詞作。據劉尊明統計歷代詞人次韻唐宋詞作品，在被歷代詞人追和次韻的 243 位宋代詞人中，次韻作品數量排名前 4 位的詞人依次是蘇軾、周邦彥、辛棄疾、李清照。蘇軾詞以歷代詞人 230 人，次韻 531 首，位居第一；周邦彥以歷代詞人，95 人，次韻 491 首，位居第二名；辛棄疾以歷代詞人，135 人，次韻 384 首，位居第三名；李清照以歷代詞人，64 人，次韻 136 首，位居第四。〔註 124〕而追和姜夔之數量，距第四名之李清照，其實相差不遠。

一、就和韻之作者而言

就歷代和韻詞作者之時代分布及創作數量考察，歷代追和姜夔之作者共有 53 人，從作者之朝代來看，涉及宋、明、清朝，其中宋代（南宋）2 人，共有 10 首和韻姜詞；明代 2 人，共有 5 首和韻姜詞；清代 49 人，共有 105 首和韻姜詞。歷代追和姜夔之時代分布，呈現出宋、元、明時代之作者少，而清代之作者最多，數量最多之狀況，當與歷代對姜夔詞之認知與接受情形有關。

從歷代詞人對姜夔詞所和韻之作品數量來看，和韻 1 首者共有 31 人，約佔整體和韻詞作者總數之 60%；和韻 2 首以上者共有 22 人，約佔整體和韻作者總數之 40%。儘管約有 60%之作者只是偶一為之，但仍有約 40%之作者寫出了 2 首以上之和韻之作，他們所作和韻詞之數量共達 92 首，佔歷代姜夔和韻詞作品總數之比例高達 77%。其中和韻詞數量較多之作者，宋代為南宋吳潛（8 首）；明代為明末彭孫貽（4 首）；清代為鄭文焯（19 首）、姚大禎（5 首）、馮煦（5 首）、張梁（4 首）、宋翔鳳（4 首）、蔣敦復（4 首）、張鳴珂（4 首）、朱祖謀（4 首）八人，其中除了姚大禎屬清初外，其他幾乎皆屬清末時期。可知清末最多人和韻姜詞。

〔註 124〕劉尊明：〈歷代詞人次韻蘇軾詞的定量分析〉，《深圳大學學報》（人文社會科學版）第 27 卷第 3 期（2010 年 5 月），頁 116。

二、就和韻詞調而言

歷代詞人之和韻詞涉及姜夔多少詞作？各為哪些詞篇？各篇和韻詞數量是多少？從上表可知，姜夔共有 26 首詞篇受到歷代詞人之追和次韻，這個數字在《全宋詞》中所載姜夔 87 首作品中，約佔有 30%。

在上表的基礎上，再製作一個較簡明的詞調一覽表：

表格 35：南宋至清朝歷代詞人追和姜夔詞之篇名數量比較表

序號	和詞篇名	宋	明	清	總計和次數量	作者人數	和次數量名次排序
1	疏影	5	1	15	21	17	1
2	暗香	5	2	10	17	11	2
3	惜紅衣	0	0	15	15	7	3
4	長亭怨慢	0	1	12	13	8	4
5	卜算子	0	0	8	8	1	5
6	一蕚紅	0	0	7	7	5	6
7	念奴嬌	0	0	5	5	4	7
8	揚州慢	0	0	4	4	4	8
9	秋宵吟	0	0	4	4	4	9
10	琵琶仙	0	0	3	3	3	10
11	齊天樂	0	0	3	3	3	10
12	側犯	0	0	3	3	3	10
13	眉嫵	0	1	1	2	2	11
14	石湖仙	0	0	2	2	2	11
15	月下笛	0	0	2	2	2	11
16	淒涼犯	0	0	2	2	2	11
17	翠樓吟	0	0	1	1	1	12
18	探春慢	0	0	1	1	1	12
19	清波引	0	0	1	1	1	12

20	霓裳中序第一	0	0	1	1	1	12
21	慶宮春	0	0	1	1	1	12
22	玲瓏四犯	0	0	1	1	1	12
23	角招	0	0	1	1	1	12
24	虞美人	0	0	1	1	1	12
25	湘月	0	0	1	1	1	12
26	踏莎行	0	0	1	1	1	12

是知歷代所和姜夔〈念奴嬌〉原作，都是「鬧紅一舸」此首；所和〈虞美人〉原作，都是：「摩挲紫蓋峰頭石」這一首。據表又可知，宋代和韻姜詞，最多和姜詞〈暗香〉、〈疏影〉兩詞；明代有〈暗香〉、〈疏影〉、〈長亭怨慢〉、〈眉嫵〉；清代最多，有26闋〔註125〕。其次，上面表格之排行榜，也顯示了姜夔之名篇傑作，以〈疏影〉17人追和共21首，名列第一；其他依次為〈暗香〉（17首）、〈惜紅衣〉（15首）、〈長亭怨慢〉（13首）、〈卜算子〉（8首）、〈一萼紅〉（7首）、〈念奴嬌〉（5首）、〈揚州慢〉（4首）、〈秋宵吟〉（4首）。其中〈卜算子〉雖有8次數量，但作者人數只有一人。

三、歷代和韻詞

根據和韻詞統計結果，此處接著審視歷代詞人追和姜夔詞之創作作品，從本體與內部去考察，歷代詞人接受和繼承姜詞之結果，也看姜夔這個原創者對歷代詞人之和韻詞創作產生了什麼影響和作用。在這種雙向關聯與考察中，對姜夔名篇佳作之傳播與影響獲得一種新體認，以下按依據年代排列，分論和韻姜詞概況：

（一）宋代和韻詞

宋代和姜詞有吳潛、陳允平，但作品較多者為吳潛。吳潛（1195～1262），字毅夫，號履齋，宣城（今安徽宣城縣）人，嘉定十年（1217）舉進士第一，授承事郎，簽鎮東軍節度判官。淳祐十一年（1215），為

〔註125〕如表上所列。

參知政事，拜右丞相兼樞密使，次年罷相。開慶元年（1259）封崇國公，判寧國府。元兵南侵攻鄂州（今屬湖北），被任為左丞相兼樞密使，封相國公，旋改慶國公，後又改封許國公。其一生除在寧宗朝屏廢十年外，先後從政三十餘年。以忠亮剛直，受賈似道等人排擠，被劾貶竄，毒死於循州（今屬廣東）貶所。《宋史》卷一百七十七有傳。著作現存《履齋遺集》、《許國公奏議》、《履齋先生詩餘》等，其詞多抒發濟時憂國之抱負，與報國無門之悲憤，激昂淒切，兼而有之。〔註 126〕

吳潛於〈暗香・曉霜一色〉詞序中言：「猶記己卯、庚辰之間，初識堯章於維揚。至己丑嘉興再會，自此契闊。聞堯章死西湖，嘗助諸丈為殯之，今又不知幾年矣。自昭忽錄示堯章暗香、疏影二詞，因信手酬酢，并賡潘德久之詩云」

吳潛與姜夔於寧宗嘉定十二年（1219）、十三年（1220）間於揚州相識，然至宋理宗紹定二年（1229）再次相會後，自此生死契闊。姜夔死於西湖，乃朋友助殯之，吳潛亦是其中之一。因懷想姜夔，並為補償潘德久之詩，因此和姜夔〈暗香〉、〈疏影〉詞，總共有 8 首，以表達懷念姜夔之意。

在形式上，吳潛這 8 首和韻詞，皆以次韻方式為之，也就是皆採取姜夔所用韻腳字，不更改次序。

姜夔〈暗香〉：

舊時月色。算幾番照我，梅邊吹笛。喚起玉人，不管清寒與攀摘。何遜而今漸老，都忘卻、春風詞筆。但怪得、竹外疏花，香冷入瑤席。江國。正寂寂。歎寄與路遙，夜雪初積。翠尊易泣。紅萼無言耿相憶。長記曾攜手處，千樹壓、西湖寒碧。又片片、吹盡也，幾時見得。（《全宋詞》冊 3，頁 2181）

〈疏影〉：

苔枝綴玉。有翠禽小小，枝上同宿。客裡相逢，籬角黃昏，

〔註 126〕朱德才主編：《增訂注釋全宋詞》（北京：文化藝術出版社，1997 年 12 月）卷 3，頁 746。

無言自倚修竹。昭君不慣胡沙遠，但暗憶、江南江北。想佩環、月夜歸來，化作此花幽獨。猶記深宮舊事，那人正睡裡，飛近蛾綠。莫似春風，不管盈盈，早與安排金屋。還教一片隨波去，又卻怨、玉龍哀曲。等恁時、重覓幽香，已入小窗橫幅。（《全宋詞》冊 3，頁 2182）

以上兩詞皆為詠梅詞，〈暗香〉將詠物與懷人結合，追憶昔日倚梅吹笛和夜摘梅花之情事。〈疏影〉運用大量歷史典故，將梅花之高潔與昭君戀國之情懷合而為一，又將壽陽公主和阿嬌典故結合，融入梅花之絕艷幽姿和高結品格，表現了梅花與美人互相增彩增色之寫法。吳潛所和〈暗香〉：

曉霜一色。正恁時隴上，征人橫笛。驛使不來，借問孤芳為誰折。休說和羹未晚，都付與、逋仙吟筆。算只是，野店疏籬，樵子共爭席。寒圃，眾籟寂。想暗裡度香，萬斛堆積。惱他鼻觀，巡索還無最堪憶。萼綠堂前一笑，封老幹、苔青莓碧。春漏也，應念我、要歸未得。（《全宋詞》冊 4，頁 2748）

內容也是詠梅，描寫孤寂春夜中，留連梅枝暗香，未忍歸回之意，並將「暗香」兩字嵌入詞中，成「想暗裡度香」。又〈疏影〉：

佳人步玉。待月來弄影，天挂參宿。冷透屏幃，清入肌膚，風敲又聽檐竹。前村不管深雪閉，猶自繞、枝南枝北。算平生、此段幽奇，占壓百花曾獨。閒想羅浮舊恨，有人正醉裡，姝翠蛾綠。夢斷魂驚，幾許淒涼，卻是千林梅屋。雞聲野渡溪橋滑，又角引、戍樓悲曲。怎得知、清足亭邊，自在杖藜巾幅。（《全宋詞》冊 4，頁 2749）

此詞有自我寫照之意，但以梅花景色襯托場景，用梅典故增添內容。「前村不管深雪閉，猶自繞、枝南枝北。」抒發無處可棲之意。回想此生曾占壓百花，也似羅浮舊夢，如隋．趙師雄於羅浮山夢中相遇梅花仙子之事〔註 127〕，在醉夢清醒後之千林梅屋中，悽涼如許。但現在

〔註 127〕〔唐〕柳宗元：《龍城錄》卷上「趙師雄醉憩梅花下」，收錄在任繼愈、傅璇琮總主編：《文津閣四庫全書》（北京：商務印書館，2005 年）卷 360，頁 106。

的他，置身鄉野間，以自在之姿，滿足於當下。作者自注云：「余別墅有梅亭，扁曰清足。」〔註 128〕乃是藉梅亭襯托自己清雅自得。吳潛再和之〈暗香〉：「雪來比色。對澹然一笑，休喧笙笛。莫怪廣平，鐵石心腸為伊折。偏是三花兩蕊，消萬古、才人騷筆。尚記得，醉臥東園，天幕地為席。回首，往事寂。正雨暗霧昏，萬種愁積。錦江路悄，媒聘音沈兩空憶。終是茅檐竹戶，難指望、淩煙金碧。憔悴了、羌管裡，怨誰始得。」〔註 129〕上片也是讚賞梅花，使萬古才人騷筆都為她銷魂。下片才回首往事，「媒聘音沈兩空憶」，幽怨憔悴上心頭。又〈疏影〉：「寒梢砌玉。把膽瓶頓了，相伴孤宿。寂寞幽窗，篩影橫斜，宜松更自宜竹。殘更蝶夢知何處，□只在、昭亭山北。問平生、雪壓霜欺，得似老枝擎獨。何事胭脂點染，認桃與辨杏，枝葉青綠。莫是冰姿，改換紅妝，要近金門朱屋。繁華豔麗如飛電，但宛轉、斷歌零曲。且不如、藏白收香，旋學世間邊幅。」〔註 130〕上片描寫寒梅，讚賞梅花被雪壓霜欺，仍老枝獨擎，下片則有「藏白收香，旋學世間邊幅」之無奈與隱沒世俗之悟。

雖然南宋．吳潛大多以〈暗香〉、〈疏影〉仿姜夔詠梅，但亦有以此調，擴增寫作內容，如〈暗香〉（九垓共色）題序為：「用韻賦雪」〔註 131〕。宋．陳允平〈疏影〉（千峯翠玉）〔註 132〕、〈暗香〉（霽天秋色）〔註 133〕也非詠梅詞，而是懷念故人，思憶往事之作。宋代所和姜詞只有〈暗香〉、〈疏影〉二詞調，且皆以依韻方式，兼和兩詞。

（二）明代和韻詞

明代和姜詞者有邵亨貞、彭孫貽。和姜詞最多者，為彭孫貽（1615～？），共四首。彭孫貽，字仲謀，號羿仁，浙江海鹽（今浙江

〔註 128〕《全宋詞》冊 4，頁 2749。
〔註 129〕《全宋詞》冊 4，頁 2749。
〔註 130〕《全宋詞》冊 4，頁 2749。
〔註 131〕唐圭璋編：《全宋詞》冊 4，頁 2750。
〔註 132〕唐圭璋編：《全宋詞》冊 5，頁 3099。
〔註 133〕唐圭璋編：《全宋詞》冊 5，頁 3099。

海鹽）人。明太僕期生次子。生於明萬曆四十三年（1615）。拔貢生。甲乙之際，父死難贛州，求遺骸不得，歸益發憤著書，清靜自守。擅山水，工墨蘭。孫遹為其從弟，嘗從受經。卒於清康熙初，鄉人私謚笑介先生。有《茗齋詩餘》。〔註 134〕吳衡照《蓮子居詞話》卷三曾說彭孫貽：「詞力主兩宋，穠緻學黃魯直，高峭近姜石帚。」〔註 135〕彭孫貽所和姜詞凡四首：〈暗香〉、〈疏影〉以次韻方式為之，用原韻腳，不改字面與次序；所寫內容，也是依據原詞題材，皆為詠梅詞。〈長亭怨慢〉創自姜夔，彭孫貽以依韻方式，用同韻部第四部作韻腳；所寫內容，也是與姜詞一樣，寫分離別怨。〈眉嫵〉一調，《康熙詞譜》以姜夔詞為正體，原詞如次：

> 看垂楊連苑，杜若侵沙，愁損未歸[眼]。信馬青樓去，重簾下，娉婷人妙飛燕。翠尊共款。聽豔歌、郎意先感。便攜手、月地雲階裡，愛良夜微暖。無限。風流疏散。有暗藏弓履，偷寄香翰。明日聞津鼓，湘江上，催人還解春纜。亂紅萬[點]。悵斷魂、煙水遙遠。又爭似相攜，乘一舸、鎮長見。

詞序言「戲張仲遠」，是以遊戲筆墨戲贈張仲遠，內容寫情人幽會之艷詞。然彭孫貽〈眉嫵〉云：

> 把湘簾高捲，日上菱花，紅入綺聰[眼]。怕暗塵凝匣，羅衣拂，澄河匹練斜展。遠山近遠。在箇中、酌量深淺。霎時裏，鶗鴂能傳怨，兩峰翠微斂。　流盼，可憎人面。愛鏡晴山笑，鏡潮雲變。畫影分嗔喜，宜人處，黛痕無限繾綣。春愁一[點]。寫不成、九曲湘轉。還留取、斷煙一抹待郎染。（《全清詞》冊 2，頁 1088）

詞序云：「詠美人畫眉，用白石韻」〔註 136〕，雖然以依韻方式，用第七部和姜詞，還有幾處用姜詞原韻腳（詞中□起來處），但彭孫貽乃

〔註 134〕唐圭璋編：《全清詞》冊 2，頁 1053。

〔註 135〕〔清〕吳衡照：《蓮子居詞話》卷三，收錄在唐圭璋編：《詞話叢編》冊 3，頁 2463。

〔註 136〕南京大學中國語言文學系全清詞編纂研究室編：《全清詞．順康卷》冊 2，頁 1088。

按照詞調題本意而寫「眉」，故所寫內容不同姜詞。且彭孫貽最後一句「還留取、斷煙一抹待郎染」，與姜詞作「又爭似相攜，乘一舸、鎮長見」字數不一，彭孫貽少了一字。

彭孫貽所和這四首詞，〈暗香〉、〈疏影〉以次韻方式為之，〈長亭怨慢〉、〈眉嫵〉以依韻方式為之，所寫內容、主題皆與詞調名之本意相關，其中〈眉嫵〉一首，內容與姜詞最不相應。

明代另一人和姜詞者，為邵亨貞（元至大二年1309～明建文三年1401），字復孺，曾作有擬古十首，其中含有擬白石〈杏花天〉〔註137〕寫垂虹夜泊。他所寫的〈暗香〉以次韻方式和姜詞，詞云：「水邊寒色。又怎禁傍晚，一聲長笛。廢苑日斜，玉蕊疏疏未快摘。回首江南舊夢，何處覓、黃昏詩筆。縱近日、雪滿西泠，誰解為移席。　蕭瑟。更幽寂。記駐馬斷橋，頓覺愁積。倚風暗泣，離黍殘碑尚追憶。絕艷無人管領，潮自落、吳山橫碧。便想像、風景好，可能再得。」〔註138〕詞序云：「吳中顧氏舊時月色亭，陸壺夫倡始，用白石先生元韻以詠。黃一峰持卷索賦。」〔註139〕為邵亨貞與友人相聚於舊時月色亭，相約以姜夔之韻而作，寫亭邊景致，並抒發舊時月色、物換星移之滄桑感嘆。

明代和韻姜詞之詞調，較宋代多一些，有〈暗香〉、〈疏影〉、〈長亭怨慢〉、〈眉嫵〉四調，除了以次韻方式外，也有以用韻方式和姜詞。所寫內容除了和應姜詞原作外，也有依據詞調題本意而作，或是規定使用姜詞詞韻，而與姜詞原作內容不相應。

（三）清代和韻詞

清代和姜詞者有49人，作品有105首。以下以和姜詞數量最多之前三名：鄭文焯（19首）、姚大禎（5首）、馮煦（5首）討論之，其中清代和韻姜詞最多之前三名，姚大禎（5闋）屬於清初時代，鄭

〔註137〕饒宗頤初纂、張璋總纂：《全明詞》冊1，頁39。
〔註138〕饒宗頤初纂、張璋總纂：《全明詞》冊1，頁51。
〔註139〕饒宗頤初纂、張璋總纂：《全明詞》冊1，頁51。

文焯（19 闋）與馮煦（5 闋）皆在清末時代。

1. 鄭文焯

鄭文焯（咸豐六年 1856～民國七年 1918），字俊臣，號小坡，又號叔問，晚年自署大鶴山人，別署瘦碧、冷紅詞客、鶴道人等，著有《碧瘦詞》、《冷紅詞》、《比竹餘音》、《苕雅舊稿》後刪存為《樵風樂府》九卷，與王鵬運、況周頤、朱祖謀等並稱為晚清詞學四大家。鄭文焯除了有〈齊天樂．半生諳盡江湖味〉仿效姜夔〈齊天樂〉以詞哀嘆時代傷痛，委婉表達憂國憂君之情感，以及〈玲瓏四犯．竹響露寒〉仿效姜夔〈玲瓏四犯〉同有有新亭之悲外（見前文仿效詞部分），在鄭文焯《樵風樂府》中，除了和清真（周邦彥）詞 6 首、夢窗（吳文英）9 首外，就是和姜夔詞 19 首最多。鄭文焯雖然屬常州詞派，同樣上承張惠言的「比興寄託」之說，但認為詞之深美，在於「高健在骨，空靈在神」〔註 140〕之清空美感，因此鄭文焯也推崇姜詞。

鄭文焯所和姜詞之詞調，有〈卜算子〉8 首、〈惜紅衣〉6 首、〈一萼紅〉2 首、〈踏莎行〉1 首、〈月下笛〉1 首、〈念奴嬌〉1 首。

鄭文焯所和姜詞最多之〈卜算子〉8 首，詞序云：「辛亥歲始春，故人治舟相約觀梅，於鄧尉諸山雨雪載塗，余以畏寒不出，因憶山中討春舊遊，次韻白石道人梅花八詠，以示同志一丘一壑自謂過之，若所作則傖歌，無復雅句也。」〔註 141〕因朋友相約賞梅未至，乃次韻姜夔〈卜算子〉梅花八詠，回憶曾同地春遊之事。鄭文焯此 8 首，皆以次韻方式為之。姜夔〈卜算子〉乃次韻曾三聘〔註 142〕吏部梅花八詠，鄭文焯又和姜夔，但可分為首句同字或不用同字之別，鄭文焯首句次韻有 2 首：〈卜算子〉（低唱暗香人）、〈卜算子〉（一櫂過湖西）。如鄭文焯〈卜算子〉為：

〔註 140〕〔清〕鄭文焯：《大鶴山人詞話》附錄〈鄭大鶴山人論詞手簡〉，收錄在唐圭璋：《詞話叢編》冊 5，頁 4343。

〔註 141〕〔清〕鄭文焯：《樵風樂府》，收錄在《清詞別集百三十四種》冊 12，頁 69～70，總頁 6575～6576。

〔註 142〕陳書良箋注：《姜白石詞箋注》，頁 244。

低唱暗香人，舊識凌波路。行盡江南夢裏春，老興天慳與。
橋上弄珠來，煙水空寒處。萬頃頗黎爛玉盤，月好無人賦。（《清詞別集百三十四種》冊 12，《樵風樂府》，頁 70，總頁 6576）

所和姜夔〈卜算子〉原作為：

江左詠梅人，夢繞青青路。因向淩風臺下看，心事還將與。
憶別庾郎時，又過林逋處。萬古西湖寂寞春，惆悵誰能賦。（《全宋詞》冊 3，頁 2185）

鄭文焯所次之韻為：「人、路、與、處、賦」。其實首句句尾「人」，並非韻腳，但鄭文焯卻遵照用原字。又鄭文焯〈卜算子〉：

一櫂過湖西，曾載雙崦雪。蹋葉尋花到幾峯，古寺詩聲徹。
林臥共僧吟，樹老無花折。何必桃源別有春，心境成孤絕。（《清詞別集百三十四種》冊 12，《樵風樂府》，頁 71，總頁 6577）

所和姜夔〈卜算子〉原詞為：

家在馬城西，今賦梅屏雪。梅雪相兼不見花，月影玲瓏徹。
前度帶愁看，一餉和愁折。若使逋仙及見之，定自成愁絕。（《全宋詞》冊 3，頁 2185）

鄭氏次韻處為：「西、雪、徹、折、絕」，首句句尾「西」非韻腳，鄭作亦用原作原字。鄭文焯其他 6 首〈卜算子〉，則皆首句不用原字。如鄭文焯〈卜算子〉：

數點歲寒心，百尺蒼雲覆。落盡高花有好枝，玉骨如詩瘦。
臥影近池看，露坐移尊就。竹外何人倚暮寒，香雪和衣透。（《清詞別集百三十四種》冊 12，《樵風樂府》，頁 70，總頁 6576）

姜夔〈卜算子〉

蘚榦石斜妨，玉蕊松低覆。日暮冥冥一見來，略比年時瘦。
涼觀酒初醒，竹閣吟纔就。猶恨幽香作許慳，小遲春心透。（《全宋詞》冊 3，頁 2185）

鄭氏次韻韻腳為：「覆、瘦、就、透」，與姜詞同。這八闋詞後，都有鄭文焯自注每一景點之特色，以及當時尋春之事，並非皆為詠梅之作。

鄭文焯和姜詞數量第二多為〈惜紅衣〉6 首，皆是以次韻方式為之。姜夔之〈惜紅衣〉:「簟枕邀涼，琴書換日。睡餘無力。細灑冰泉，并刀破甘碧。牆頭喚酒，誰問訊、城南詩客。岑寂。高柳晚蟬，說西風消息。　　虹梁水陌。魚浪吹香，紅衣半狼藉。維舟試望，故國眇天北。可惜渚邊沙外，不共美人遊歷。問甚時同賦，三十六陂秋色。」鄭文焯所和姜詞〈惜紅衣〉6 首，只有 1 首首句非用原作原字，即〈惜紅衣・醉枕銷涼〉〔註 143〕，其他 5 首皆在韻腳處次韻。次韻字為「日、力、碧、客、寂、息、陌、藉、北、歷、色」。

姜夔〈惜紅衣〉為詠荷寄事，上半闋言避暑追涼，秋意將至，寂寥誰語。下半闋望遠懷人，心境悽涼，有周京離黍之感。鄭文焯這 6 首也皆為吟秋之作，多含有家國個人悽涼悲情。鄭文焯在〈惜紅衣〉（斷闋吟秋）詞序即云:「白石道人製此曲，覽淒清之風物，寫故國之離憂。」〔註 144〕所以他所和姜詞，也多抒發此感，如〈惜紅衣〉（斷闋吟秋）詞云:「舊國雁行北。漫憶十年塵事。」詞序又云:「……感此古音，往復依永，淒然其為秋也」〔註 145〕、〈惜紅衣〉（側帽高秋）詞序云:「覽古悲秋，有江山搖落之感。」〔註 146〕、〈惜紅衣〉（別夢催秋）:「感歎歲暮，胥疏江湖時，無延引之者……悵然繼聲白石，不能無西園〔註 147〕之思也。」〔註 148〕與姜夔所寫同有相似情感。

此外，鄭文焯所寫二首〈一萼紅〉之一，〈一萼紅〉（石湖陰）詞序云:「光緒壬辰人日，用石帚淳熙丙午人日詞韻，題其西湖遺象」用

〔註 143〕〔清〕鄭文焯:《樵風樂府》，收錄在《清詞別集百三十四種》冊 12，頁 46，總頁 6552～6553。

〔註 144〕〔清〕鄭文焯:《樵風樂府》，收錄在《清詞別集百三十四種》冊 12，頁 49，總頁 6555。

〔註 145〕〔清〕鄭文焯:《樵風樂府》，收錄在《清詞別集百三十四種》冊 12，頁 49，總頁 6555。

〔註 146〕〔清〕鄭文焯:《樵風樂府》，收錄在《清詞別集百三十四種》冊 12，頁 48，總頁 6554。

〔註 147〕西園：古宮苑名，漢・上林苑別名，泛指帝王之園囿。

〔註 148〕〔清〕鄭文焯:《樵風樂府》，收錄在《清詞別集百三十四種》冊 12，頁 47，總頁 6553。

次韻方式（首句句尾是韻腳）和姜詞，詞云：

石湖陰。想梅邊墮翠，曾上小紅簪。經醉殘山，傷春舊月，無奈風過蕭沉。漫回首、垂虹載雪，喚夢醒、空有繞枝禽。笠澤煙寒，玉峯雲暗，悽絕重臨。　　賓主百年無幾，問浮湘入沔，去住何心。南渡風流，東州雅舊。遺事休更追尋。算歌曲、江湖送老，抵當時、鍋裏幾銷金。待訪城西馬塍，只見花深。（《清詞別集百三十四種》冊 12，《樵風樂府》，頁 7，總頁 6513）

姜夔原詞如次：

古城陰。有官梅幾許，紅萼未宜簪。池面冰膠，牆腰雪老，雲意還又沈沈。翠藤共、閒穿徑竹，漸笑語、驚起臥沙禽。野老林泉，故王臺榭，呼喚登臨。　　南去北來何事，蕩湘雲楚水，目極傷心。朱戶黏雞，金盤簇燕，空歎時序侵尋。記曾共、西樓雅集，想垂楊、還嫋萬絲金。待得歸鞍到時，只怕春深。（《全宋詞》冊 3，頁 2176）

姜夔〈一萼紅〉（古城陰）是在宋孝宗淳熙十三年丙午（1186 年）正月初七所寫，為客居長沙，閑覽賞梅，登臺眺望，發思古之幽情，感嘆自身漂泊。鄭文焯也是在光緒壬辰（1892 年）正月初七寫此詞，乃懷想姜夔於石湖與歌妓小紅之點滴，感嘆「賓主百年無幾」〔註 149〕，再訪葬姜夔之西馬塍，只見花深。另外一首〈一萼紅〉（晚簾陰）也是以次韻方式和姜詞，詞序云：「春餘夏始，園卉向殘，檐果垂熟，綠陰如夢，舊雨不來，即事和白石此解以寓興」，寓有「塵外吟境堪尋」〔註 150〕，有個人隱世塵外之想望。

鄭文焯〈念奴嬌〉（夜寒鶴夢）則是未能與彊村諸子同游山樓，誦其連句屬和詞，「不禁傷春懷舊，交慨於心」〔註 151〕，因此悵然繼

〔註 149〕〔清〕鄭文焯：《樵風樂府》，收錄在《清詞別集百三十四種》冊 12，頁 7，總頁 6513。

〔註 150〕〔清〕鄭文焯：《樵風樂府》，收錄在《清詞別集百三十四種》冊 12，頁 43，總頁 6549。

〔註 151〕〔清〕鄭文焯：《樵風樂府》，收錄在《清詞別集百三十四種》冊 12，頁 73，總頁 6579。

前游人和姜詞之作，再寫此闋。「遊塵重省」〔註 152〕，抒發對友人與古寺之思念。鄭文焯〈月下笛〉（月滿層城）〔註 153〕則因「夜雨聞鄰笛，感音而作和石帚」，姜詞〈月下笛〉（與客攜壺）是舊地春遊，懷念往日情人之作〔註 154〕，鄭文焯則有「亂山飛雨、哀鴻怨語」之秋聲傷感，詞中「危闌不為傷高倚，但腸斷、衰楊幾縷。怪玉梯霧冷，瑤臺霜悄，錯認仙路。」〔註 155〕所用「玉梯」，在姜夔〈翠樓吟〉中也有出現：「此地。宜有詞仙，擁素雲黃鶴，與君遊戲。玉梯凝望久，歎芳草、萋萋千里。」同樣藉登梯高望，寄託他事之情感。

鄭文焯〈踏莎行〉（官閣煙寒）為重別至湘，和姜詞江上感夢之作，然姜夔〈踏莎行〉所夢乃合肥情事，醒來惆悵「淮南皓月冷千山，冥冥歸去無人管。」而鄭文焯所寫，乃為「殘酒單衣，殘燈淚綫……江南水闊別離多，斷魂分付孤舟管。」〔註 156〕為浪游他方之孤單寂寞。

綜觀鄭文焯所和姜詞 19 首中，除了〈卜算子〉8 首春遊之作，大多抒發同姜詞所蘊含憂國憂世之悲情，就如他所仿姜夔詞〈齊天樂〉、〈玲瓏四犯〉一般，具有亂世離憂之悽涼感。而他所和韻姜詞之方式，皆為次韻，又有首句句尾用原作原字之情況。

2. 姚大禎

姚大禎（清初），字亘山，浙江錢塘人，著有《枕書樓詩餘》三卷，為清康熙二十九年（1690）刻本。

姚大禎有 5 首和姜詞之作，皆和〈長亭怨慢〉。姜夔〈長亭怨慢〉

〔註 152〕〔清〕鄭文焯：《樵風樂府》，收錄在《清詞別集百三十四種》冊 12，頁 73，總頁 6579。

〔註 153〕〔清〕鄭文焯：《樵風樂府》，收錄在《清詞別集百三十四種》冊 12，頁 24，總頁 6530。

〔註 154〕陳書良箋注：《姜白石詞箋注》，頁 205。

〔註 155〕〔清〕鄭文焯：《樵風樂府》，收錄在《清詞別集百三十四種》冊 12，頁 24，總頁 6530。

〔註 156〕〔清〕鄭文焯：《樵風樂府》，收錄在《清詞別集百三十四種》冊 12，頁 1，總頁 6507。

原詞為下：

> 漸吹盡、枝頭香絮。是處人家，綠深門戶。遠浦縈回，暮帆零亂向何許。閱人多矣，誰得似、長亭樹。樹若有情時，不會得、青青如此。日暮。望高城不見，只見亂山無數。韋郎去也，怎忘得、玉環分付。第一是、早早歸來，怕紅萼、無人為主。算空有并刀，難剪離愁千縷。（《全宋詞》冊 3，頁 2181）

〈長亭怨慢〉創自姜夔，調名與詞意相符，為亂愁紛緒、怨別傷離之作，俞陛雲《唐五代兩宋詞選釋》云：「此詞頗有桓司馬江潭之慨。雖以怨別之詞，實則亂愁無次，觸緒紛來。凡懷人戀闕，撫今追昔，悉寓其中。」〔註 157〕然而姚大禎所和〈長亭怨慢〉為：

> 對秋林、尚思飛絮。每厭輕狂，珠簾垂戶。暮景煙霞，楓林雜、翠綺如許。情懷暢矣，一望江天雲樹。灑酒寄流湍，看水逝、花飛同此。　秋暮。見塞雁雙雙，點點南來可數。漁歌前渡。聽紅裙、箜篌移付。已撥弄、三度銀箏，休猜做、煙花無主。今夜更何如，百結愁腸萬縷。（《全清詞補編》冊 4，頁 2448）

詞序為：「秋景，用姜白石原韻。」〔註 158〕另一首〈長亭怨慢〉（探秋懷），詞云：「征鴻難把幽情付」〔註 159〕也是描寫秋景，皆寫秋景蕭瑟，水逝花飛，人也百結愁腸。以及〈長亭怨慢〉（暮春天）詞序為：「暮春即席，復次前韻」〔註 160〕寫暮春游賞，也有「幽情誰付」〔註 161〕之微痛。

而特別之處，在於姚大禎〈長亭怨慢〉詞云：

> 歎英雄、流光飛絮。月明如洗，正當蓬户。戰鼓頻敲，破百萬曹兵如許。雄心已矣，留煙雨、滄江樹。憐多智周郎，有

〔註 157〕俞陛雲：《唐五代兩宋詞選釋》（臺北：文史哲出版社，1988 年），頁 402。

〔註 158〕張宏生主編：《全清詞補編》冊 4，頁 2448。

〔註 159〕張宏生主編：《全清詞補編》冊 4，頁 2448。

〔註 160〕張宏生主編：《全清詞補編》冊 4，頁 2449。

〔註 161〕張宏生主編：《全清詞補編》冊 4，頁 2449。

逸韻、風流遺此。　　雲暮。論自古盈虛，歷代消亡無數。白骨沉流，休輕覷、東風天付。試追溯、往事堪驚，且遨遊、名山作主。思昔日爭馳，即是風吹煙縷。（《全清詞補編》冊4，頁2448）

詞序為：「坡公赤壁，仍用前韻」〔註162〕，則仿照蘇東坡〈念奴嬌〉寫赤壁懷古，具有豪放雄偉之風格，與姜夔之清空高雅感覺不同。另一首〈長亭怨慢〉（吐珠璣）一詞為：「秋夜與友人論詞，酣飲別去，又次前韻」〔註163〕寫與友人議論詞作，有「論議雄詞，辟強門戶」，也有「織錦抽絲」，感受「清心豔冶」，議論中感受到各種詞趣。

姚大禎這五首，都是以次韻方式和之，就內容風格而言，有兩首寫秋景之蕭瑟，幽情難付之百愁，與姜夔寫〈長亭怨慢〉之離愁相似，然姚大禎更有以此調論詞，或仿照東坡寫赤壁之戰，而有豪放詞之意味。

3. 馮煦

馮煦（道光23年1843～民國16年1927）字夢華，號蒿盦，晚稱蒿隱，江蘇金壇人。光緒進士，授編修，累官至安徽巡撫，時水旱為災，馮煦屢勘給振，民霑實惠。罷官後，卜居寶應，晚寓滬上，振災之事，無役不從，著有《蒿盦類稿》〔註164〕，以及選編《宋六十一家詞選》，對《宋六十一家詞》之品評文字，被輯錄成冊，題為《蒿盦論詞》。《蒿盦論詞》傾向常州詞派之論調，與周濟、譚獻之主張較接近。在馮煦《宋六十一家詞》中，對於姜夔評為：「白石為南渡一人，千秋論定，無俟揚榷。……其實石帚所作，超脫蹊逕，天籟人力，兩臻絕頂，筆之所至，神韻俱到。彼讀姜詞者必欲求下手處，則先自俗處能雅，滑處能澀始。」〔註165〕且對於毛晉《宋六十名家詞》所載姜

〔註162〕張宏生主編：《全清詞補編》冊4，頁2448。
〔註163〕張宏生主編：《全清詞補編》冊4，頁2448。
〔註164〕〔清〕馮煦：《蒿盦詞》，收錄在《清詞別集百三十四種》冊12，總頁6306。
〔註165〕〔清〕馮煦：《宋六十一家詞選・例言》，頁9。

詞，幾乎完全收錄於《宋六十一家詞選》中，馮煦推崇姜夔，尤其姜夔詞能幽澀曲折，並能雅正，正是馮煦注意之處。曹保合歸納《蒿盦論詞》之總體論述，「可概括為三點：第一、論詞要以人品為重。第二、詞的基本職責是『應時』。第三、柔情詞要以雅正為歸。」〔註 166〕在馮煦和姜夔詞中，亦可印證其說。

馮煦〈一萼紅〉（北城陰）詞序云：「楚寶〔註 167〕讀書也園，極水木之勝，為圖紀之，予賦此詞，用白石老仙韻，楚寶倚樹歌之，當知予別有懷抱也」〔註 168〕詞云：

> 北城陰。對鍾陵一角，曉色碧於簪。虛閣分苔，疏泉引筧〔註 169〕，塵鞅〔註 170〕還又銷沈。斷橋外、霾旂卷雨，忍問取、離獸與哀禽。楚魄誰招，商歌正激，獨自登臨。　　贏得亂蟬高樹，共琴書換日，澹到禪心。顧子鵰子幽棲，鄧熙之侯飢走，三徑誰更相尋。且同拭、龍泉起舞，算關右、頻調萬黃金。不為秋來鬢絲，已是霜深。（《清詞別集百三十四種》冊 12，《蒿盦詞》，頁 30，總頁 6338）

姜夔之〈一萼紅〉原詞如次：

> 古城陰。有官梅幾許，紅萼未宜簪。池面冰膠，牆腰雪老，雲意還又沈沈。翠藤共、閒穿徑竹，漸笑語、驚起臥沙禽。野老林泉，故王臺榭，呼喚登臨。　　南去北來何事，蕩湘雲楚水，目極傷心。朱戶黏雞，金盤簇燕，空歎時序侵尋。記曾共、西樓雅集，想垂楊、還嫋萬絲金。待得歸鞍到時，

〔註 166〕曹保合：〈談馮煦的品格論〉，《北京教育學院學報》（1996 年第 2 期），頁 50。

〔註 167〕張士珩，字楚寶，號潛亭，合肥人，光緒戊子舉人，直隸候補道加四品卿銜，有勞山甲錄。為古文有義法，詩不多，作辛亥後，隱於膠東，栖心學道。見徐世昌：《晚晴簃詩匯》卷 176，頁 13，收錄在《續修四庫全書》（上海：上海古籍出版社，2002 年，據民國十八年退耕堂刻本）冊 1633，頁 169。

〔註 168〕〔清〕馮煦：《蒿盦詞》，收錄在《清詞別集百三十四種》冊 12，頁 30，總頁 6338。

〔註 169〕毛竹對剖，並內節貫通，連續銜接而成之引水管道，稱筧。

〔註 170〕鞅，套在馬頭上皮帶，塵鞅指世俗事務之束縛。

只怕春深。（《全宋詞》冊 3，頁 2176）

姜夔此詞以優雅韻致之梅起，其中有「南去北來何事，蕩湘雲楚水，目極傷心。」等句，寓含對現實失望之感傷，《南宋詞史》也說：「是針對南宋現實有感而發」〔註 171〕而馮煦此首和韻詞，也具有「應時」之特色，此闋詞寫也園之景致，虛閣、綠苔與筧水導泉，令人煩心之世俗束縛，因此佳景而為之鬆脫。然而馮煦卻「忍問取、離獸與哀禽。楚魄誰招，商歌正激，獨自登臨」，見天暗雨來之悽涼與哀傷，獨自登高自吟，抒發招魄商歌，悲涼歌調，吐露有如屈原離騷之悲憤。下片「贏得亂蟬高樹，共琴書換日」則引用姜夔〈惜紅衣〉：「簟枕邀涼，琴書換日，……岑寂。高柳晚蟬，說西風消息。」〔註 172〕之字面，表露如姜夔一樣隱跡江湖，卻有悽涼心境；「且同拭、龍泉起舞」，則道出且時時擦亮龍泉劍，並起舞比劃，盼能為國所用之志氣。詞序所云：「予別有懷抱也」，是以等待國家任用之精神自許吧。

又馮煦〈百字令〉（塵纓乍濯）詞序云：「丙午七月二日菱湖觀殘荷，臞盦前輩用白石老仙均成此闋，予亦繼聲兼憶東華舊游，玉堂〔註 173〕天上不知其詞之怨抑也」，詞云：

> 塵纓乍濯，溯晴湖一角、與鷗為侶。湖外龍山青萬疊。江草江花無數。菂苦房空，蘋疏蓋捹，纔過廉纖雨。翠尊易竭，倚舷還賦愁句。　　遲暮。極目天端，瓊樓〔註 174〕無恙，我欲凌風去。記否明清露曉，墜粉尚零前浦。亂蕊爭榮，孤根自轉，曾共蓬瀛〔註 175〕住。夢迴青瑣〔註 176〕。與君重問煙路。（《清詞別集百三十四種》冊 12，《蒿盦詞》，頁 49，

〔註 171〕陶爾夫、劉敬圻：《南宋詞史》（哈爾濱：黑龍江人民出版社，2004 年 12 月），頁 287。

〔註 172〕唐圭璋：《全宋詞》冊 3，頁 2182。

〔註 173〕玉堂：神仙居處。

〔註 174〕瓊樓：形容華美之建築物，詩文中有時指仙宮中之樓臺。

〔註 175〕蓬瀛：蓬萊和瀛洲，神山名，相傳為仙人所居之處。

〔註 176〕青瑣：裝飾皇宮門窗之青色連環花紋，也可借指宮廷。

總頁 6357）〔註 177〕

姜夔〈念奴嬌〉（又名〈百字令〉）原詞如次：

鬧紅一舸，記來時、嘗與鴛鴦為侶。三十六陂人未到，水佩風裳無數。翠葉吹涼，玉容銷酒，更灑菰蒲雨。嫣然搖動，冷香飛上詩句。　日暮。青蓋亭亭，情人不見，爭忍淩波去。只恐舞衣寒易落，愁入西風南浦。高柳垂陰，老魚吹浪，留我花間住。田田多少，幾回沙際歸路。（《全宋詞》冊 3，頁 2185）

姜夔此詞寫荷之美艷絕倫，然而下片寫荷花將謝，被西風飄落，暗寓了自傷身世之感，寄託了作者之人格理想。〔註 178〕馮煦此詞，以次韻方式和之，雖然也以寫荷入筆，然詞序中也點明此詞蘊含怨抑之情，「記否明清露曉，墜粉尚零前浦。」花謝零落，也堅持要在明清曉露前。馮煦雖有心回玉堂天上，但是朝廷卻不知他等候苦心。尤其最後一句「夢迴青瑣。與君重問煙路。」說明他魂牽夢縈，乃想再回朝廷，等君待用之雄心。

馮煦還有一首〈百字令〉，詞序云：「再用白石老仙韻，答臞盦前輩秋風乍起江上鱸魚肥，倚鐙歌之，不啻〔註 179〕賡〔註 180〕招隱矣」詞云：

蕙風初霽。且方舟容與、招攜勝侶。十里冷紅香不斷。菰葉蘋花誰數。雁戶〔註 181〕延秋，魚天弄暝，中酒人如雨。晚蟬高樹、重吟白石新句。　歸暮銀漢〔註 182〕將斜，元戎〔註 183〕小隊，紫陌〔註 184〕鳴鞭去。廿載蓬飄人海裏。負了

〔註 177〕首句「塵纓乍濯」後應逗點，然《清詞別集百三十四種》卻作句點，下片「遲暮」後應句點，然《清詞別集百三十四種》卻無句逗，今改。

〔註 178〕陳書良箋注：《姜白石詞箋注》，頁 84。

〔註 179〕啻：僅、但、止。

〔註 180〕賡：繼續。

〔註 181〕雁戶：獵鳧雁之戶。

〔註 182〕銀漢：銀河。

〔註 183〕元戎：大軍。

〔註 184〕紫陌：京師郊野之道路。

畫橋煙浦。楚甸〔註185〕腸迴。吳霜鬢點。商略編茅住。荷衣遲我，底須〔註186〕留滯征路〔註187〕。(《清詞別集百三十四種》冊12，《蒿盦詞》，頁49，總頁6357)

馮煦此詞也是以次韻方式和之，詞寫攜友共游，舟行賞荷之樂。「十里冷紅香不斷。菰葉蘋花誰數。」引用姜夔〈念奴嬌〉(又名〈百字令〉)：「翠葉吹涼，玉容銷酒，更灑菰蒲雨。嫣然搖動，冷香飛上詩句。」〔註188〕姜夔以「冷香」形容荷花，馮煦也借用之；姜夔寫「更灑菰蒲雨」，馮煦也寫「菰葉蘋花誰數」，皆用菰葉描寫湖面景色。「晚蟬高樹、重吟白石新句」，也是引用姜夔〈惜紅衣〉：「牆頭喚酒，誰問訊、城南詩客。岑寂。高柳晚蟬，說西風消息……維舟試望，故國眇天北」〔註189〕，姜夔〈惜紅衣〉因作者心境悽涼，故能於夏日居事體察秋意，馮煦此時也是如姜夔處在悽涼環境中，所感受之悽涼心境，重吟姜夔詞句，如找到知己。馮煦感嘆二十載人生中，如蓬飄散，為國為民，悽悽惶惶，如此不安定，辜負了田野閑居、荷香畫橋之美好景色，卻終被罷職免官，因此「吳霜鬢點」之馮煦，如今要好好商略在自然田野間過著閑適之生活，不要再去管家國大事，然憂時傷民之馮煦罷官後，仍然繼續關心著民生。

馮煦受任安徽巡撫以後，清朝專制統治早已腐朽不堪，馮煦提出民為邦本，對當權者進行抨擊，「不畏彊禦，義也，義之所在，權貴不避，豪吏必鋤……而天下已不可為矣」〔註190〕終被罷官，結束二十多年之官場生涯，成為他政治生涯上之悲劇，罷職以後，仍然「聞災必就，靡一歲甯，八十老人挺然以一身任天下之所不能任，海內驚歎莫

〔註185〕甸：田野。

〔註186〕底須：何須、何必。

〔註187〕征路：征途、行程。

〔註188〕唐圭璋編：《全宋詞》冊3，頁2185。

〔註189〕唐圭璋編：《全宋詞》冊3，頁2182。

〔註190〕〔清〕魏家驊：〈蒿盦奏稿跋〉，收錄在〔清〕馮煦：《蒿盦類稿、續稿、奏稿》(臺北：文海出版社，1969年)冊4，頁2225。

及。」〔註191〕仍然注意民生疾苦，積極參加賑災活動。袁世凱竊國，軍閥混亂，各地水旱連年，馮煦不畏艱苦，毅然擔當起救災勸募之責任，任天下所不能任，直至壽終。〔註192〕

馮煦五首和姜詞，皆以次韻方式為之，並多次引用姜夔〈惜紅衣〉：「高柳晚蟬，說西風消息」句，改寫成句，如〈一萼紅〉（北城陰）：「贏得亂蟬高樹，共琴書換日，澹到禪心。」〈百字令〉（蕙風初霽）：「晚蟬高樹、重吟白石新句」，姜夔詞有感傷身世之悽涼心境，以及憂國憂時之現實寄託，正是馮煦詞中所欲表露。

有論者以為馮煦「詩篤雅和婉，晚遭亂離，辭旨淒咽；尤工倚聲，取徑姜、張而纏綿悱惻，風格雋上，駸駸有青冰之意。」〔註193〕因此在馮煦《蒿盦詞》中，詞序表明創作與宋代詞人有關者，除了一首用美成韻〔註194〕，以及一首用稼軒體〔註195〕，一首集玉田詞〔註196〕外，就是和姜夔詞五首最多。

（四）小結

歷代詞人和韻姜詞方式，以次韻最多。南宋和韻姜詞，只有〈暗香〉、〈疏影〉，明代增至四調：〈暗香〉、〈疏影〉、〈長亭怨慢〉、〈眉嫵〉，

〔註191〕〔清〕魏家驊：〈蒿盦奏稿跋〉，收錄在〔清〕馮煦：《蒿盦類稿、續稿、奏稿》，頁2226。

〔註192〕李金堂：〈清代金陵學人傳略（三）——馮煦傳〉，《南京高師學報》第11卷第2期（1995年6月），頁1～5。

〔註193〕見徐世昌：《晚晴簃詩匯》卷176，頁1，收錄在《續修四庫全書》（上海：上海古籍出版社，2002年，據民國十八年退耕堂刻本）冊1633，頁163。

〔註194〕如〈西河．游歷地〉（詞序：題建侯江上春歸圖用美成韻）〔清〕馮煦：《蒿盦詞》，收錄在《清詞別集百三十四種》冊12，頁32，總頁6340。

〔註195〕如〈水龍吟．秋兮燈暈虛堂些〉（詞序：秋暮悼退盦時沒且三月矣，用稼軒體以代大招）〔清〕馮煦：《蒿盦詞》，收錄在《清詞別集百三十四種》冊12，頁37，總頁6345。

〔註196〕如〈百字令．天涯倦旅〉（詞序：集玉田句題蓉曙申江話別圖）〔清〕馮煦：《蒿盦詞》，收錄在《清詞別集百三十四種》冊12，頁42，總頁6350。

清代則擴增至二十六調。統計歷代姜詞被和最多之前四名詞調為：第一名〈疏影〉、第二名〈暗香〉、第三名〈惜紅衣〉、第四名〈長亭怨慢〉，這四調在歷代和韻詞排名為：

宋代：〈暗香〉（5 首）、〈疏影〉（5 首）

明代：〈暗香〉（2 首）、〈疏影〉（1 首）、〈長亭怨慢〉（1 首）

清代：〈疏影〉（15 首）、〈惜紅衣〉（15 首）、〈長亭怨慢〉（12 首）、〈暗香〉（10 首）

這四詞調，皆為姜夔自度曲，屬長調，並存有詞譜。題材雖以詠梅（如：〈疏影〉、〈暗香〉）、詠荷（〈惜紅衣〉）、詠柳（〈長亭怨慢〉）之清新題材之入筆，但皆寓有家國興亡之憂心，如〈疏影〉：「昭君不慣胡沙遠，但暗憶、江南江北」、〈暗香〉：「江國，正寂寂。歎寄與路遙」、〈惜紅衣〉：「維舟試望，故國眇天北」、〈長亭怨慢〉：「日暮，望高城不見，只見亂山無數。」據此統計，可歸納以下幾點：

1. 由和韻詞詞序（題）可知，後人和韻姜詞之原因

（1）閱讀姜詞後，有所同感

如清．蔣敦復〈玲瓏四犯．客鬢漸絲〉〔註 197〕詞序云：「和白石道人均，讀白石文章信美知何用句，慨然賦此」讀姜詞心有戚戚焉，故感慨用其韻寫之。又如清．王錫振〈湘月．洞庭青草〉〔註 198〕詞序云：「洞庭瀟湘往來，最熟讀白石詞，依韻寫懷」，皆表明讀姜詞後同感而作。

（2）追慕學習，依據姜詞之形式、風格、意象等，創作新詞

如鄭文焯〈踏莎行．官閣煙寒〉：「殘酒單衣，殘燈淚線……江南水闊別離多，斷魂分付孤舟管。」〔註 199〕為重別至湘，和姜詞〈踏

〔註 197〕〔清〕蔣敦復：《芬陀利室詞》《清詞別集百三十四種》冊 10，頁 51，總頁 5431。

〔註 198〕〔清〕王錫振：《龍壁山房詞》，《清詞別集百三十四種》冊 10，頁 10，總頁 5390。

〔註 199〕〔清〕鄭文焯：《樵風樂府》，收錄在《清詞別集百三十四種》冊 12，頁 1，總頁 6507。

莎行〉:「淮南皓月冷千山,冥冥歸去無人管。」皆為江上感夢之作,也都有斷魂飄散無人管之惆悵。又如清・尤珍〈齊天樂・閒居思作〉〔註 200〕也是仿姜夔以〈齊天樂〉詠蟋蟀,又如清・黃泰來〈惜紅衣・涼露沾衣〉〔註 201〕,則是仿姜夔以〈惜紅衣〉詠「紅橋荷花」,更不用說許多人學姜夔〈暗香〉、〈疏影〉寫詠梅詞了。

(3)抒發評論姜詞、姜夔遺事之心得

如清・宋翔鳳〈暗香・照來古色〉詞序云:「題姜白石詩詞合集即用集中韻」〔註 202〕評姜夔詩詞。清・鄭文焯〈一萼紅・石湖陰〉詞序云:「光緒壬辰人日,用石帚淳熙丙午人日詞韻題其西湖遺象」〔註 203〕則評論姜夔傳事。

2. 歷代和姜詞,繼承姜夔之主要特色

(1)詠梅題材之依據

歷代詞人在和姜詞題材之表現上,較多呈現對「詠梅」題材和主題之模擬表現與集中抒寫。通過檢索,大致有 19 首和韻詞,在題序中明確標示了詠梅,如「和白石梅花」(明・彭孫貽〈暗香・淒淒夜色〉)、「梅,次姜石帚」(清・周篔〈疏影・空簾透玉〉)、「美人畫梅,用姜堯章韻」(清・王倩〈疏影・含脂漱玉〉)等這類主題詞。還有大量和韻詞雖沒有在題序中標示題材與主題,而內容卻依然是與詠梅相關。其中包含歷代詞人最多和姜詞之詞調:〈疏影〉(21 首)、〈暗香〉(16 首)詞,提供了後人詠梅題材之寫作依據。

(2)寓藏憂時傷亂、感傷身世之情感

歷代詞人在和姜詞內容之表現上,較多呈現蘊含憂時傷亂、感傷

〔註 200〕《全清詞》冊 15,頁 8513。
〔註 201〕《全清詞》冊 15,頁 8547。
〔註 202〕〔清〕宋翔鳳:《浮谿精舍詞》,收錄在《清詞別集百三十四種》冊 8,頁 38,總頁 4258。
〔註 203〕〔清〕鄭文焯:《樵風樂府》,收錄在《清詞別集百三十四種》冊 12,頁 7,總頁 6513。

身世之情感。如：清・鄭文焯〈踏莎行・官閣煙寒〉為重別至湘，和姜詞江上感夢之作，詞有「殘酒單衣，殘燈淚線……江南水闊別離多，斷魂分付孤舟管。」〔註 204〕為寂寥愁悶、漂泊無定之感。鄭文焯在〈惜紅衣・斷闋吟秋〉〔註 205〕所以他所和姜詞，也多抒發故國之離憂，如〈惜紅衣・斷闋吟秋〉詞云：「舊國雁行北。漫憶十年塵事。」〈惜紅衣・側帽高秋〉詞序云：「覽古悲秋，有江山搖落之感。」〔註 206〕、〈惜紅衣・別夢催秋〉詞序云：「感歎歲暮，胥疏江湖時，無延引之者……悵然繼聲白石，不能無西園〔註 207〕之思也。」〔註 208〕與姜夔所寫同有相似情感。又清・馮煦〈百字令・塵纓乍濯〉〔註 209〕：「遲暮。極目天端，瓊樓〔註 210〕無恙，我欲凌風去。記否明清露曉，墜粉尚零前浦。……夢迴青瑣。與君重問煙路。」表露出想要與君同去，卻仍侷限在此地，具有怨抑之情。又馮煦〈一萼紅・北城陰〉〔註 211〕：「忍問取、離獸與哀禽。楚魄誰招，商歌正激，獨自登臨」，自序即言「予賦此詞，用白石老仙韻，……當知予別有懷抱也」，正是抒發自己為國悲憤之情。

（3）清空之意象

姜夔之情詞能高潔典雅，乃在於「有意識地避免肉體描寫，而意

〔註 204〕〔清〕鄭文焯：《樵風樂府》，收錄在《清詞別集百三十四種》冊 12，頁 1，總頁 6507。

〔註 205〕〔清〕鄭文焯：《樵風樂府》，收錄在《清詞別集百三十四種》冊 12，頁 49，總頁 6555。

〔註 206〕〔清〕鄭文焯：《樵風樂府》，收錄在《清詞別集百三十四種》冊 12，頁 48，總頁 6554。

〔註 207〕西園：古宮苑名，漢・上林苑別名，泛指帝王之園囿。

〔註 208〕〔清〕鄭文焯：《樵風樂府》，收錄在《清詞別集百三十四種》冊 12，頁 47，總頁 6553。

〔註 209〕〔清〕馮煦：《蒿盦詞》，收錄在《清詞別集百三十四種》冊 12，頁 49，總頁 6357。

〔註 210〕瓊樓：形容華美之建築物，詩文中有時指仙宮中之樓臺。

〔註 211〕〔清〕馮煦：《蒿盦詞》，收錄在《清詞別集百三十四種》冊 12，頁 30，總頁 6338。

象清空，措辭騷雅，當然脫俗超群了。」〔註 212〕後人除了和韻姜詞外，也引用姜詞意象清空之詞句，以表示淒清心境，如馮煦〈一萼紅〉（北城陰）：「贏得亂蟬高樹，共琴書換日，澹到禪心。」馮煦〈百字令〉（蕙風初霽）：「晚蟬高樹、重吟白石新句」，皆引用姜夔〈惜紅衣〉：「高柳晚蟬，說西風消息」字句。清．鄭文焯〈月下笛〉（月滿層城）〔註 213〕詞中「危闌不為傷高倚，但腸斷、衰楊幾縷。怪玉梯霧冷，瑤臺霜悄，錯認仙路。」〔註 214〕所用「玉梯」，引用姜夔〈翠樓吟〉：「此地。宜有詞仙，擁素雲黃鶴，與君遊戲。玉梯凝望久，歎芳草、萋萋千里。」同樣藉玉梯高望，仙人瑤臺，寄託心中之想望。

3. 後人和姜詞中，突破姜夔之處

（1）在詠梅主題之外，亦有變奏

如南宋．吳潛以〈暗香〉賦雪〔註 215〕。宋．陳允平〈疏影〉（千峯翠玉）〔註 216〕、〈暗香〉（霽天秋色）〔註 217〕是懷念故人，思憶往事之作。明．邵亨貞〈暗香〉（水邊寒色）〔註 218〕寫亭邊景致。〈暗香〉、〈疏影〉原來多為詠梅主題所用詞調，但後人則擴充其內容。

（2）清空風格之突破

如清．姚大禎〈長亭怨慢〉（歎英雄）〔註 219〕，仿照蘇東坡〈念奴嬌〉寫赤壁懷古。清．姚大禎〈長亭怨慢〉（吐珠璣）〔註 220〕，寫議論詞作。

〔註 212〕陳書良箋注：《姜白石詞箋注》（北京：中華書局，2009 年 7 月），頁 17。

〔註 213〕〔清〕鄭文焯：《樵風樂府》，收錄在《清詞別集百三十四種》冊 12，頁 24，總頁 6530。

〔註 214〕〔清〕鄭文焯：《樵風樂府》，收錄在《清詞別集百三十四種》冊 12，頁 24，總頁 6530。

〔註 215〕唐圭璋編：《全宋詞》冊 4，頁 2750。

〔註 216〕唐圭璋編：《全宋詞》冊 5，頁 3099。

〔註 217〕唐圭璋編：《全宋詞》冊 5，頁 3099。

〔註 218〕唐圭璋編：《全明詞》冊 1，頁 51。

〔註 219〕張宏生主編：《全清詞補編》冊 4，頁 2448。

〔註 220〕張宏生主編：《全清詞補編》冊 4，頁 2448。

（3）增加首句用原作原字之和詞方式

原作首句雖不入韻，但清代出現首句用原作原字之情形，如清．鄭文焯和姜夔〈卜算子〉（低唱暗香人）〔註221〕、〈卜算子〉（一櫂過湖西）〔註222〕、〈惜紅衣〉（醉枕銷涼）〔註223〕，皆是其例。

第三節　集句詞

以集句入詩，論者〔註224〕以為自晉以來有之，至王安石尤長此，宋．沈括《夢溪筆談．藝文一》即云：「荊公始為集句詩，多者至百韻，皆集合前人之詩句。」〔註225〕以集句入詞，詞壇或也以王安石起端，如謝章鋌《賭棋山莊詞話》卷十二云：「填詞有集詞句者，且有通闋只集一人句者。……第考之《臨川集》，荊公已啟其端。」〔註226〕，然王師偉勇以為，宋祁之〈鷓鴣天〉，實早於王安石〔註227〕，且得到結論：「宋代之集句詞，其形式與後世對集句詩之定義，誠然有異，蓋可包括（一）集前人成句；（二）就前人成句更動其字詞而後集之；（三）化用前人詩意，另鑄新詞以集之；（四）截取前人詩句以集

〔註221〕〔清〕鄭文焯：《樵風樂府》，收錄在《清詞別集百三十四種》冊12，頁70，總頁6576。

〔註222〕〔清〕鄭文焯：《樵風樂府》，收錄在《清詞別集百三十四種》冊12，頁70，總頁6576。

〔註223〕〔清〕鄭文焯：《樵風樂府》，收錄在《清詞別集百三十四種》冊12，頁46，總頁6552～6553。

〔註224〕〔明〕徐師曾：《文體明辨．集句詩》：「按：集句詩者，雜集古句以成詩也。自晉以來有之，至宋王安石尤長於此。蓋必博學強識，融會貫通，如出一手，然後為工。若牽合傅會，意不相貫，則不足以語此矣。」見〔明〕徐師曾：《文體明辨序說》（臺北：長安出版社，1978年12月），頁111。

〔註225〕〔宋〕沈括：《夢溪筆談．藝文一》，《影印文淵閣四庫全書》（臺北：台灣商務印書館，1968年2月），頁791。

〔註226〕〔清〕謝章鋌《賭棋山莊詞話》，收錄在唐圭璋編：《詞話叢編》（臺北：新文豐出版公司，1988年）冊4，頁3467。

〔註227〕王師偉勇：〈蘇軾集句詞探微——藉唐詩繫年宋詞之二〉，收錄在王偉勇：《宋詞與唐詩之對應研究》（臺北：文史哲出版社，2004年3月），頁359～360。

之；（五）集入作者個人之作品。」〔註228〕並賦予集句詞定義為：「集句詞者，以整引、截取、增損、化用、櫽括等方式，雜集古句；間或雜入一、二今人或個人作品以成詞也。」〔註229〕集句詞既然是雜集古句，則「蓋必博學強識，融會貫通」〔註230〕，通過閱讀前人作品，以整引、截取、化用等方式〔註231〕，剪裁鎔鑄為「如出一手」，然後為工，那麼集句詞也是表現出讀者之接受現象，與仿擬、和韻詞一般，可以側面獲得詞人之名篇佳作，在歷代之傳播接受情況，也印證詞人在詞史上之深遠影響，及其重要地位。

本文就《全宋詞》、《全金元詞》、《全明詞》（含補編）、《全清詞·順康卷》（含補編）、《清詞別集百三十四種》〔註232〕，檢索詞題、詞

〔註228〕王師偉勇：〈蘇軾集句詞四考〉，收錄在《宋代文學研究叢刊》（高雄：麗文文化事業股份有限公司，1998年12月）第4期，頁271～299。

〔註229〕見王師偉勇：〈兩宋集句詞形式考——兼論兩宋集句詞未必盡集前人成句〉，收錄在王偉勇：《詞學專題研究》（臺北：文史哲出版社，2003年4月），頁290、330。

〔註230〕見〔明〕徐師曾：《文體明辨序說》（臺北：長安出版社，1978年12月），頁111。

〔註231〕據王師偉勇撰：〈兩宋集句詞形式考——兼論兩宋集句詞未必盡集前人成句〉一文詮釋：所謂「整引」，意謂整句引用成句，其中字數、語順、命意不變，而有一、二字相異，亦均屬之；所謂「增損」，意謂就成句增減或改易一、二字而言；所謂「截取」，意謂就成句截取三字以上，以成獨立句式者；所謂「化用」，凡取材詩文片段，不易其文意，而另造新句，或引伸文意、反用文意，而另造新句者，均屬之；所謂「櫽括」，凡取材詩文句意，以填作半闋詞以上者，即視為櫽括。收錄於《詞學專題研究》（臺北：文史哲出版社，2003年4月），頁290。

〔註232〕唐圭璋編：《全宋詞》（北京：中華書局，1998年11月）。唐圭璋編：《全金元詞》（臺北：洪氏出版社，1980年11月）。饒宗頤初纂，張璋總纂：《全明詞》（北京：中華書局，2004年1月）。周明初、葉曄補編：《全明詞補編》（杭州：浙江大學出版社，2007年1月）。南京大學中國語言文學系全清詞編纂研究室編：《全清詞·順康卷》（北京：中華書局，2002年5月）。張宏生主編：《全清詞·順康卷補編》（南京：南京大學出版社，2008年5月）。〔清〕李雯等撰：《清詞別集百三十四種》（臺北：鼎文書局，1976年8月）。凡引用以上文本出處之作品，均於作品後附上冊數、頁數，不再一一附注。

序中標示「集句」，或相關字樣者，此無疑為統計集句詞最便捷之方法，然由於詞人之集句作品，未必盡有標示，於焉其總數量，實難明確統計，茲就所見，集有姜夔詞句者，所得共有2闋。列表如次：

序號	作者	詞　牌	詞題（詞序）	出　處
1	董儒龍	鵲橋仙（關河冷落）	江行集句	《全清詞》冊15，頁8565
2	侯晰	滿庭芳（燕子呢喃）	集句送春	《全清詞》冊16，頁9509

一

董儒龍，字蓉仙，號神庵，江蘇宜興人，生於清順治五年（1648），卒於康熙五十七年（1718）之後，有《柳堂詞稿》。《柳堂詞稿》中共有10首集句詞〔註233〕，〈鵲橋仙〉為其中1闋，詞題為：「江行　集句」，詞云：

> 關河冷落，柳耆卿〈八聲甘州〉。暮帆零亂，姜堯章〈長亭怨慢〉。愁到眉峰碧聚。毛澤民〈惜分飛〉。亂山深處水縈洄，秦少游〈虞美人〉。間吐出、寒煙寒雨。蔣竹山〈賀新郎〉。　清江東注，周美成〈渡江雲〉。夕陽西下，蔣竹山〈女冠子〉。俯仰人間今古。蘇子瞻〈西江月〉。目窮千里正傷心，康伯可〈浪淘沙〉。那更聽、塞鴻無數。無名氏〈祝英台近〉。（《全清詞．順康卷》冊15，頁8565）

茲將集自姜夔〈長亭怨慢〉原詞列出：

> 漸吹盡、枝頭香絮。是處人家，綠深門戶。遠浦縈回，暮帆零亂向何許。閱人多矣，誰得似、長亭樹。樹若有情時，不會得、青青如此。日暮。望高城不見，只見亂山無數。韋郎去也，怎忘得、玉環分付。第一是、早早歸來，怕紅萼、無人為主。算空有并刀，難剪離愁千縷。（《全宋詞》冊3，頁2181）

〔註233〕這10首詞調為：〈憶王孫〉2闋，〈如夢令〉、〈定西番〉、〈菩薩蠻〉、〈醉花陰〉、〈鷓鴣天〉、〈虞美人〉、〈鵲橋仙〉、〈小重山〉為1闋。

董儒龍乃採用「截取」姜夔〈長亭怨慢〉，所寫之內容情境，符合其詞江行遠別之鋪陳。姜夔〈長亭怨慢〉在歷代詞選所選姜詞，以及歷代和韻姜詞，數量都屬最多之前四名內，因此董儒龍所集姜詞，乃是歷代讀者朗朗上口之作。

董儒龍 10 闋集句詞中，統計每闋詞集自哪些詞人作品，依統計數量多寡排列，可得之如下表格：

序列	頁數〔註234〕	8553	8553	8553	8555	8557	8561	8562	8564	8565	8567	統計次數
	詞牌	憶王孫	憶王孫	如夢令	定西番	菩薩蠻	醉花陰	鷓鴣天	虞美人	鵲橋仙	小重山	
	首四句	雪毬搖曳	杜鵑飛時	燕子來時	人在洞房	亂魂飛過	細雨夢回	醉裏無何	瀟瀟暮雨	關河冷落	為有春愁	
1	秦觀					1	1		1	1	2	6
2	周邦彥			1	1	1				1	1	5
3	李煜						2	1	1		1	5
4	蘇軾	1			1			1		1		4
5	蔣捷									2	1	3
6	柳永				1		1			1		3
7	歐陽脩		1					1			1	3
8	辛棄疾	1				1						2
9	呂居仁				1	1						2
10	朱敦儒						2					2
11	范仲淹								2			2
12	李清照						1		1			2
13	無名氏					1				1		2
14	劉潛夫							2				2
15	張先	1										1
16	賀鑄	1										1

〔註234〕指《全清詞・順康卷》冊 15。

17	鄭域	1										1
18	謝逸		1									1
19	歐陽炯		1									1
20	顧敻		1									1
21	陳克		1									1
22	晏殊			1								1
23	秦湛			1								1
24	李白			1								1
25	康與之			1								1
26	史達祖			1								1
27	李景元				1							1
28	韋莊				1							1
29	潘元直				1							1
30	汪彥章					1						1
31	王山樵					1						1
32	杜善夫					1						1
33	陳亮						1					1
34	晏幾道						1					1
35	張泌						1					1
36	劉叔倫								1			1
37	王觀								1			1
38	吳禮之								1			1
39	姜夔									1		1
40	毛澤民									1		1
41	康伯可									1		1
42	嚴次山										1	1
43	溫庭筠										1	1
44	謝逸										1	1
45	宋自遜										1	1
46	黃昃										1	1

47	張輯										1	1
48	朱熹							1				1
49	陸游							1				1
50	薛昭蘊							1				1
51	劉德修							1				1
	總計	5	5	6	7	8	10	9	8	10	12	80

董儒龍十闋集句詞，共使用 51 位詞人作品，集了 80 句，最常集自宋詞人，由多自少，前四名排列如下：秦觀（6 次）、周邦彥（5 次）、李煜（5 次）、蘇軾（4 次）、蔣捷（3 次）、柳永（3 次）、歐陽脩（3 次）。觀這幾位詞人，大都屬婉約派詞人，在所集 80 句中，引用這六位詞人之詞共佔 29 句，為 36%，以集北宋詞人居多。只引用詞人作品一次者，有 36 句，佔所有集句 45%，姜夔詞之引用，仍屬少數。

二

侯晰（1654～1720），字燦辰，江蘇無錫人，附監生，考授州佐。工隸篆，善山水。著有《惜軒詞》，《全清詞》所載侯晰詞作，共有 27 首〔註 235〕，其中只有一首集句詞，為〈滿庭芳〉「集句送春」一闋：

燕子呢喃，（宋祁）梨花寂寞，（韓玉）玉爐殘麝猶濃。（李珣）秋千影裏，（歐陽脩）低樹漸蔥籠。（元稹）下有遊人歸路，（王安石）空目斷、（柳永）嬌馬華驄。（趙長卿）懨懨瘦，（李之儀）留春無計，（趙彥端）背立怨東風。（姜夔）愁紅。（顧夐）吹鬢影，（毛滂）漫天飛絮，（向子諲）密密濛濛。（張泌）傍池欄倚徧，（蔣勝欲）幽恨千重。（黃昇）惆悵曉鶯殘月，（韋莊）眠未足，（吳文英）欲語還慵。（馮延巳）鴛衾冷，（柳永）也應相憶，（張先）昨夜夢魂中。（李後主）（《全清詞．順康卷》冊 16，頁 9509）

〔註 235〕這 27 首出自《梁溪詞選．惜軒詞》，見《全清詞．順康卷》冊 16，頁 9512。

茲將集自姜夔〈玉梅令〉一詞臚列如下：

> 疏疏雪片。散入溪南苑。春寒鎖、舊家亭館。有玉梅幾樹，背立怨東風，高花未吐，暗香已遠。公來領略，梅花能勸。花長好、願公更健。便揉春為酒，翦雪作新詩，拚一日、繞花千轉。（《全宋詞》冊 3，頁 2173）

侯晰乃「整引」，整句引用姜夔〈玉梅令〉，詞序云：「石湖家自製此聲，未有語實之，命予作。石湖宅南隔河有圃，曰范村，梅開雪落，竹院深靜，而石湖畏寒不出，故戲及之。」此首乃姜夔勸范石湖到園中賞梅療疾，其中「有玉梅幾樹，背立怨東風」乃是以擬人口吻，玉梅怨嘆春風已來，主人卻不出門欣賞，隱含玉梅寂寞之意。〔註 236〕侯晰則集句作女主人「留春無計，背立怨東風」，感嘆春天消逝太快，卻無法留住它。〈玉梅令〉在歷代詞選選取姜詞作品中，由多至寡數量排名第 15 名，在歷代和韻詞中，無檢索到和此調者，可知〈玉梅令〉在歷代讀者心中，並不是姜夔佳作名詞，但侯晰仍然引用。

侯晰此首集句詞，除了引用五代十國詞人作品，如李珣、顧夐、張泌、韋莊、馮延巳、李後主，以及宋代詞人作品，如北宋宋祁、張先、韓玉、歐陽脩、王安石、柳永、趙長卿、李之儀、趙彥端、毛滂、向子諲；南宋姜夔、蔣捷、吳文英、黃昇，亦引用唐詩作品，如「低樹漸蔥籠」集句自唐・元稹〈會真詩〉：「遙天初飄邈，低樹漸蔥籠。」〔註 237〕侯晰此闋集句詞，引用柳永詞二處：「空目斷」集自〈傾杯・鶩落霜洲〉、「鴛衾冷」，化用柳永〈洞仙歌〉（嘉景）：「從來嬌縱多猜訝。更對翦香雲，須要深心同寫。愛搵了雙眉，索人重畫。忍孤豔冶。斷不等閒輕捨。鴛衾下。願常恁。好天良夜。」〔註 238〕其他句子皆各自 22 位作者之作品，引用 1 次。

〔註 236〕〔宋〕姜夔著、陳書良箋注：《姜白石詞箋注》（北京：中華書局，2009 年 7 月），頁 125。

〔註 237〕中華書局編輯部點校：《全唐詩・增訂本》（北京：中華書局，2005 年）卷 422，元稹 27，頁 4655。

〔註 238〕唐圭璋編：《全宋詞》冊 1，頁 50。

小結

目前就所見集句詞，只有二闋集自姜夔，一首董儒龍引用自姜夔〈長亭怨慢〉，為詞選以及和韻詞所常見姜夔名作；另一首侯晰引用自〈玉梅令〉，為詞選少選，以及不見和此調之和韻詞。因此可知侯晰對姜夔詞能深入閱讀，才能注意到前人未注意之詞句，而董儒龍、侯晰皆反映了姜夔詞在清初之傳播現象。

第八章　結　論

一、宋、元時期對姜夔詞之接受

（一）書目版本方面

宋代有錢希武刻本系統，以及黃昇《花庵詞選》選錄白石 34 闋詞流傳。另有宋・陳振孫《直齋書錄解題》、元・馬端臨《文獻通考》書目記載《白石詞》五卷。元朝時有陶宗儀抄本系統，但至清代始發現。

（二）在詞選選錄姜夔詞方面

由南宋到宋末元初，統計所收錄姜詞之詞數，從南宋寧宗《草堂詩餘》之零首，到南宋《花庵詞選》、《陽春白雪》第四名、《絕妙好詞》第三名，可見姜詞越來越受重視。

因南宋靖康之變（1126）後，《草堂詩餘》仍以收北宋詞為主，且專收俗體、流行歌曲，故未收錄姜詞。淳祐黃昇《花庵詞選》以存史之目的，將各派詞作大量收錄，除蘇辛一派大量存錄，南宋姜夔亦在此選中佔有不少份量，也標誌著南宋詞之多樣發展狀況。而黃昇自己也有仿效姜夔體之作，以依韻方式仿擬姜夔詞〈阮郎歸〉，而姜夔這闋詞，並非存錄於《花庵詞選》中，可知黃昇於別處另見姜夔詞。宋末《陽春白雪》與《絕妙詞選》轉以重「雅」詞為主。《陽春白雪》大量收錄江湖詞人之「妍雅深厚、溫厚蘊藉」詞作，姜夔詞亦被收錄 12 首；《絕妙好詞》選錄宗旨也以江湖雅人騷雅幽怨為中心，姜夔詞被收錄 13 首，數量之多都在前四名內。這與周密為宋末臨安詞人，有心體現臨安詞學強調詞之音律觀點與騷雅審美趣味的目的有關。

（三）在詞論方面

南宋時的政治環境苟且偏安，且詞已發展到一段時間，走向精緻典雅化，「重音律、尚典雅」為此一時代文學理論總結，使得具備音律雅正、內容騷雅的姜夔詞，在南宋受到推崇。再者，南宋滅亡後，元蒙王朝施行了民族壓迫政策，南宋遺民在詞作裏採取空靈曲折的表現方式，寄寓了黍離之感，與桑梓之悲。此外，詞也有詩化的現象，宋文化特有的清、淡、疏、遠美學意境，促使宋代詞壇提出清空、騷雅等文學批評標準，南宋張炎在《詞源》中特別標舉姜夔詞為代表，此論點影響後世深遠。

二、明時期對姜夔詞之接受

（一）書目版本方面

從明代書目中記載可知，僅有《白石道人歌曲》一冊或一本，並無六卷、四卷等分別。明朝則刻本系統不見，僅剩毛晉《宋六十名家詞》選本留存《花庵詞選》白石詞 34 闋。

（二）在詞選選錄姜夔詞方面

1. 明嘉靖時期

明代目前流傳算早且保存完整之明洪武壬申（二十五年，1392）《增修箋註妙選羣英草堂詩餘》〔註 1〕未收錄姜夔詞。

〔註 1〕《增修箋註妙選羣英草堂詩餘》（明洪武壬申（二十五年，1392）遵正書堂刊本），收錄於吳昌綬、陶湘輯：《景刊宋金元明本詞》（上海：上海古籍出版社，1989 年），頁 407～456。

嘉靖時期，陳鍾秀校刊《精選名賢詞話草堂詩餘》〔註2〕、顧從敬類選《類編草堂詩餘》〔註3〕、《增修箋註妙選羣英草堂詩餘》〔註4〕也未收有姜夔詞。而屬於補《草堂》之遺：楊慎之《詞林萬選》未選錄；只有楊慎另一選集《百琲明珠》以及選源主要來自《草堂詩餘》之《天機餘錦》各存1闋，可見姜夔詞之不受選家青睞。

嘉靖詞選少選錄姜詞原因之一，除了受《草堂詩餘》主要提倡北宋婉約詞的影響外，如《天機餘錦》。還有就是當時未見姜夔詞，如楊慎編《詞林萬選》時，未見姜夔詞，直至編《百琲明珠》才見到。

明嘉靖時期詞選，收錄姜詞最多一首，然而在此時期，邵亨貞擬古十首中之一，有〈杏花天〉「擬白石　垂虹夜泊」，仿擬姜詞〈杏花天〉內容、風格、體制，《天機餘錦》中也收錄了瞿佑〈滿江紅〉，仿自姜夔平調〈滿江紅〉，保留姜詞之自度曲之獨創作品。

2. 萬曆時期

出現存詞甚巨之《花草粹編》，收詞三千多首，選源突破了《花間集》、《草堂詩餘》之局限，廣泛搜集，許多詞人作品因此被保留下來，姜夔詞亦在受益者之列，被收錄了19闋。

另外盛行明代之《草堂詩餘》，至萬曆時期出現續編本：長湖外史所輯、錢允治箋釋《類編箋釋續選草堂詩餘》，收錄標準乃續選《草堂詩餘》中所遺漏之佳詞，雖然亦沿襲北宋婉約靡麗之詞風，然而所選詞作，在《花草粹編》影響下，所選《草堂》亦有所轉變，收錄了姜夔2闋詞。

以選評俗艷詞作之《詞的》，應晚明社會浪漫思潮，反對傳統道

〔註2〕〔宋〕何士信編選：《精選名賢詞話草堂詩餘》（明嘉靖十七年閩沙陳鍾秀刊本），收錄在〔清〕王鵬運：《四印齋所刻詞》（上海：上海古籍出版社，1989年）。

〔註3〕〔宋〕不著編人：《類編草堂詩餘》（臺北：故宮博物館藏，明嘉靖庚戌（二十九年）武陵顧從敬刊本）。

〔註4〕《增修箋註妙選羣英草堂詩餘》（明洪武壬申（二十五年，1392）遵正書堂刊本），收錄於吳昌綬、陶湘輯：《景刊宋金元明本詞》（上海：上海古籍出版社，1989年），頁407～456。

德，要求個性自由解放下，所選仍偏向輕靡俗艷之作，以幽俊香豔為當行詞作，循「花草」之風，拓展內容，因此姜夔清空騷雅詞作，就不符合收錄標準。

萬曆時期，仍然受到《花間》《草堂》之影響，故《類編箋釋續選草堂詩餘》仍仿舊風，以北宋詞人婉約靡麗為主，《詞的》亦以彙集「幽俊香豔」之詞家當行詞作為主，也未選錄姜詞。姜夔詞曲高和寡，可能陳義過高，或自度曲調冷門，一般大眾難以傳唱，不能成為當時流行歌曲、書賈牟利之商品，然姜夔詞之獨特性，却在《花草粹編》中，再次顯露，使往後之詞選，有更多機會閱讀到姜詞。由此可總結：明萬曆時期，為詞選收入姜夔詞之試驗初期。

3. 崇禎時期

崇禎時期選錄姜夔詞，已經比萬曆時期數量更為多。詞選著重在擴編或縮編《草堂》，影響了是否選錄姜夔詞之主因。以下分別論之：

為《草堂》續補本之詞選有：

第一、晚明崇禎時期，沈際飛編選評正之《草堂詩餘別集》。此選突破《草堂詩餘》重晚唐、五代、北宋之詞，廣泛選取南宋詞，對婉約、豪放、雅詞派等都有所注重，收錄姜夔詞七闋，承襲張炎評語，稱讚其「清空騷雅」之特色。

第二、卓人月和徐士俊所編《古今詞統》。此選有統集大成、存詞為史之目的，收錄姜夔詞十闋。《古今詞統》大部分除參閱《草堂詩餘別集》、《草堂詩餘續集》外，也參閱《花草粹編》編選姜夔詞。選取 10 闋姜夔詞中，有 5 闋為自度曲，注中讚賞姜詞精音律，能自度曲，然卻也因此後人難以仿效，以致影響其流傳。

第三、潘游龍所選《古今詩餘醉》。潘游龍喜愛《花間》、《草堂》那樣穠麗之風格，「艷麗真情」才是《古今詩餘醉》之基本風格。所選五闋姜夔詞，皆在沈際飛《草堂詩餘別集》所收七闋姜夔詞中，以為詞須符合「真理至情」。潘游龍所選姜詞，乃在於描寫悽苦至情之境，深情真意，以致不忍刪去。

以《草堂四集》為縮編本之詞選有：

陸雲龍所選《詞菁》，自復古中咀嚼新意，是它被歸為竟陵派之因。但此選未錄姜夔詞，主要是因全書 270 闋詞，乃《草堂四集》之濃縮本，在整本《草堂》中，姜詞本來所佔地位就小，縮編之後，就被淘汰。《詞菁》只存錄《草堂四集》主要菁華，所以仍以原本就佔大多數之北宋詞、明詞為主。

崇禎這個時期詞選，主要是《草堂詩餘》之續補本與縮編本，續補本乃選源擴大至南宋、明代，如：《草堂詩餘別集》、《古今詞統》、《古今詩餘醉》，就收有姜夔詞。而崇禎時期之縮編本，以縮編《草堂詩餘四集》為主之《詞菁》，保留原本《草堂》精華，就未選錄姜夔詞。總而言之，崇禎時期詞選，仍然受《草堂詩餘》之流風遺韻影響，但《草堂詩餘》之擴編本多於縮編本，且詞選之趨向，已由晚唐、北宋偏向南宋與明代，流派紛呈，複雜變化，有兼容並蓄之現象，因此，姜夔等雅詞派在此時期也漸露曙光，比起嘉靖、萬曆時期，可說有更多展現的機會。

（三）在詞論部分

明代趨向於淺俗與香弱，《花間集》與《草堂詩餘》之淺近穠艷成了明人作詞時學習和仿效之範本。評論姜詞者也很少，多重述宋代之說，如「清空騷雅」之說。

對於姜詞不普遍之因，明代多本詞選受《草堂詩餘》影響，如嘉靖的《天機餘錦》選源來自草堂，萬曆的《類編箋釋續選草堂詩餘》、《詞的》也如《草堂詩餘》以「幽俊香豔」之北宋詞家為主，崇禎時期縮編《草堂詩餘四集》為主之《詞菁》，都未選錄姜夔詞。

明代以《花間》、《草堂》纖麗婉約之詞風為主，與清空騷雅之姜夔詞，宗旨不同。如何良俊《草堂詩餘序》謂：「樂府以曒逕揚厲為工，詩餘以婉麗流暢為美，即《草堂詩餘》所載，如周清真、張子野、秦少游、晁叔原諸人之作，柔情曼聲，摹寫殆盡，正辭家所謂當行，所謂本色也。」〔註5〕陳水雲在〈唐宋詞籍在明末清初傳播述略〉也說：「《花間》、《草堂》傳遞的主要是婉約為正，豪放為變的詞體觀念，這一觀念在明代嘉靖年間便非常流行。」〔註6〕本色當行在當時非常流行，因此姜夔詞也就不受大眾歡迎。

《草堂詩餘》在明時期之影響甚大，其收錄宗指在於具有「流行通俗」，以及「淺近易學」之詞作。姜夔以知曉音律，創自度曲為其獨創性，然至明代譜調盡失，難以傳唱其名作，以致無法蔚然成風。

再者《草堂詩餘》具有強大排他性，未被收錄於當紅《草堂詩餘》之姜夔詞，掩蓋其曝光率，因此少人知曉。孫克強曾說：「《草堂詩餘》所選作品的風格看，絕大多數是婉約一體，其它風格均遭排斥。周、秦等人之婉約詞多被選入，辛詞中為人所稱道的豪放詞皆棄而未收，所取亦皆婉約之作；姜夔詞風清空騷雅，有別於婉麗柔曼而另具情貌，《草堂》中也一概不取。」〔註7〕就算針對《草堂》未收之詞，延伸至南宋及元、明之《天機餘錦》、《詞林萬選》、《百琲明珠》，展現對尊北宋詞之修正與突破，所選詞作以南宋詞為夥〔註8〕，然也未注意到姜夔典雅詞派之詞人。

還有就是明代詞選家未見姜夔詞，如楊慎編《詞林萬選》時，未見姜夔詞，直至編《百琲明珠》才見到。再對照明代書目版本中記載可知，僅有《白石道人歌曲》一冊或一本，或並未有其他刻本的記載。幸有明崇禎三年毛晉《宋六十名家詞》選本留存《花庵詞選》白

〔註5〕何良俊此序作於嘉靖庚戌（二十九年，1550），見何良俊：《類選箋釋草堂詩餘・序》（《續修四庫全書》據上海圖書館藏明萬曆42年刻本影印），頁67。

〔註6〕陳水雲：〈唐宋詞籍在明末清初傳播述略〉，《湖南文理學院學報（社會科學版）》（2007年9月）第32卷第5期，頁54。

〔註7〕孫克強：〈《草堂詩餘》的盛衰和清初詞風的轉變〉，《中國文哲研究通訊》（1992年3月）第2卷第1期，頁140。

〔註8〕促使豪放詞漸露頭角，如楊慎《詞林萬選》選了七闋辛棄疾詞，並對稼軒讚譽有加，楊慎《詞品》卷四：「回視稼軒所作，豈非萬古一清風哉。」見唐圭璋：《詞話叢編》（臺北：新文豐出版公司）第1冊，頁503。

石詞 34 闋。可見姜詞之傳播乃借宋《花庵詞選》維繫。

三、清時期對姜夔詞之接受

（一）清代初期

1. 書目版本方面

白石詞版本最繁盛時期，為清代乾隆時期，出現一卷、四卷、六卷本。刻抄者大多為江蘇、浙江人。清乾隆時期，也是姜夔詞受浙西詞派推舉為崇高地位的時代。

2. 在詞選選錄姜夔詞方面

康熙乾隆時，朱彝尊《詞綜》之編纂宗旨，在於推崇姜夔「尚醇雅」、「重律呂」，以洗《草堂詩餘》之鄙陋。朱彝尊以為「填詞最雅，無過石帚」，然所見姜詞只有 23 闋，所以姜詞數量雖排名第十名，卻是朱彝尊最為推崇之詞人。

自康熙十七年《詞綜》出現後，清初詞選絕大多數與它有關，也多推崇姜夔，宗主《詞綜》之選本，對於姜夔多有讚譽，從《詞綜》評姜「填詞最雅」，到《詞潔》「宮調、語句無憾」、「無一凡近」、「才高情真」，到《清綺軒詞選》「雅正超忽，詞家上乘」，到最後《自怡軒詞選》乃以「詞中之聖」稱姜夔，姜夔地位越來越高。然而清初詞選所錄姜詞，最多才 35 首（集大成之《御選歷代詩餘》收錄 35 首），故清初詞選雖然極推崇姜夔，但因流傳姜詞數量不多之事實，卻讓他在詞選作品排行榜中，常出乎前五名外，只有一本《自怡軒詞選》，特別地讓姜夔詞作數量穩坐第一名寶位。故可知姜夔詞版本最繁盛時期，在乾隆時期，與浙西詞派推崇姜夔有關。

另外在康熙年間，有官方收錄集大成之《御選歷代詩餘》，以及特別強調豪放詞之《古今詞選》:《御選歷代詩餘》以建構詞學之全為宗旨，以博且精之態度，蒐集詳定，兼括洪纖，存錄各體。《御選歷代詩餘》所收姜夔詞只有 35 首，大部分取之於《宋六十名家詞》，印證當時未見姜夔全部詞作。《古今詞選》宣稱婉約、豪放，正、變二體兼錄。然實際上傾向陽羨派，所選詞作，仍以豪放詞為夥，且以辛棄疾最多，劉過、劉克莊、蘇軾之作亦不少。至於雅詞派作品收錄並不多，只收錄姜夔 4 首詞。

清初朱彝尊在詞選詞論上推崇姜夔，在創作上，他也曾作〈邁陂塘〉（問陳倉）仿效姜夔獨創格律〈邁陂塘〉（向秋來），顯示了朱彝尊在處創作上也實際學習姜詞。另外，清初樓儼〈玲瓏四犯〉（兩岸綠陰）仿效姜夔獨創雙調的〈玲瓏四犯〉，亦用姜夔詞韻填〈側犯〉，可知除了朱彝尊等人，樓儼也特別喜愛姜夔詞。

3. 在詞論部分

清初雲間派推尊南唐、北宋，以婉約風為詞之正宗，故他們評論姜史等南宋詞家，警策拔俗，瑰奇構彩、煉句琢字。

浙西詞派後，姜夔之影響甚廣，是將姜夔推至詞學地位最高之時代。姜夔「句琢字煉，歸于醇雅」，語言文字典雅含蓄，情意內容雅正得體，且精於音律，得以矯正明末俚、伉之弊。朱彝尊之後，姜詞之「清空」，為浙西派後人加以發揚。姜詞之人品也備受推崇，謂姜夔「往來江湖，不為富貴所熏灼」之清高人格，不同於史達祖因敗吏而受黥，故姜詞與史詞比量之下，工拙自見。姜夔詞風獨立成為一派，是在詞壇朱彝尊大力彰揚姜夔、張炎清雅詞的獨特審美價值之後，從此「清雅」（清空、澹雅）與傳統的「婉麗」、「豪放」鼎足而三。

（二）清代中期

1. 在詞選選錄姜夔詞方面

清代中期因常州詞派選詞標準，幾乎都把姜夔打至冷宮。從張惠言之「意內言外」至周濟之「蘊藉深厚」，皆強調詞之思想情感。收錄姜詞數量也不多，姜詞在張惠言《詞選》中佔第 13 名，首先被踢出熱門區，到周濟《詞辨》第 10 名，周濟更批評「白石疏放，醞釀不深」，至《宋四家詞選》中認為「白石放曠局促，情淺才小」，比之辛棄疾更是差遠了。周濟將姜夔歸為詞學之「變」，而非詞學之「正」，目的在破壞姜詞舊盟主地位，重新建立以周邦彥、辛棄疾、王沂孫、吳文英之新詞統。

然而清代中期詞選，除了常州派提出新詞學審美標準，也有從康熙《詞譜》到乾隆《九宮大成曲譜》開始，重視傳承詞之音樂格律之一脈。道光時期有受此影響而產生之詞選，如戈載《宋七家詞選》，就因姜夔有音樂譜之紀錄，特別重視他。

其中，乾嘉漢學凌廷堪，對詞學宮調樂譜有所關注，於嘉慶五年取姜夔〈暗香〉句意，名其詞集為「梅邊吹笛譜」，亦有仿效姜夔詞2闋。

2. 在詞論部分

清代中期，嘉慶、道光年間，國勢日衰，社會動盪，浙西派末流所作雅詞，徒事模擬之結果，使詞意枯寂，詞之創作脫離現實。

浙派末流吳錫麒、郭麐等作著變革詞風之努力，在推崇姜張同時，也不偏廢蘇、辛。並認為當時學姜張者，只學到外在皮毛，音節格律模仿，而忽略內涵。郭麐除了標舉清空外，也強調姜張言外之意，一唱三歎之婉約韻致。但浙派一蹶不振，常州詞派終於應運而起，藥石「浙派」之空枵。

常州詞派惠言論詞採取了今文經之方法，提倡比興寄託。為了避開文字獄之禍，特別將《詞選》的政治感懷內隱，且為了將此內隱的情懷，安全又不受阻礙的表現出來，特意選擇家國之感較清淺流暢的詞作〔註 9〕，於是深美閎約的溫庭筠詞便脫穎而出。為了藥石浙西詞派末流之空洞，因此清虛的姜夔詞、隱諱的吳文英詞皆未獲重視。張惠言標舉八家典範，打破了《詞綜》以南宋為宗局面，對吳文英貶抑，對王沂孫褒揚，形成「抑吳（文英）揚王（沂孫），不廢姜（夔）張（炎）」之新規則。

到了嘉、道時期的周濟，社會開始紛亂，批評政治的禁忌稍為

〔註 9〕陳慷玲：《清代世變與常州詞派之發展》（臺北：國家出版社，2012 年 2 月），頁 351。

解除〔註10〕，周濟除選擇北宋集大成的周邦彥詞，南宋具家國意識的辛棄疾、王沂孫詞，以及隱晦避免政治寄託外露的吳文英詞，皆受到重視，至於情淺才小的姜夔詞則被排斥在主流之外。周濟提出「退蘇（軾）進辛（棄疾），糾彈姜（夔）、張（炎）」之主張。認為辛棄疾代表著具有清疏意味之變體，而姜夔源出於辛。並把姜詞與辛棄疾歸於詞學「變」類，非詞學正宗之意。

（三）清代末期

1. 在詞選選錄姜夔詞方面

晚清詞選，雖然仍籠罩在常州詞派影響下，但開始提出對常州詞論之檢討與彌補，如針對周濟提出「退蘇進辛，糾彈姜、張」之反撥，蘇軾、姜夔地位因此再次受重視，這類詞選如：

（1）陳廷焯《詞則》。陳氏認為姜夔為正宗詞派，且因「詞筆超」被列為四詞聖（王沂孫、周邦彥、秦觀、姜夔）之一。（2）梁令嫻《藝衡館詞選》。《藝衡館詞選》乃衡量於繁簡之間，見詞學正變之軌。以為南宋乃詞之盛世，故多選南宋詞，詞選最多者依序為吳文英、辛棄疾、周邦彥，姜夔、溫庭筠屬第四名。（3）朱祖謀《宋詞三百首》。《宋詞三百首》編選標準，求之體格、神致，以渾成為主旨。與常州詞派周濟提出之「渾成」相同。選詞最多者，依序為南宋吳文英、北宋周邦彥、晏幾道，姜夔佔第四名。

另外試圖以刪取前人叢編、詞選，建立新面貌之詞選。如：馮煦《宋六十一家詞選》，以毛晉《宋六十名家詞》為底本，取各家本色精華，汰其凡下，選取數量最多者為幽邃綿密的吳文英詞，接著晏幾道、周邦彥，姜夔在數量排列第 9 名。然馮煦自毛晉《宋六十名家詞》，選取詞作之比例最高者，為姜夔，且稱姜夔「超脫蹊逕，天籟人力，兩臻絕頂，筆之所至，神韻俱到」，極高度讚揚姜夔。王闓運《湘

〔註10〕陳慷玲：《清代世變與常州詞派之發展》（臺北：國家出版社，2012 年 2 月），頁 351。

綺樓詞選》係刪取《絕妙詞選》、點定《詞綜》而成。所選詞作，以蘇軾與姜夔各佔 5 首，數量最多；再細分來看，北宋以蘇軾、周邦彥為多，南宋以姜夔、辛棄疾為多，顯示婉約、豪放、清雅詞並重。

因清代中期常州詞派周濟提出「退蘇進辛」之論點，在晚清詞壇中蘇軾、辛棄疾之排名，有升有降，變化較劇，但對於姜夔之地位，各家詞選幾乎都反對周濟之「糾彈」，因此姜夔排名絕大多數在前四名之內。第一名之機會大多是講求渾化自然的周邦彥詞、幽邃綿密的吳文英詞，但第四名之位置則非姜夔莫屬。清代中期周濟提出姜夔同蘇辛一類，並列為清剛一體後，除梁啟超從之外。但多數詞選不把姜詞歸為蘇辛類，而體認各家自有特色，如陳廷焯《詞則》、朱祖謀《宋詞三百首》、馮煦《宋六十一家詞選》等，傾向客觀化之執本馭中之態度，改正常州詞派之論點，明顯不同於清代前、中期強烈之詞派選詞現象。

2. 詞論部分

清代末期由於民族危機和詞話之發展，常州派佔了絕對優勢，詞話大家基本上都屬於常州派或偏向常州派。其他一般話詞家，不主一派，折衷於浙西、常州，出入於北、南宋之間，理論不出浙西、常州之觀點，僅各取所需，自我標榜而已。

常州派後期提升姜夔地位，常州派後期陳廷焯除編有《詞則》認為姜夔為正宗詞派外，亦有《白雨齋詞話》，建立了「溫厚沉鬱」之理論，以南宋王沂孫為冠、姜夔次之。宋祥鳳《樂府餘論》也論姜夔「流落江湖，不忘君國，皆比興寄託」。其他詞評家，馮煦《宋六十一家詞選》自毛晉《宋六十名家詞》，選取姜夔詞作之比例最高者外，亦贊譽「天籟人力，兩臻絕頂」、「洗盡人間煙火氣」具有高潔之氣格。在創作方面，馮煦亦有五闋和韻姜詞之作。清末四大家之一的鄭文焯提倡「寄託」與「清空」相通融，表現比興寄託之極高境界，除了在理論上推崇姜夔，也在創作上仿擬姜詞二闋，並和韻姜詞 19 闋之多。

清代其他詞論家，對姜夔贊譽之評價，如標舉姜詞之清靈飄逸、高格雅調、清勁險麗、清空寄託等。也有沿襲清代中期對姜詞批評之說，如立意卑弱、情味索然、詞無內美、詞蕪鄙俚等，對姜夔多樣的評論聲音出現。

四、創作接受方面

歷代仿效姜詞：宋代有2闋；明代2闋，其中嘉靖1闋、萬曆1闋；清代有6闋，其中清初2闋、清中2闋、清末2闋。歷代和韻詞作者之時代分布及創作數量：歷代追和姜夔之作者共有53人，其中宋代（南宋）2人，共有10闋和韻姜詞；明代2人，邵亨貞屬明初時期、彭孫貽屬明末時期，共有5首和韻姜詞；清代49人，共有105闋和韻姜詞，其中和韻姜詞最多之前三名，姚大禎（5闋）屬於清初時代，鄭文焯（19闋）與馮煦（5闋）皆在清末時代。就集句詞而言，只有清初2闋。呈現出清初與清末讀者在創作在仿擬、和韻、集句姜詞上最多。

由以上書目版本資料、詞選統計、詞論探討到讀者的創作接受，可知南宋末在滅亡後，元蒙王朝施行了民族壓迫政策，南宋遺民必然需要採取空靈曲折之表現方式，在詞作裏寄寓黍離之感，與桑梓之悲，而「雅正」之情意內容，意味著堅持漢民族的傳統文學觀念，因此「清空雅正」在朝代替換間，取得一種合法的存在。

明代受《草堂詩餘》影響大，以北宋婉約詞風為主，周邦彥、秦觀等婉約詞才符合明人口味。南宋姜夔詞直到崇禎時期因詞選之選源擴大，才漸露頭角。

清代初期文網正盛，浙西詞派提倡雅詞適應新政治，並矯正明詞之鄙陋，因此推崇姜夔詞。清代中期因乾隆、嘉慶國家兼受內憂外患夾擊，浙西派末流故作清空雅詞，已失去了情感的內涵，而流於空洞和浮滑，致使詞意枯寂，缺乏真情常州詞派選詞標準，幾乎都把姜夔打至冷宮。

至鴉片戰爭清代末期後，同、光後期政治腐敗潰爛，不可挽回，積極的改革亦無作用，詞人內心深沉悲哀的複雜情懷，轉而寄託於隱晦的吳文英詞中，吳文英詞遂成為一代風會。同時出現融和浙西詞派「清空」、常州詞派「寄託」之觀點，強調「清空寄託」之渾化無迹；反省常州詞派提出「糾彈姜張」之內容，於是重新確認姜夔詞的價值。

在清末，讀者對姜夔有提出清空寄託的新體悟，也有批判有格無情之說法，雖然姜詞在清末詞選中並非佔據第一名之位，但也多在第四名，顯見清末讀者非如清初浙西詞派這樣極推崇姜詞，又非如清中常州詞派貶抑姜詞，而是以客觀態度給予姜詞定位。

可知姜夔詞會受到讀者注意，是在朝代易變之際：如南宋末、明末清初、清末這三個時間點。文人身處家國崩壞、改革無益，或身處國家整頓、文網熾盛之際，才會感覺姜夔詞之藝術效果符合當時需要，「清空騷雅」也符合應世的態度；同時表現出讀者對家國殷殷關切，卻又無力可施，乃轉而追求清高詞品的心態。

參考文獻

一、姜夔詞集與研究專著

1.〔宋〕姜夔著、陳柱箋評：《白石道人詞箋平》，上海：上海商務印書館印行，1930 年。

2.〔宋〕姜夔著、王雲五主編：《白石道人全集》，臺北：臺灣商務印書館，1968 年 9 月。

3. 陳思：《白石道人年譜》，臺北：藝文印書館，1971 年，《遼海叢書》冊 25。

4.〔宋〕姜夔著、夏承燾校輯：《白石詩詞集》，臺北：華正書局，1974 年。

5.〔宋〕姜夔著、黃兆顯箋注《姜白石七絕詩九十一首小箋》，台北：河洛出版社，1978 年。

6. 朱傳譽主編：《姜白石傳記資料》，臺北：天一出版社，1982～1985 年。

7.〔宋〕姜夔著、杜子莊注：《姜白石詩詞》，南昌：江西人民出版社，1982 年。

8.〔宋〕姜夔著、夏承燾校、吳無聞注釋：《白石詞校注》，廣州：廣東人民出版社，1983 年 1 月。

9.〔宋〕姜夔著、劉乃昌選注：《姜夔詩詞選注》，上海：上海古籍出版社，1983 年 12 月。

10.〔宋〕姜夔著，孫玄常箋注：《姜白石詩集箋注》，太原：山西人民出版社，1986 年 12 月。

11. 殷光熹主編：《姜夔詩詞賞析集》，成都：巴蜀書社，1994 年 1 月。

12.〔宋〕姜夔著、夏承燾注：《姜白石詞編年箋注》，上海：上海古籍出版社，1998 年 12 月。

13.〔宋〕姜夔著、黃兆漢：《姜白石詞詳注》，臺北：臺灣學生書局，1998 年 12 月。

14.〔宋〕姜夔著、劉斯奮選注：《姜夔詞選．張炎詞選》，臺北：遠流出版社，2000 年 6 月。

15. 趙曉嵐：《姜夔與南宋文化》，北京：學苑出版社，2001 年 5 月。

16.〔宋〕姜夔著、韓經太、王維若評注：《姜夔詞》，北京：人民文學出版社，2005 年。

17.〔宋〕姜夔著、陳書良注：《姜白石詞箋注》，北京：中華書局，2009 年 7 月。

18.〔宋〕姜夔著、劉乃昌編著：《姜夔詞新釋輯評》，北京：中國書店，2010 年 1 月。

19. 賈文昭編：《姜夔資料彙編》，北京：中華書局，2011 年 12 月。

二、經、史、子部著作

1.〔漢〕司馬遷撰、瀧川龜太郎考證：《史記會注考證》，臺北：萬卷樓圖書有限公司，1996 年 10 月。

2.〔南朝〕劉勰撰、范文瀾註：《文心雕龍註》，臺北：明倫出版社，1971 年。

3.〔元〕馬端臨：《文獻通考》，臺北：臺灣商務印書館，1983 年，《景印文淵閣四庫全書》冊 614。

4.〔元〕脫脫等：《宋史藝文志》，北京：中華書局，1985 年，《叢書集成初編》據八史經籍志本排印。

5.〔明〕楊士奇等編：《文淵閣書目》，上海：商務印書館，1936 年，國學基本叢書簡編。

6.〔明〕楊士奇、〔清〕傅維麟：《明書經籍志》，臺北：成文出版社有限公司，1978 年，《書目類編》冊 3 據民國四十八年排印本影印。

7.〔明〕張萱：《內閣藏書目錄》，臺北：廣文書局有限公司，1995 年。

8.〔明〕錢溥：《祕閣書目》，臺南：莊嚴文化事業有限公司，1996 年，《四庫全書存目叢書》史部冊 277 中國科學院圖書館藏清鈔本。

9.〔明〕葉盛：《菉竹堂書目》，北京：中華書局，1985 年，《叢書集成初編》據粵雅堂叢書本。

10.〔明〕趙用賢藏並編：《趙定宇書目》，《中國著名藏書家書目匯刊·明清卷》，北京：商務印書館出版，2005 年。

11.〔明〕朱存理：《珊瑚木難》，臺北：商務印書館股份有限公司，1987 年，《影印文淵閣四庫全書》冊 815。

12.〔清〕倪燦撰、盧文弨訂正：《宋史藝文志補》，北京：中華書局，1985 年，《叢書集成初編》。

13.〔清〕稽璜、曹仁虎等奉敕撰：《欽定續通志·藝文略》，臺北：臺灣商務印書館，1983 年，《景印文淵閣四庫全書》冊 394。

14.〔清〕鄭德懋輯：《汲古閣校刻書目》，上海：上海書店，1994 年，《叢書集成續編》冊 71。

15.〔清〕永瑢等撰：《四庫全書總目》，北京：中華書局，2008 年 11 月。

16.〔清〕錢曾：《也是園藏書目》，《中國著名藏書家書目匯刊·明清卷》，北京：商務印書館出版，2005 年，清歸安姚氏咫進齋抄本〔國家圖書館藏〕影印，冊 16。

17.〔清〕錢曾：《述古堂藏書目》，《中國著名藏書家書目匯刊．明清卷》，北京：商務印書館出版，2005 年，清道光三十年（1850）南海伍氏粵雅堂刻本，冊 17。

18.〔清〕陸漻：《佳趣堂書目》，《中國著名藏書家書目匯刊．明清卷》，北京：商務印書館，2005 年，清宣統元年 1909 章氏四當齋抄本，冊 21。

19.〔清〕彭元瑞：《知聖道齋書目》，《中國著名藏書家書目匯刊．明清卷》，北京：商務印書館，2005 年，冊 23。

20.〔清〕彭元端：《知聖道齋書目》，《中國著名藏書家書目匯刊．明清卷》，北京：商務印書館，2005 年，冊 23。

21.〔清〕莫友芝：《郘亭知見傳本書目》，臺北：廣文書局，1996 年。

22.〔清〕趙宗建：《舊山樓書目》，收錄於嚴靈峯編輯：《書目類編》，臺北：成文出版社有限公司，1978 年，據民國四十七年排印本影印，冊 34。

23.〔清〕丁丙：《善本書室藏書志》，臺北：廣文書局，1967 年。

24.〔清〕丁丙藏、丁仁編：《八千卷樓書目》，《中國著名藏書家書目匯刊．近代卷》，北京：商務印書館，2005 年，民國十二年 1923 年錢塘丁氏鉛印本，冊 8。

25.〔清〕陸心源：《皕宋樓藏書志》，《續修四庫全書》，上海：上海古籍出版社，2002 年，據清刻潛園總集本，冊 929。

26.〔清〕徐樹蘭：《古越藏書樓書目》，《明清以來公藏書目彙刊》，北京：北京圖書館出版社，2008 年，清光緒三十年 1904 年崇實書局石印本，冊 45。

27.〔清〕沈德壽：《抱經樓藏書志》，《宋元明清書目題跋叢刊》，北京：中華書局，2006 年，冊 12。

28.〔清〕陳徵芝藏、〔清〕孫樹杓編：《帶經堂書目》，《中國著名藏書家書目匯刊．明清卷》，北京：商務印書館，2005 年，清宣統順德鄧氏風雨樓鉛印本，冊 28。

29. 吳引孫：《揚州吳氏測海樓藏書目錄》，《中國著名藏書家書目匯刊．近代卷》，北京：商務印書館，2005 年，民國二十年（1931）北平富晉書社石印本，冊 14。
30. 劉錦藻：《清朝續文獻通考》，臺北：臺灣商務印書館，1987 年。
31. 葉德輝：《葉氏觀古堂藏書目四卷》，《中國著名藏書家書目匯刊．近代卷》，北京：商務印書館，2005 年清光緒葉氏元尚齋稿本，冊 21。
32. 葉德輝：《郋園讀書志》，臺北：明文書局，1990 年 12 月，戊辰（1928）初夏印於上海澹園。
33. 顧廷龍：《章氏四當齋藏書目》，《中國著名藏書家書目匯刊．近代卷》，北京：商務印書館，2005 年民國二十七年（1938）燕京大學圖書館鉛印本，冊 21。
34. 張元濟：《涵芬樓原存善本書目》，韋力編：《古書題跋叢刊》，北京：學苑出版社，2009 年，冊 26。
35. 梁啟超藏、國立北平圖書館編：《梁氏飲冰室藏書目錄》，《中國著名藏書家書目匯刊．近代卷》，北京：商務印書館，2005 年，民國二十二年（1933）國立北平圖書館鉛印本，冊 29。
36. 羅振常：《善本書所見錄》，嚴靈峯編輯：《書目類編》，臺北：成文出版社有限公司，1978 年，據民國四十七年排印本影印，冊 79。
37. 國家圖書館古籍館編：《西諦藏書善本圖錄》（附西諦書目），北京：中華書局，2008 年。
38. 嚴懋功：《大公圖書館藏書目錄》，《明清以來公藏書目彙刊》，北京：北京圖書館出版社，2008 年，冊 43。
39. 劉承幹：《嘉業藏書樓書目》，《中國著名藏書家書目匯刊．近代卷》，北京：商務印書館，2005 年，民國抄本，復旦大學圖書館藏，冊 34。

40. 中國古籍善本書目編輯委員會：《中國古籍善本書目》，上海：上海古籍出版社，1998 年 3 月。

三、詞集

（一）選集、別集

1.〔五代〕趙崇祚：《花間集》，北京：古籍刊行社，1955 年影印紹興十八年晁謙之刻本。

2.〔五代〕趙崇祚編：《花間集》，明末虞山毛氏汲古閣刊《詞苑英華》本，臺北：國家圖書館藏。

3.〔宋〕王炎：《雙溪詩餘》，〔清〕王鵬運：《四印齋所刻詞》，上海：上海古籍出版社，1989 年。

4.〔宋〕何士信編選：《增修箋注妙選群英草堂詩餘》，臺北：國家圖書館藏，元至正癸未（3 年，1343 年）盧陵泰宇書堂刊本。

5.〔宋〕何士信選編：《增修箋註妙選羣英草堂詩餘》，《續修四庫全書》，上海：上海古籍出版社，2002 年 3 月，據上海圖書館藏明洪武二十五年遵正書堂刻本影印。

6.〔宋〕何士信編選：《精選名賢詞話草堂詩餘》（明嘉靖十七年閩沙陳鍾秀刊本），〔清〕王鵬運：《四印齋所刻詞》，上海：上海古籍出版社，1989 年。

7.〔宋〕不著編人：《類編草堂詩餘》，臺北：故宮博物館藏，明嘉靖庚戌（二十九年）武陵顧從敬刊本。

8.〔宋〕不著編人：《草堂詩餘》，《景印文淵閣四庫全書》，臺北：商務印書館，1983 年，冊 1489。

9.〔宋〕不著編人：《草堂詩餘》，《四部備要》，臺北：中華書局，1981 年，集部，冊 589。

10.〔宋〕不著編人：《增修箋註草堂詩餘》，王雲五主編：《四部叢刊初編》，臺北：臺灣商務印書館，1967 年。

11.〔宋〕黃昇編選：《中興以來絕妙詞選》，《四部叢刊集部》，臺北：

臺灣商務印書館，1967 年，上海涵芬樓借無錫孫氏小淥天藏明翻宋本景印原書。

12.〔宋〕黃昇：《花庵詞選》，《景印文淵閣四庫全書》，臺北：臺灣商務印書館，1983 年，冊 1489。

13.〔宋〕黃昇：《中興以來絕妙詞選》，上海古籍出版社編、唐圭璋等校點：《唐宋人選唐宋詞》，上海：上海古籍出版社，2004 年 10 月。

14.〔宋〕黃昇選編、蔣哲倫導讀、云山輯評：《花庵詞選》，上海：上海古籍出版社，2007 年 9 月。

15.〔宋〕趙聞禮：《陽春白雪》，唐圭璋等校點：《唐宋人選唐宋詞》，上海：上海古籍出版社，2004 年 10 月。

16.〔宋〕張炎：《山中白雲詞》，北京：中華書局，1991 年。

17.〔宋〕周密編、〔清〕查為仁、厲鶚箋：《絕妙好詞箋》七卷序目一卷附續鈔一卷補錄一卷，臺北：世界書局，1958 年。

18.〔宋〕周密輯、〔清〕查為仁、厲鶚箋；徐文武、劉崇德點校：《絕妙好詞箋附續鈔》，保定：河北大學出版社，2005 年 11 月。

19.〔宋〕周密：《蘋洲漁笛譜》，臺北：臺灣商務印書館，1981 年。

20.〔元〕鳳林書院輯：《精選名儒草堂詩餘》，《續修四庫全書》，上海：上海古籍出版社，2002 年 3 月，據北京圖書館藏元刻本影印。

21.〔元〕虞集：《鳴鶴餘音》，臺南：莊嚴文化事業有限公司，1997 年，《四庫全書存目叢書》冊 422。

22.〔明〕瞿佑著、喬光輝校註：《瞿佑全集校註》，杭州：浙江古籍出版社，2010 年 4 月。

23.〔明〕楊慎：《詞林萬選》，王文才、萬光治等編注：《楊升庵叢書》，成都：天地出版社，2002 年 12 月。

24.〔明〕程敏政編；王兆鵬、黃文吉、童向飛校點：《天機餘錦》，瀋陽：遼寧教育出版社，2000 年 1 月。

25.〔明〕楊慎：《百琲明珠》，趙尊嶽輯：《明詞彙刊》，上海：上海古籍出版社，1992 年。

26.〔明〕陳耀文輯，《花草粹編》，《文津閣四庫全書》，北京：商務印書館，2005 年，冊 498。

27.〔明〕陳耀文輯；龍建國、楊有山點校，《花草粹編》，保定：河北大學出版社，2006 年 12 月。

28.〔明〕顧從敬類選：《草堂詩餘》，《叢書集成續編》，臺北：新文豐出版社，1989 年，山陰宋澤元輯刊《懺花盦》本，據明閔映璧本覆刻校刊，冊 161。

29.〔明〕顧從敬、錢允治輯，錢允治、陳仁錫箋釋：《類選箋釋草堂詩餘》，《續修四庫全書》，上海：上海古籍出版社，2002 年 3 月，據上海圖書館藏明萬曆四十二年刻本影印。

30.〔明〕顧從敬編，錢允治續補：《類選箋釋草堂詩餘》，明萬曆 42 年刊本，國立中央圖書館館藏。

31.〔明〕長湖外史輯，沈際飛評箋：《草堂詩餘續集》，臺北：國家圖書館藏明末崇禎吳門童湧泉刊本。

32.〔明〕茅暎輯評，《詞的》，《四庫未收書輯刊》，北京：北京出版社，2000 年，清萃閔堂鈔本。

33.〔明〕朱之蕃編選：《詞壇合璧》，明金閶世裕堂刊，最早成書於萬曆四十八年，1620 年。

34.〔明〕沈際飛：《鐫古香岑批點草堂詩餘四集》，臺北：臺大圖書館館藏，明末崇禎吳門童湧泉刊本。

35.〔明〕沈際飛評選，《古香岑草堂詩餘四集》，明末崇禎吳門童湧泉刊《鐫古香岑批點草堂詩餘四集》本。

36.〔明〕沈際飛評選：《古香岑草堂詩餘四集》，臺北：國家圖書館藏，明崇禎間太末翁少麓刊本。

37.〔明〕卓人月、徐士俊：《古今詞統》，《續修四庫全書》，上海：上海古籍出版社，2002 年，據上海圖書館藏明崇禎刻本影印，冊 1728。

38.〔明〕毛晉：《宋名家詞》，台北：國家圖書館收藏，明末虞山毛氏汲古閣刊本。
39.〔明〕毛晉：《宋六十名家詞》，上海：商務印書館，1937 年。
40.〔明〕毛晉：《宋六十名家詞》，上海：上海古籍出版社，1989 年 12 月。
41.〔明〕陸雲龍編選：《詞菁》，上海：復旦大學圖書館藏，明崇禎崢霄館刻本。
42.〔明〕潘游龍輯：《古今詩餘醉》，臺北：國家圖書館藏，明崇禎丁丑 10 年海陽胡氏十竹齋刊本。
43.〔明〕潘游龍輯，梁穎校點：《精選古今詩餘醉》，瀋陽：遼寧教育出版社，2003 年 3 月。
44.〔明〕王象晉編：《秦張兩先生詩餘合璧》，《四庫全書存目叢書》，臺南：莊嚴文化事業有限公司，1997 年 6 月，北京大學圖書館藏明末毛氏汲古閣刻詞苑英華本。
45.〔清〕沈岸登：《黑蝶齋詞》，《叢書集成續編》，臺北：新文豐出版公司，1989 年，據檇李遺書排印。
46.〔清〕高佑釲：《湖海樓詞》，臺北：中華書局，1981 年。
47.〔清〕鄒祗謨：《倚聲初集》，上海：上海古籍出版社，2002 年。
48.〔清〕朱彝尊、汪森編：《詞綜》，上海：上海古籍出版社，2008 年 3 月重印 2005 年 11 月。
49.〔清〕朱彝尊：《江湖載酒集》，張宏生編：《清詞珍本叢刊》，南京：鳳凰出版社，2007 年 12 月，冊 5。
50.〔清〕先著、程洪選錄；劉崇德、徐文武點校：《詞潔》，保定：河北大學出版社，2007 年 8 月。
51.〔清〕沈辰垣、王奕清等奉敕編：《御選歷代詩餘》，臺北：臺灣商務印書館，景印文淵閣四庫全書，1983 年，冊 1491。
52.〔清〕沈時棟：《古今詞選》，臺北：東方書店，1956 年。
53.〔清〕夏秉衡選：《歷朝名人詞選》，臺北：大西洋圖書公司印行，

1968年，上海掃葉山房石印本。
54.〔清〕王昶：《明詞綜》，臺北：中華書局，1981年。
55.〔清〕許寶善評選；〔清〕俞鼇同編：《自怡軒詞選》，臺北國家圖書館藏，清嘉慶元年（1796）許氏刊本。
56.〔清〕張惠言：《詞選》，臺北：中華書局，1981年。
57.〔清〕周濟：《詞辨》，收錄於程千帆主編：《清人選評詞集三種》，濟南：齊魯書社，1988年9月。
58.〔清〕董毅：《續詞選》，臺北：中華書局，1981年。
59.〔清〕周濟：《宋四家詞選》，程千帆主編：《清人選評詞集三種》，濟南：齊魯書社，1988年）
60.〔清〕戈載：《宋七家詞選》，臺北：河洛圖書出版社，1978年，曼陀羅華閣重刊，光緒已酉嘉興金吳瀾題面。
61.〔清〕葉申薌：《天籟軒詞選》，臺北：國家圖書館藏，清道光間刊本。
62.〔清〕黃蘇：《蓼園詞選》，程千帆主編：《清人選評詞集三種》，濟南：齊魯書社，1988年9月。
63.〔清〕馮煦：《宋六十一家詞選》，臺北：文化圖書公司，1956年3月。
64.〔清〕陳廷焯：《詞則》，上海：上海古籍出版社，1984年5月。
65.〔清〕王闓運：《湘綺樓詞選》，〔清〕王闓運：《王闓運手批唐詩選》，上海：上海古籍出版社，1989年。
66.〔清〕梁令嫻：《藝蘅館詞選》，臺北：臺灣中華書局，1970年10月。
67.〔清〕朱祖謀選輯、唐圭璋箋注：《宋詞三百首箋注》，臺北：漢京文化事業有限公司，1983年6月）。
68.〔清〕譚獻：《篋中詞》，《叢書集成續編》，上海：上海書店，1994年，冊161。
69. 胡適：《詞選》，臺北：臺灣商務印書館，1980年。

（二）總集

1. 唐圭璋編：《唐宋人選唐宋詞》，上海：上海古籍出版社，2004年10月。
2. 朱德才主編：《增訂注釋全宋詞》，北京：文化藝術出版社，1997年12月。
3. 唐圭璋編：《全宋詞》，北京：中華書局，1998年11月。
4. 唐圭璋編纂、王仲聞參訂、孔凡禮補輯：《全宋詞》，北京：中華書局，1999年1月新1版。
5. 唐圭璋編：《全金元詞》，臺北：洪氏出版社，1980年11月。
6. 吳昌綬、陶湘輯：《景刊宋金元明本詞》，上海：上海古籍出版社，1989年9月。
7. 饒宗頤初纂，張璋總纂：《全明詞》，北京：中華書局，2004年1月。
8. 周明初、葉曄補編：《全明詞補編》，杭州：浙江大學出版社，2007年1月。
9. 王鵬運輯：《四印齋所刻詞》，上海：上海古籍出版社，1989年8月。
10. 南京大學中國語言文學系全清詞編纂研究室編：《全清詞·順康卷》，北京：中華書局，2002年5月。
11. 張宏生主編：《全清詞·順康卷補編》，南京：南京大學出版社，2008年5月。
12. 〔清〕李雯等著、楊家駱主編：《清詞別集百三十四種》，臺北：鼎文書局，1976年8月。
13. 〔清〕梁清標：《棠村詞》，《清詞別集百三十四種》冊1。
14. 〔清〕曹溶：《靜惕堂詞》，《清詞別集百三十四種》冊1。
15. 〔清〕陳維崧：《湖海樓詞》，《清詞別集百三十四種》冊2。
16. 〔清〕曹溶：《靜惕堂詞》，《清詞別集百三十四種》冊2。
17. 〔清〕顧貞觀：《彈指詞》，《清詞別集百三十四種》冊4。

18.〔清〕宋翔鳳：《浮谿精舍詞》，《清詞別集百三十四種》冊 8。
19.〔清〕蔣敦復：《芬陀利室詞》，《清詞別集百三十四種》冊 10。
20.〔清〕王錫振：《龍壁山房詞》，《清詞別集百三十四種》冊 10。
21.〔清〕鄭文焯：《樵風樂府》，《清詞別集百三十四種》冊 12。
22.〔清〕馮煦：《蒿盦詞》，《清詞別集百三十四種》冊 12。
23.〔清〕鄭文焯：《樵風樂府》，《清詞別集百三十四種》冊 12。
24.〔清〕宋翔鳳：《浮谿精舍詞》，《清詞別集百三十四種》冊 8。

四、詩集、文集、全集

1.〔唐〕柳宗元：《龍城錄》，收錄在任繼愈、傅璇琮總主編：《文津閣四庫全書》，北京：商務印書館，2005 年，360 卷。
2.〔宋〕蔡戡：《定齋集》，臺北：臺灣商務印書館，1975 年。
3.〔宋〕劉克莊：《後村先生大全集》，臺北：台灣商務印書館，1967 年。
4.〔宋〕嚴羽撰、郭紹虞校釋：《滄浪詩話校釋》，臺北：河洛圖書出版社，1978 年。
5.〔明〕徐師曾：《詩體明辨》，臺北：廣文書局，1972 年 4 月。
6.〔明〕王世貞：《弇州四部稿》，《文津閣四庫全書》，北京：商務印書館，2005 年，卷 152。
7.〔清〕尤侗：《尤西堂雜俎》，臺北：河洛圖書出版社，1978 年。
8.〔清〕陳維崧：《陳迦陵文集》，王雲五主編：《四部叢刊正編》，臺北：商務印書館，1979 年，冊 82。
9.〔清〕吳偉業著、李學穎集評校標：《吳梅村全集》，上海：上海古籍出版社，1990 年 12 月。
10.〔清〕朱彝尊：《曝書亭集》，《四部叢刊初編》，臺北：商務印書館，1967 年，據上海商務印書館縮印原刊本。
11.〔清〕王時翔：《小山詩文全稿．文稿》，四庫全書存目叢書編纂委員會：《四庫全書存目叢書》，臺南：莊嚴文化出版社，1997

年 6 月，據清華大學圖書館藏清乾隆十一年王氏涇東草堂刻本影印，集部冊 275。
12.〔清〕洪亮吉：《卷施閣集》，《續修四庫全書》，上海：上海古籍出版社，2002 年，據清光緒三年（1877）洪氏授經堂刻洪北江全集增修本影印，冊 1467。
13.〔清〕厲鶚：《樊榭山房全集．文集》，臺北：中華書局，1981 年。
14.〔清〕厲鶚：《樊榭山房集．軼事》，《清代詩文集彙編》編纂委員會編：《清代詩文集彙編》，上海：上海古籍出版社，2010 年，冊 271。
15.〔清〕王昶：《春融堂集》，《續修四庫全書》，上海：上海古籍出版社，2002 年，據上海辭書出版社圖書館藏清嘉慶十二年塾南書舍科本影印原書版，冊 1438。
16.〔清〕沈初：《蘭韻堂詩集》，四庫未收書輯刊編纂委員會編：《四庫未收書輯刊》，北京：北京出版社，2000 年，10．23 冊。
17.〔清〕汪沆：《槐堂文稿》，《清代詩文集彙編》編纂委員會編：《清代詩文集彙編》，上海：上海古籍出版社，2010 年，冊 301。
18.〔清〕吳錫麒：《有正味齋全集》，國家清史編纂委員會：《清代詩文集彙編》，上海：上海古籍出版社，2010 年，冊 415。
19.〔清〕魏源：《魏源全集》，長沙：岳麓書社，2004 年。
20.〔清〕張惠言：《茗柯文編》，《四部叢刊初編》，臺北：臺灣商務印書館，1967 年。
21.〔清〕張惠言著、黃立新校點：《茗柯文編》，上海：上海古籍出版社，1984 年 7 月。
22.〔清〕張惠言：《張皋文箋易詮全集》，臺北：國立中央圖書館，1991 年，清嘉慶至道光間分刊彙印本。
23.〔清〕姚瑩：《東溟文後集》，《續修四庫全書》，上海：上海古籍出版社，2002 年，冊 1512。

24.〔清〕郭麐：《靈芬館雜著》，國家清史編纂委員會：《清代詩文集彙編》，上海：上海古籍出版社，2010 年，冊 485。
25.〔清〕郭麐：《靈芬館雜著續編》，國家清史編纂委員會：《清代詩文集彙編》，上海：上海古籍出版社，2010 年，冊 485。
26.〔清〕陳澧著、黃國聲主編：《陳澧集》，上海：上海古籍出版社，2008 年 7 月。
27.〔清〕董士錫：《齊物論齋文集》，《清代詩文集彙編》編纂委員會：《清代詩文集彙編》，上海：上海古籍出版社，2010 年，冊 537。
28.〔清〕馮煦：《蒿盦類稿、續稿、奏稿》，臺北：文海出版社，1969 年。
29.〔清〕李慈銘著、由雲龍輯：《越縵堂讀書記》，上海：上海書店，2000 年。
30.〔清〕譚獻著、范旭侖、牟小朋整理：《復堂日記》，石家莊：河北教育出版社，2001 年。
31.〔清〕包世臣：《藝舟雙楫》，臺北：臺灣商務印書館，1986 年 11 月。
32. 朱孝臧：《彊村叢書》，上海：上海書店、江蘇廣陵古籍刻印社，1989 年 7 月。
33. 梁啟超：《梁啟超全集》，北京：北京出版社，1999 年 7 月。
34. 劉師培：《劉申叔先生遺書》，臺北：華世出版社，1975 年 4 月。
35. 徐世昌：《晚晴簃詩匯》，《續修四庫全書》，上海：上海古籍出版社，2002 年，據民國十八年退耕堂刻本，冊 1633。
36. 王文進：《文祿堂訪書記》，臺北：廣文書局有限公司，1967 年民國三十一年印本。
37. 秦更年：《嬰闇題跋》，《古書題跋叢刊》，北京：學苑出版社，2009 年，冊 30。

五、詞話、評論資料

1.〔宋〕胡仔：《苕溪漁隱叢話前後集》，北京：中華書局，1985 年，據海山仙館叢書本。

2.〔清〕陳廷焯著、屈興國校注：《白雨齋詞話足本校注》，濟南：齊魯書社，1983 年。

3.〔清〕鄭文焯著、孫克強、楊傳慶輯校：《大鶴山人詞話》，天津：南開大學出版社，2009 年。

4.〔清〕張宗橚：《詞林紀事》，臺北：鼎文書局，1971 年 3 月。

5.〔清〕張宗橚編、楊寶霖補正：《詞林記事　詞林記事補正　合編》，上海：上海古籍出版社，1998 年 11 月。

6.〔清〕江順詒：《詞學集成》，上海：上海古籍出版社，2002 年，《續修四庫全書》據上海辭書出版社藏清光緒刻本影印原書版，冊 1735。

7. 唐圭璋主編：《詞話叢編》，臺北：新文豐出版公司，1988 年 2 月。

8.〔宋〕楊湜：《古今詞話》，唐圭璋主編：《詞話叢編》冊 1。

9.〔宋〕沈義父：《樂府指迷》，收錄在唐圭璋編：《詞話叢編》冊 1。

10.〔宋〕張炎：《詞源》，收錄在唐圭璋編：《詞話叢編》冊 1。

11.〔宋〕王灼：《碧雞漫志》卷二，唐圭璋：《詞話叢編》冊 1。

12.〔元〕陸輔之《詞旨》，收錄在唐圭璋編：《詞話叢編》冊 1。

13.〔明〕陳霆：《渚山堂詞話》，收錄在唐圭璋編：《詞話叢編》冊 1。

14.〔明〕王世貞：《藝苑卮言》，收錄在唐圭璋：《詞話叢編》冊 1。

15.〔明〕楊慎《詞品》，收錄在唐圭璋：《詞話叢編》冊 1。

16.〔宋〕沈義父：《樂府指迷》，收錄在唐圭璋編：《詞話叢編》冊 1。

17.〔清〕鄒祇謨：《遠志齋詞衷》，收錄在唐圭璋：《詞話叢編》冊 1。

18.〔清〕王士禎：《花草蒙拾》，收錄在唐圭璋編：《詞話叢編》冊 1。

19.〔清〕劉體仁：《七頌堂詞繹》，收錄在唐圭璋編：《詞話叢編》冊 1。

20.〔清〕賀裳：《皺水軒詞筌》，收錄在唐圭璋編：《詞話叢編》冊 1。

21.〔清〕許昂霄：《詞綜偶評》，收錄在唐圭璋編：《詞話叢編》冊 2。
22.〔清〕田同之《西譜詞說》，收錄在唐圭璋：《詞話叢編》冊 2。
23.〔清〕郭麐：《靈芬館詞話》，收錄在唐圭璋：《詞話叢編》冊 2。
24.〔清〕馮金伯輯：《詞苑粹編》，收錄在唐圭璋編：《詞話叢編》冊 2。
25.〔清〕先著、程洪：《詞潔》，收錄在唐圭璋編：《詞話叢編》冊 2。
26.〔清〕周濟：《介存齋論詞雜著》，收錄在唐圭璋：《詞話叢編》冊 2。
27.〔清〕周濟：《宋四家詞選目錄序論》，唐圭章：《詞話叢編》冊 2。
28.〔清〕周濟：《宋四家詞選眉批》，唐圭章：《詞話叢編》冊 2。
29.〔清〕丁紹儀：《聽秋聲館詞話》，收錄在唐圭璋：《詞話叢編》冊 3。
30.〔清〕杜文瀾：《憩園詞話》，唐圭璋：《詞話叢編》冊 3。
31.〔清〕宋翔鳳：《樂府餘論》見唐圭璋編：《詞話叢編》冊 3。
32.〔清〕孫麟趾：《詞逕》，收錄於唐圭璋：《詞話叢編》冊 3。
33.〔清〕江順詒：《詞學集成》，見唐圭璋：《詞話叢編》冊 4。
34.〔清〕謝章鋌：《賭棋山莊詞話》，收錄在唐圭璋：《詞話叢編》冊 4。
35.〔清〕劉熙載：《藝概》，唐圭璋編：《詞話叢編》冊 4。
36.〔清〕陳廷焯：《白雨齋詞話》，唐圭璋《詞話叢編》冊 4。
37.〔清〕譚獻：《復堂詞話》，收錄在唐圭璋編，《詞話叢編》冊 4。
38.〔清〕陳廷焯：《詞壇叢話》，收錄在唐圭璋：《詞話叢編》冊 4。
39.〔清〕陳匪石：《聲執》，收錄在唐圭璋：《詞話叢編》冊 5。
40.〔清〕李佳撰：《左庵詞話》，收錄於唐圭璋《詞話叢編》冊 5。
41.〔清〕況周頤撰：《蕙風詞話》，收錄於唐圭璋《詞話叢編》冊 5。
42.〔清〕沈祥龍：《論詞隨筆》，收錄在唐圭璋編：《詞話叢編》冊 5。
43.〔清〕鄭文焯：《大鶴山人詞話》，收錄在唐圭璋編：《詞話叢編》冊 5。

44.〔清〕蔡嵩雲：《柯亭詞論》，收錄在唐圭璋《詞話叢編》冊 5。
45. 王國維：《人間詞話》，收錄在唐圭璋：《詞話叢編》冊 5。
46. 蔡嵩雲：《柯亭詞論》，收錄在唐圭璋編：《詞話叢編》冊 5。
47. 龍沐勛輯：《大鶴山人論詞遺札》，收錄在唐圭璋編：《詞話叢編》冊 5。
48. 吷庵輯：《彙輯宋人詞話——補詞話叢編》，臺北：廣文書局，1970 年 10 月。
49. 金啟華、張惠民、張宇聲、王增學、王恒展：《唐宋詞籍序跋匯編》，臺北：臺灣商務印書館股份有限公司，1993 年 2 月。
50. 張惠民：《宋代詞學資料匯編》，汕頭：汕頭大學出版社，1993 年 11 月。
51. 施蟄存：《詞籍序跋萃編》，北京：中國社會科學出版社，1994 年 12 月。
52. 國立中央圖書館編：《國立中央圖書館善本序跋集錄．集部》，台北：中央圖書館，1994 年。
53. 王國維著、施議對譯注：《人間詞話譯注》，臺北：貫雅出版社，1995 年 5 月。
54. 施蟄存、陳如江：《宋元詞話》，上海：上海書店，1999 年 2 月。
55. 張璋、張驊、職承讓、張博寧：《歷代詞話》，鄭州：大象出版社，2002 年 3 月。
56. 鄧子勉：《宋金元詞話叢編》，南京：鳳凰出版社，2008 年 12 月。
57.〔宋〕劉克莊：《劉克莊詞話》，鄧子勉編：《宋金元詞話全編》冊中
58.〔元〕朱晞顏：《瓢泉吟稿》，鄧子勉編：《宋金元詞話全編》冊下。
59. 朱崇才：《詞話叢編續編》，北京：人民文學出版社，2010 年 6 月。
60.〔清〕徐釚：《詞苑叢壇》，朱崇才編：《詞話叢編續編》冊 1。

61. 吳熊和：《唐宋詞彙評．兩宋卷》，杭州：浙江教育出版社，2004年12月。

六、詞譜

1.〔明〕周瑛：《詞學筌蹄》，上海：上海古籍出版社，2002年，《續修四庫全書》據上海圖書館藏清初抄本影印。

2.〔明〕張綖：《詩餘圖譜》，上海：上海古籍出版社，2002年，《續修四庫全書》據北京圖書館藏明萬曆二十七年謝天瑞刻本。

3.〔明〕張綖：《詩餘圖譜》，臺北：國家圖書館藏，明嘉靖丙申（十五年，1536）刊本。

4.〔明〕張綖：《詩餘圖譜》，《四庫全書存目叢書》，臺南：莊嚴文化事業有限公司，1997年，據北京大學圖書館藏明末毛氏汲古閣刻詞苑英華本影印，集部冊425。

5.〔清〕吳綺：《選聲集》，《四庫全書存目叢書》，臺南：莊嚴文化事業有限公司，1997年，據中國人民大學圖書館藏清大來堂刻本，冊424。

6.〔清〕賴以邠撰：《填詞圖譜》，《四庫全書存目叢書》，臺南：莊嚴文化事業有限公司，1997年，據北京大學圖書館藏清康熙十八年刻詞學全書本，冊426。

7.〔清〕萬樹：《詞律》，《四部備要》，臺北：中華書局，1981年，中華書局據恩杜合刻本校刊。

8.〔清〕郭鞏：《詩餘譜式》，《四庫未收書輯刊》，北京：北京出版社，2000年，清康熙可亭刻本，冊30。

9.〔清〕陳廷敬、王奕清等編：《康熙詞譜》，長沙：岳麓書社，2000年。

10.〔清〕周祥鈺輯、劉崇德校譯：《新定九宮大成南北詞宮譜校譯》，天津：天津古籍出版社，1998年。

11.〔清〕周祥鈺、鄒金生編輯：《九宮大成南北詞宮譜》，《善本戲曲叢刊；第6輯》，臺北：臺灣學生書局，1987年，據清乾隆內府本影印。

12.〔清〕陳栩、陳小蝶考正：《考正白香詞譜》，臺北：學海出版社，1982年。

13.〔清〕葉申薌：《天籟軒詞譜》，臺北：國家圖書館藏，清道光間刊本。

14.〔清〕謝元淮：《碎金詞譜》，臺北：學海出版社，1980年。

15.〔清〕秦巘編著；鄧魁英、劉永泰校點：《詞繫》，北京：北京師範大學出版社，1994年。

七、詩文評

1.〔宋〕魏慶之：《詩人玉屑》，台北：九思出版有限公司，1978年11月。

2.〔宋〕陳振孫：《直齋書錄解題》，京都：中文出版社，1984年5月。

3.〔宋〕陳振孫：《直齋書錄解題》，《叢書集成初編》，北京：中華書局，1985年據聚珍版叢書本排印。

4.〔宋〕張表臣撰：《珊瑚鉤詩話》，臺北：藝文印書館，1965年。

5.〔宋〕嚴羽著、郭紹虞校釋：《滄浪詩話校釋》，北京：人民文學出版社，2006年6月。

6.〔明〕徐師曾：《文體明辨序論》，北京：人民文學出版社，1982年。

7.〔明〕胡震亨：《唐詩談叢》，臺北：臺灣商務印書館，1966年3月。

8.〔清〕王闓運：《王闓運手批唐詩選》（附《湘綺樓詞選》），上海：上海古籍出版社，1989年。

9. 吳文治主編：《宋詩話全編》，南京：江蘇古籍出版社，1998年12月。

八、筆記、小說、雜著

1. 〔宋〕沈括：《夢溪筆談》，《影印文淵閣四庫全書》，臺北：台灣商務印書館，1968 年 2 月。
2. 〔宋〕周密：《齊東野語》，《學津討原》，揚州：江蘇廣陵古籍刻印社，1990 年，冊 14。
3. 〔元〕陸友仁：《硯北雜志》，〔明〕鄭瑄輯：《筆記小說大觀》，台北：新興書局，1978 年，第 22 編。
4. 〔清〕無名氏：《研堂見聞雜錄》，中國古籍整理研究會：《明清筆記史料‧清》，北京：中國書店，2000 年，冊 106。
5. 張羽新、張雙志主編：《唐宋元明清藏事史料彙編》，北京：學苑出版社，2009 年。

九、當代研究論著（以下按出版年代排列）

1. 徐珂：《清代詞學概論》，上海：大東書局，1926 年。
2. 吳梅：《詞學通論》，上海：商務印書館，1933 年 1 月。
3. 任二北：《敦煌曲初探》，上海：上海文藝聯合出版社，1954 年。
4. 蕭一山：《清代通史》，臺北：臺灣商務印書館，1963 年 9 月。
5. 夏承燾：《唐宋詞人年譜》，臺北：明倫出版社，1970 年。
6. 胡雲翼等編：《詞學小叢書》，臺北：泰順書局，1971 年 12 月。
7. 黃慶萱：《修辭學》，臺北：三民書局，1975 年。
8. 大眾書局編輯部編輯：《舊拓石鼓文》，臺南：大眾書局，1985 年。
9. 周駿富輯：《清代傳記叢刊》，臺北：明文書局，1986 年 1 月。
10. 蘇淑芬：《朱彝尊之詞與詞學研究》，臺北：文史哲出版社，1986 年 3 月。
11. 〔聯邦德國〕H. R. 姚斯、〔美〕R. C. 霍拉勃著，周寧、金元浦譯：《文學史作為向文學理論的挑戰》，《接受美學與接受理論》，瀋陽：遼寧人民出版社，1987 年。

12. 俞陛雲：《唐五代兩宋詞選釋》，臺北：文史哲出版社，1988 年。
13. 唐松波、黃建霖主編：《漢語修辭格大辭典》，北京：中國國際廣播出版社，1989 年。
14. 朱立元：《接受美學》，上海：上海人民出版社，1989 年 8 月。
15. 吳宏一：《清代詞學四論》，臺北：聯經出版事業公司，1990 年 7 月。
16. 劉宏彬：《紅樓夢接受美學論》，鄭州：河南人民出版社，1992 年。
17. 趙尊岳輯：《明詞匯刊》，上海：上海古籍出版社，1992 年。
18. 饒宗頤：《詞集考》，北京：中華書局，1992 年 10 月。
19. 蕭鵬：《群體的選擇——唐宋人選詞與詞選通論》，臺北：文津出版社，1992 年 11 月。
20. 顧廷龍主編：《清代硃卷集成》，臺北：成文出版社，1992 年 11 月。
21. 金啟華、張惠民、王恒展、張宇聲、王增學：《唐宋詞集序跋匯編》，臺北：臺灣商務印書館，1993 年。
22. 歷代碑帖法書選編輯組：《秦石鼓文》，北京：文物出版社，1993 年 4 月。
23. 謝桃坊：《中國詞學史》，成都：巴蜀書社，1993 年 6 月。
24. 加達默爾（Hans-Georg Gadamer）原著；洪漢鼎譯：《真理與方法：哲學詮釋學的基本特徵》，臺北：時報文化，1993 年 10 月。
25. 周宗奇：《文字獄紀實》，北京：中國友誼出版社，1993 年 11 月。
26. 金絲燕：《文學接受與文化過濾——中國對法國象徵主義詩歌的接受》，北京：中國人民大學出版社，1994 年 5 月。
27. 施蟄存主編：《詞籍序跋萃編》，北京：中國社會科學出版社，1994 年 12 月。
28. 磯部彰：《西遊記接受史研究》，東京：多賀出版社，1995 年。
29. 沈謙：《修辭學》，臺北：國立空中大學，1995 年。

30. 劉少雄：《南宋姜吳典雅派相關詞學論題之探討》，臺北：臺大出版委員會，1995 年 5 月。
31. 周偉民：《明清詩歌史論》，長春：吉林教育出版社，1995 年 12 月。
32. 嚴迪昌：《近現代詞紀事會評》，合肥：黃山書社，1995 年 12 月。
33. 吳文英原著、鄭文焯批校、林玫儀編：《鄭文焯手批夢窗詞》，臺北：中央研究院中國文哲研究所籌備處，1996 年 6 月。
34. 馬興榮、吳熊和、曹濟平主編：《中國詞學大辭典》，杭州：浙江教育出版社，1996 年 10 月。
35. 佘冠英等編：《唐宋八大家全集》，北京：國際文化出版公司，1996 年 10 月。
36. 吳梅：《詞學通論》，上海：華東師範大學，1996 年 11 月。
37. 郭宏安、章國鋒、王逢振：《二十世紀西方文論研究》，北京：中國社會科學出版，1997 年。
38. 宋平生：《晚清四大詞人選譯》，成都：巴蜀書社出版，1997 年 6 月。
39. 龍榆生：《龍榆生詞學論文集》，上海：上海古籍出版社，1997 年 7 月。
40. 詹伯慧編：《詹安泰詞學論集》，汕頭：汕頭大學出版社，1997 年 10 月。
41. 〔巴赫金〕M. M. Bakhtin；錢中文主編；曉河等譯：《巴赫金全集．詩學與訪談》，石家莊：河北教育出版社，1998 年。
42. 胡邦煒：《紅樓祭——20 世紀中國一個奇特文化現象之破譯》，成都：四川人民出版社，1998 年。
43. 陳文忠：《中國古典詩歌接受史》，合肥：安徽大學出版社，1998 年 8 月。
44. 金元浦：《接受反應文論》，濟南：山東教育出版社，1998 年 10 月。

45. 祝尚書：《宋人別集敘錄》，北京：中華書局，1999 年 11 月。
46. 周少川：《藏書與文化——古代私家藏書文化研究》，北京：北京師範大學出版社，1999 年。
47. 劉崇德、孫光均譯譜：《碎金詞譜今譯》，保定：河北大學出版社，1999 年。
48. 嚴迪昌：《清詞史》，南京：江蘇古籍出版社，1999 年 8 月。
49. 張宏生：《清代詞學的建構》，南京：江蘇古籍出版社，1999 年 9 月。
50. 尚永亮：《莊騷傳播接受史綜論》，北京：文化藝術出版社，2000 年。
51. 朱則杰：《清詩史》，南京：江蘇古籍出版社，2000 年 5 月。
52. 王兆鵬：《唐宋詞史論》，北京：人民文學出版社，2000 年 1 月。
53. 楊文雄：《李白詩歌接受史》，台北：五南圖書出版公司，2000 年 3 月。
54. 范鳳書：《中國私家藏書史》，鄭州：大象出版社，2001 年。
55. 唐圭璋：《詞學論叢》，臺北：鼎文書局，2001 年 5 月。
56. 陳匪石著、鍾振振校點：《宋詞舉》，南京：江蘇古籍出版社，2002 年。
57. 周作人：《苦竹雜記》，河北：河北教育出版社，2002 年。
58. 黃裳：《中國版本文化叢書．清刻本》，南京：江蘇古籍出版社，2002 年。
59. 趙墨巽撰：《清史稿》，上海：上海古籍出版社，2002 年。
60. 邱世友：《詞論史論稿》，北京：人民文學出版社，2002 年 1 月。
61. 蔡振念：《杜詩唐宋接受史》，台北：五南圖書出版公司，2002 年 2 月。
62. 葉嘉瑩：《清詞論叢》，石家莊：河北教育出版社，2002 年 5 月。
63. 鄒雲湖：《中國選本批評》，上海：上海三聯書店，2002 年 6 月。
64. 謝桃坊：《中國詞學史》，成都：巴蜀書社，2002 年 12 月。

65. 王文才、萬光治等編注：《楊升庵叢書》，成都：天地出版社，2002 年 12 月。
66. 天津圖書館主編：《稿本中國古籍善本書目書名索引》，濟南：齊魯書社，2003 年。
67. Michael Korda 著；卓妙容譯：《打造暢銷書》，臺北：商周出版：城邦文化發行，2003 年。
68. 經莉編輯：《歷代詞人考略》，北京：全國圖書館文獻縮微複製中心，2003 年，原藏南京圖書館。
69. 陶子珍：《明代詞選研究》，臺北：秀威資訊科技，2003 年（2006 年 7 月再刷）。
70. 卓清芬：《清末四大家詞學及詞作研究》，臺北：國立臺灣大學出版委員會，2003 年 3 月。
71. 王兆鵬、劉尊明主編：《宋詞大辭典》，南京：鳳凰出版社，2003 年 9 月。
72. 王偉勇：《詞學專題研究》，臺北：文史哲出版社，2003 年 4 月。
73. 黃文吉：《黃文吉詞學論集》，臺北：臺灣學生書局，2003 年 11 月。
74. 龔書鐸、方攸翰主編：《中國近代史綱》，北京：北京大學出版社，2003 年 12 月。
75. 周慶華：《文學理論》，臺北：五南圖書出版股份有限公司，2004 年。
76. 王偉勇：《宋詞與唐詩之對應研究》，臺北：文史哲出版社，2004 年 3 月。
77. 王兆鵬：《詞學史料學》，北京：中華書局，2004 年 5 月。
78. 孫克強：《清代詞學》，北京：中國社會科學出版社，2004 年 7 月。
79. 陶爾夫、劉敬圻：《南宋詞史》，哈爾濱：黑龍江人民出版社，2004 年 12 月。

80. 朱麗霞：《清代辛稼軒接受史》，濟南：齊魯書社，2005 年 1 月。
81. 翁連溪編校：《中國古籍善本總目》，北京：線裝書局，2005 年 5 月。
82. 于翠玲：《朱彝尊《詞綜》研究》，北京：中華書局，2005 年 7 月。
83. 王玫：《建安文學接受史論》，上海：上海古籍出版社，2005 年 7 月。
84. 陳水云：《清代詞學發展史論》，北京：學苑出版社，2005 年 7 月。
85. 王易：《詞曲史》，南京：江蘇教育出版社，2005 年 8 月。
86.〔英〕特里·伊格爾頓著、王逢振譯：《現象學，闡釋學，接受理論——當代西方文藝理論》，南京：江蘇教育出版社，2006 年 3 月。
87. 李冬紅：《花間集接受史論稿》，濟南：齊魯書社，2006 年 6 月。
88. 朱崇才：《詞話史》，北京：中華書局，2006 年 3 月。
89. 趙超：《石刻古文字》，北京：文物出版社，2006 年 1 月。
90. 李劍農：《中國近百年政治史》，武漢：武漢大學出版社，2006 年 10 月。
91. 朱德慈：《常州詞派通論》，北京：中華書局，2006 年 11 月。
92. 宗廷虎、陳光磊主編：《中國修辭學史》，長春：吉林教育出版社，2007 年。
93. 羅秀美：《宋代陶學研究：一個文學接受史個案的分析》，台北：秀威資訊科技股份有限公司，2007 年 1 月。
94. 李根亮：《紅樓夢的傳播與接受》，哈爾濱：黑龍江人民出版社，2007 年 3 月。
95. 上海書店出版社編：《清代文字獄檔》，上海：上海書店，2007 年 6 月。
96. 米彥青：《清代李商隱詩歌接受史》，北京：中華書局，2007 年 7 月。

97. 蔣哲倫、楊萬里：《唐宋詞書錄》，長沙：岳麓書社，2007 年 7 月。
98. 趙一凡等主編：《西方文論關鍵詞》，北京：外語教學與研究出版社，2006 年（2007 年 9 月重印）。
99. 陳文忠：《文學美學與接受史研究》，合肥：安徽人民出版社，2007 年 12 月。
100. 戴逸：《中國近代史稿》，北京：中國人民大學出版社，2008 年 1 月。
101. 張高評：《印刷傳媒與宋詩特色》，台北：里仁書局，2008 年 3 月。
102. 江合友：《明清詞譜史》，上海：上海古籍出版社，2008 年 5 月。
103. 王兆鵬：《詞學研究方法十講》，北京：北京大學出版社，2008 年 6 月。
104. 陳旭麓：《中國近代史十五講》，北京：中華書局，2008 年 7 月。
105. 孫克強：《清代詞學批評史論》，上海：上海古籍出版社，2008 年 11 月。
106. 鄧子勉：《宋金元詞籍文獻研究》，上海：上海古籍出版社，2008 年 12 月。
107. 黃志浩：《常州詞派研究》，北京：中國社會科學出版社，2008 年 12 月。
108. 鄭煒明：《況周頤先生年譜》，上海：上海古籍出版社，2009 年。
109. 錢錫生：《唐宋詞傳播方式研究》，上海：復旦大學出版社，2009 年 1 月。
110. 蕭鵬：《群體的選擇——唐宋人詞選與詞人群通論》，南京：鳳凰出版社，2009 年 4 月。
111. 蘇珊玉：《人間詞話之審美觀》，臺北：里仁書局，2009 年 7 月。
112.〔義〕卡爾維諾著；黃燦然、李桂蜜譯：《為什麼讀經典》，南京：譯林出版社，2010 年 1 月。

113.〔明〕瞿佑著、喬光輝校註：《瞿佑全集校註》，杭州：浙江古籍出版社，2010 年 4 月。
114. 朱崇才、駱冬青主編：《詞話理論研究》，北京：中華書局，2010 年 6 月。
115. 陶然：《金元詞通論》，上海：上海古籍出版社，2010 年 8 月。
116. 王偉勇：《清代論詞絕句初編》，臺北：里仁書局，2010 年 9 月。
117. 吳熊和：《唐宋詞通論》，上海：上海古籍出版社，2010 年 11 月。
118. 陳慷玲：《清代世變與常州詞派之發展》，臺北：國家出版社，2012 年 2 月。

十、期刊、會議、論文集論文

1. 黄永武、張高評編：《宋詩論文選輯》，高雄：復文圖書出版社，1980 年，第一輯。
2. 謝桃坊：〈張炎詞論略〉，《文學遺產》，1983 年第 4 期。
3. 蔡嵩雲：〈樂府指迷箋釋引言〉，收錄在龍沐勛編：《詞學季刊》，上海：上海書店，1985 年 12 月，第 3 卷第 4 號。
4.〔清〕陳鼎：《同情集詞選・發凡》，收錄在龍沐勛編：《詞學季刊》，上海：上海書店，1985 年 12 月，創刊號。
5. 曹濟平：〈略論張綖及其《詩餘圖譜》〉，《汕頭大學學報》，1988 年，第 1、2 期。
6. 孫克強：〈《草堂詩餘》的盛衰和清初詞風的轉變〉，《中國文哲研究通訊》，1992 年 3 月，第 2 卷第 1 期。
7. 劉少雄：〈《草堂詩餘》版本論著目錄初編〉，《中國文哲研究通訊》，1993 年 3 月，第 3 卷第 1 期。
8. 吳熊和：〈鄭文焯手批夢窗詞〉，《第一屆詞學國際研討會論文集》，臺北：中央研究院中國文哲研究所籌備處，1994 年 11 月。
9. 張宏生：〈《詞選》和《蓼園詞選》的性質、顯晦及其相關諸問題〉，《南京大學學報（哲學、人文、社會科學）》，1995 年，第 1 期。

10. 曹保合：〈談馮煦的品格論〉，《北京教育學院學報》，1996 年，第 2 期。
11. 李金堂：〈清代金陵學人傳略（三）——馮煦傳〉，《南京高師學報》第 11 卷第 2 期，1995 年 6 月。
12. 黃文吉：〈詞學的新發現——明抄本《天機餘錦》之成書及其價值〉，《宋代文學研究叢刊》第 3 期，1997 年 9 月。
13. 王兆鵬：〈詞學祕籍《天機餘錦》考述〉，《文學遺產》，1998 年第 5 期。
14. 黃文吉：〈《天機餘錦》見存瞿佑等明人詞〉，《書目季刊》，1998 年 6 月，第 32 卷第 1 期。
15. 羅立剛：〈竟陵派的又一重要選本——陸雲龍選輯《翠娛閣評選行笈必攜》簡介〉，《古典文學知識》，1998 年，第 6 期。
16. 王偉勇：〈蘇軾集句詞四考〉，《宋代文學研究叢刊》，高雄：麗文文化事業股份有限公司，1998 年 12 月，第 4 期。
17. 謝仁中：〈楊慎《百琲明珠》初探〉，《東吳中文研究集刊》第 8 期，2001 年 6 月。
18. 沙先一：〈離合于浙常二派之間——《宋七家詞選》與吳中詞論〉，《中國韻文學刊》，2002 年第 2 期。
19. 樊寶英：〈近 20 年接受美學與中國古代文論研究綜述〉，《三峽大學學報》(人文社會科學版)，2002 年 11 月，第 24 卷第 6 期。
20. 陳文忠：〈20 年文學接受史研究回顧與思考〉，《安徽師範大學學報・人文社會科學版》第 31 卷第 5 期，2003 年 9 月。
21. 曹辛華：〈梁啟超詞學研究論述〉，《岱宗學刊》，2002 年 9 月，第 6 卷第 3 期。
22. 彭玉平：〈朱祖謀《宋詞三百首》探論〉，《學術研究》，2002 年，第 10 期。
23. 黃愛平：〈試析乾嘉學者的文獻研究與義理探索〉，《理論學刊》，2004 年 9 月，第 9 期，總 127 期。

24. 林玫儀：〈罕見詞話——張綖《草堂詩餘別錄》〉，《中國文哲研究通訊》，2004 年 12 月，第 14 卷第 4 期。
25. 孫克強：〈明代詞學思想論略〉，《河南大學學報》，2004 年 1 月，第 44 卷第 1 期。
26. 張宏生：〈明清之際的詞譜反思與詞風演進〉，《文藝研究》，2005 年，第 4 期。
27. 李睿：〈從《雲韶集》和《詞則》看陳廷焯詞學思想的演進〉，《中國韻文學刊》，2005 年 9 月，第 19 卷第 3 期。
28. 侯雅文：〈論晚清常州詞派對『清詞史』的『解釋取向』及其在常派發展上的意義〉，《淡江中文學報》，2005 年 12 月，第 13 期。
29. 王兆鵬：〈《宋詞三百首》版本源流考〉，《湖北師範學院學報（哲學社會科學版）》，2006 年，第 26 卷第 1 期。
30. 劉上江、劉紹瑾：〈闡釋學、接受理論與 20 年來中國古代文論研究述評〉，《深圳大學學報》（人文社會科學版），2006 年 1 月，第 23 卷第 1 期。
31. 徐秀菁：〈由選詞與評點的角度看張惠言《詞選》中比興寄託說的實踐〉，《彰化師大國文學誌》，2006 年 6 月，第 12 期。
32. 劉少雄：〈重探清空筆調下的白石詞情〉，《彰化師大國文學誌》，2006 年 6 月，第 12 期。
33. 洪雁、高日暉：〈關於中國文學接受史研究的思考〉，《大連大學學報》，2006 年 10 月，第 27 卷第 5 期。
34. 張高評：〈北宋讀詩詩與宋代詩學——從傳播與接受之視角切入〉，《漢學研究》，2006 年 12 月，第 24 卷第 2 期。
35. 朱崇才：〈論張綖「婉約—豪放」二體說的形成及理論貢獻〉，《文學遺產》，2007 年第 1 期。
36. 吳結評：〈接受理論的中國化歷程〉，《宜賓學院學報》，2007 年第 2 期。
37. 王偉勇：〈兩宋詞人仿蘇辛體析論〉，《宋代文學研究叢刊》，高雄：

麗文文化事業公司，2007 年 6 月，第 14 期。

38. 王偉勇：〈兩宋詞人仿擬典範作品析論——以「效他體」為例〉，發表於成功大學文學院主辦，「人文與創意學術研討會」會議論文，2007 年 6 月。

39. 劉興暉：〈馮煦《宋六十一家詞選》的論詞與選詞〉，《中山大學學報》（社會科學版），2007 年第 6 期，第 47 卷。

40. 王偉勇：〈兩宋豪放詞之典範與突破——以蘇、辛雜體詞為例〉，《文與哲》，2007 年 6 月，第 10 期。

41. 陳水雲：〈唐宋詞籍在明末清初傳播述略〉，《湖南文理學院學報（社會科學版）》，2007 年 9 月，第 32 卷第 5 期。

42. 丁放、鮑菁：〈論《花草粹編》選詞的主導傾向〉，《安徽教育學院學報》第 25 卷第 5 期，2007 年 9 月。

43. 張高評：〈唐代讀詩詩與閱讀接受〉，國立台灣師範大學國文學系，《國文學報》，2007 年 12 月，第 42 期。

44. 江合友：〈徐師曾《詞體明辨》的譜式體例及其詞學影響〉，《江淮論壇》，2008 年，第 5 期。

45. 王偉勇：〈兩宋詞人仿擬典範作品析論〉，收錄於成功大學文學院主辦《人文與創意學術研討會論文集》，臺北：里仁書局，2008 年 6 月。

46. 張靜：〈評點與詞話——楊慎評點《草堂詩餘》與撰著《詞品》之關係〉，《中國韻文學刊》，2008 年 6 月，第 22 卷第 2 期。

47. 劉尊明：〈歷代詞人追和李清照詞的定量分析〉，《合肥師範學院學報》，2008 年 7 月，第 26 卷第 4 期。

48. 岳淑珍：〈從《詞林萬選》到《百琲明珠》——楊慎詞選論〉，《紹興文理學院學報》，2008 年 9 月，第 28 卷第 5 期。

49. 李惠玲：〈《蓼園詞選》的批評特色與意義〉，《梧州學院學報》，2008 年 10 月，第 18 卷第 5 期。

50. 袁志成：〈《天籟軒詞譜》研究〉，《廣西大學學報》（哲學社會科學版），2008 年 10 月，第 30 卷第 5 期。
51. 張學軍：〈一部自成格調的詞選——淺談粵西詞學家黃蘇及其《蓼園詞選》〉，《古典文學新探》，2008 年，第 10 期。
52. 丁放、甘松：〈《草堂詩餘四集》的編選評點及其詞學意義〉，《文學評論》，2009 年，第 3 期。
53. 饒宗頤：〈張惠言《詞選》述評〉，《詞學》，上海：華東師範大學出版社，2009 年，第 3 輯，合訂本第 1 卷。
54. 屈興國：〈《詞則》與《白雨齋詞話》的關係〉，《詞學》，上海：華東師範大學出版社，2009 年 9 月，第 5 輯，合訂本，第 2 卷。
55. 舍之（施蟄存）：〈歷代詞選集敘錄〉，《詞學》，上海：華東師範大學，2009 年 9 月，第 5 輯，合訂本，第 2 卷。
56. 舍之：〈歷代詞選集敘錄〉，《詞學》，上海：華東師範大學出版社，2009 年 9 月，第 6 輯，合訂本，第 2 卷。
57. 蕭鵬：〈西湖吟社考〉，收錄於夏承燾、唐圭璋、施蟄存、馬興榮主編：《詞學》，上海：華東師範大學出版社，2009 年 9 月，第 7 輯，合訂本，第 3 卷。
58. 黃墨谷輯錄：〈《詞林翰藻》殘壁遺珠〉，《詞學》，上海：華東師範大學出版社，2009 年 9 月，第 7 輯，合訂本，第 3 卷。
59. 林玫儀：〈新出資料對陳廷焯詞論之證補〉，《詞學》，上海：華東師範大學出版社，2009 年 9 月，第 11 輯，合訂本，第 4 卷。
60. 孫克強：〈簡論常州詞派的南北宋之辨〉，《成大中文學報》，2009 年 6 月，第 11 期。
61. 劉慶云、蔡厚士：〈從《白香詞譜》透視舒夢蘭的詞學觀念〉，《文學遺產》，2009 年第 3 期。
62. 曹秀蘭：〈論《詞菁》對清初詞論的影響〉，《聊城大學學報（社會科學版）》，2009 年，第 4 期。
63. 袁志成、唐朝暉：〈選詞範式的建構：蘇辛與周柳並舉——以《天籟軒詞選》選詞為例〉，《重慶三峽學院學報》，2009 年，第

5 期第 25 卷（120 期）。
64. 劉興暉：〈《宋七家詞選》與光宣詞壇〉，《貴州教育學院學報》（社會科學），2009 年 5 月，第 25 卷第 5 期。
65. 劉興暉：〈「綺語」與「合道」——論王闓運《湘綺樓詞選》「雅趣並擅」之詞學觀〉，《廣西大學學報》（哲學社會科學版），2009 年 8 月，第 31 卷第 4 期。
66. 馬曉妮：〈論丹陽詞人賀裳的詞學思想和詞作〉，《江蘇教育學院學報（社會科學）》，2010 年 1 月，第 26 卷第 1 期。
67. 甘松：〈《草堂餘意》與明前中期詞學演變——以陳鐸、張綖等人為例〉，《合肥師範學院學報》，2010 年 1 月，第 28 卷第 1 期。
68. 秦敏：〈李慈銘詞學思想與創作平議〉，《徐州師範大學學報（哲學社會科學版）》，2010 年 3 月，第 36 卷第 2 期。
69. 魏聰祺：〈論仿擬分類及其辨析〉，收錄在國立臺南大學，《人文與社會研究學報》，2010 年 4 月，第 44 卷第 1 期。
70. 劉尊明：〈歷代詞人次韻蘇軾詞的定量分析〉，《深圳大學學報》（人文社會科學版）2010 年 5 月，第 27 卷第 3 期。
71. 張仲謀：〈張綖《詩餘圖譜》研究〉，《文學遺產》，2010 年第 5 期。
72. 王偉勇：〈元好問《遺山樂府》四闋「仿擬體」作品考述〉，《詞學》，上海：華東師範大學，2010 年 6 月，第 23 輯。
73. 于廣杰：〈鄭文焯的詞學活動及清空詞學思想〉，《內蒙古民族大學學報（社會科學版）》，2010 年 7 月，第 36 卷第 4 期。
74. 王偉勇、許淑惠：〈清代詞人追和宋名家詞之現象——以黃庭堅作品為例〉，收錄在《第六屆國際暨第十一屆全國清代學術研討會》，高雄：國立中山大學中國文學系主辦，2010 年 10 月 8 日。
75. 李正明：〈從《宋詞三百首》看朱孝臧的詞學思想〉，《黑龍江史志》，2010 年 11 月，總第 228 期。
76. 張高評：〈仿擬修辭與宋代詩學之學古論——以《苕溪漁隱叢

話》為例〉發表在「跨越『辭格』研究之新視野」學術研討會，2011 年 12 月 3 日，會議地點：國立成功大學中國文學系。

十一、學位論文

1. 林玫儀：《晚清詞論研究》，國立臺灣大學中國文學研究所博士論文，1979 年。
2. 李娟娟：《草堂四集及古今詞統之研究》，高雄師範大學國文系碩士論文，1996 年。
3. 黃月銀：《馬致遠神仙道化劇及其接受史研究》，國立臺灣師範大學國文研究所碩士論文，2003 年。
4. 張航：《姜夔詞傳播與接受研究》，福建師範大學碩士論文，2006 年。
5. 陳秋雯：《張愛玲小說在臺灣的接受現象》，國立中山大學中國文學系碩士論文，2005 年。
6. 張維紅：《明代書壇對蘇軾書法的接受研究》，首都師範大學碩士論文，2007 年。
7. 張惠婷：《郁達夫小說的接受研究》，國立中山大學中國文學系碩士論文，2007 年。
8. 李瑩：《接受美學影響下的中國文學接受史研究及未來走向的思考》，遼寧師範大學碩士論文，2007 年。
9. 高嘉文：《臨川四夢戲曲接受史研究》，東吳大學中國文學系碩士論文，2008 年。
10. 莊千慧：《心慕與手追：中古時期王羲之書法接受研究》，國立成功大學中國文學系碩博士班博士論文，2009 年。
11. 薛乃文：《馮延巳詞接受史》，國立成功大學中國文學系碩士論文，2009 年。
12. 吳婉君：《馮煦詞學研究》，國立成功大學中國文學系碩士論文，2009 年。

13. 顏文郁:《韋莊詞之接受史》,國立成功大學中國文學系碩士論文,2009年。
14. 許淑惠:《秦觀詞接受史》,國立成功大學中國文學系碩士論文,2010年。
15. 普義南:《吳文英接受史》,私立淡江大學中國文學系博士論文,2010年。
16. 柯瑋郁:《晏幾道《小山詞》接受史》,國立成功大學碩士論文,2010年。
17. 夏婉玲:《張先詞接受史》,國立成功大學中國文學系碩士論文,2011年。
18. 張巽雅:《賀鑄詞接受史》,國立成功大學中國文學系碩士論文,2012年。
19. 陳宥伶:《陸游詞接受史》,國立成功大學中國文學系碩士論文,2012年。
20. 黃思萍:《李煜詞接受史》,國立成功大學中國文學系碩士論文,2012年。

附錄一：姜夔詞見錄歷代選本一覽表

	宋				明嘉靖						萬曆				崇禎						清前						清中									清末						
作者	書坊	黃昇	趙聞禮	周密	陳鍾秀刊本	張綖	顧從敬刊本	楊慎	佚名	楊慎	陳耀文	顧從敬	長湖外史	茅暎	沈際飛	沈際飛	沈際飛	卓人月	陸雲龍	潘游龍	朱彝尊	先著、程洪	沈辰垣	沈時棟	夏秉衡	許寶善	張惠言、張琦	周濟	董毅	周濟	戈載	葉申薌	黃蘇	陳廷焯	馮煦	陳廷焯	陳廷焯	陳廷焯	王闓運	梁令嫻	朱祖謀	
詞選名稱	增修箋注妙選群英草堂詩餘	花庵詞選	陽春白雪	絕妙好詞	精選名賢詞話草堂詩餘	草堂詩餘別錄	類編草堂詩餘	詞林萬選	天機餘錦	百琲明珠	花草粹編	類選箋釋草堂詩餘	類編箋釋續選草堂詩餘	詞的	草堂詩餘別集	草堂詩餘續集	草堂詩餘正集	古今詞統	詞菁	古今詩餘醉	詞綜	詞潔	御選歷代詩餘	古今詞選	清綺軒詞選	自怡軒詞選	詞選	詞辨	續詞選	宋四家詞選	宋七家詞選	天籟軒詞選	蓼園詞選	雲韶集	宋六十一家詞選	詞則・大雅集	詞則・閑情集	詞則・別調集	湘綺樓詞選	藝蘅館詞錄	宋詞三百首	總計
暗香・舊時		○	○	○							○							○			○	○	○		○	○	○	○		○	○	○		○	○	○			○	○	○	21
疏影・苔枝		○	○	○							○							○			○	○	○		○	○	○	○		○	○	○		○	○	○			○	○	○	21

詞選名稱	增修箋注妙選群英草堂詩餘	花庵詞選	陽春白雪	絕妙好詞	精選名賢詞話草堂詩餘	草堂詩餘別錄	類編草堂詩餘	詞林萬選	天機餘錦	百琲明珠	花草粹編	類選箋釋草堂詩餘	類編箋釋續選草堂詩餘	詞的	草堂詩餘別集	草堂詩餘續集	草堂詩餘正集	古今詞統	詞菁	古今詩餘醉	詞綜	詞潔	御選歷代詩餘	古今詞選	清綺軒詞選	自怡軒詞選	詞選	詞辨	續詞選	宋四家詞選	宋七家詞選	天籟軒詞選	蓼園詞選	雲韶集	宋六十一家詞選	詞則・大雅集	詞則・閑情集	詞則・別調集	湘綺樓詞選	藝蘅館詞錄	宋詞三百首	總計
齊天樂・庾郎		○	○	○							○				○			○		○	○	○	○	○	○	○			○		○	○		○	○	○				○	○	21
念奴嬌・鬧紅		○	○	○							○				○			○		○	○	○	○		○	○			○	○	○			○	○	○				○	○	20
琵琶仙・雙槳		○									○		○			○					○	○	○	○		○			○	○	○	○		○	○	○			○	○	○	19
揚州慢・淮左		○	○	○											○					○	○	○	○	○		○	○				○	○		○	○	○			○	○	○	19
長亭怨慢・漸吹		○									○				○			○		○	○	○	○		○	○			○	○	○	○		○	○	○				○	○	19
淡黃柳・空城		○		○							○										○	○	○		○	○		○		○	○			○	○	○			○	○	○	17
惜紅衣・簟枕		○		○									○			○		○			○	○	○			○				○	○	○		○	○	○				○		16
一萼紅・古城		○		○							○				○						○	○	○			○			○	○	○			○	○	○				○	○	16
翠樓吟・月冷		○									○							○			○		○	○		○			○	○	○	○		○	○	○				○	○	16
湘月・五湖		○									○							○			○	○	○			○					○	○		○	○	○						12
八歸・芳蓮		○									○										○	○	○			○			○		○			○	○	○				○		12
眉嫵・看垂		○									○				○			○			○	○	○			○						○		○	○		○					12
探春慢・衰草		○									○				○					○	○	○	○			○					○			○	○	○						12
點絳脣・燕雁		○		○														○			○	○	○			○					○			○	○	○					○	12
解連環・玉鞭		○								○											○	○	○			○					○	○		○	○		○			○		12
玲瓏四犯・疊鼓				○							○										○	○	○			○					○	○		○	○	○				○		12
法曲獻仙音・虛閣		○	○	○							○										○	○	○			○					○			○	○	○						12

淒涼犯・綠楊		○																			○	○	○			○				○	○	○		○	○					○		11
清波引・冷雲		○									○										○		○			○					○	○		○	○	○						10
側犯・恨春		○																			○		○			○				○	○			○	○							8
石湖仙・松江		○																			○		○			○					○			○	○	○						8
少年遊・雙螺		○									○											○	○			○						○			○		○					8
霓裳中序第一・亭皋			○																				○			○					○					○				○	○	7
秋宵吟・古簾		○									○												○								○	○			○	○						7
小重山令・人繞		○	○	○																			○								○				○							6
鬲溪梅令・好花		○																					○		○									○	○			○				6
玉梅令・疏疏.		○																					○			○					○				○							5
踏莎行・燕燕		○									○												○												○						○	5
憶王孫・冷紅		○																					○								○				○			○				5
驀山溪・與鷗		○																					○								○				○			○				5
鷓鴣天・京洛		○																					○								○	○										4
水龍吟・夜深																							○			○					○					○						4
鷓鴣天・憶昨		○																					○								○				○							4
點絳脣・金谷			○																												○					○						3
滿江紅・仙姥									○																	○					○											3
慶宮春・雙槳				○																						○															○	3
鷓鴣天・輦路		○																													○				○							3
月下笛・與客			○																							○					○											3
江梅引・人間																										○					○											2
杏花天影・綠絲																															○										○	2

詞選名稱	增修箋注妙選群英草堂詩餘	花庵詞選	陽春白雪	絕妙好詞	精選名賢詞話草堂詩餘	草堂詩餘別錄	類編草堂詩餘	詞林萬選	天機餘錦	百琲明珠	花草粹編	類選箋釋草堂詩餘	類編箋釋續選草堂詩餘	詞的	草堂詩餘別集	草堂詩餘續集	草堂詩餘正集	古今詞統	詞菁	古今詩餘醉	詞綜	詞潔	御選歷代詩餘	古今詞選	清綺軒詞選	自怡軒詞選	詞選	詞辨	續詞選	宋四家詞選	宋七家詞選	天籟軒詞選	蓼園詞選	雲韶集	宋六十一家詞選	詞則・大雅集	詞則・閑情集	詞則・別調集	湘綺樓詞選	藝蘅館詞錄	宋詞三百首	總計
摸魚兒・向秋																										○					○											2
鷓鴣天・肥水																															○										○	2
夜行船・略彴																										○																1
浣溪沙・釵燕			○																																							1
醉吟商小品・又正																															○											1
聲聲繞紅樓・十畝																															○											1
角招・為春																															○											1
鷓鴣天・柏綠			○																																							1
徵招・潮回																															○											1
永遇樂・雲鬲																										○																1
卜算子・江左																															○											1
卜算子・月上																															○											1
卜算子・蘚榦																															○											1
卜算子・家在																															○											1
卜算子・摘蕊																															○											1
卜算子・綠萼																															○											1
卜算子・象筆																															○											1

卜算子・御苑																															○											1
好事近・涼夜																															○											1
虞美人・西園																															○											1
小重山令・寒食		○																																								1
驀山溪・青青																										○																1
浣溪沙・著酒																																										0
浣溪沙・春點																																										0
鷓鴣天・曾共																																										0
阮郎歸・紅雲																																										0
阮郎歸・旌陽																																										0
浣溪沙・花裏																																										0
浣溪沙・翦翦																																										0
浣溪沙・雁怯																																										0
鷓鴣天・巷陌																																										0
喜遷鶯慢・玉珂																																										0
漢宮春・雲曰																																										0
漢宮春・一顧																																										0
洞仙歌・花中																																										0
念奴嬌・昔遊																																										0
虞美人・闌干																																										0
水調歌頭・日落																																										0
虞美人・摩挲																																										0
訴衷情・石榴																																										0

詞選名稱	增修箋注妙選群英草堂詩餘	花庵詞選	陽春白雪	絕妙好詞	精選名賢詞話草堂詩餘	草堂詩餘別錄	類編草堂詩餘	詞林萬選	天機餘錦	百琲明珠	花草粹編	類選箋釋草堂詩餘	類編箋釋續選草堂詩餘	詞的	草堂詩餘別集	草堂詩餘續集	草堂詩餘正集	古今詞統	詞菁	古今詩餘醉	詞綜	詞潔	御選歷代詩餘	古今詞選	清綺軒詞選	自怡軒詞選	詞選	詞辨	續詞選	宋四家詞選	宋七家詞選	天籟軒詞選	蓼園詞選	雲韶集	宋六十一家詞選	詞則·大雅集	詞則·閑情集	詞則·別調集	湘綺樓詞選	藝蘅館詞錄	宋詞三百首	總計
念奴嬌·楚山																																										0
永遇樂·我與																																										0
月上海棠·紅妝〔註1〕																																										0
越女鏡心·風竹吹香〔註2〕																																										0
催雪·風急還收〔註3〕																																										0
點絳脣·祝壽〔註4〕																																										0

〔註 1〕《全宋詞》以此首見於洪正治刊本《白石詩詞集》，不知應是何人作，姑附於姜夔下。見唐圭璋編：《全宋詞》（北京：中華書局，1998 年 11 月）冊三，頁 2188。

〔註 2〕《全宋詞》以此首見於洪正治刊本《白石詩詞集》，不知應是何人作，姑附於姜夔下。見於洪正治刊本《白石詩詞集》，不知應是何人作，姑附於姜夔下。

〔註 3〕《全宋詞》以為是丁注詞，見《陽春白雪》卷一，見唐圭璋編：《全宋詞》（北京：中華書局，1998 年 11 月）冊三，頁 2189。

〔註 4〕《全宋詞》以此首見於洪正治刊本《白石詩詞集》，不知應是何人作，姑附於姜夔下。見唐圭璋編：《全宋詞》（北京：中華書局，1998 年 11 月）冊三，頁 2188。

依據版本：

1.〔宋〕書坊：《增修箋注妙選群英草堂詩餘》，臺北：國家圖書館藏，元至正癸未（三年，1343）盧陵泰宇書堂刊本。
2.〔宋〕黃昇輯：《花庵詞選》，臺北：臺灣商務印書館，1983 年，《景印文淵閣四庫全書》第 1489 冊。
3.〔宋〕趙聞禮輯：《陽春白雪》，收錄在上海古籍出版社編、唐圭璋等主編：《唐宋人選唐宋詞》，上海：上海古籍出版社，2004 年 10 月。
4.〔宋〕周密輯：《絕妙好詞》，收錄於唐圭璋等校點：《唐宋人選唐宋詞》，上海：上海古籍出版社，2004 年 10 月。
5.〔宋〕何士信編選：《精選名賢詞話草堂詩餘》（明嘉靖十七年閩沙陳鍾秀刊本），收錄在〔清〕王鵬運：《四印齋所刻詞》，上海：上海古籍出版社，1989 年。
6.〔明〕張綖：《草堂詩餘別錄》，收錄於林玫儀：〈罕見詞話－張綖《草堂詩餘別錄》〉，《中國文哲研究通訊》，2004 年 12 月，第 14 卷第 4 期，頁 191～230。
7.〔明〕顧從敬：《類編草堂詩餘》，臺北：臺灣商務印書館，1983 年，《景印文淵閣四庫全書》冊 1489，明嘉靖庚戌二十九年顧從敬刊本。
8.〔明〕楊慎輯：《詞林萬選》，收錄於王文才、萬光治等編注：《楊升庵叢書》，成都：天地出版社，2002 年 12 月，冊 6。
9.〔明〕舊題陳敏政編；王兆鵬、黃文吉、童向飛校點：《天機餘錦》，瀋陽：遼寧教育出版社，2000 年 1 月。

10.〔明〕楊慎：《百琲明珠》，收錄於趙尊嶽輯：《明詞彙刊》，上海：上海古籍出版社，1992 年。

11.〔明〕陳耀文輯；龍建國、楊有山點校：《花草粹編》，保定：河北大學出版社，2006 年 12 月。

12.〔明〕顧從敬編、錢允治續補：《類選箋釋草堂詩餘》等三種合刻，臺北：國家圖書館藏，明萬曆甲寅 42 年刊本。

13.〔明〕長湖外史所輯、錢允治箋釋：《類編箋釋續選草堂詩餘》，臺北：國家圖書館藏，明萬曆甲寅 42 年刊本。

14.〔明〕茅暎輯評：《詞的》，北京：北京出版社，2000 年，《四庫未收書輯刊》第 8 集第 30 冊，清萃閱堂鈔本。

15.〔明〕沈際飛評選：《古香岑草堂詩餘四集》，臺北：國家圖書館藏，明崇禎間太末翁少麓刊本。

16.〔明〕卓人月、徐士俊：《古今詞統》，上海：上海古籍出版社，2002 年，《續修四庫全書》冊 1728，據上海圖書館藏明崇禎刻本影印。

17.〔明〕陸雲龍：《詞菁》，上海：復旦大學圖書館藏，明崇禎崢霄館刻本。

18.〔明〕潘游龍輯，梁穎校點：《精選古今詩餘醉》，瀋陽：遼寧教育出版社，2003 年 3 月。

19.〔清〕朱彝尊：《詞綜》，上海：上海古籍出版社，2008 年 3 月。

20.〔清〕先著、程洪選錄；劉崇德、徐文武點校：《詞潔》，保定：河北大學出版社，2007 年 8 月。

21.〔清〕沈辰垣、王奕清等奉敕編：《御選歷代詩餘》，臺北：臺灣商務印書館，1983 年，《景印文淵閣四庫全書》冊 1491。

22.〔清〕沈時棟：《古今詞選》，臺北：東方書店，1956 年。

23.〔清〕夏秉衡：《歷朝名人詞選》，臺北：大西洋圖書公司印行，1968 年，上海掃葉山房石印本。
24.〔清〕許寶善評選；〔清〕俞鼇同編：《自怡軒詞選》，臺北：國家圖書館藏，清嘉慶元年（1796）許氏刊本。
25.〔清〕張惠言：《詞選》，臺北：中華書局，1981 年，《四部備要》。
26.〔清〕周濟：《詞辨》，收錄於程千帆主編：《清人選評詞集三種》，山東：齊魯書社，1988 年 9 月。
27.〔清〕董毅：《續詞選》，臺北：中華書局，1981 年。
28.〔清〕周濟：《宋四家詞選》，程千帆主編：《清人選評詞集三種》，山東：齊魯書社，1988 年 9 月。
29.〔清〕戈載：《宋七家詞選》，臺北：河洛圖書出版社，1978 年，曼陀羅華閣重刊，光緒已酉嘉興金吳瀾題面。
30.〔清〕葉申薌：《天籟軒詞選》，臺北：國家圖書館藏，清道光間刊本。
31.〔清〕黄蘇：《蓼園詞選》，程千帆主編：《清人選評詞集三種》，山東：齊魯書社，1988 年 9 月。
32.《雲韶集》收錄姜夔詞數量，根據屈興國校注，見〔清〕陳廷焯著、屈興國校注：《白雨齋詞話足本校注》，齊南：齊魯書社，1983 年，頁 821。筆者未見《雲韶集》。
33.〔清〕馮煦：《宋六十一家詞選》，臺北：文化圖書公司，1956 年 3 月。
34.〔清〕陳廷焯：《詞則》，上海：上海古籍出版社，1984 年 5 月。
35.〔清〕王闓運：《湘綺樓詞選》，〔清〕王闓運：《王闓運手批唐詩選》，上海：上海古籍出版社，1989 年。
36.〔清〕梁令嫻：《藝蘅館詞選》，臺北：臺灣中華書局，1970 年 10 月。
37.〔清〕朱祖謀選輯、唐圭璋箋注：《宋詞三百首箋注》，臺北：漢京文化事業有限公司，1983 年 6 月。

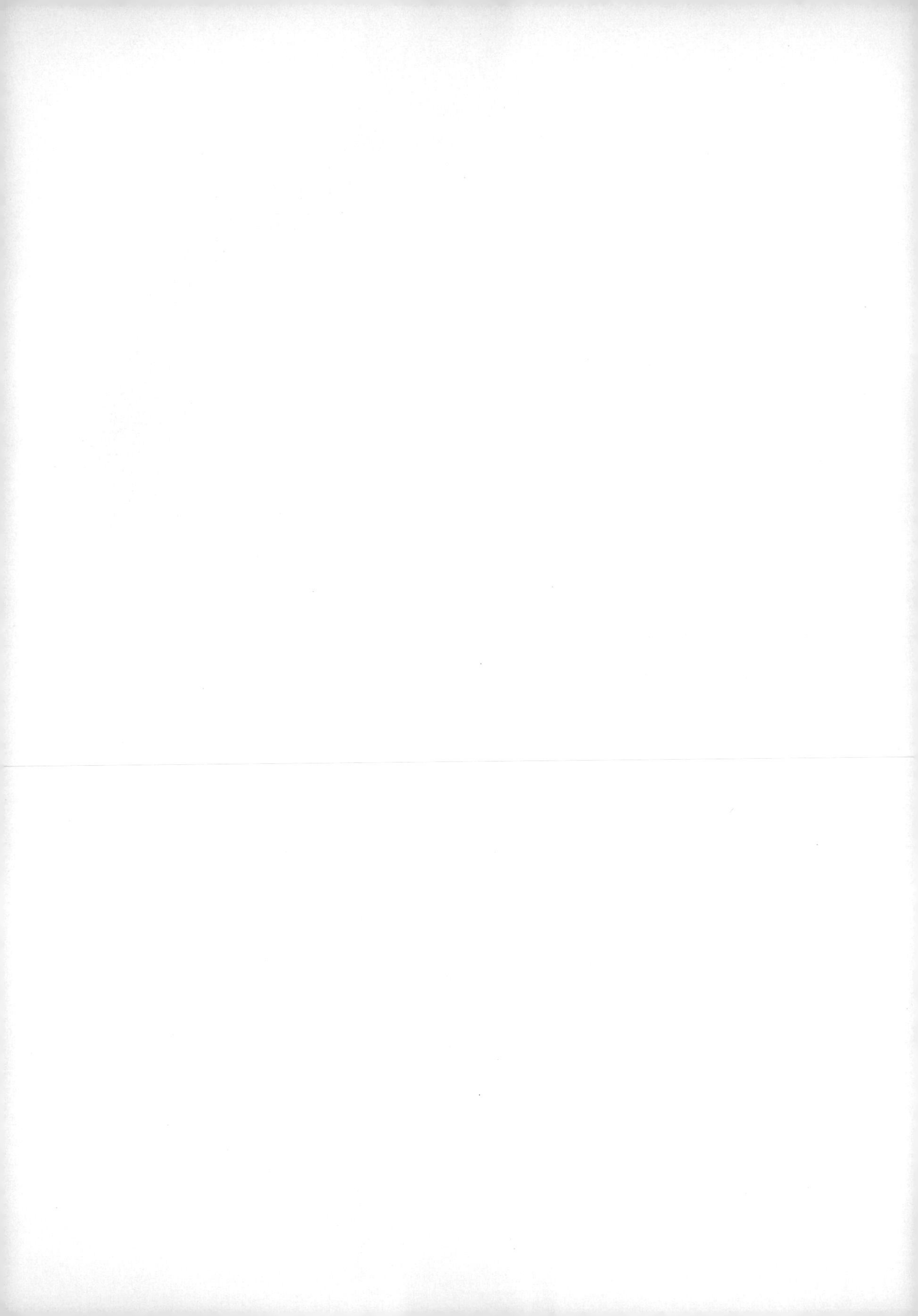

附錄二：詞譜收錄姜夔詞概況

朝代	明				清前							清中	清末							
	弘治七年，1494	嘉靖十五年，1536	萬曆，1580年以前	萬曆四十七年，1619	清初	康熙十八年，1679	康熙二十六年，1687	康熙五十一年，1712	康熙五十四年，1715	乾隆十一年，1746	乾隆末嘉慶初	道光十一年，1831	道光二十七年，1847	道光二十七年，1847	咸豐初年	同治中	同治中			
作者	周瑛	張綖	徐師增	程明善	吳綺	賴以邠	萬樹	郭鞏	陳廷敬、王奕清	周祥鈺	舒夢蘭	葉申薌	謝元淮	謝元淮	秦巘	徐本立	杜文瀾			

詞選名稱	詞學筌蹄	詩餘圖譜	文體明辨·詩餘	嘯餘譜	選聲集	填詞圖譜	詞律	詩餘譜式	欽定詞譜	九宮大成曲譜	白香詞譜	天籟軒詞譜	碎金詞譜	碎金續譜	詞繫	詞律拾遺	詞律補遺	總計	詞調性質〔註1〕	宋六十名家詞〔註2〕

〔註1〕詞調性質中，「譜」指白石十七首有旁譜之詞，見《白石道人全集》（臺北：臺灣商務印書館，1968年，嘉泰壬辰錢希武刻本）。「自」指自製曲，見姜夔：《白石道人全集》（臺北：臺灣商務印書館，1968年，嘉泰壬辰錢希武刻本），白石道人歌曲卷四，載有自製曲13首。陶宗儀鈔本目錄卷五、六也有標注自度曲，共13首。張奕樞、陸鍾煇兩刊本及江炳炎鈔本（即朱孝臧彊村叢書底本）皆出於陶鈔，見夏承燾：《姜白石詞編年箋校》（上海：上海古籍出版社，1998年），頁9～10。黃兆漢以為據現存白石詞之自度曲是從17首有旁譜詞中，刪除5首，共得12首：〈揚州慢〉、〈鬲溪梅令〉、〈杏花天影〉、〈長亭怨慢〉、〈淡黃柳〉、〈石湖仙〉、〈暗香〉、〈疏影〉、〈惜紅衣〉、〈角招〉、〈秋霄吟〉、〈翠樓吟〉皆存白石自注工尺旁譜，其餘所刪5首：〈醉吟商小品〉、〈霓裳中序第一〉是白石從當時樂工演奏曲子或商調截取出來，〈玉梅令〉為范成大自製，〈徵招〉是因北宋大晟府的舊曲音節駁雜，故白石用正宮〈齊天樂〉足成新曲的；〈悽涼犯〉是白石取各宮調之律合成一首宮調相犯的曲子。如果〈徵招〉和〈悽涼犯〉二曲也算白石自製曲的話，那麼白石就共有自製曲和自度曲14首。見黃兆漢，《姜白石詞詳注》（臺北：臺灣學生書局，1998年），頁1～2。〈揚州慢〉為陶抄本所標自度曲，而未有旁譜，〈杏花天影〉〈鬲溪梅令〉有旁譜，卻未被陶抄本標為自度曲。今自度曲部分，仍依錢希武刻本、陶宗儀鈔本等所標13首自度曲為主。「令、中、長」指小令、中調、長調，清·毛先舒《填詞名解》卷一於〈紅窗迴〉調下曰：「凡填詞，五十八字以內為小令，自五十九字始至九十字止為中調，九十一字以外者，俱長調也。此古人定例也。」見收於清·查培繼輯《詞學全書》（臺北：廣文書局，1971年4月），頁29。姜夔詞據《全宋詞》記載有87首，然其中三首〈點絳脣·祝壽筵開〉、〈越女鏡心·風竹吹香〉、〈月上海棠、紅妝艷色〉三首俱見於洪正治刊本《白石詩詞集》，不知應是何人作，姑附於姜夔下，見唐圭璋編：《全宋詞》（北京：中華書局，1998年11月）冊三，頁2188。夏承燾《姜白石詞編年箋校》（上海：上海古籍出版，1998年12月）只收84首、黃兆漢編著：《姜白石詞詳注》（臺北：臺灣學生書局，1998年12月）也收84首姜詞。

〔註2〕〔明〕毛晉《宋六十名家詞》所選姜詞34首。

姜夔詞	0	0	0	0	2	8	15	0	34	2	1	22	18	4	29	2	0	總計	詞調性質	宋六十名家詞
總調	176	150	332	332	246	545	660	330	826	174		771	449	180	1029	165	50			
總體	354	223	450	450	246	679	1180	450	2306	174	100	1194	558	244	2200餘	495	50			
琵琶仙・雙槳					○	○	○		○			○	○		○			7	長	◎
眉嫵・看垂					○	○			○			○		○	○			6	長	◎
惜紅衣・簟枕							○		○	○		○	○		○			6	中譜自	◎
長亭怨慢・漸吹						○	○		○			○	○		○			6	長譜自	◎
醉吟商小品・又正									○	○〔註3〕		○〔註4〕	○		○	○		6	令譜	
淒涼犯・綠楊						○	○		○			○		○	○			6	長譜自	◎
揚州慢・淮左							○		○			○	○		○			5	長譜自	◎
翠樓吟・月冷							○		○			○	○		○			5	長譜自	◎
石湖仙・松江							○		○			○	○		○			5	中譜自	◎
秋宵吟・古簾							○		○			○	○		○			5	長譜自	◎
玉梅令・疏疏							○		○			○	○		○			5	中譜	◎
暗香・舊時						○			○			○	○		○			5	長譜自	◎
疏影・苔枝							○		○			○	○		○			5	長譜自	◎
玲瓏四犯・疊鼓							○		○			○	○		○			5	長	◎

〔註 3〕《九宮大成曲譜》作〈醉吟商〉：「正是春歸，細柳暗黃千縷。暮鴉啼處。夢逐金鞍去。一點芳心休訴。琵琶解語。」〔清〕周祥鈺輯、劉崇德校譯：《新定九宮大成南北詞宮譜校譯》（天津：天津古籍出版社，1998 年 7 月）冊 7，頁 357。

〔註 4〕《天籟軒詞譜》作〈醉吟商・正是春歸〉。見〔清〕葉申薌：《天籟軒詞譜》（清道光間刊本，臺北：國家圖書館藏）卷 5 補遺，頁 2。

詞選名稱	詞學筌蹄	詩餘圖譜	文體明辨・詩餘	嘯餘譜	選聲集	填詞圖譜	詞律	詩餘譜式	欽定詞譜	九宮大成曲譜	白香詞譜	天籟軒詞譜	碎金詞譜	碎金續譜	詞繫	詞律拾遺	詞律補遺	總計	詞調性質	宋六十名家詞〔註5〕
鬲溪梅令・好花							○		○			○	○		○			5	令譜	○
清波引・冷雲							○		○			○		○	○			5	中	○
一萼紅・古城									○			○	○		○			4	長	○
八歸・芳蓮						○			○			○	○					4	長	○
滿江紅・仙姥									○			○	○		○			4	長	
淡黃柳・空城						○	○		○						○			4	中譜自	○
齊天樂・庾郎									○		○	○	○					4	長	○
霓裳中序第一・亭皋									○			○			○	○		4	長譜	
月上海棠・紅妝〔註6〕									○				○		○			3	長	
探春慢・衰草						○			○			○						3	長	○
少年遊・雙螺							○		○									2	令	○
側犯・恨春									○						○			2	中	○
催雪・風急還收〔註7〕									○					○				2	長	

〔註5〕〔明〕毛晉《宋六十名家詞》所選姜詞34首。

〔註6〕《全宋詞》以此首見於洪正治刊本《白石詩詞集》，不知應是何人作，姑附於姜夔下。見唐圭璋編：《全宋詞》（北京：中華書局，1998年11月）冊三，頁2188。

〔註7〕《全宋詞》以為是丁注詞，見《陽春白雪》卷一，見唐圭璋編：《全宋詞》（北京：中華書局，1998年11月）冊三，頁2189。

湘月・五湖									○						○			2	長自	○
杏花天影・綠絲															○			1	令譜	
念奴嬌・鬧紅									○									1	長	○
解連環・玉鞭															○〔註8〕			1	長	○
角招・為春															○			1	譜自長	
水龍吟・夜深									○									1	長	
月下笛・與客															○			1	長	
喜遷鶯慢・玉珂									○									1	令	
徵招・潮回															○			1	長譜自	
鬲山溪・與鷗									○									1	中	○
法曲獻仙音・虛閣									○									1	長	○
洞仙歌・花中															○			1	中	
越女鏡心・風竹吹香〔註9〕									○〔註10〕									1	長	
小重山令・人繞																		0	令	○
浣溪沙・著酒																		0	令	
踏莎行・燕燕																		0	令	○

〔註 8〕《詞繫》作〈解連環・玉鞍重倚〉。見〔清〕秦巘編、鄧魁英，劉永泰校點：《詞繫》（北京：北京師範大學出版社，1994 年 10 月），頁 504。

〔註 9〕《全宋詞》以此首見於洪正治刊本《白石詩詞集》，不知應是何人作，姑附於姜夔下。見於洪正治刊本《白石詩詞集》，不知應是何人作，姑附於姜夔下。

〔註 10〕《欽定詞譜》作〈法曲獻仙音・風竹吹香〉，見〔清〕陳廷敬、王奕清：《康熙詞譜》（長沙：岳麓書社，2000 年 10 月），頁 656。

詞選名稱	詞學筌蹄	詩餘圖譜	文體明辨·詩餘	嘯餘譜	選聲集	填詞圖譜	詞律	詩餘譜式	欽定詞譜	九宮大成曲譜	白香詞譜	天籟軒詞譜	碎金詞譜	碎金續譜	詞繫	詞律拾遺	詞律補遺	總計	詞調性質	宋六十名家詞〔註11〕
點絳脣·燕雁																		0	令	○
夜行船·略彴																		0	令	
浣溪沙·春點																		0	令	
鷓鴣天·京洛																		0	令	○
浣溪沙·釵燕																		0	令	
摸魚兒·向秋																		0	長	
點絳脣·金谷																		0	令	
鶯聲繞紅樓·十畝																		0	令	
鷓鴣天·曾共																		0	令	
阮郎歸·紅雲																		0	令	
阮郎歸·旌陽																		0	令	
慶宮春·雙槳																		0	長	
江梅引·人間																		0	中	
浣溪沙·花裏																		0	令	
浣溪沙·翦翦																		0	令	
浣溪沙·雁怯																		0	令	
鷓鴣天·柏綠																		0	令	
鷓鴣天·巷陌																		0	令	

〔註11〕〔明〕毛晉《宋六十名家詞》所選姜詞34首。

鷓鴣天・憶昨																		0	令	○
鷓鴣天・肥水																		0	令	
鷓鴣天・輦路																		0	令	○
漢宮春・雲曰																		0	長	
漢宮春・一顧																		0	長	
念奴嬌・昔遊																		0	長	
永遇樂・雲隔																		0	長	
虞美人・闌干																		0	令	
水調歌頭・日落																		0	長	
卜算子・江左																		0	令	
卜算子・月上																		0	令	
卜算子・蘚榦																		0	令	
卜算子・家在																		0	令	
卜算子・摘蕊																		0	令	
卜算子・綠萼																		0	令	
卜算子・象筆																		0	令	
卜算子・御苑																		0	令	
好事近・涼夜																		0	令	
虞美人・西園																		0	令	
虞美人・摩挲																		0	令	
憶王孫・冷紅																		0	令	○
訴衷情・石榴																		0	令	
念奴嬌・楚山																		0	長	
小重山令・寒食																		0	令	

驀山溪・青青																		0	中	
永遇樂・我與																		0	長	
點絳脣・祝壽〔註 12〕																		0	令	

依據版本：

1.〔明〕周瑛：《詞學筌蹄》，上海：上海古籍出版社，2002 年 3 月，據上海圖書館藏清初抄本影印，《續修四庫全書》冊 1735。

2.〔明〕張綖：《詩餘圖譜》，臺南：莊嚴文化事業有限公司，1997 年 6 月，據北京大學圖書館藏明末毛氏汲古閣刻詞苑英華本影印，《四庫全書存目叢書》冊 425。

3.〔明〕徐師增：《文體明辯・詩餘》，臺南：莊嚴文化事業有限公司，1997 年 6 月，北京大學圖書館藏明萬曆建陽游榕銅活字印本，《四庫全書存目叢書》冊 312。

4.〔明〕程明善：《嘯餘譜》，上海：上海古籍出版社，2002 年 3 月，《續修四庫全書》集部，冊 1736。

5.〔清〕吳綺：《選聲集》，臺南：莊嚴文化事業有限公司，1997 年 6 月，據中國人民大學圖書館藏清大來堂刻本，《四庫全書存目叢書》冊 424。

6.〔清〕賴以邠撰：《填詞圖譜》，臺南：莊嚴文化事業有限公司，1997 年 6 月，據北京大學圖書館藏清康熙十八年刻詞學全書本，《四庫全書存目叢書》冊 426。

7.〔清〕萬樹：《詞律》，臺北：中華書局，1981 年，中華書局據恩杜合刻本校刊，《四部備要》。

〔註 12〕《全宋詞》以此首見於洪正治刊本《白石詩詞集》，不知應是何人作，姑附於姜夔下。見唐圭璋編：《全宋詞》（北京：中華書局，1998 年 11 月）冊三，頁 2188。

8.〔清〕郭鞏：《詩餘譜式》北京：北京出版社，2000 年 1 月，清康熙可亭刻本，《四庫未收書輯刊》冊 30。

9.〔清〕陳廷敬、王奕清等奉敕傳：《欽定詞譜》，臺北：臺灣商務印書館，1988 年 2 月，《景印文淵閣四庫全書》冊 1495。

10.〔清〕周祥鈺輯、劉崇德校譯：《新定九宮大成南北詞宮譜校譯》，天津：天津古籍出版社，1998 年。

11.〔清〕陳栩、陳小蝶考正：《考正白香詞譜》，臺北：學海出版社，1982 年。

12.〔清〕葉申薌：《天籟軒詞譜》，臺北：國家圖書館藏，清道光間刊本。

13.〔清〕謝元淮：《碎金詞譜》，臺北：學海出版社，1980 年。

14.〔清〕秦巘編著；鄧魁英、劉永泰校點：《詞繫》，北京：北京師範大學出版社，1994 年。

15.〔清〕徐本立輯：《詞律拾遺》，收錄於《詞律》。

16.〔清〕杜文瀾：《詞律補遺》，收錄於《詞律》。